-Judit Vallejo-

Dirección editorial: Ana Doblado
Ilustraciones, textos y esquemas: Equipo de Susaeta Ediciones con la colaboración de Alicia Pereiro y Diego y Héctor Ronzoni
Corrección: Carmen Blázquez, Ana Doblado, María Forero, J. M. Torrente / Equipo Susaeta
Maquetación: Mari Salinas / Equipo Susaeta
Diseño de cubierta: más!gráfica / Equipo Susaeta

C/ Campezo s/n - 28022 Madrid
Tel.: 913 009 100 - Fax: 913 009 118
ediciones@susaeta.com

1.000 ideas de manualidades fantásticas

1.000 ideas de manualidades fantásticas

susaeta

Contenido

Fiestas reales

Accesorios divertidos

Libretas sorprendentes

Decora tu cuarto

Juegos en acción

Manualidades de tela

Ángeles y querubines

Brujitas

Hechiceros, hadas y duendes

Seres fantásticos

Criaturas de la noche

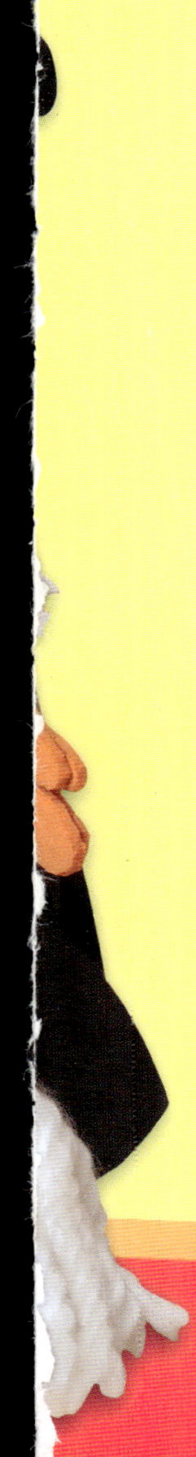

Introducción

Este libro está dirigido a los niños, padres y maestros. Tiene como objetivo atraer a los niños al maravilloso mundo de las manualidades, incentivándolos a realizar modelos divertidos que enriquecerán su desarrollo intelectual y sus habilidades motrices.

En él encontrarán una amplia gama de modelos, planificados con diferentes grados de dificultad, desde sencillas libretas y portarretratos hasta juegos con piezas móviles. De ese modo todos encontrarán un modelo adecuado a sus capacidades.

Manualidades originales que resultan atractivas por su colorido pero que también tienen un uso práctico, que son útiles para la escuela y el hogar, para decorar el cuarto infantil o para jugar con ellas.

La variedad de los personajes presentados, realizados de forma muy sencilla y con elementos comunes, permite que los niños, sus padres y maestros puedan introducirse en el tema y divertirse al hacerlo, ya que los modelos han sido realizados con ciertas dosis de picardía, simpatía y comicidad, aun aquellos que, naturalmente, no tienen demasiada buena fama o cuya reputación no es aceptada con agrado.

Los moldes están hechos a escala. Puedes dibujarlos al tamaño real o simplemente ampliarlos por medio de una fotocopia. Tomando como referencia solo una de las medidas de cada molde, lograrás que se amplíe al tamaño del modelo real.

«Juegos en acción» está diseñado para que los pequeños puedan realizar sus propios juegos y divertirse con ellos.

Los maestros contarán con una guía de actividades prácticas, minuciosa y útil, a la hora de planificar las tareas del taller de manualidades.

Los padres tendrán la oportunidad de trabajar con sus hijos, acrecentando el placer de estar juntos, guiando y ocupando de manera creativa las horas de ocio de los pequeños.

Cada manualidad presenta las fotos del modelo terminado, los moldes y gráficos de realización, además de sencillas explicaciones que ayudarán a lograr resultados óptimos.

Trabajar en familia con un mismo propósito, intercambiando ideas y pareceres, permitirá lograr resultados sorprendentes.

Y ahora sí... ¡Manos a la obra! ¡Y a crear muñecos únicos y divertidos!

Indicaciones generales

Opciones y sugerencias

Elige tus propios materiales

Podrás utilizar otros materiales diferentes a los indicados, reemplazándolos por los que tengas a mano.

Los colores sugeridos se dan como referencia, pero tú eres quien tiene la opción de cambiarlos y elegirlos de acuerdo con tus gustos.

Cómo ampliar los moldes

Algunos moldes llevan una medida de referencia que corresponde al tamaño real del modelo.

Utilizando una fotocopiadora, amplía los moldes para que coincidan con una de las medidas de referencia y de esa manera obtendrás todas las medidas ampliadas proporcionalmente.

Para transferir los moldes

Realiza varias fotocopias de los moldes ampliados. Luego recorta cada una de las piezas para poder trasladarlas al material sobre el que trabajarás.

Ubica la pieza recortada encima de la gomaespuma o el material utilizado y marca el contorno con un lápiz de punta fina. De esa manera te resultará más fácil borrar la línea realizada.

Trabajar la gomaespuma

Corte de las piezas:
Para evitar que la gomaespuma del contorno quede astillada o con el corte poco nítido, abre la tijera hasta el tope y comienza a cortar girando la gomaespuma pero manteniendo siempre quieta la tijera.

Delineado:
Si deseas sombrear el contorno del modelo utiliza lápices acuarelables de una tonalidad más fuerte que la gomaespuma que vas a remarcar.

Presiona el lápiz acuarelable sobre el contorno de la figura hasta obtener una línea de un grosor uniforme.

Luego, pasa sobre la línea realizada un bastoncillo humedecido con agua para difuminar el delineado suavemente.

El difuminado otorga al modelo una sensación de mayor volumen.

Para pegar:
Cuando desees pegar piezas de papel, recuerda que podrás adherir las piezas con cola vinílica o pegamento en barra.

El pegamento en barra tiene la ventaja de no producir arrugas durante el proceso de secado del papel.

Mientras presionas el papel que quieres pegar, alisa la superficie desde el centro hacia fuera para eliminar cualquier burbuja de aire o arruga que se forme.

Materiales

- Acrílicos o témperas
- Cola vinílica
- Alicates
- Gomaespuma
- Lápiz y regla
- Rotuladores indelebles
- Pegamento universal
- Pegamento instantáneo
- Pinceles
- Tela de peluche
- Tijeras
- Cinta adhesiva
- Lápices acuarelables
- Telas de colores

DEKA
DEKA
Kores
Clouds
FISKARS
Paper Edgers

EUREKA
ACRYLART
UHU
COLA UNIVERSAL
FISKARS
Paper Edgers
Clouds

Materiales

- Agujas
- Alfileres
- Cintas de colores
- Esferas de poliespán
- Guata
- Hilos
- Lana
- Rotuladores indelebles rojo y negro
- Botones
- Tenazas
- Puntillas
- Telas de diversas clases y colores
- Algodón

Mateo, el payasito feliz

Un alegre cartel de bienvenida para recibir a tus invitados

Materiales

- Cartón de 2 mm
- Gomaespuma de 2 mm de espesor de colores: blanco, rosa, amarillo, rojo, azul y negro
- Espumina rosa oscuro
- Media esfera de poliespán de 5 cm de diámetro
- Témpera o acrílico rojo
- Pincel
- Lápiz y regla
- Tijera
- Cúter
- Rotulador indeleble negro
- Letras: las necesarias

Realización

Delineado de las piezas:

Comienza delineando con rotulador cada una de las piezas recortadas: cara, globos, manos, gorro, cartel y adornos del gorro. Luego, sobre la pieza (B) dibuja los rasgos de la cara.

Pinta con acrílico rojo la media esfera y déjala secar.

Cara:

Forma la cara pegando sobre la pieza (A) la pieza (B), y luego coloca la nariz (C), la boca (D), la lengua (E), el gorro (H) y los adornos del gorro (I) y (J).

Coloca a ambos lados de la cara las piezas (F) y (G), superpuestas, para lograr el cabello del payaso.

Cartel:
Pega sobre la base del cartel (K) las letras (Ñ), las estrellas (N) y las manos (L).

Sobre la cara frontal del cartel adhiere la cara del payaso y en la cara trasera adhiere luego el cuello (M) y los globos (O), (R) y (Q), con sus correspondientes brillos (P y S).

Montaje final:
Para conseguir mayor resistencia es conveniente que pegues el cartel ya realizado sobre un cartón y que luego recortes el contorno.

Para finalizar, prepara un manojo de tiras de papel crepé y colócalo en el extremo del gorro.

Traslada los moldes y córtalos en los materiales indicados.

Detalle de las piezas

- (A) *Cara:* 1 pieza de gomaespuma rosa
- (B) *Cara:* 1 pieza de gomaespuma blanca
- (C) *Nariz:* media esfera de poliespán de 5 cm de diámetro
- (D) *Boca:* 1 pieza de gomaespuma negra
- (E) *Lengua:* 1 pieza de gomaespuma roja
- (F) *Cabello:* 2 piezas de espumina roja
- (G) *Cabello:* 2 piezas de espumina roja
- (H) *Gorro:* 1 pieza de gomaespuma violeta
- (I) (J) Adornos del gorro
- (K) Cartel
- (L) Manos
- (M) *Cuello:* 1 pieza de gomaespuma azul
- (N) *Estrellas:* 3 estrellas de colores naranja, verde y azul

Letras: la cantidad necesaria

- (O) Globo rojo
- (P) Brillo del globo rojo
- (Q) Globo azul
- (R) Globo amarillo
- (S) Brillo del globo amarillo

Moldes

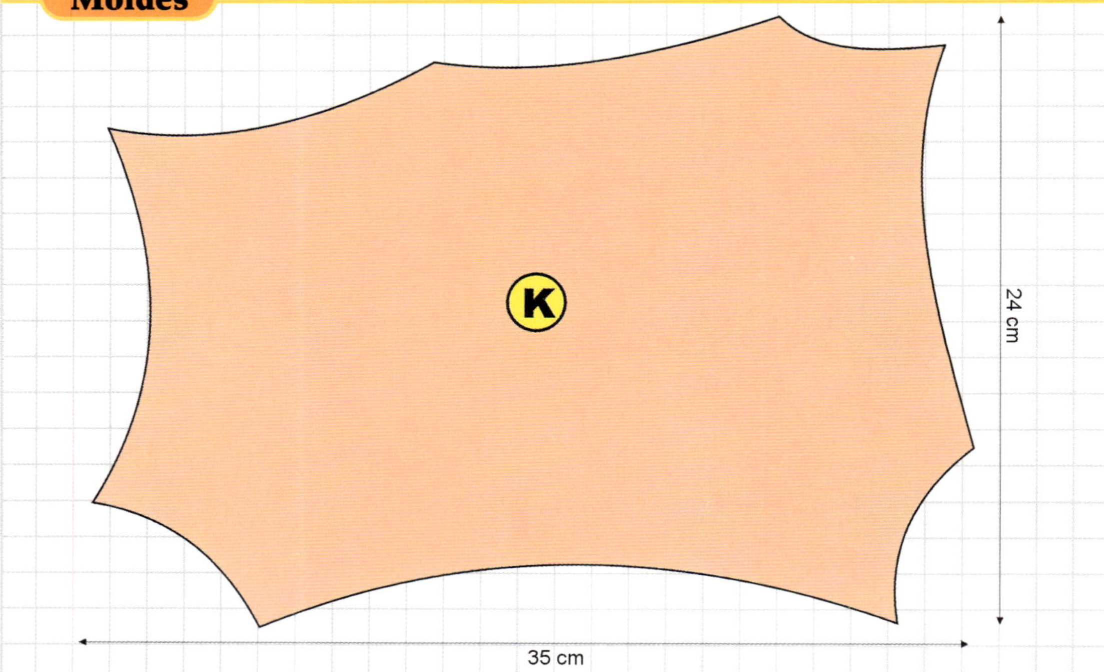

Moldes

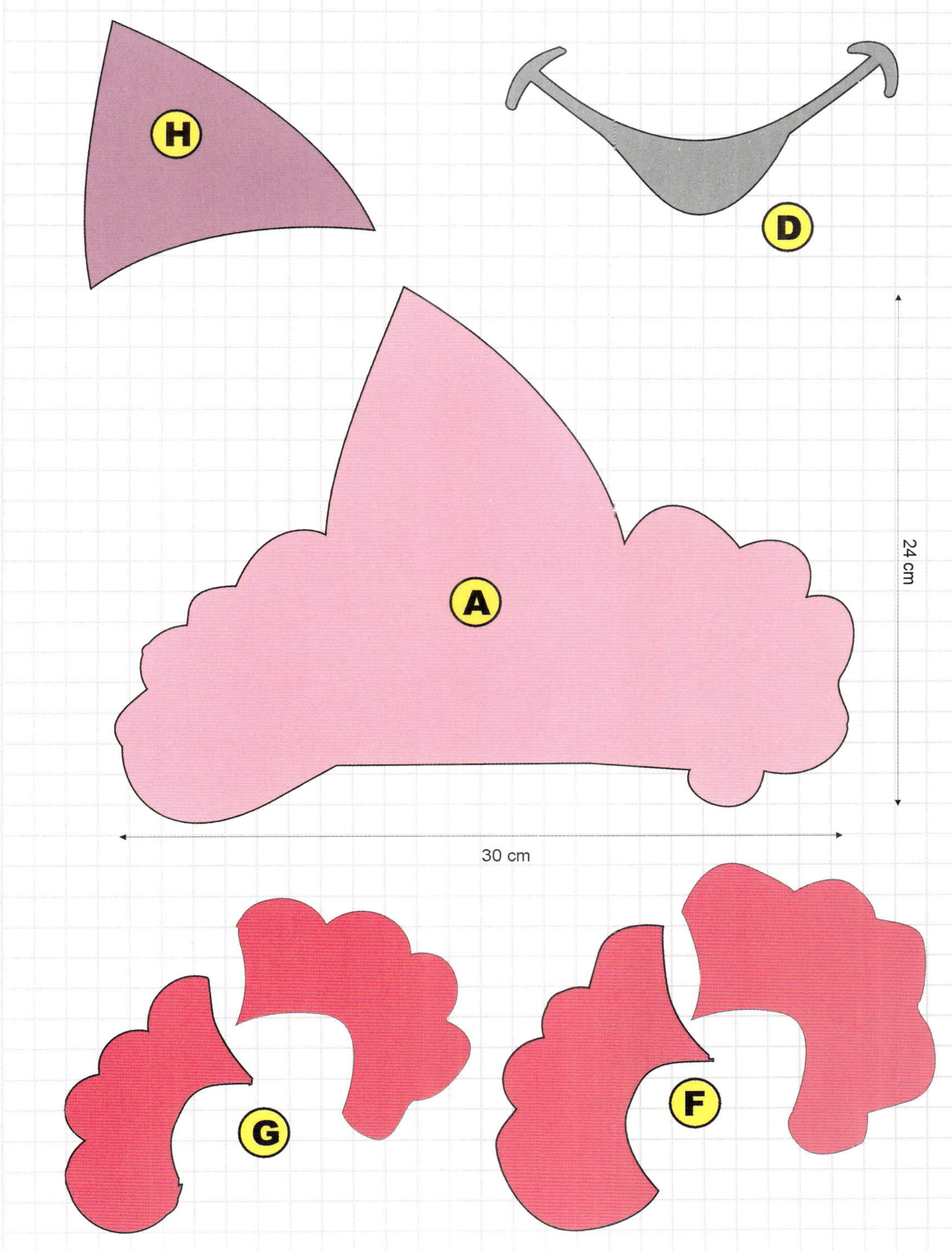

Amplía los moldes proporcionalmente tomando como guía las medidas de referencia.

Moldes

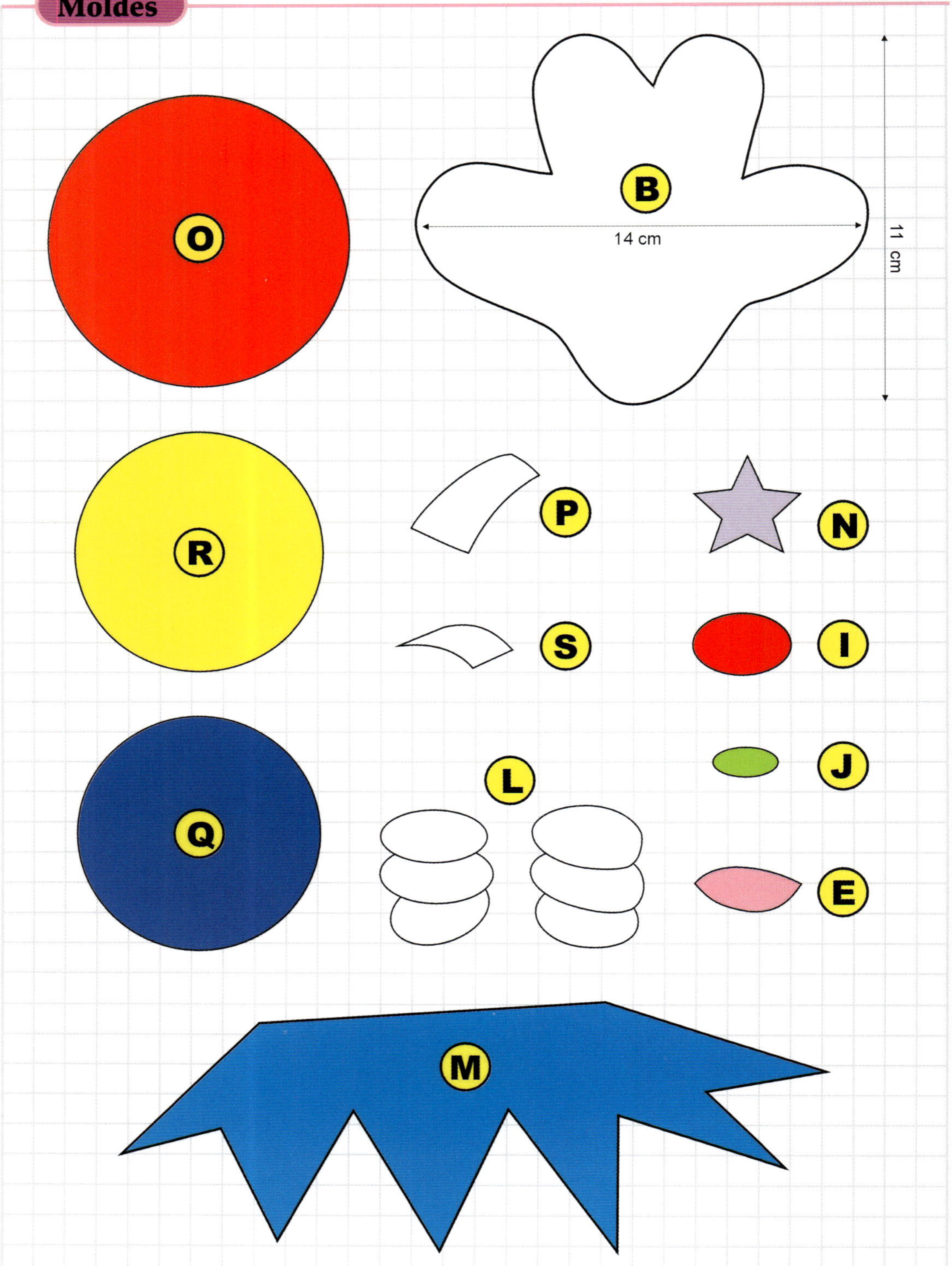

Amplía los moldes proporcionalmente tomando como guía las medidas de referencia.

Sombrero mágico

Un recipiente superdivertido

REALIZACIÓN

Sombrero:

Toma la pieza (J), que corresponde a la copa del sombrero, coloca pegamento en ambos extremos y únelos superponiéndolos 1 cm. Pega la base de la copa (L) al cilindro ya formado.

Adhiere el ala (K) a la copa.

Finalmente, deberás sujetar la cinta (LL) en el contorno de la copa, como muestra el modelo terminado.

Conejo:

Coloca la pieza (A) de gomaespuma sobre la de cartón y adhiérelas con pegamento.

Comienza a delinear el cuerpo del conejo (A) y cada una de las piezas que componen la figura: (B), (C), (D), (E), (F), (G) y también la pajarita (H).

Luego, guiándote por el modelo terminado, deberás pegarlas en los lugares indicados.
Con un rotulador negro dibuja los ojos.

Montaje final:

Introduce el cuerpo del conejo aproximadamente 9 cm dentro del sombrero, hasta que los brazos se apoyen sobre el ala. Extiende pegamento y verifica que el cuerpo queda firme.

Prepara la varita mágica con las piezas (I) y adhiérela con pegamento a la mano derecha del conejo.

Para finalizar, coloca las golosinas en el interior del sombrero de copa para poder lucirlo en la mesa de cumpleaños.

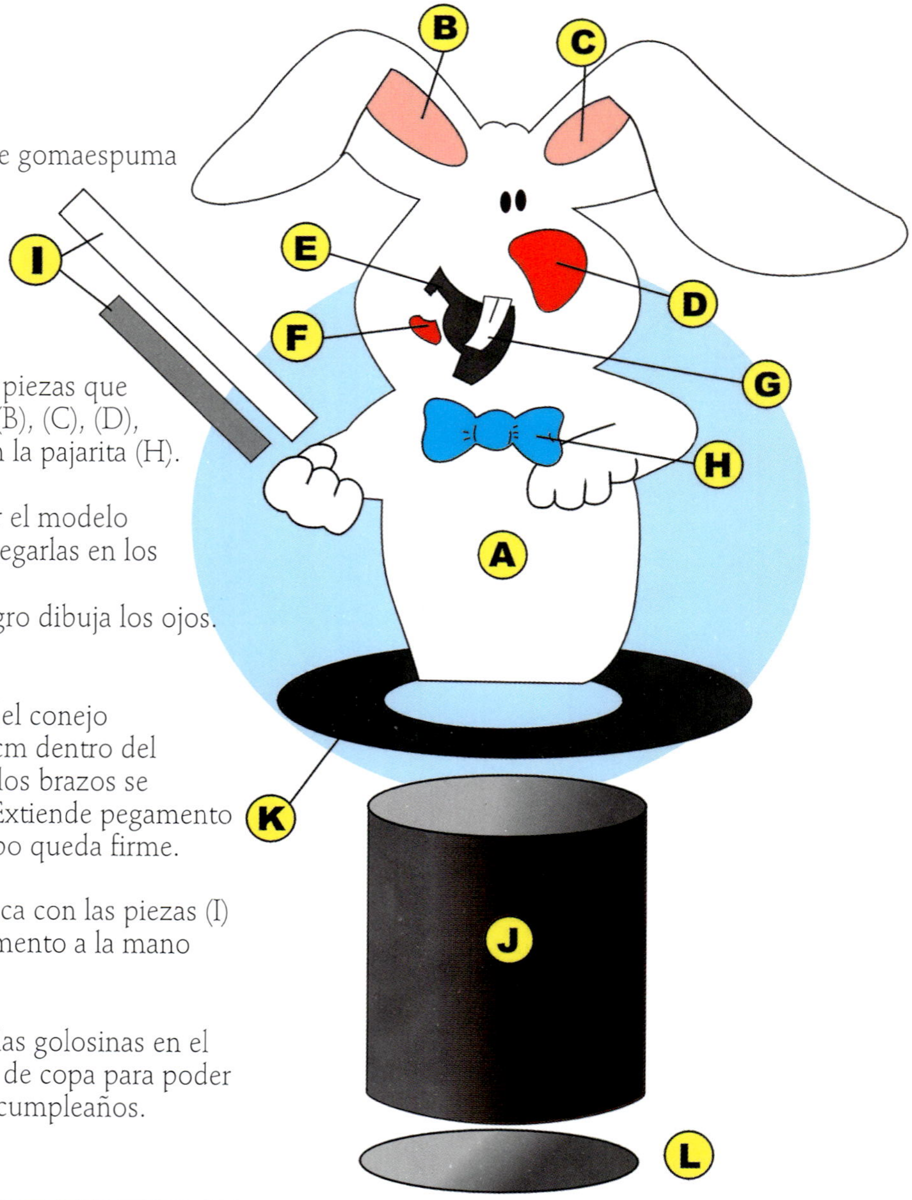

Materiales

- **Gomaespuma, de 2 mm de espesor, de colores: negro, blanco, rojo, rosa y azul**
- **Cartón de 2 mm de espesor**
- **Lápiz y regla**
- **Tijera**
- **Cúter**
- **Pegamento universal**
- **Rotulador indeleble negro**
- **Cinta roja de 6 cm de ancho**

Detalle de las piezas

Conejo:

(A) *Cuerpo:* 1 pieza de cartón y 1 de gomaespuma blanca

(B)(C) *Orejas:* 2 piezas de gomaespuma rosa claro

(D) *Morro:* 1 pieza de gomaespuma roja o rosa fuerte

Moldes

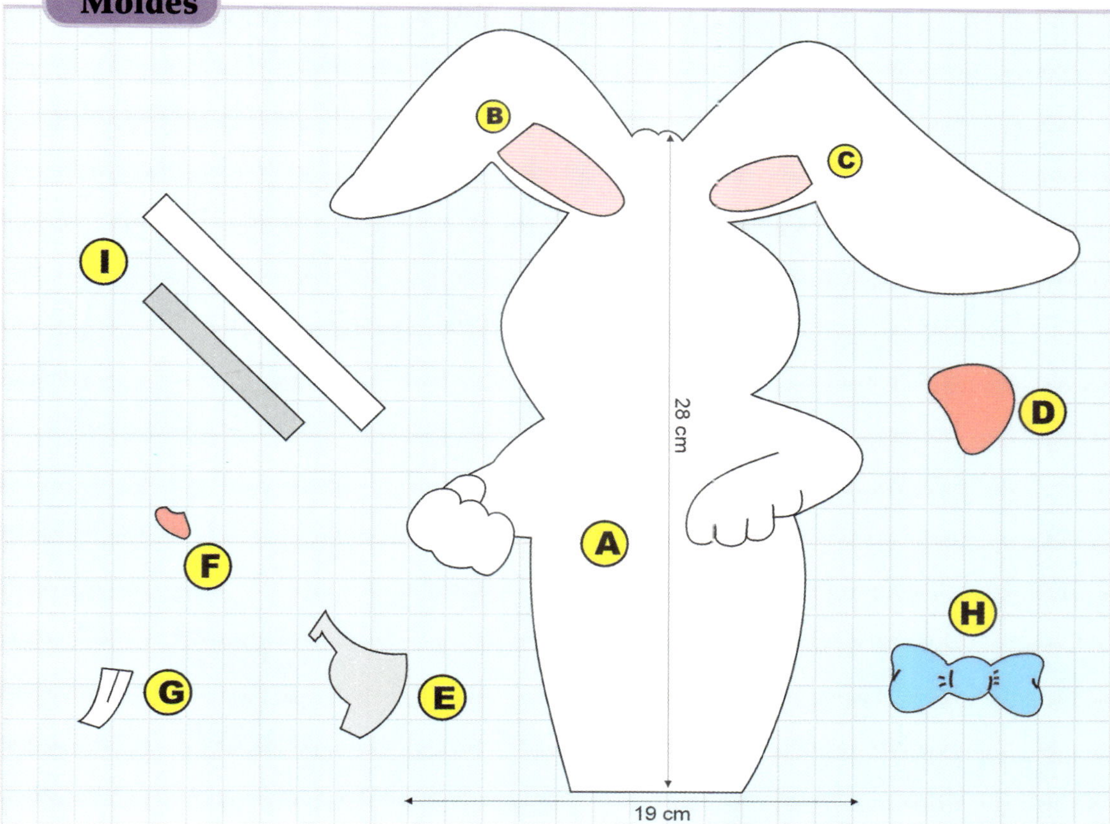

Amplía los moldes proporcionalmente tomando como guía las medidas de referencia.

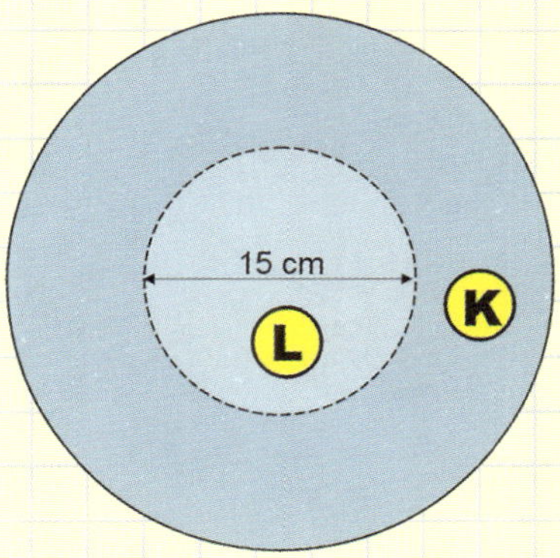

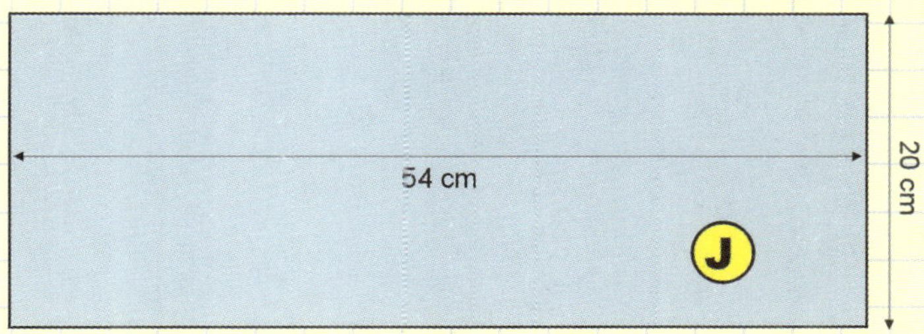

Traslada los moldes y córtalos en los materiales indicados.

Ⓔ *Base de la boca:* 1 pieza de gomaespuma negra

Ⓕ *Lengua:* 1 pieza de gomaespuma rosa

Ⓖ *Diente:* 1 pieza de gomaespuma blanca

Ⓗ *Pajarita:* 1 pieza de gomaespuma azul

Ⓘ *Varita mágica:* 1 pieza de gomaespuma negra, 1 blanca y 1 de cartón

Sombrero de copa:

Ⓙ *Copa:* 1 pieza de gomaespuma negra

Ⓚ *Ala:* 1 pieza de gomaespuma negra

Ⓛ *Base de la copa:* 1 pieza de gomaespuma negra

(LL) *Decoración:* 1 cinta roja de 55 x 6 cm de ancho

La carpa del circo

Una maqueta original para presentar los recuerdos

Realización

Base de la carpa:
Comienza extendiendo pegamento sobre la base de poliespán (A) y adhiere sobre ella la otra pieza (A) de gomaespuma verde.

Para tapar el borde del poliespán deberás adherir las piezas (B).

Empieza por colocar la primera en la parte frontal, centrada, y las otras dos a los lados, para disimular las uniones. Luego, recorta lo que sobre y adhiérelas con pegamento.

Respaldo vertical de la carpa:
Para poder sujetar la carpa deberás

montar primero el respaldo vertical compuesto por las piezas (C), (D) y (E).

Guiándote por el gráfico 1, comienza pegando la pieza (D) en el borde inferior de la de cartón (C), y la pieza (E) en el lugar indicado con (1). Ambas piezas (D) y (E) servirán luego de apoyo a las piezas (F) y (L) y así se logra la curvatura de la carpa.

Rayado de la carpa:
Antes de comenzar a montar la carpa es importante que delinees con rotulador negro las piezas que corresponden a las rayas rojas (G), a las amarillas (LL), a las solapas (J) y a las guardas con picos (M), (H) y (K).
Para formar las rayas verticales, pega las piezas (G) sobre la pieza (F), cuidando de que todas queden colocadas a la misma distancia. Repite la operación con las piezas amarillas (LL), colocándolas sobre el techo (L).

Picos o zigzag:
Luego, guiándote por el modelo terminado y el gráfico 1, adhiere las

Materiales

- Cartón de 2 mm de espesor
- Poliespán de 2 cm de espesor
- Gomaespuma de 2 mm de espesor de colores: verde, azul, amarillo, rojo, gris y negro
- Lápiz y regla
- Tijera
- Cúter
- Pegamento universal
- 1 palillo de madera de 6 cm de largo
- Rotulador indeleble negro
- Pincel

Detalle de las piezas

Base:
(A) 1 pieza de poliespán de 2 cm de espesor y 1 de gomaespuma verde
(B) 3 piezas de gomaespuma verde de 2 cm de ancho por todo el borde de la gomaespuma

Respaldo vertical de la carpa:
(C) 1 pieza de cartón de 2 mm de espesor
(D) 1 pieza de poliespán de 2 cm de espesor
(E) 1 pieza de poliespán de 2 cm de espesor

Carpa inferior:
(F) 1 pieza de gomaespuma amarilla
(G) *Rayas verticales:* 4 piezas de gomaespuma roja
(H) *Picos o zigzag:* 1 pieza de gomaespuma azul

Entrada:
(I) *Puerta:* 1 pieza de gomaespuma negra
(J) *Solapas:* 2 piezas de gomaespuma gris
(K) Borde de picos de las solapas: 2 piezas de gomaespuma azul

Techo de la carpa:
(L) 1 pieza de gomaespuma roja
(LL) *Rayas verticales:* 4 piezas de gomaespuma amarilla
(M) *Picos o zigzag:* 1 pieza de gomaespuma azul
(N) *Banderín:* 1 pieza de gomaespuma azul y 1 palillo de 6 cm

guardas con picos (M) y (K) en el borde inferior de las piezas (L) y (J). Por último pega la guarda en zigzag (H) en el borde inferior de la pieza (F).

Puerta de entrada:
Monta la puerta adhiriendo en el centro de la pieza (F) el fondo negro (I) y a ambos lados las solapas (J). Bordea las solapas con las piezas de picos (K).

Montaje final:
Pega la puerta ya montada sobre las piezas de poliespán (D) y (E).

Luego coloca el techo (L), pegando el borde inferior sobre la pieza (E) y el excedente por detrás del respaldo vertical, para lograr un mejor acabado.

Para finalizar pega el palillo al banderín, y luego colócalo en el vértice superior de la carpa, como muestra el modelo terminado.

Y ahora sí podrás colocar sobre la base los payasitos de recuerdo repletos de golosinas (páginas 34-37).

Gráfico 1

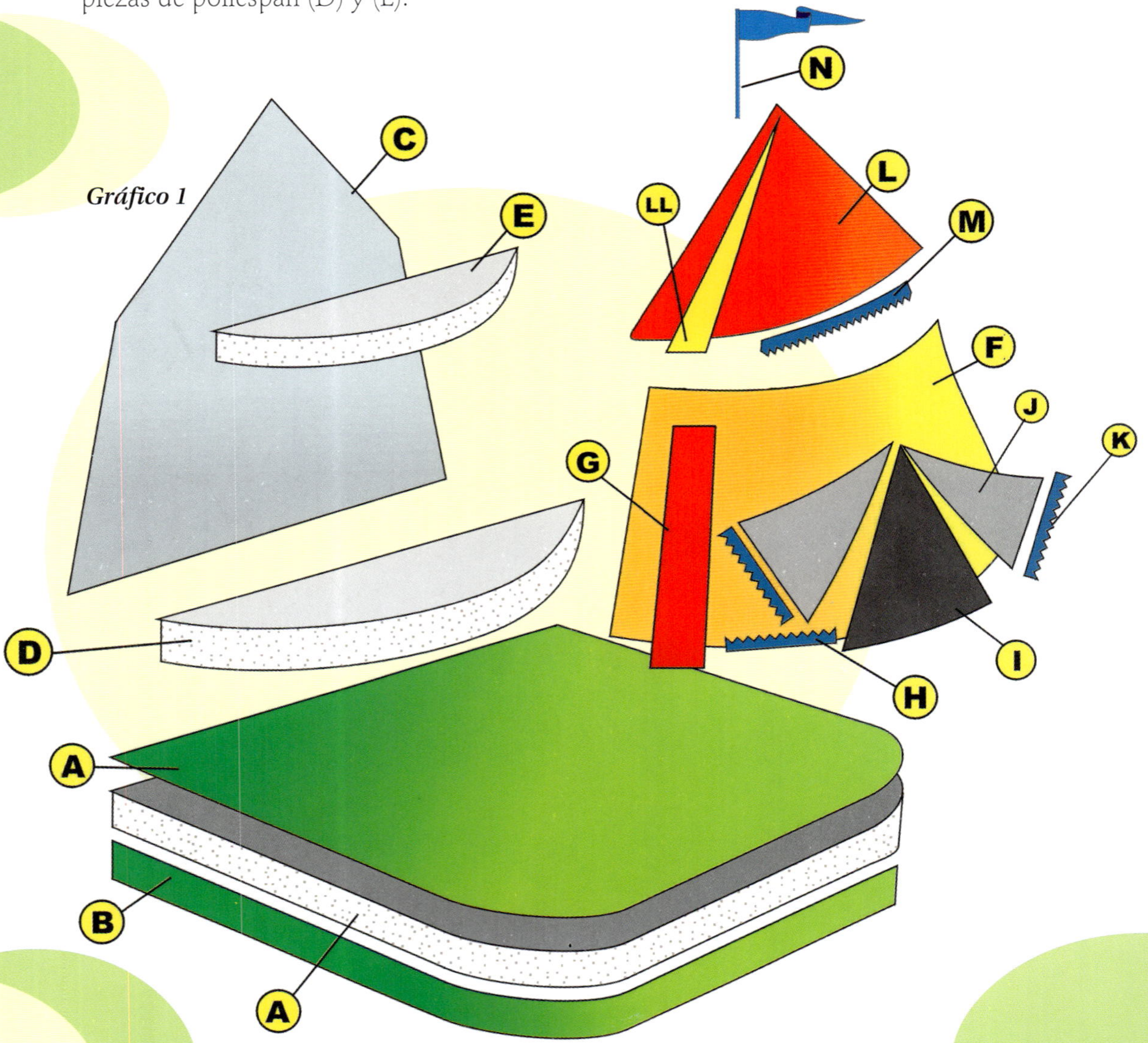

Materiales

- Agujas
- Alfileres
- Cintas de colores
- Esferas de poliespán
- Guata
- Hilos
- Lana
- Rotuladores indelebles rojo y negro
- Botones
- Tenazas
- Puntillas
- Telas de diversas clases y colores
- Algodón

Fiestas en el circo

Mateo, el payasito feliz
Sombrero mágico
La carpa del circo
Payasitos a granel
El domador
Carromatos
Cubrebotellas circenses
El gran forzudo
Focas en acción

Mateo, el payasito feliz

Un alegre cartel de bienvenida para recibir a tus invitados

Moldes

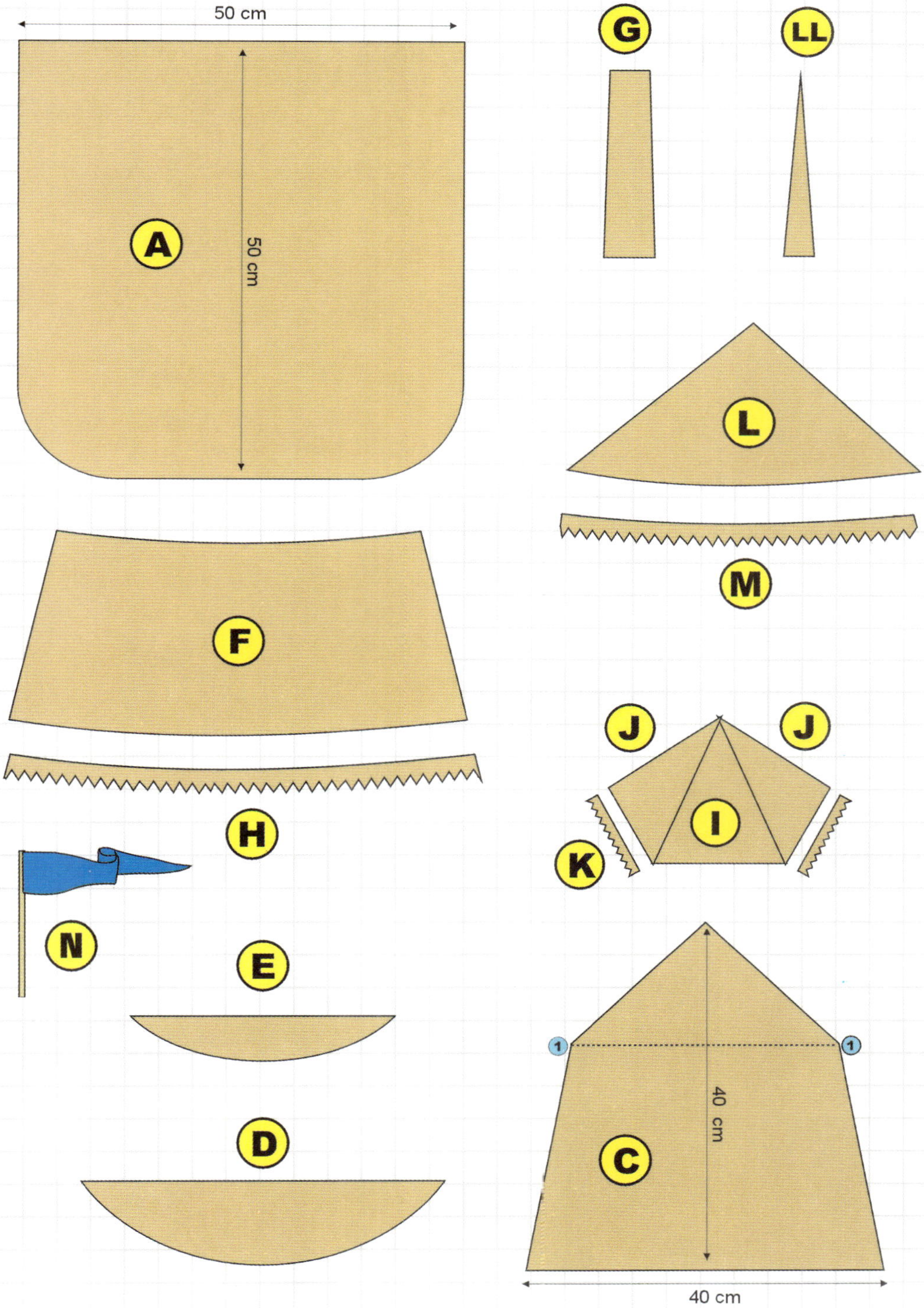

Amplía los moldes proporcionalmente tomando como guía las medidas de referencia.

Payasitos a granel

Recuerdos que nos invaden con su dulzura y alegría

Importante

Para realizar en serie los payasitos es conveniente que prepares por separado toda la cantidad que vas a necesitar de cabezas pintadas, de corbatas, de sombreros, de bases, etc., antes de comenzar con la tarea del montaje final.
De esa manera el trabajo te resultará más fácil.

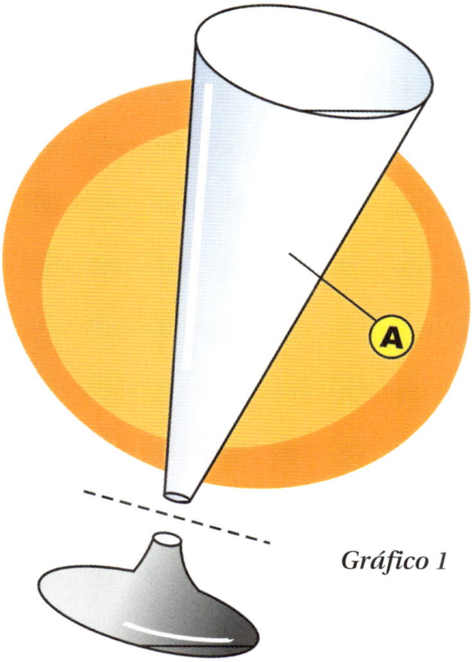

Gráfico 1

Realización

Antes de comenzar con el montaje de los payasitos es conveniente que desenrosques o cortes el pie de cada copa, que no se utilizará en esta manualidad (gráfico 1).

Cabeza:
Comienza por pintar la pelota de ping pong (B), con acrílico o témpera beis y déjala secar. Guiándote por el gráfico 3, y con los rotuladores adecuados, dibuja los ojos y la boca.

Pega la pequeña esfera o perla (C), que simulará la nariz, y luego acomoda y adhiere el pelo (D) a ambos lados de la cara.

En la base de la cabeza, en el lugar que corresponderá al cuello, deberás realizar una pequeña hendidura con un cúter o la punta de una tijera.

Montaje del payaso:
Coloca pegamento en la hendidura realizada en la pelota de ping pong y pega la cabeza del payasito en el vértice de la copa invertida (gráfico 3).

Gorro:
Para montar el gorro, corta la pieza (E), luego extiende pegamento en los bordes de la abertura y únelos entre sí.

Por último pégalo sobre el cabello.

Decoración de la pajarita:
Corta un rectángulo de papel crepé (H) de 6 x 4 cm.
Luego frúncelo por el centro y átalo con una pequeña tira del mismo papel (gráfico 2).

Gráfico 2

Materiales

- 1 copa desechable de plástico (de cotillón)
- Pegamento universal
- Tijera
- Cúter
- Lana amarilla, papel crepé o cintas de papel de seda
- Trozos de gomaespuma de colores variados: azules, rojos, rayados, etc.
- 1 pelota de ping pong, de poliespán o de plástico de 3,5 cm de diámetro
- 1 perla o esfera roja de 1 cm de diámetro
- Rotuladores indelebles de colores: negro, verde y rojo
- Pincel
- Acrílicos o témperas: beis y blanco
- Trozos de gomaespuma de diversos colores
- Papel crepé de colores variados
- Lana amarilla, papel crepé o cintas de papel de seda
- Trozos de velcro, de fieltro o de lana

Decoración de la corbata:
Decora a tu gusto ambos lazos de la corbata (F) y (G) y pégalos, superpuestos, colocando el más corto sobre el más largo en el cuerpo del payaso.

Si lo deseas puedes delinear las dos piezas de la corbata con un rotulador negro, imitando los pespuntes.
Por último coloca también la pajarita, el corazón o la flor, de acuerdo con el modelo elegido.

Una vez que el payasito esté terminado, rellena el cuerpo de cada copa con las golosinas de colores y pega la pieza (I) en la base de la copa para evitar que los dulces se caigan.

Importante

Si bien en las explicaciones se enumeran los materiales que fueron utilizados para realizar los recuerdos, éstos pueden ser fácilmente reemplazados por otros que tengas en casa. Si tienes en cuenta que se necesitan cantidades mínimas para vestir a cada payasito, te resultará baratísimo.
Copia la idea, recicla los materiales con que cuentes y decóralos a tu gusto.

Detalle de las piezas

- (A) *Cuerpo:* copa desechable de plástico (de cotillón)
- (B) *Cabeza:* 1 pelota de ping pong o de poliespán de 4 cm de diámetro
- (C) *Nariz:* 1 perla de plástico (1 cm de diámetro)
- (D) *Cabello:* 1 rectángulo de velcro, paño o trozos de lana
- (E) *Gorro:* 1 pieza de gomaespuma laminada o cartulina forrada con papel metalizado, fieltro o telas variadas
- (F) (G) *Corbata:* 1 pieza de gomaespuma de colores
- (H) *Pajarita:* 1 rectángulo de papel crepé del color que prefieras (de acuerdo con el modelo elegido, ya que algunos llevan pajaritas y otros corbatas)
- (I) *Base de la copa:* 1 círculo de gomaespuma de color

Realiza los moldes en papel y trasládalos a los materiales indicados. Corta las piezas y resérvalas hasta el momento del montaje.

Gráfico 3

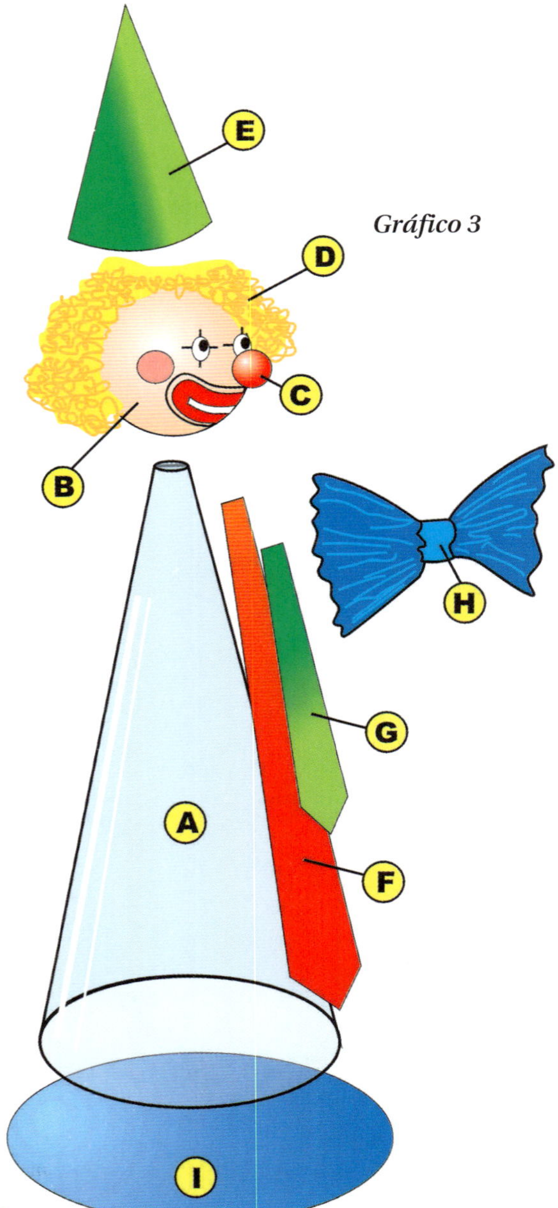

Moldes

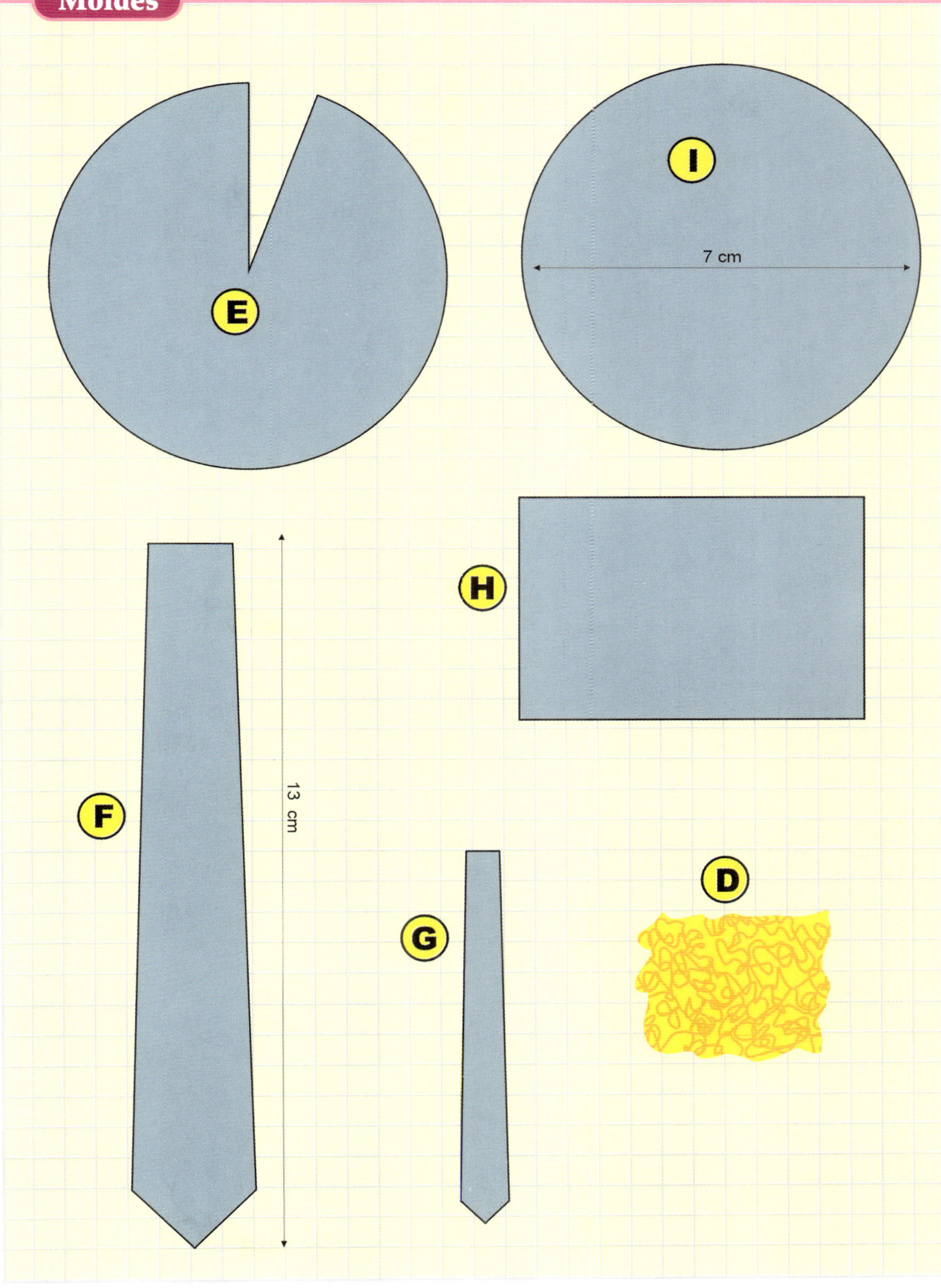

Amplía los moldes proporcionalmente tomando como guía las medidas de referencia.

El domador

Una piñata espectacular repleta de regalos

Materiales

- Lápiz y regla
- Cuerpo: 1 esfera de poliespán de 30 cm de diámetro, dividida en dos mitades
- Cabeza: 1 esfera de poliespán de 20 cm de diámetro
- Nariz: 1 esfera de poliespán de 4 cm de diámetro
- Orejas: 1 esfera de poliespán de 8 cm de diámetro
- 2 conos despuntados de poliespán de 12 cm de base y 20 cm de altura
- Pegamento para poliespán
- Pliegos de papel crepé rojo y blanco
- Gomaespuma de 2 mm de espesor de colores: negro, beis y blanco
- Cinta dorada de 2 m de largo y 4 cm de ancho
- Rotulador indeleble negro
- Cúter
- Tijera
- Lija fina
- Pegamento universal
- 12 palillos de brocheta

Realización

Cabeza:

Guiándote por el modelo terminado, toma la pieza (C), que corresponde a la nariz, y pégala sobre la esfera (A).

Toma la esfera de poliespán de 8 cm (B) y divídela por la mitad. Con las mitades prepara ambas orejas, dándoles forma con el cúter y lijando los bordes con una lija muy fina. Luego colócalas a ambos lados de la cabeza.

Pinta el conjunto con pintura acrílica beis y déjalo secar. Pega el pelo (E), los ojos (D), los bigotes (F) y los dientes (G).

Cuerpo:

Abertura de la piñata:
Sobre una de las mitades de la esfera que corresponde al cuerpo (H), realiza con un cúter la abertura de la piñata (gráfico 1). Luego, para cubrir la abertura, pega en el interior de la esfera un trozo de papel de seda. Después, recorta un círculo de cartón de menor diámetro que la abertura y pégalo sobre el papel de seda.

Enhebra una aguja con un hilo grueso y haz un nudo en un extremo de éste. Atraviesa con la aguja el centro del cartón para que el hilo quede colgando fuera del modelo, con el nudo dentro de la esfera, como muestra el gráfico 2.

Este sistema permitirá que las sorpresas caigan al tirar del hilo.

Forrado de la esfera:

Forra ambas mitades de la esfera con tiras de papel crepé blanco, teniendo cuidado de no obstruir el sistema de abertura preparado anteriormente. Reserva ambas mitades separadas hasta el montaje final.

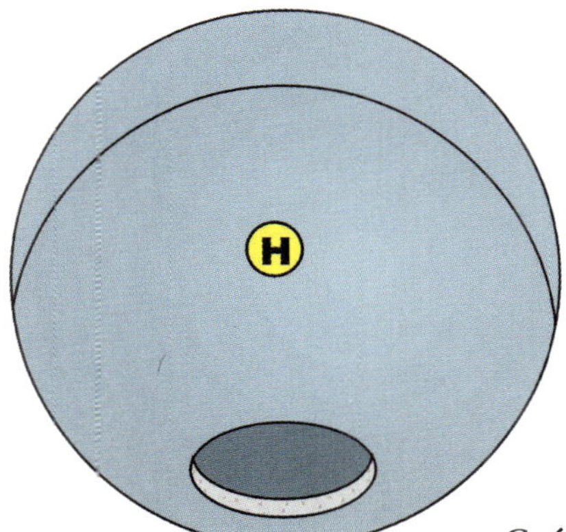

Gráfico 1

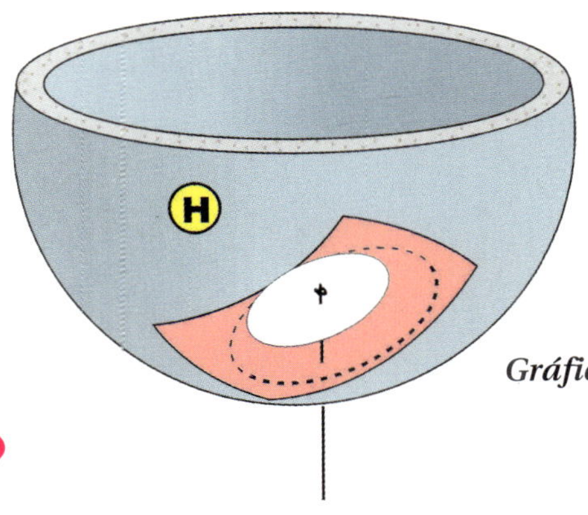

Gráfico 2

Forrado de las piernas:
Repite la operación y forra con papel crepé los conos despuntados que simularán las piernas (J).

Botas:
Para hacer la caña de la bota, echa pegamento en los lados de la pieza (K) y únelos rodeando las piernas que has forrado anteriormente.

El pie (L) consta de tres partes: una de poliespán y dos de gomaespuma. Para realizarlo deberás pegar ambas piezas de gomaespuma por encima y por debajo de la de poliespán.

Luego, para forrar el canto de la pieza, pega la tira de gomaespuma (LL).

Por último, une el pie a la pierna y añade las dos tiras (M) que decoran el pantalón.

Sombrero de copa:
Realiza el sombrero siguiendo las instrucciones dadas en las páginas 28 y 29. Para decorarlo, pega la cinta dorada (S) alrededor de la copa, como muestra el modelo terminado.

Frac:
Coloca y pega el frac (N) sobre la media esfera que corresponde al torso.

Brazos:
Corta los brazos (I) y fórralos con papel crepé rojo, pero deja la mano sin cubrir. Pega los brazos a los costados del torso.

Decoración:
Para terminar el modelo, recorta trozos de papel crepé para imitar las solapas, puños, botones, pañuelo y levita (gráfico 4).

Coloca también una pajarita de cinta dorada y pega un látigo de gomaespuma en la mano.

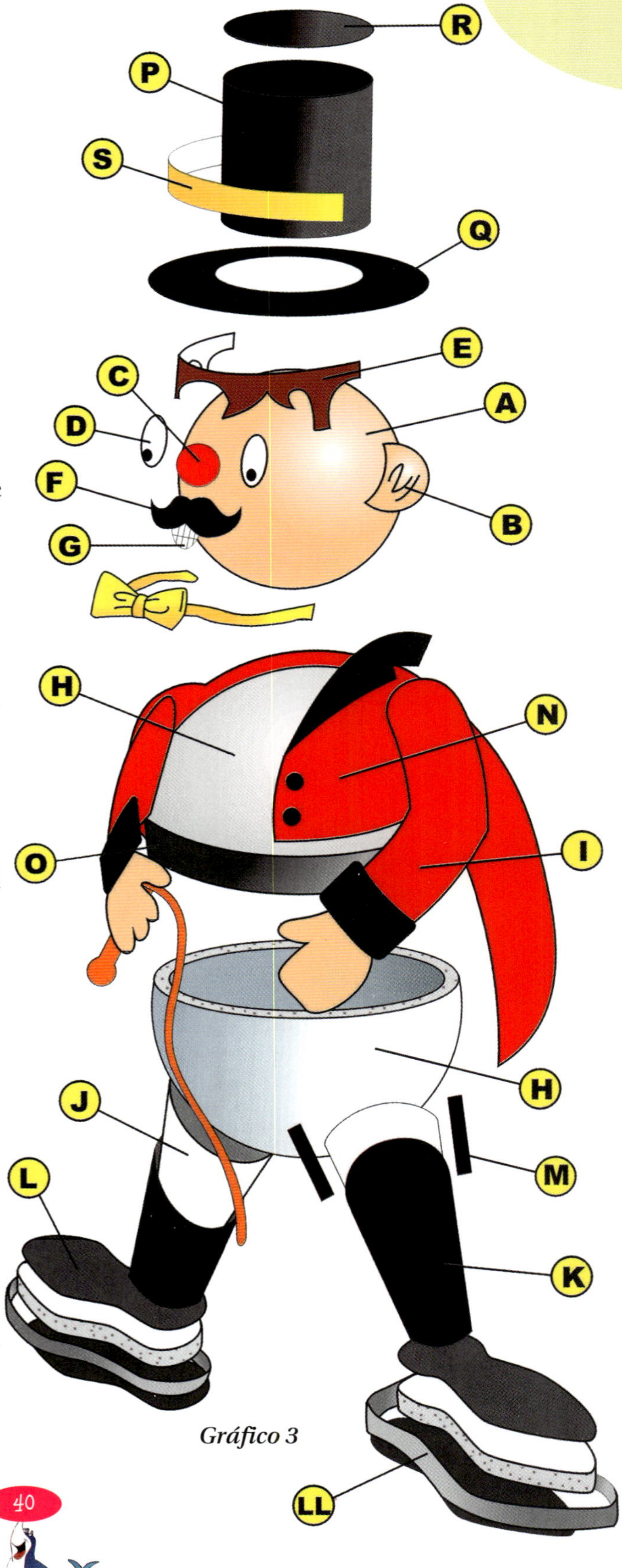

Gráfico 3

Detalle de las piezas

Cabeza:

A *Cabeza:* 1 esfera de poliespán de 20 cm de diámetro

B *Orejas:* 2 medias esferas de poliespán de 8 cm de diámetro

C *Nariz:* 1 esfera de poliespán de 3 cm de diámetro

D *Ojos:* 2 piezas de gomaespuma blanca y 2 negras

E *Pelo:* 1 pieza de gomaespuma negra

F *Bigotes:* 1 pieza de gomaespuma negra

G *Dientes:*1 pieza de gomaespuma blanca

Cuerpo:

H *Cuerpo:* 1 esfera de poliespán de 30 cm de diámetro dividida por la mitad

I *Brazos:* 2 pie zas de gomaespuma y 2 de papel crepé rojo

J *Piernas:* 2 conos (despuntados) de poliespán de 20 cm de largo y 12 cm de ancho (en la parte ancha)

Botas:

K *Bota:* 1 pieza de gomaespuma negra

L *Pie:* 1 pieza de poliespán y 2 de gomaespuma negra

LL *Borde:* 1 tira de gomaespuma negra de 3 x 48 cm

M *Líneas negras (para las piernas):* 4 tiras de gomaespuma negra de 15 x 3 cm

Frac:

N *Frac:* 1 círculo de papel crepé rojo de 60 cm de diámetro

O *Faja:* 1 m de cinta dorada de 8 cm de ancho

P *Látigo:* 1 pieza de gomaespuma negra

Sombrero:

Q *Copa:* 1 pieza de gomaespuma negra

R *Tapa:* 1 círculo de gomaespuma negra

S *Ala:* 1 pieza de gomaespuma negra

Decoración:

T *Cinta:* Cinta dorada de 54 x 5 cm

Traslada los moldes y córtalos en los materiales indicados.

***Importante:** para realizar el sombrero sigue las explicaciones de las páginas 28 y 29.*

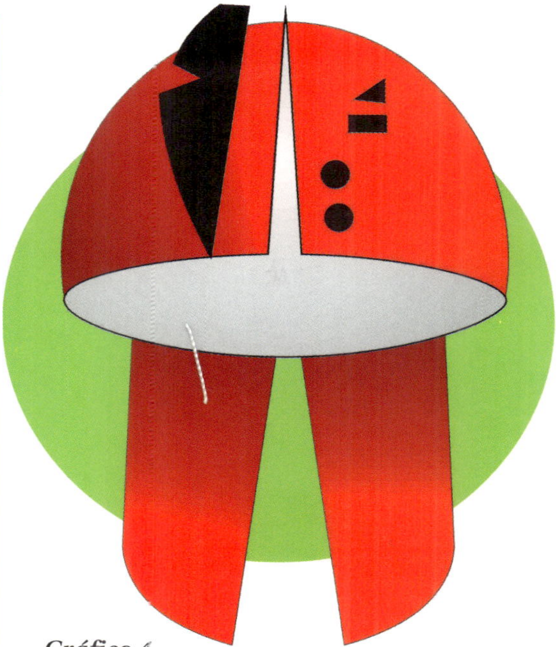

Gráfico 4

Montaje final:
Introduce hasta la mitad cuatro palillos de brocheta en la base de la cabeza. Cubre con pegamento la zona y únela al cuerpo, presionando hasta que la mitad de los palillos queden situados dentro de la media esfera grande (H).

Repite la operación, introduciendo otros cuatro palillos dentro de cada pierna y colocando cada una de ellas a ambos lados de la abertura de la piñata.

Para rellenar la piñata:
Antes de unir ambas mitades del cuerpo deberás rellenar la piñata con las sorpresas elegidas.

Pega ambas mitades y, para finalizar, coloca la faja alrededor del cuerpo, para ocultar la unión.

Solo resta colocar la piñata en un sitio alto y tirar del hilo para que caigan las sorpresas que has guardado en su interior.

Moldes

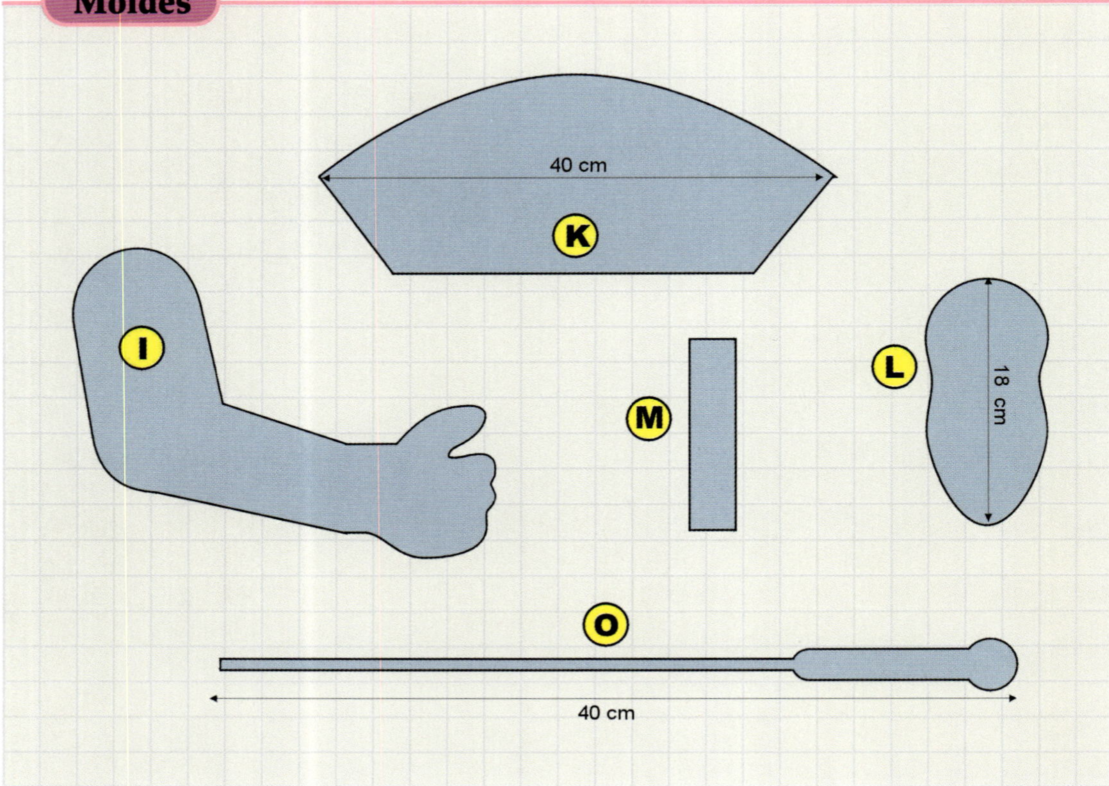

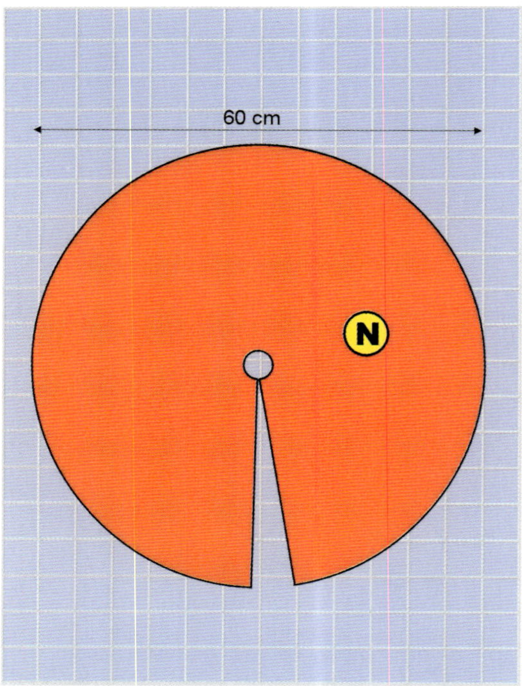

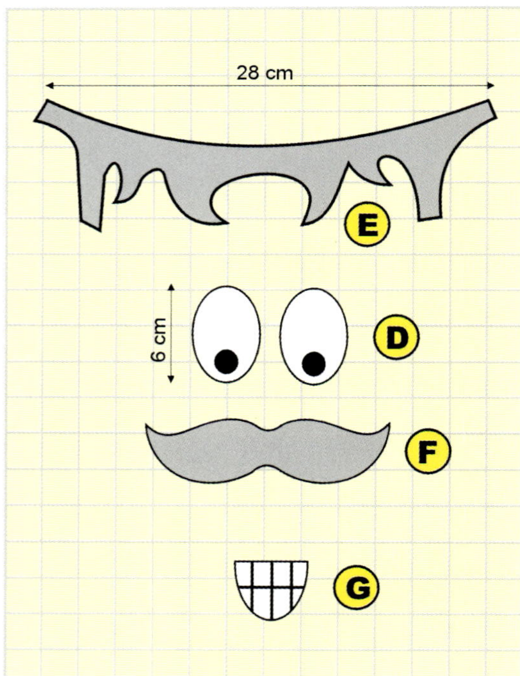

Amplía cada molde proporcionalmente tomando como guía las medidas de referencia.

Carromatos

Llega el circo transportando un sinfín de sorpresas

Gráfico 1

Realización

Si observas el modelo terminado, podrás ver que el carromato está formado por una base de poliespán, con sus respectivas ruedas y enganches.

Encima de la base irá pegada la caja de cartón, que estará forrada con gomaespuma.

Materiales

- Cartón de 2 mm de espesor
- Pegamento universal
- Poliespán de 2 cm de espesor
- Lápiz y regla
- Tijera
- Cúter
- Gomaespuma rayada, negra, marrón y amarilla
- Pincel
- Acrílico marrón
- Cinta adhesiva de papel

Para realizar el modelo, comienza por pintar, con acrílico marrón, las piezas de poliespán (A), (B) y (C), que corresponden a la base. Luego déjalas al aire hasta que se sequen.

Guiándote por el gráfico 1, pega las ruedas (B) a ambos lados de la base y los enganches (C) delantero y trasero.

Caja:
Une las piezas (D), (E) y (F) con cinta adhesiva de papel, para formar una caja rectangular.

Importante

La explicación corresponde al carromato de la fotografía, pero tú puedes decorarlo a tu gusto variando los colores y las formas e incluso dibujando tus propios animalitos.

Detalle de las piezas

Carromato:

- (A) *Base:* 1 pieza de poliespán de 2 cm de espesor
- (B) *Ruedas:* 4 piezas de poliespán
- (C) *Enganches:* 2 piezas de poliespán

Caja:

- (D) *Piso:* 1 pieza de cartón
- (E) *Laterales:* 2 piezas de cartón y 2 de gomaespuma
- (F) *Frente y fondo:* 2 piezas de cartón y 2 de gomaespuma

Adornos:

- (G) 2 piezas de gomaespuma marrón
- (H) 2 círculos de gomaespuma amarilla
- (I) 4 círculos de gomaespuma amarilla
- (J) *Barrotes:* 2 piezas de gomaespuma negra
- (K) Figuras de animales

Traslada los moldes y córtalos en los materiales indicados.

Recuerda que deberás utilizar la cinta de papel del lado exterior del carromato para lograr que el interior quede limpio.

Una vez que hayas montado la caja, pega sobre ella las piezas de gomaespuma que corresponden al frente, fondo y laterales, cuidando de que los bordes coincidan.

Decoración:
Coloca a ambos costados del carromato las piezas (G) y los círculos (H) e (I).

Montaje final:
Coloca y pega la caja ya formada sobre la base del carromato.

Para finalizar, haz fotocopias en color de las figuras de animales (K), recórtalas y colócalas en los laterales.

Por último pega los barrotes (J) sobre los animales

Moldes

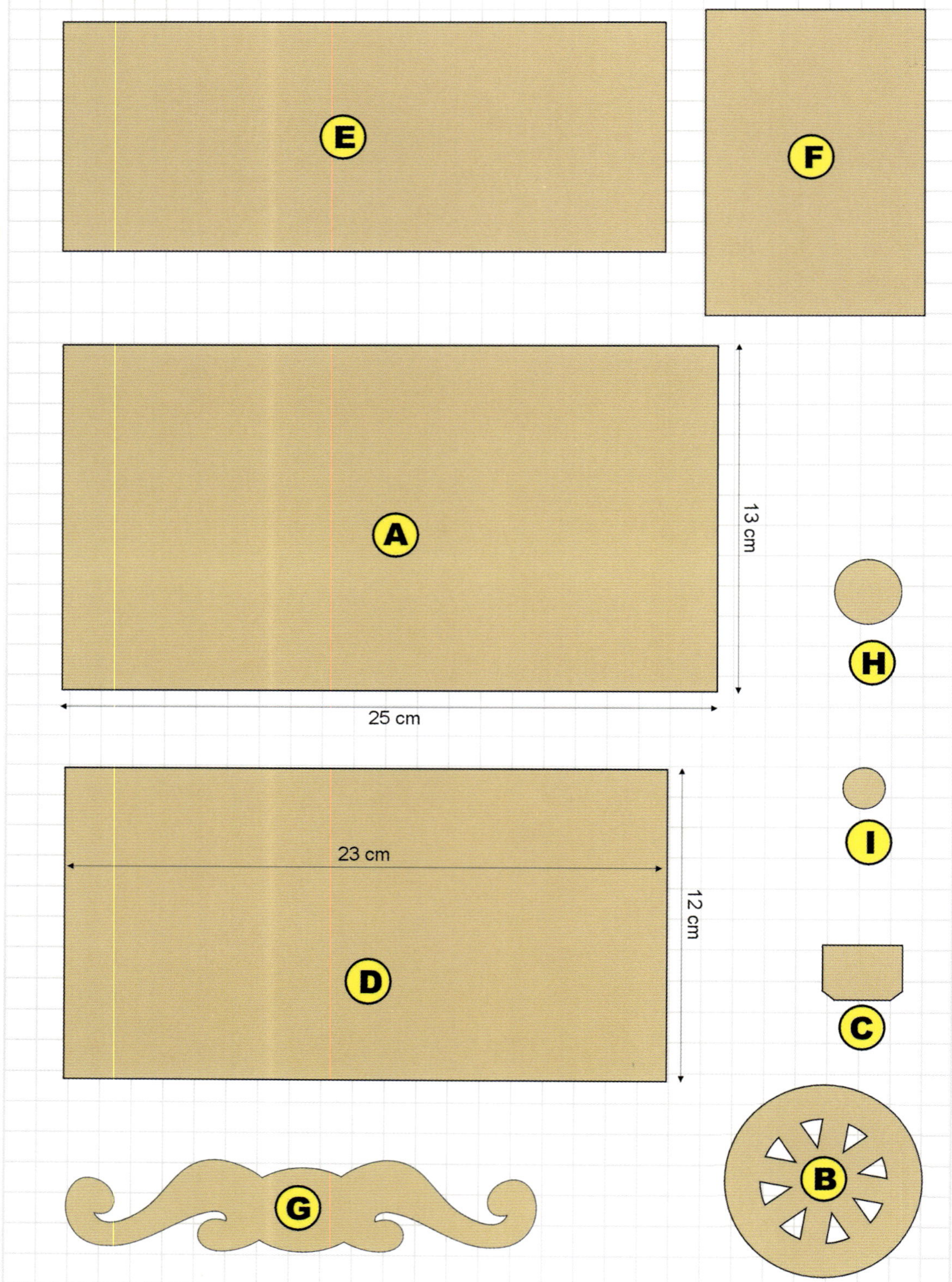

Moldes

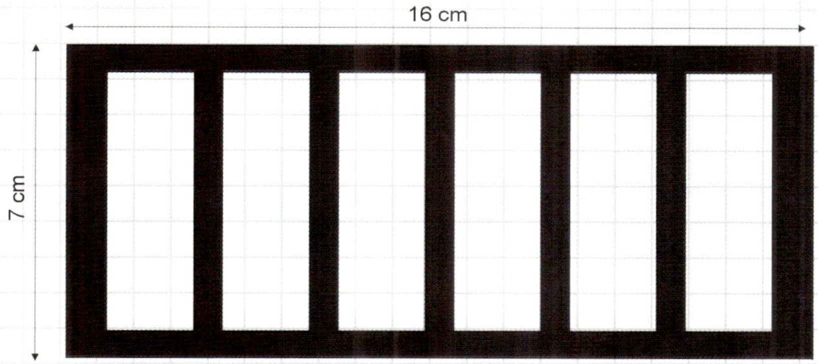

J

K

K

K

Amplía los moldes proporcionalmente tomando como guía las medidas de referencia.

Cubrebotellas circenses

Un toque de color
y alegría en la mesa

Materiales

- Pegamento universal
- Lápiz y regla
- Tijera
- Gomaespuma de 2 mm de espesor de colores: amarillo, azul, rojo y verde
- Rotulador indeleble negro

Realización

Delineado:
Antes de comenzar con el montaje del cubrebotellas es conveniente que delinees con rotulador negro cada una de las piezas (A), (B) y (C) que componen el modelo.

Luego, guiándote por el modelo terminado y el gráfico 1, deberás ir colocando y pegando sobre cada círculo de color (A) los adornos (B) y (C).

Coloca del revés los círculos y únelos entre sí, adhiriendo los rectángulos (E) (gráfico 2).

Realiza los cortes en cruz señalados en la pieza (D) y, para finalizar, pégala en la parte trasera del primer círculo de gomaespuma.

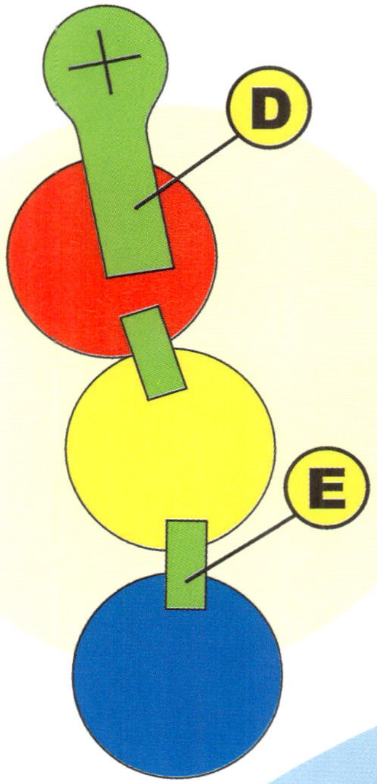

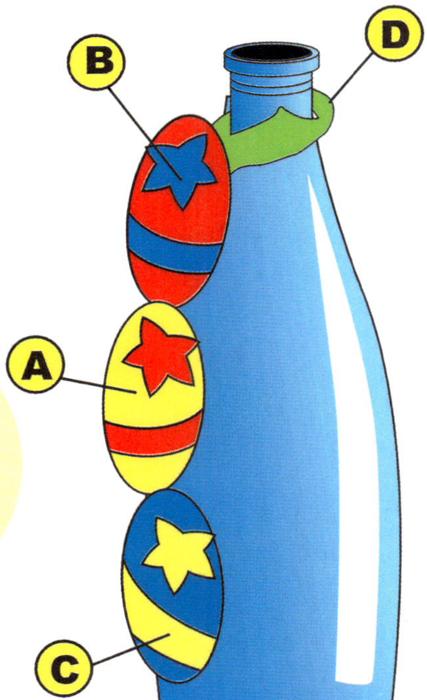

Importante

Aunque el modelo está realizado con gomaespuma, recuerda que los materiales sugeridos y los colores se dan como guía, ya que también podrías realizarlo con cartón y papeles de diversas texturas: metalizados, rayados, etc. Elige la combinación que más te guste.

Moldes

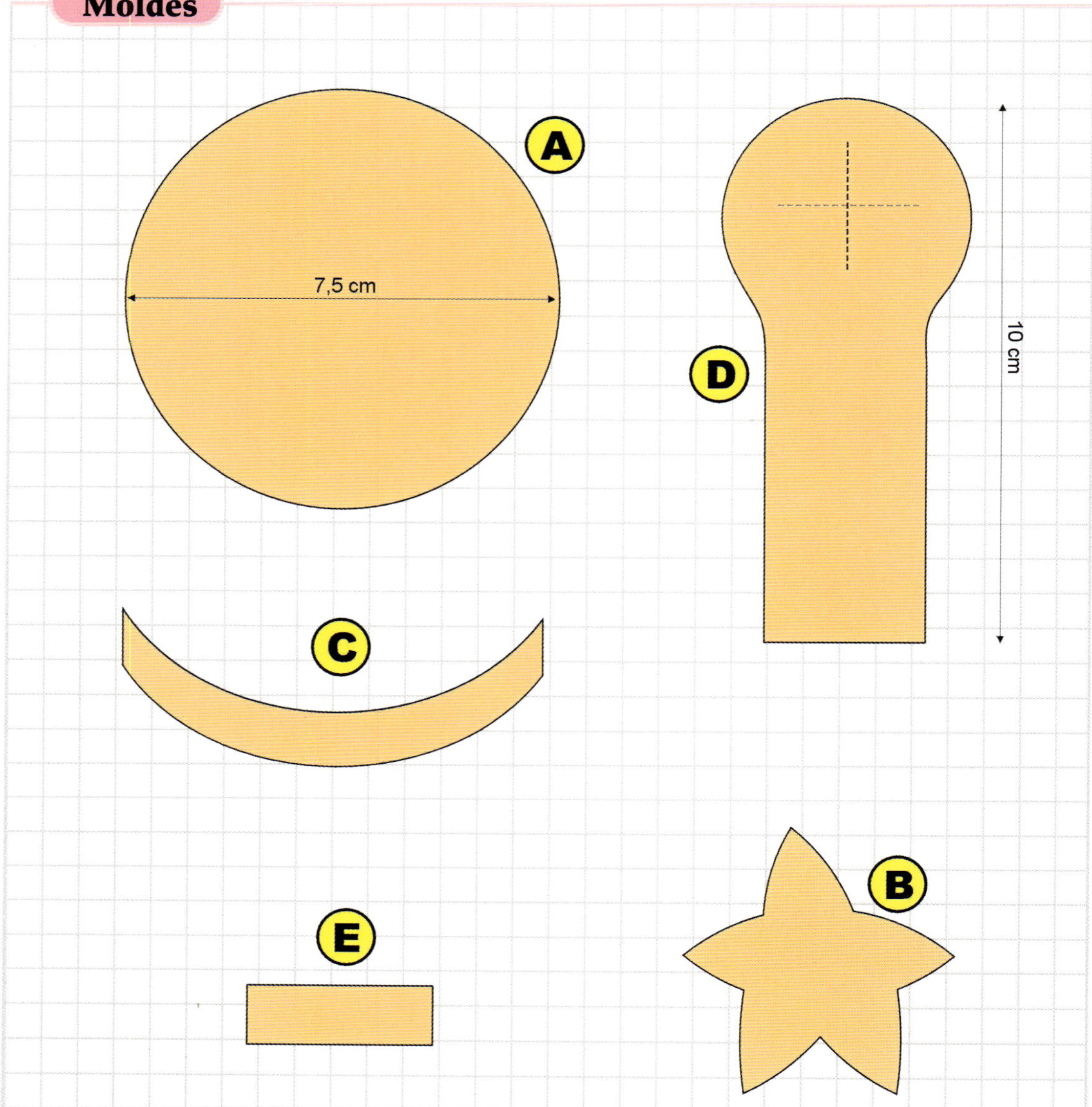

Amplía los moldes proporcionalmente tomando como guía las medidas de referencia.

Detalle de las piezas *Traslada los moldes y córtalos en los materiales indicados.*

Cubrebotellas:

Ⓐ 1 círculo azul, 1 amarillo y 1 rojo

Adornos:

Ⓑ *Estrellas:* 1 pieza de gomaespuma amarilla, 1 roja y 1 azul

Ⓒ *Figuras semicirculares:* 1 pieza de gomaespuma amarilla, 1 roja y 1 azul

Ⓓ *Enganche que permitirá sujetarlo a la botella:* 1 pieza de gomaespuma de color verde

Ⓔ *Unión de las esferas:* 2 piezas de gomaespuma de color verde

El gran forzudo

Un servilletero que se hace sin ningún esfuerzo

Realización

Pesas:

Con el cúter, comienza cortando por el medio cada una de las esferas de poliespán (H). A continuación pinta cada una de las cuatro mitades con témpera negra o acrílico.

Recuerda que también debes cubrir con la pintura negra las zonas planas que resultaron al cortar las esferas, ya que en ellas se apoyarán las servilletas que pongas luego en el servilletero.

Pinta también las varillas que servirán de soporte a las servilletas (G). Mientras las medias esferas y las varillas se secan, podrás comenzar el montaje del servilletero.

Siluetas del forzudo:

Empieza pegando cada una de las piezas (B) de gomaespuma sobre las de cartón (A). Adhiere también en los brazos las muñequeras (D).

Materiales

- Plancha de poliespán de 5 mm de espesor
- Cartón de 2 mm de espesor
- Lápiz y regla
- Tijera
- Cúter
- 2 esferas de poliespán de 3,5 cm de diámetro
- Rotulador negro
- Témpera o acrílico negro
- Pincel
- Pegamento universal
- Gomaespuma de 2 mm de espesor de colores azul, beis y rayada

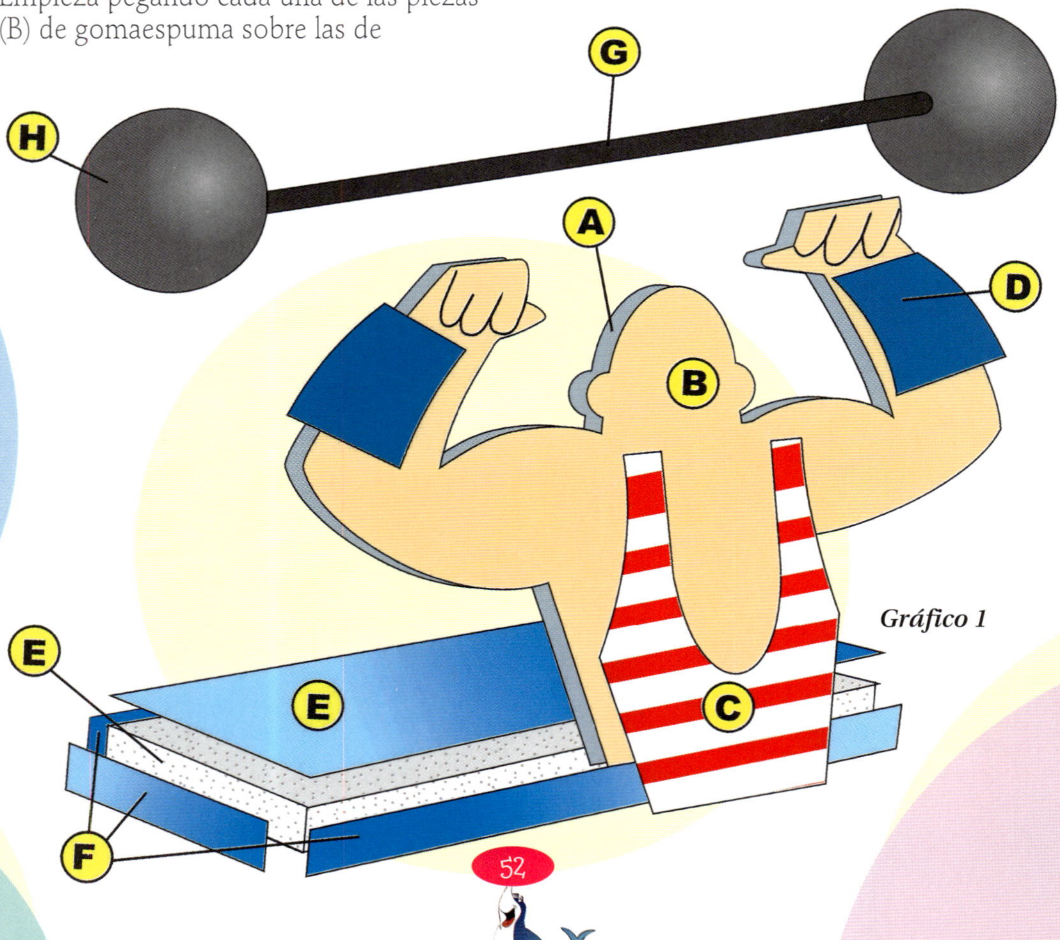

Gráfico 1

Delineado:
Con el rotulador, delinea el contorno de los brazos y las manos, las muñequeras y dibuja las facciones de la cara.

Detalle de las piezas

Cuerpo del forzudo:

- (A) 2 piezas de cartón
- (B) 2 piezas de gomaespuma beis
- (C) *Camiseta:* 2 piezas de gomaespuma rayada
- (D) *Muñequeras:* 4 piezas de gomaespuma azul

Base:

- (E) 1 pieza de poliespán de 5 mm de espesor y 1 de gomaespuma azul
- (F) 2 tiras de gomaespuma azul de 10 x 0,7 cm y 2 tiras de 4,5 x 0,7 cm

Pesas:

- (G) 2 varillas de madera de 15 cm de largo
- (H) 2 esferas de poliespán de 3,5 cm de diámetro

Traslada los moldes y córtalos en los materiales indicados.

Camiseta:
Adhiere la camiseta (C) sobre el cuerpo. Repite la operación sobre el otro lateral.

Si no tienes gomaespuma rayada que se adecue al modelo, puedes pegar tiras de papel rojo sobre una camiseta recortada en gomaespuma blanca.

Pesas:
Inserta los extremos de cada varilla (G) dentro de cada media esfera (H) y sujétalos con pegamento.
Guiándote por el modelo terminado, pega sobre la barra los dedos de cada mano, de manera que queden orientados hacia delante.

Base del servilletero:
Adhiere con pegamento la pieza (E) de gomaespuma sobre la base de poliespán.

Luego forra con las piezas (F) de gomaespuma azul los lados del poliespán (E) y recorta el excedente, si es necesario.

Moldes

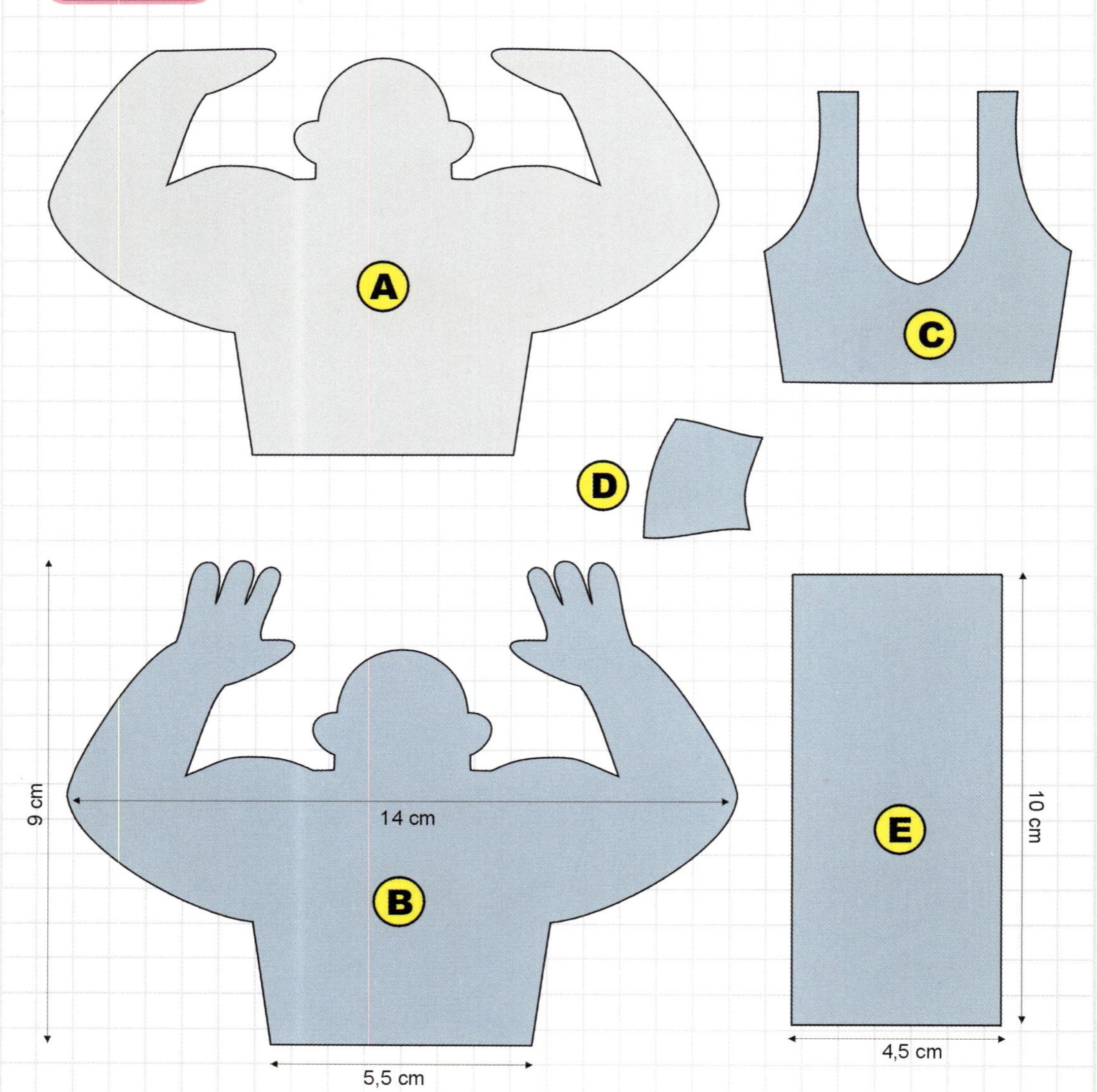

Amplía los moldes proporcionalmente tomando como guía las medidas de referencia.

Montaje final:

Pega las siluetas del forzudo a ambos lados de la base (E), ya forrada.

Y ahora sí estará terminado y listo para colocar las servilletas entre ambas figuras.

De la misma manera podrás realizar todos los servilleteros que desees y colocarlos en las distintas zonas de la mesa.

Importante

Observa que la pieza (A), de cartón, no tiene las manos completas, sino que llegan hasta la mitad de las palmas, sin los dedos.
Ese detalle se tuvo en cuenta para permitir que los dedos de la pieza (B) puedan doblarse para agarrar la barra de las pesas.

Focas en acción

Muy fáciles de realizar,
darán colorido a tu mesa

Realización

Base de la tarima:
Para formar la base, toma el recipiente de poliespán (A), coloca pegamento en el borde y pégale la tapa (B).

Coloca el recipiente sobre la mesa, con la tapa hacia abajo.
Luego, utilizando un lápiz, realiza marcas en toda su circunferencia, a 7 cm desde la base.

Una vez que hayas marcado la línea, deberás cortar con un cúter el recipiente por la marca realizada (gráfico 1).

Lija suavemente el borde para lograr una superficie regular.

Montaje:
Extiende una capa fina de pegamento sobre la pieza (C) y pégala al recipiente rodeándolo, como indica el gráfico 1.

Luego podrás decorarla pegando los 9 triángulos (D), uno al lado del otro, como muestra el modelo terminado.

Foca:
Saca una fotocopia de la figura de la foca (E), pégala sobre una cartulina y recórtala. Por último, colócala sobre la tarima.

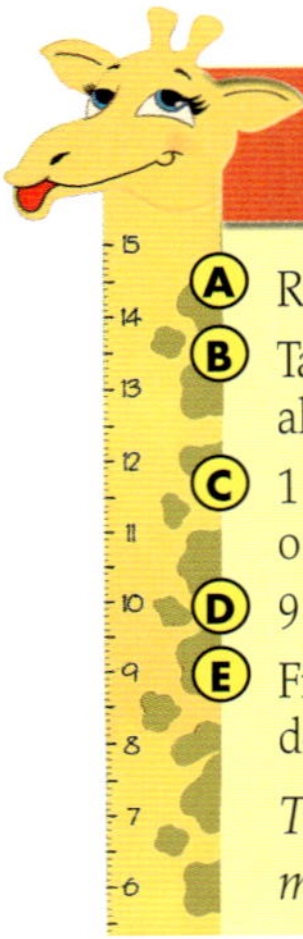

Detalle de las piezas

- (A) Recipiente de poliespán con tapa
- (B) Tapa del recipiente (17 cm de diámetro); al darle la vuelta será la base de la tarima
- (C) 1 pieza de gomaespuma azul, amarilla o verde
- (D) 9 triángulos de gomaespuma roja
- (E) Figura de la foca

Traslada los moldes y córtalos en los materiales indicados.

Gráfico 1

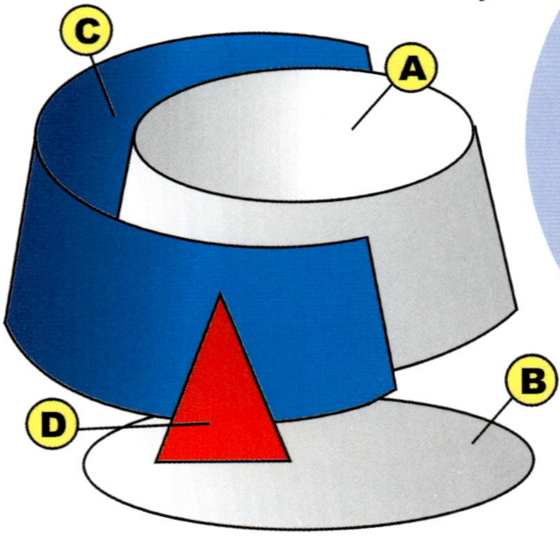

Materiales

- Recipientes de poliespán con su correspondiente tapa
- Gomaespuma de 2 mm de espesor de colores: rojo, azul, verde y amarillo
- Lápiz y regla
- Tijera
- Cúter
- Pegamento universal

Importante

Como el tamaño de las piezas que cubrirán las tarimas dependerá del recipiente de poliespán que consigas, deberás realizar un molde de papel y probarlo en el recipiente, hasta adaptar correctamente la curvatura, antes de cortar las piezas de gomaespuma.

Moldes

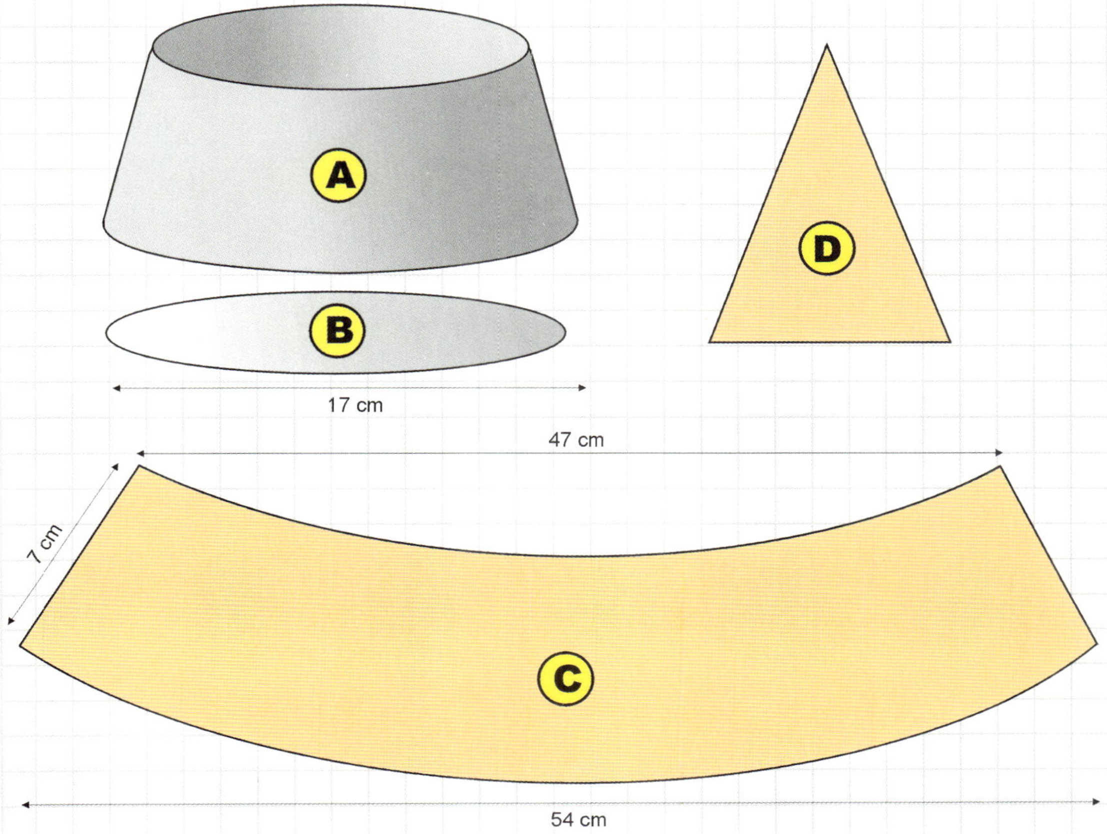

Amplía los moldes proporcionalmente tomando como guía las medidas de referencia.

Fiestas piratas

Espadas para perritos calientes
El audaz pirata
Espadas de cartón
Garfios de recuerdo
Un timón servilletero
Mapa del tesoro
Tesoros de chocolate
Galeón de golosinas
Cañones para guardar pajitas
Palmeras cubrebotellas

Espadas para perritos calientes

Para realizarlas en un instante y decorar la mesa del pirata

Materiales

- Cartón forrado de 2 mm de espesor
- Poliespán de 1 cm de espesor
- Lápiz
- Regla
- Tijera
- Cúter
- Pegamento universal
- Rotulador indeleble negro
- Gomaespuma de 2 mm de espesor de colores verde y amarillo
- 2 gemas de color

Importante

Si observas el modelo podrás apreciar que las dos espadas van colocadas hacia el mismo lado. Ten en cuenta ese detalle al decidir qué cara de la espada de cartón forrarás con gomaespuma.

Realización

Base:

Comienza pegando sobre la pieza (A) de poliespán la otra pieza (A) de gomaespuma, procurando que los bordes de ambas coincidan.

Luego pega la tira de gomaespuma (D) alrededor del canto del poliespán, para lograr que la base quede regular.

Espadas:

Forra las espadas de cartón (B) pegando sobre ellas las otras piezas (B) de gomaespuma.

Luego ubica y pega la empuñadura (C).

Decoración:

Delinea el contorno de ambas espadas utilizando rotulador indeleble negro y pega las gemas (E) del color que tú prefieras.

Gráfico 1

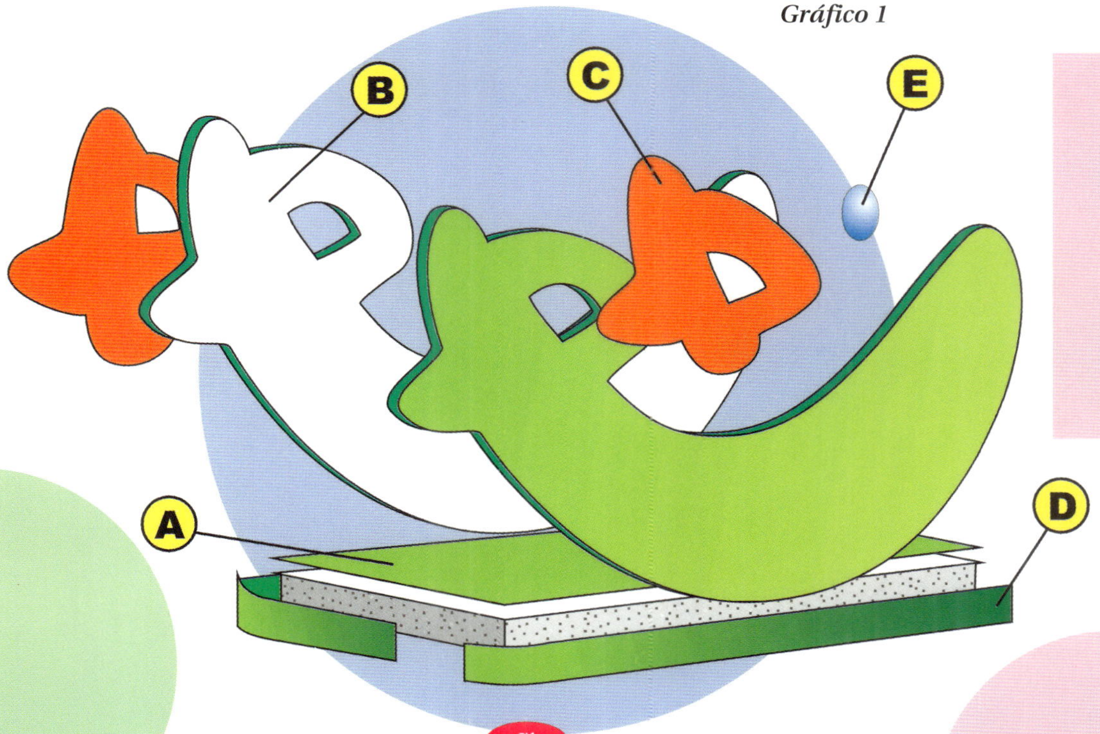

Moldes

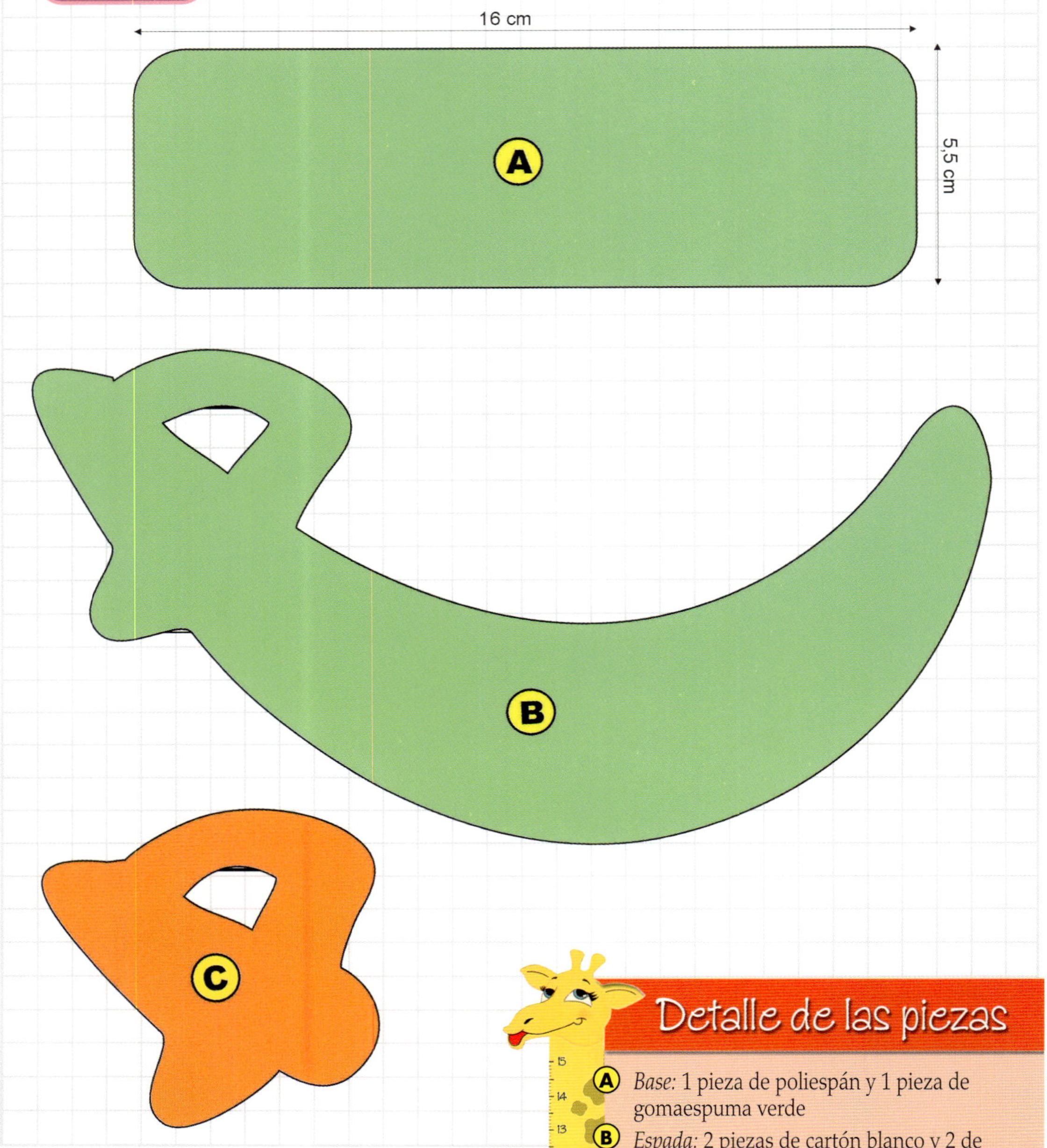

Detalle de las piezas

- **A** *Base:* 1 pieza de poliespán y 1 pieza de gomaespuma verde
- **B** *Espada:* 2 piezas de cartón blanco y 2 de gomaespuma verde
- **C** *Empuñadura:* 2 piezas de gomaespuma amarilla
- **D** 1 tira de gomaespuma verde de 1,5 cm de alto x 40 cm de largo
- **E** 2 gemas de color

Traslada los moldes y córtalos en los materiales indicados.

Montaje final:
Por último, adhiere sobre los costados de la base (A) ambas espadas orientadas en el mismo sentido.

El audaz pirata

Una piñata muy graciosa que sorprenderá a los invitados

Materiales

- Gomaespuma de 2 mm de espesor de colores: negro, gris y beis
- 1 esfera de poliespán de 50 cm de diámetro dividida en 2 mitades
- 1 esfera de poliespán de 25 cm de diámetro
- 1 esfera de poliespán de 7 cm de diámetro
- 1 esfera de poliespán de 8 cm de diámetro
- 2 cilindros de poliespán de 10 cm de diámetro y 15 cm de altura
- 2 pliegos de papel crepé rojo y blanco
- 1 pliego de papel rayado blanco y azul
- 1 pliego de papel blanco con lunares verdes
- 30 cm de hilo de algodón o sisal
- Témpera o acrílico beis
- Pincel
- Rotulador indeleble negro
- Tijera
- Cola vinílica
- Lija fina
- 12 palillos de brocheta

Realización

Cabeza:

Antes de comenzar con el montaje de la cabeza es conveniente que modeles las orejas (C) con un cúter. Luego, utilizando una lija fina, alisa los bordes.

Pinta con témpera o acrílico beis las piezas que forman la cara del pirata: (A) cara, (B) nariz y (C) orejas; déjalas secar.

Guiándote por la fotografía del modelo terminado, pega las orejas (C) a ambos lados de la cara.

Dibuja con un rotulador negro los dientes sobre la boca (G) y luego pégala encima de la barba (F). Pega la barba, ya terminada, sobre la cara, y encima de ésta coloca la nariz (B). Adhiere el ojo (D) y la ceja (E). Prepara el parche (H), pegándolo a la cinta, y colócalo, cruzado, sobre la cara.

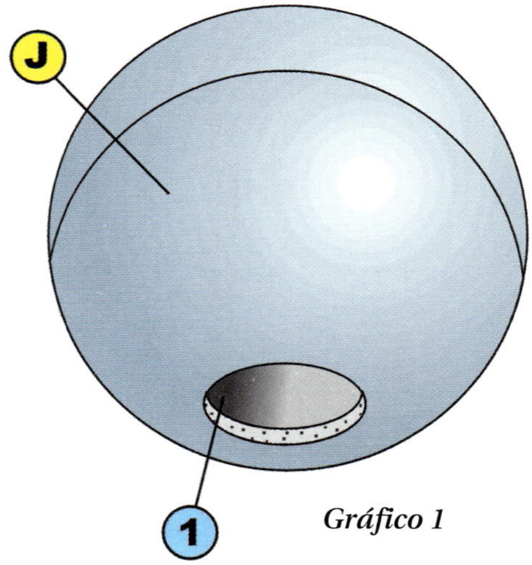

Gráfico 1

Pañuelo:

Coloca el pañuelo (I) sujetándolo de manera que el nudo quede por detrás de la cabeza.

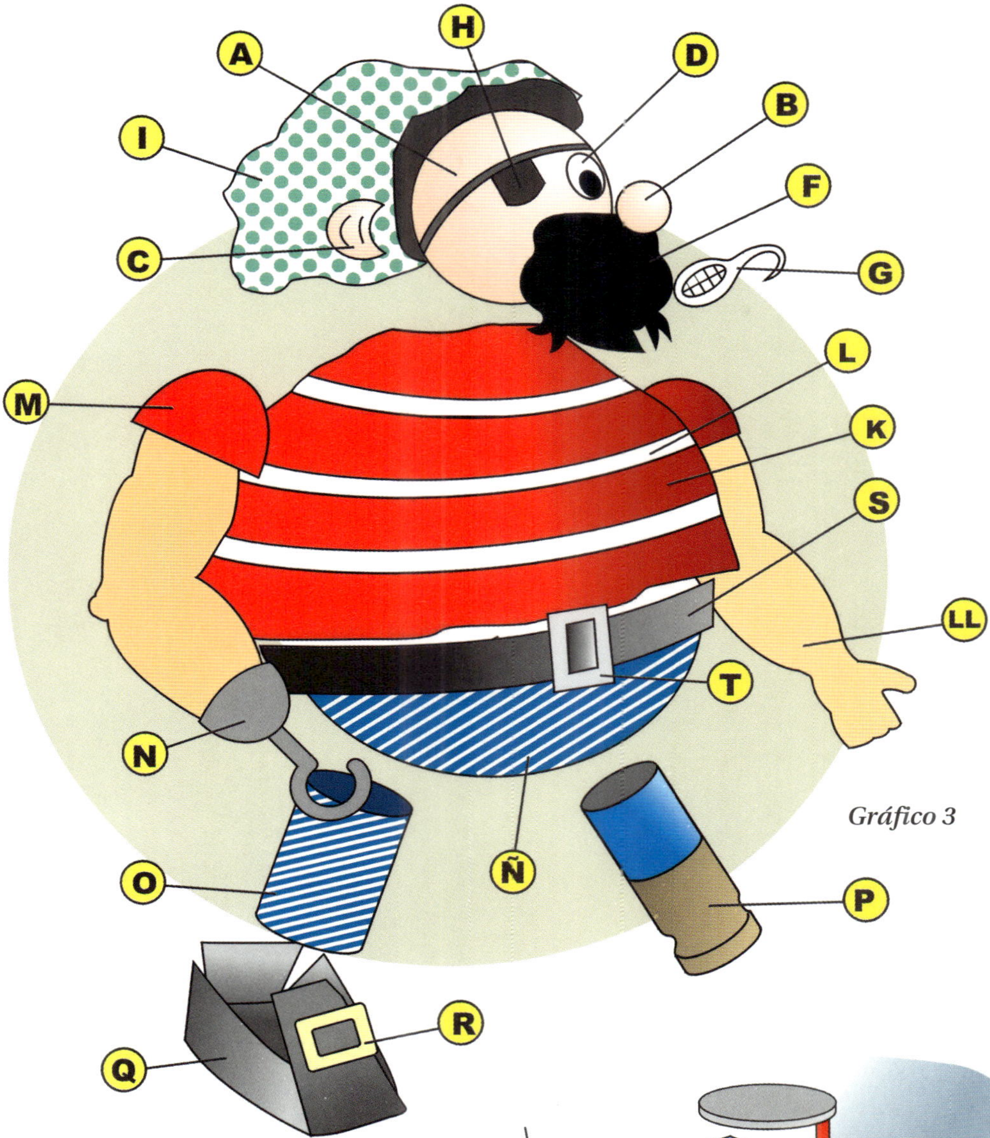

Gráfico 3

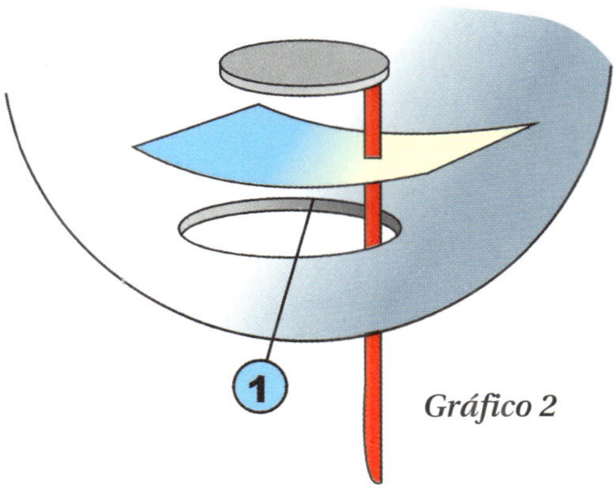

Gráfico 2

Cuerpo:

Abertura de la piñata:

Sobre una de las mitades de la esfera que corresponde al cuerpo (J), realiza con un cúter la abertura de la piñata (gráfico 1).

Luego cubre la abertura pegando en el interior de la esfera un trozo de papel de seda. Recorta un círculo de cartón de menor diámetro que la abertura y pégalo sobre el papel de seda.

Enhebra una aguja con un hilo grueso y realiza un nudo en el extremo. Atraviesa con la aguja el centro del cartón, de manera que el hilo quede colgando fuera del modelo, como muestra el gráfico 2.

Este sistema permitirá que las sorpresas caigan al tirar del hilo. Por último, forra la

Detalle de las piezas

Cabeza:

Ⓐ 1 esfera de poliespán de 20 cm de diámetro
Ⓑ *Nariz:* 1 esfera de poliespán de 7 cm de diámetro
Ⓒ *Orejas:* 2 medias esferas de poliespán de 8 cm de diámetro
Ⓓ *Ojos:* 2 piezas de gomaespuma blancas
Ⓔ *Ceja:* 1 pieza de gomaespuma negra
Ⓕ *Barba:* 1 pieza de gomaespuma negra
Ⓖ *Boca:* 1 pieza de gomaespuma blanca
Ⓗ *Parche y cinta:* 2 piezas de gomaespuma negra
Ⓘ *Pañuelo:* 1 pliego de papel blanco con lunares verdes

Cuerpo:

Ⓙ 1 esfera de poliespán de 45 cm de diámetro (dividida por el medio)
Ⓚ *Camisa:* 1 círculo de papel crepé rojo de 60 cm de diámetro.
Ⓛ *Rayas de la camisa:* tiras de papel crepé blanco de 3 cm de ancho
(LL) *Brazos:* 2 piezas de gomaespuma beis (una con mano y la otra sin ella)
Ⓜ *Mangas:* 2 piezas de papel crepé rojo
Ⓝ *Garfio:* 1 pieza de gomaespuma gris
Ⓞ *Pantalón:* papel rayado azul y blanco
Ⓟ *Pierna:* 1 tubo de poliespán de 10 cm de diámetro y 15 cm de altura
Ⓠ *Pata de palo:* 1 tubo de poliespán de 10 cm de diámetro y 15 cm de altura
Ⓡ *Zapato:* 1 pieza de gomaespuma negra
Hebilla del zapato: 1 pieza de gomaespuma blanca
Ⓢ *Cinturón:* 1 pieza de gomaespuma negra de 140 x 6 cm
Ⓣ *Hebilla del cinturón:* 1 pieza de gomaespuma gris

media esfera con el papel rayado, procurando no obstruir el sistema de apertura.

Camisa:
Forra la mitad de la esfera, que corresponde al torso, con el papel crepé rojo (K). Luego pega sobre la camisa las tiras de papel blanco (L), equidistantes, para simular las rayas.

Brazos:
Delinea el contorno de cada brazo (LL) y pega el garfio (N) en el que corresponde. Adhiere luego las mangas (M) sobre ambos hombros.

Montaje del pirata:
Cabeza y torso:
Sujeta la cabeza al cuerpo colocando bastante pegamento e introduciendo, desde el interior de la media esfera, cuatro palillos de brocheta, dos a cada lado, teniendo cuidado de que pasen desde el cuerpo al interior de la cabeza y evitando de esa manera que ésta pueda deslizarse.

Pega los brazos terminados a ambos costados del cuerpo.

Pata de palo:
Toma la pieza (P) y, con un cúter, moldéala realizando una muesca a 2 cm del extremo, como muestra el modelo terminado.
Pinta la superficie con acrílico marrón y déjalo secar.

Forra el extremo superior de la pata de palo con papel rayado para imitar el pantalón (Ñ).

Pega la pierna (O) y la pata de palo a ambos lados del cuerpo asegurándolas con palillos de brocheta de la misma manera que uniste la cabeza al cuerpo.

Zapato:
Coloca pegamento en los bordes de la pieza (Q) y, guiándote por el gráfico 4, pliega el zapato en forma envolvente pegándolo luego a la pierna. Por último coloca la hebilla (R).

Moldes

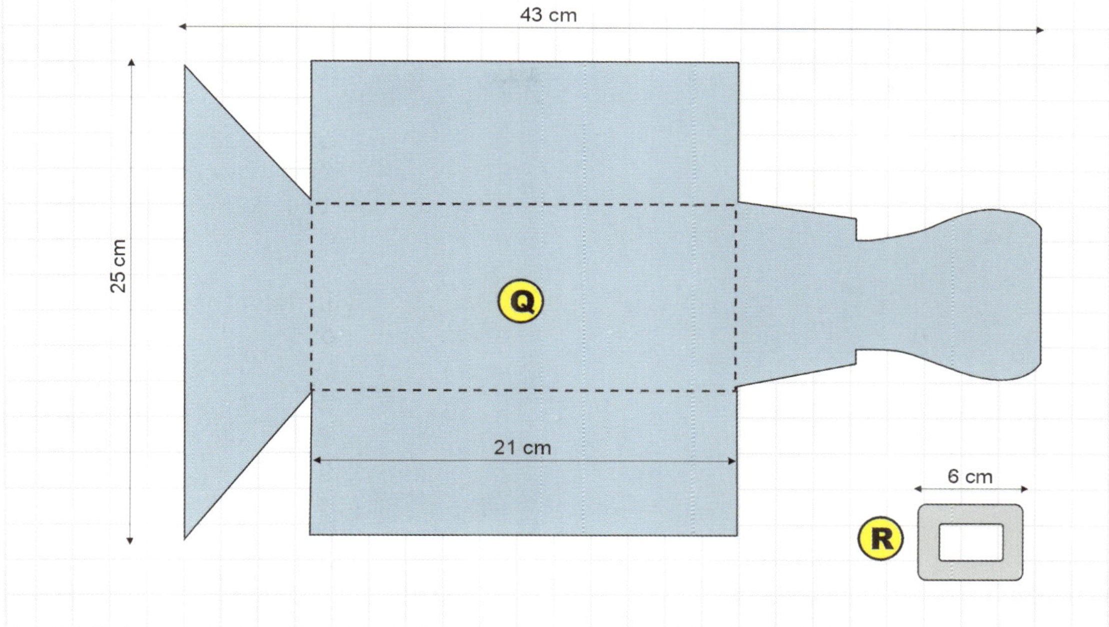

Amplía los moldes proporcionalmente tomando como guía las medidas de referencia.

Para rellenar la piñata:
Antes de unir ambas partes del cuerpo deberás rellenar la piñata con las golosinas y sorpresas elegidas.

Coloca pegamento alrededor de las mitades del cuerpo y únelas definitivamente.

Cinturón:
Delinea con rotulador el contorno de la hebilla (T). Pasa el cinturón (S) a través de la hebilla y pégalo alrededor del cuerpo del pirata para ocultar la unión de las dos medias esferas.

Cuelga la piñata y tira del hilo para liberar una lluvia de sorpresas.

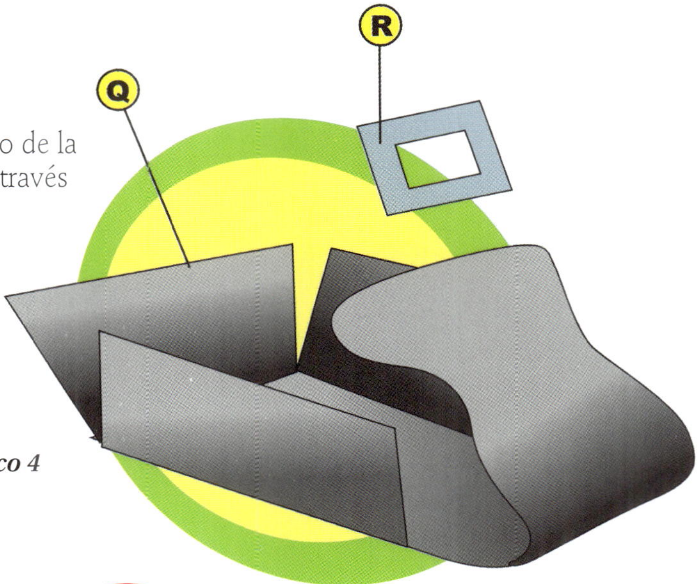

Gráfico 4

Moldes

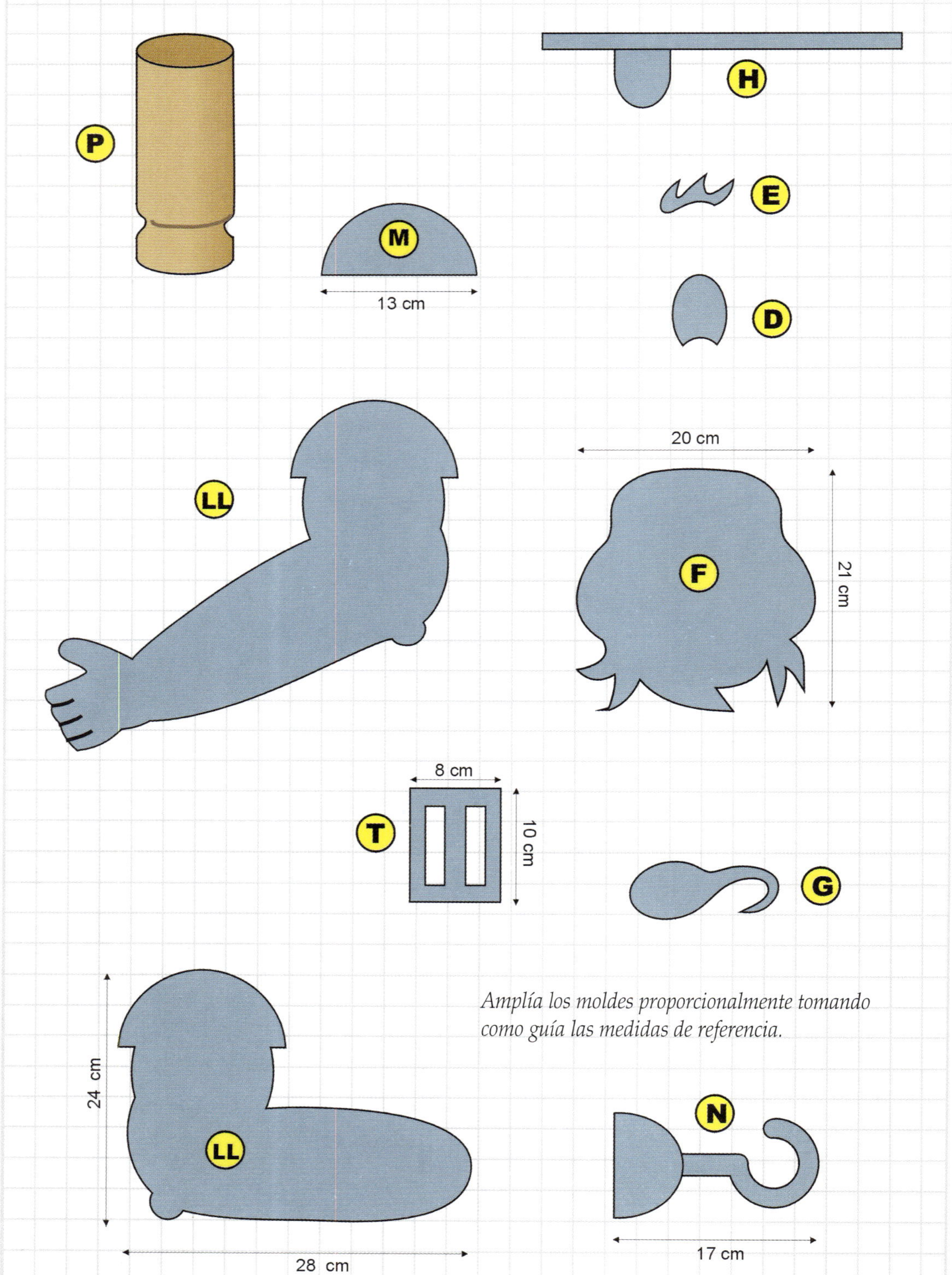

Amplía los moldes proporcionalmente tomando como guía las medidas de referencia.

Espadas de cartón

Para jugar y jugar como intrépidos piratas

Materiales

- Cartón de 2 mm de espesor
- Papel autoadhesivo plateado
- Gomaespuma marrón y negra de 2 mm de espesor
- Lápiz
- Tijera
- Regla
- Cúter
- Pegamento universal
- 2 gemas de color

Realización

MODELO 1

Sable de hoja ancha:
Comienza por realizar la hoja del sable pegando cada una de las piezas (A) de papel plateado a ambos lados de la pieza de cartón (A).

Mango de la empuñadura:
Adhiere cada una de las piezas de gomaespuma (B) a ambos lados de la hoja del sable (A), como muestra el gráfico 1.

Cazoleta:
La cazoleta de este modelo (C) está formada por dos piezas iguales que, al adherirlas a cada lado de la hoja del sable, terminarán de formar la empuñadura.

Pega sobre una de las caras de la pieza (C) de cartón la otra pieza (C) de gomaespuma. Repite la operación con la pieza restante en la otra cara, como muestra el gráfico 1.

Luego adhiere ambas piezas ya forradas a cada lado del sable y pégalas entre sí, como muestra el gráfico 1.

Decoración:
Adhiere las piedras (D), una a cada lado de la empuñadura, como muestra el modelo terminado.

MODELO 2

Espada con empuñadura plateada:
Comienza forrando las piezas de cartón (A), (B) y (C) con el papel autoadhesivo plateado, recortando cuidadosamente lo que sobre para lograr que los bordes queden regulares.

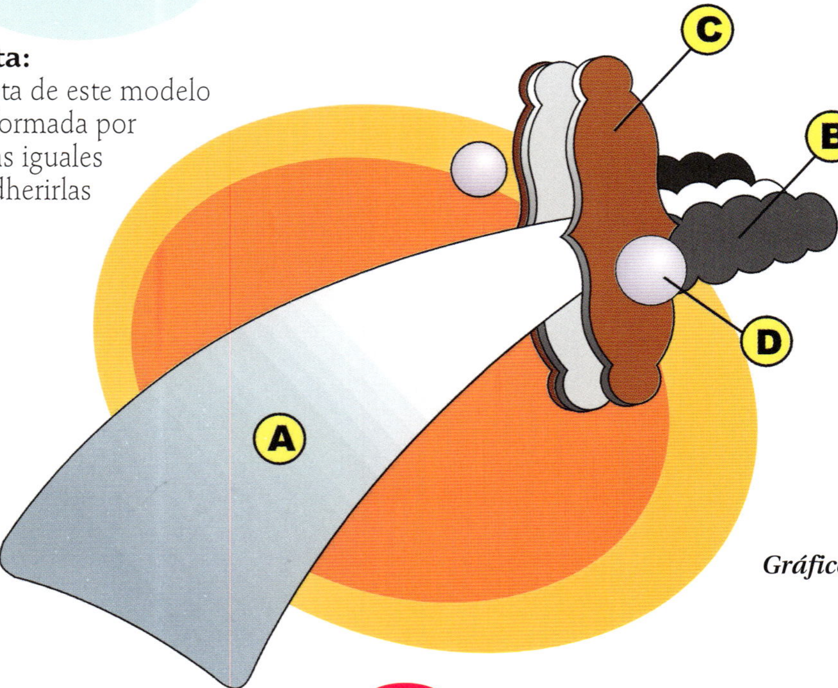

Gráfico 1

Detalle de las piezas

MODELO 1

- **A** *Hoja del sable:* 1 pieza de cartón de 2 mm de espesor y 2 piezas de papel autoadhesivo plateado
- **B** *Mango de la empuñadura:* 2 piezas de gomaespuma negra
- **C** *Cazoleta:* 2 piezas de cartón de 2 mm de espesor y 2 de gomaespuma marrón
- **D** 2 gemas de color

MODELO 2

- **A** *Hoja de la espada:* 1 pieza de cartón de 2 mm de espesor y 2 piezas de papel autoadhesivo plateado
- **B** *Mango de la empuñadura:* 1 pieza de cartón de 2 mm de espesor y 2 piezas de papel autoadhesivo plateado
- **C** *Cazoleta:* 1 pieza de cartón de 2 mm de espesor y 2 piezas de papel autoadhesivo plateado

Luego deberás realizar con el cúter los cortes indicados con el número (1) en las piezas (B) y (C).

Esos cortes son los que permiten que la pieza (C), que forma la empuñadura, quede encastrada en la hoja de la espada.

Montaje final:
Comienza introduciendo la hoja de la espada (A) en el corte de la pieza (B) hasta que haga tope. Luego introduce la espada por uno de los ojales de la pieza (C), hasta juntarla con la pieza (B) ya colocada.

Introduce el otro extremo de la pieza (C), curvándola suavemente para evitar que el cartón se quiebre.

Finalmente pega la unión de ambas piezas, como muestra el gráfico 2, y refuerza con pegamento las uniones de las piezas ya colocadas para lograr mayor firmeza.

Decoración:
Para dar mejor acabado a la espada, puedes optar por colocar una pieza de gomaespuma negra en el mango como muestra el modelo terminado.

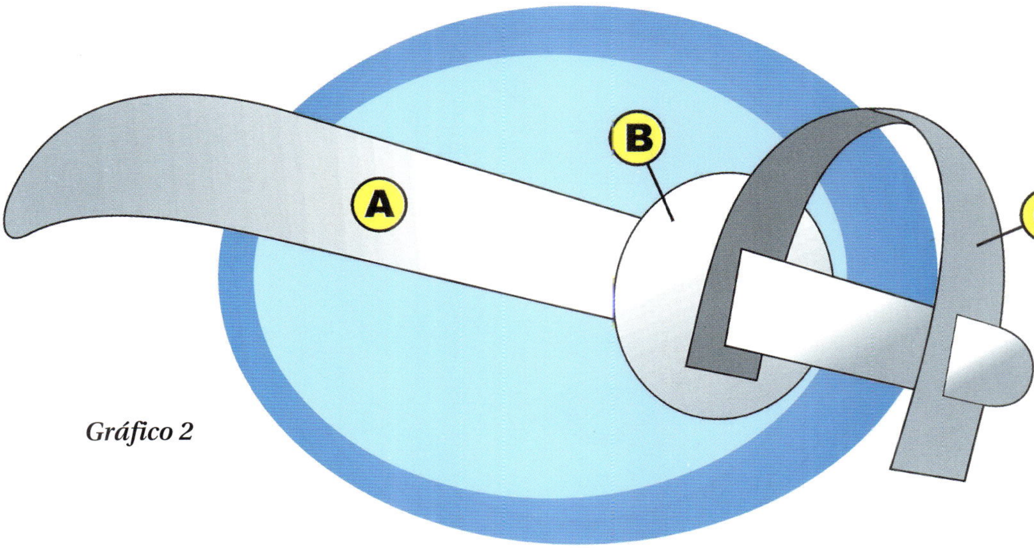

Gráfico 2

Moldes

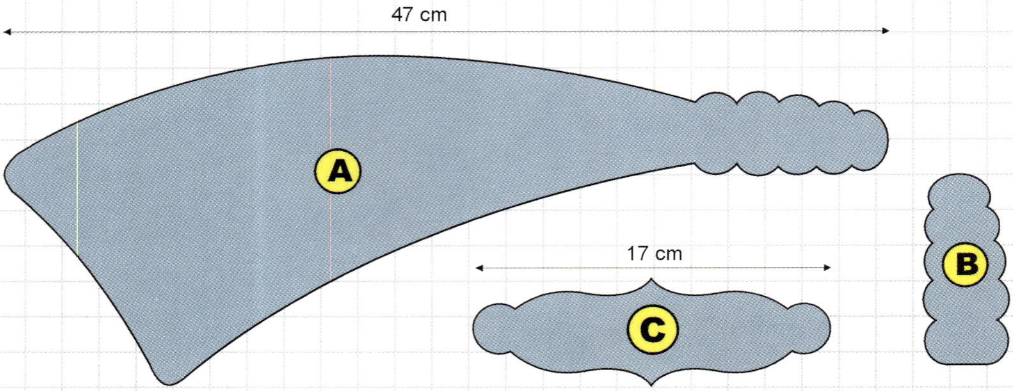

Modelo 1

Modelo 2

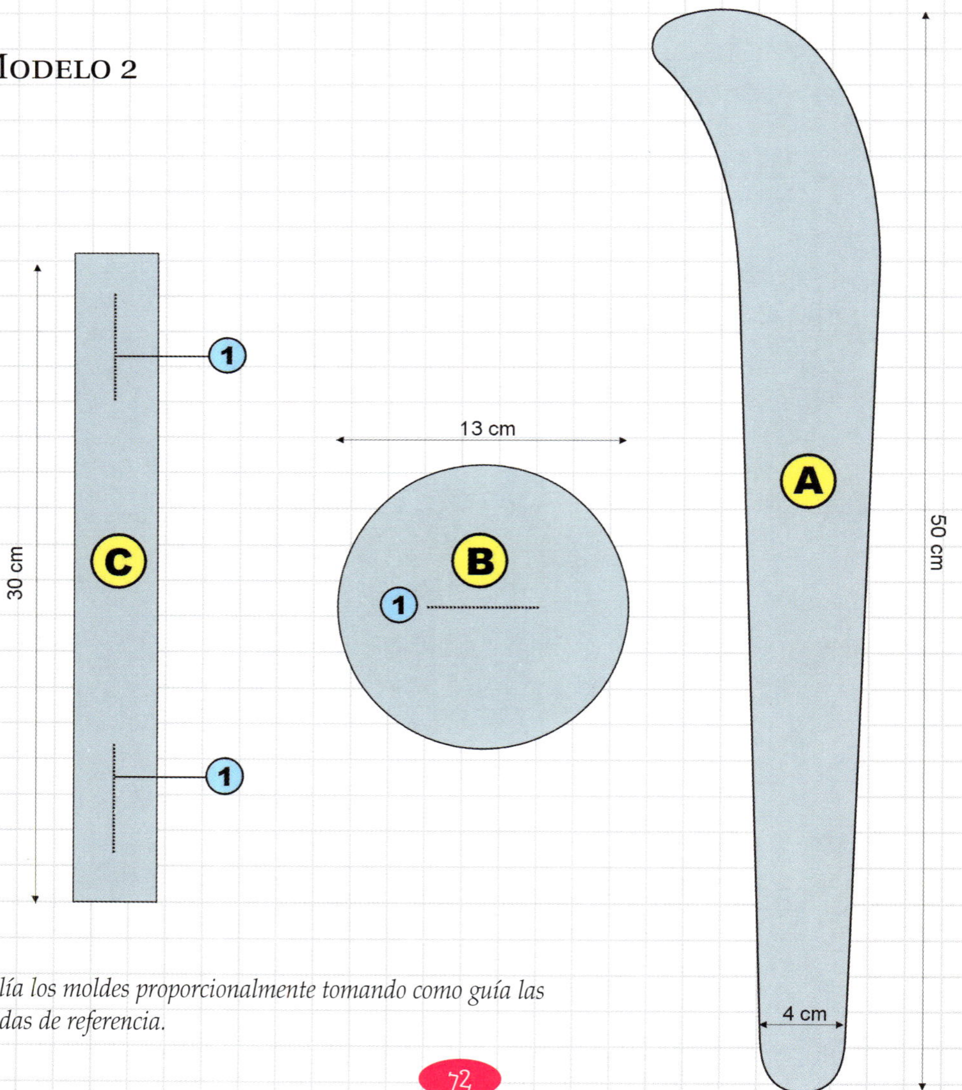

Amplía los moldes proporcionalmente tomando como guía las medidas de referencia.

Garfios de recuerdo

Un recuerdo pirata para cada invitado

Utiliza el garfio mayor como centro de mesa.

Materiales

Se enumeran los materiales para un solo recuerdo.

- 1 vaso de plástico transparente de 7 cm de diámetro
- Media esfera de poliespán de 7 cm de diámetro
- Cartón de 2 mm
- Pegamento universal
- Lápiz y regla
- Acrílico plateado
- Pincel
- Tijera
- 1 blonda de papel blanco de 15 cm de diámetro
- Gomaespuma negra
- Papel metalizado dorado
- 4 chinchetas plateadas

Realización

Garfios de recuerdo:

Puntillas del puño:

Para realizar los puños se utilizan blondas o manteles de papel redondos de aproximadamente 15 cm de diámetro.

Toma una blonda y marca con un lápiz un círculo mas pequeño a unos 4 cm del borde.

Corta el círculo del centro y retíralo para quedarte con un aro de blonda.

Importante

Las medidas del vaso pueden variarse, pero es imprescindible que al elegir las piezas verifiques que la boca del vaso y la media esfera coincidan en su diámetro para permitir que el recuerdo pueda cerrarse a presión al guardar en él las golosinas o sorpresas que quieras colocar en su interior.

Haz un corte para abrir el aro y, guiándote por el modelo terminado, pégalo alrededor del vaso (A). Realiza pequeñas pinzas para producir el efecto del fruncido de la puntilla.

Pintura:
Pinta con acrílico plateado la media esfera de poliespán (E) y los garfios de cartón (F) y déjalos secar.

Montaje del garfio:
Coloca el garfio de cartón en la media esfera y marca con un lápiz el tamaño de la abertura que necesitarás para poder introducir el garfio dentro de la media esfera.

Con un cúter realiza el corte. Luego introduce el garfio y echa pegamento en

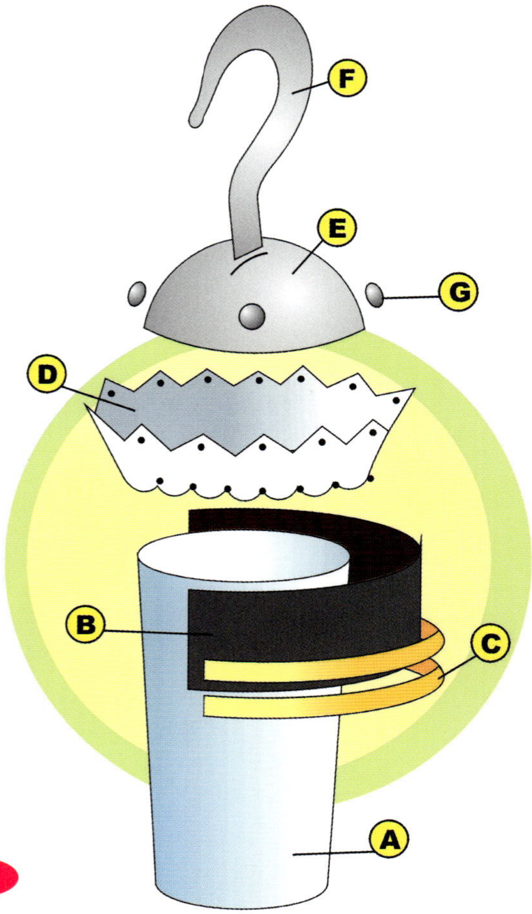

Detalle de las piezas

- **A** Vaso transparente de 7 cm de diámetro y 10 cm de altura
- **B** Tira de gomaespuma negra de 26 x 4 cm
- **C** 2 tiras de papel metalizado dorado de 26 x 0,5 cm
- **D** 1 blonda de papel de 15 cm de diámetro
- **E** Media esfera de poliespán de 7 cm de diámetro
- **F** *Garfio:* 1 pieza de cartón
- **G** 4 chinchetas doradas o plateadas

el lado interior para unirlo sin que se vea el adhesivo.

Coloca las chinchetas (G) alrededor del borde.

Pega sobre la pieza de gomaespuma negra (B) dos tiras doradas (C), dejando 1 cm de separación entre ambas.

Por último, pega la tira negra ya decorada cubriendo justamente el borde inferior de la blonda para ocultar cualquier imperfección que pudiera haber quedado.

Finalmente, llena el vaso con las sorpresas elegidas y ciérralo, colocando a presión la media esfera de poliespán.

Si deseas asegurar el cierre con pegamento, echa unas gotas para que el recuerdo no se rompa al querer abrirlo.

Garfio de recuerdo

Moldes

Materiales

- 1 recipiente plástico, 13 cm de diámetro
- Media esfera de poliespán de 13 cm de diámetro
- Pincel
- Acrílico plateado
- Tijera
- Lápiz
- Cúter
- Cartón de 2 mm de espesor
- Pegamento universal
- Papel metalizado dorado
- 8 chinchetas doradas o plateadas
- Gomaespuma roja
- Blonda de papel blanco de 20 cm de diámetro

Realización

Garfio grande:

Pega la tira de gomaespuma roja (B) alrededor del vaso, dejando la unión hacia atrás.

Coloca al frente los ojales (D). Luego adhiere la tira (C) de papel dorado y, encima de cada ojal, los botones rojos (E).

Puntilla:

Recorta un círculo en el centro una blonda de papel de 20 cm de diámetro, aproximadamente, siguiendo el procedimiento explicado en las páginas 74 y 75.

Importante

Recuerda que aunque se dan las medidas de cada una de las piezas, tú puedes adecuarlas a las dimensiones de los vasos que vayas a utilizar. Copia la idea y crea tus propios modelos originales, variando formas y colores a tu gusto.

Guiándote por el gráfico 2, pega la tira de blonda (F) alrededor del vaso (A), haciendo pequeños pliegues para simular el efecto de una puntilla. Fíjate en el modelo terminado.

Adhiere la tira de gomaespuma (B) encima de la unión de la puntilla.

Garfio:

Realiza con el cúter un corte en la curvatura de la media esfera (G).

Pinta con acrílico plateado la superficie de la esfera y ambas caras del garfio (H). Déjalas secar.

Luego, guiándote por el modelo terminado, introduce y pega el extremo del garfio (H) dentro del corte realizado en la media esfera.

Detalle de las piezas

- **A** Vaso de plástico transparente de 11 cm de diámetro y 16 cm de altura

Adorno:

- **B** 1 tira de gomaespuma roja de 36 x 6 cm
- **C** 1 tira de papel autoadhesivo dorado de 36 x 1 cm
- **D** *Medio ojal:* 3 piezas de papel autoadhesivo dorado
- **E** 3 círculos de gomaespuma roja de 1,5 cm de diámetro
- **F** *Puntilla:* tira de blonda de papel de 5 cm de ancho

Garfio:

- **G** Media esfera de poliespán del mismo diámetro que el vaso elegido
- **H** *Garfio:* 1 pieza de cartón
- **I** 8 chinchetas doradas o plateadas

Traslada los moldes y córtalos en los materiales indicados.

Moldes

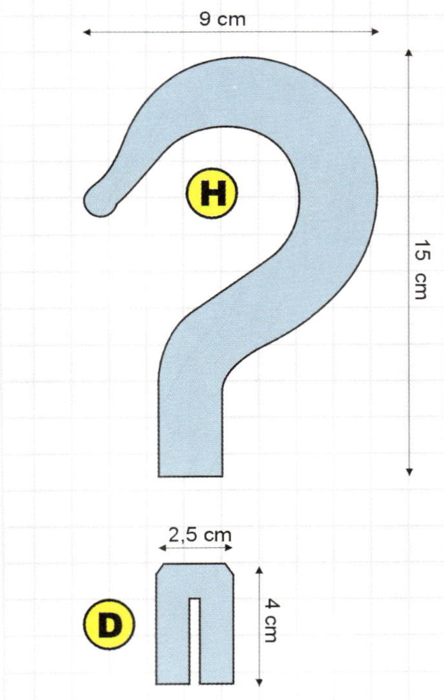

Decoración:
Coloca las ocho chinchetas (I) alrededor de la media esfera, de manera equidistante y aproximadamente a 2 cm del borde.

Para lucirlo en la mesa de cumpleaños solamente deberás introducir las golosinas en el interior del vaso, taparlo con el garfio y sorprender a los invitados.

Garfio 2

Un timón servilletero

Servilletas a babor y a estribor

Materiales

- Cartón de 2 mm de espesor
- Gomaespuma marrón de 2 mm de espesor
- Poliespán de 2 cm de espesor
- Tijera
- Lápiz y regla
- Pegamento universal
- Cúter

Detalle de las piezas

- (A) *Base del servilletero:* 1 pieza de poliespán y 1 de gomaespuma marrón
- (B) *Laterales:* 2 piezas de gomaespuma marrón y 2 de cartón de 2 mm de grosor

Montaje:
Echa pegamento sobre ambos lados de la base y pega los laterales, cuidando de que ambos queden bien alineados y a la misma altura.

Realización

Comienza montando la base del servilletero pegando la pieza de gomaespuma (A) sobre la de poliespán (A).

Luego forra los cantos con pequeñas tiras de gomaespuma.
Prepara uno de los laterales (B), pegando la pieza de gomaespuma sobre la de cartón. Repite la operación con el otro lateral.

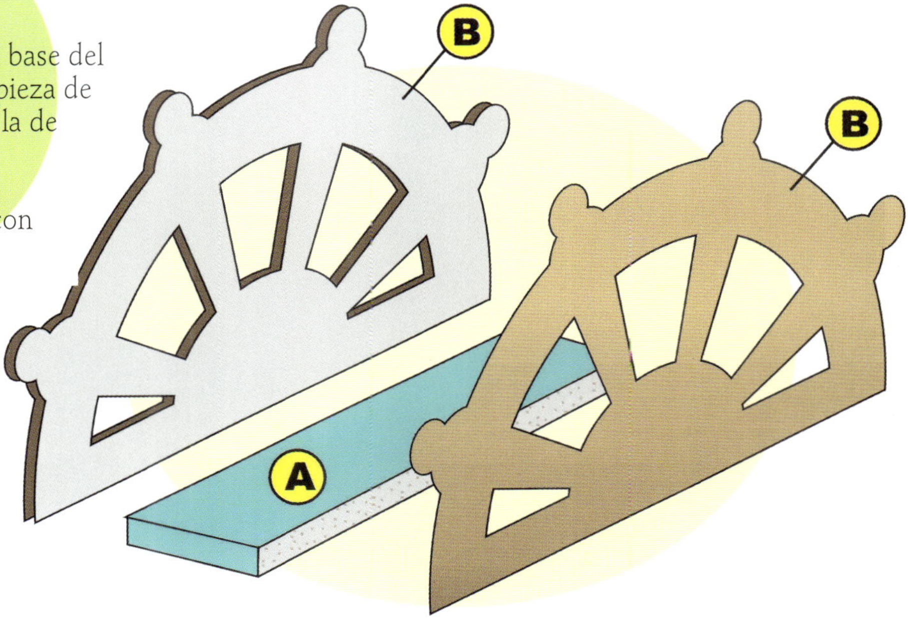

Moldes

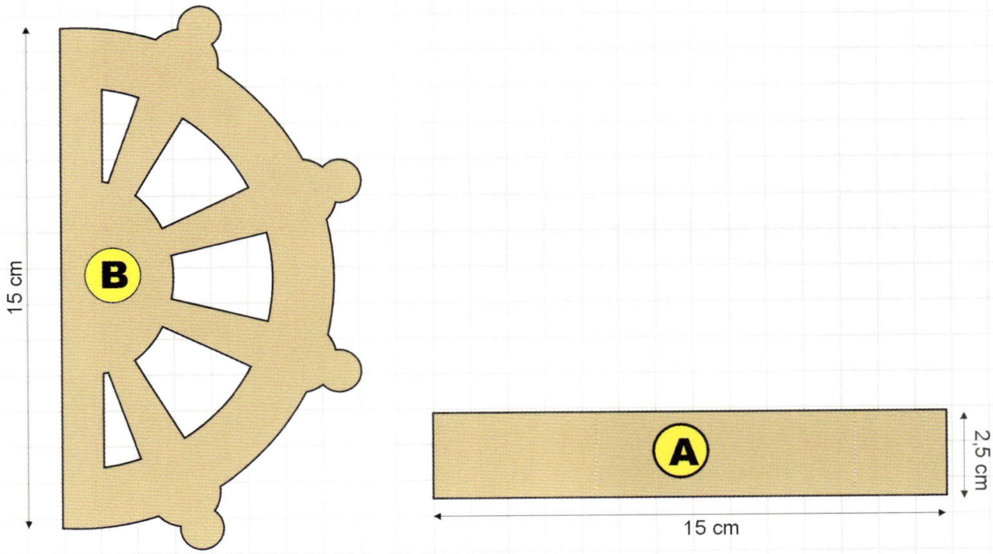

Mapa del tesoro

Un cartel que da la bienvenida a la tierra de los piratas

Materiales

- Lápiz y regla
- Tijera
- Gomaespuma de 2 mm de espesor de colores: beis, marrón, verde, azul, amarillo, blanco y rojo
- Plumas amarillas, rojas y verdes
- Letras doradas
- Pegamento universal
- Rotulador indeleble negro
- 2 anillas abiertas de madera de 5 cm de diámetro
- Taladradora para papel
- Media esfera de poliespán de 2 cm de diámetro

Realización

Mapa del tesoro:
Comienza dibujando sobre la gomaespuma el contorno de la pieza (A). Recórtala y delinea, con rotulador indeleble, el contorno irregular, para imitar un antiguo mapa. Dibuja el itinerario del mapa y los demás detalles.

Para conseguir que los bordes del mapa queden enroscados puedes utilizar el calor de la plancha. Coloca una hoja de papel blanco sobre la gomaespuma y pasa la plancha, no demasiado caliente, sobre los bordes que quieras enroscar. Retira la plancha y moldea la gomaespuma hasta lograr el efecto deseado.

Ancla:
Delinea el contorno del ancla (E) y pégala sobre el mapa.

Loro:
Antes de montar el cuerpo del loro conviene que delinees con un rotulador cada una de las piezas (F), (G), (H) y (K) y que dibujes la pupila en la media esfera (J).

Montaje:
Guiándote por el gráfico 1 y por el modelo terminado, monta el loro teniendo en cuenta los siguientes pasos:

Comienza pegando sobre la pieza (F), que corresponde al cuerpo, la pieza del plumaje (H). Luego, sobre esta, pega las plumas (M). Déjalo secar y pega encima el ala (G) Adhiere la pieza (I), que servirá de base al ojo y al pico. Pega el ojo (J), el pico (K) y el pañuelo (L).

Gráfico 1

Detalle de las piezas

Cartel:

- Ⓐ *Mapa:* 1 pieza de gomaespuma beis
- Ⓑ *Cartel de bienvenida:* 1 pieza de gomaespuma marrón
- Ⓒ *Anillas:* 2 anillas abiertas de 5 cm de diámetro
- Ⓓ *Letras:* letras de papel autoadhesivo dorado
- Ⓔ *Ancla:* 1 pieza de gomaespuma marrón

Loro:

- Ⓕ *Cuerpo:* 1 pieza de gomaespuma roja
- Ⓖ *Ala:* 1 pieza de gomaespuma amarilla
- Ⓗ *Plumaje:* 1 pieza de gomaespuma verde
- Ⓘ *Base del ojo:* 1 pieza de gomaespuma blanca
- Ⓙ *Ojo:* media esfera de poliespán de 2 cm de diámetro
- Ⓚ *Pico:* 1 pieza de gomaespuma verde
- Ⓛ *Pañuelo:* 1 pieza de gomaespuma azul
- Ⓜ *Plumas:* 12 plumas (3 amarillas, 3 verde claro, 3 verde oscuro y 3 rojas)

Traslada los moldes y córtalos en los materiales indicados.

Finalmente, con un rotulador blanco, dibuja los lunares del pañuelo o, si lo deseas, puedes cortar círculos de papel blanco con la taladradora y pegarlos sobre el pañuelo, a modo de lunares.

Cartel de bienvenida:
Sobre la pieza (B) dibuja con rotulador las líneas que imitan los listones de madera.

Montaje final:
Sobre una superficie plana coloca el mapa y el cartel de bienvenida, cuidando de que ambos queden bien alineados.

Sobre las piezas (A) y (B) marca los puntos en los que realizarás las perforaciones, indicadas con (1) y (2), que te permitirán colocar las anillas.

Realiza las dos perforaciones en las piezas (A) y (B) y, finalmente, coloca las anillas (C) para unir el cartel y el mapa.

Moldes

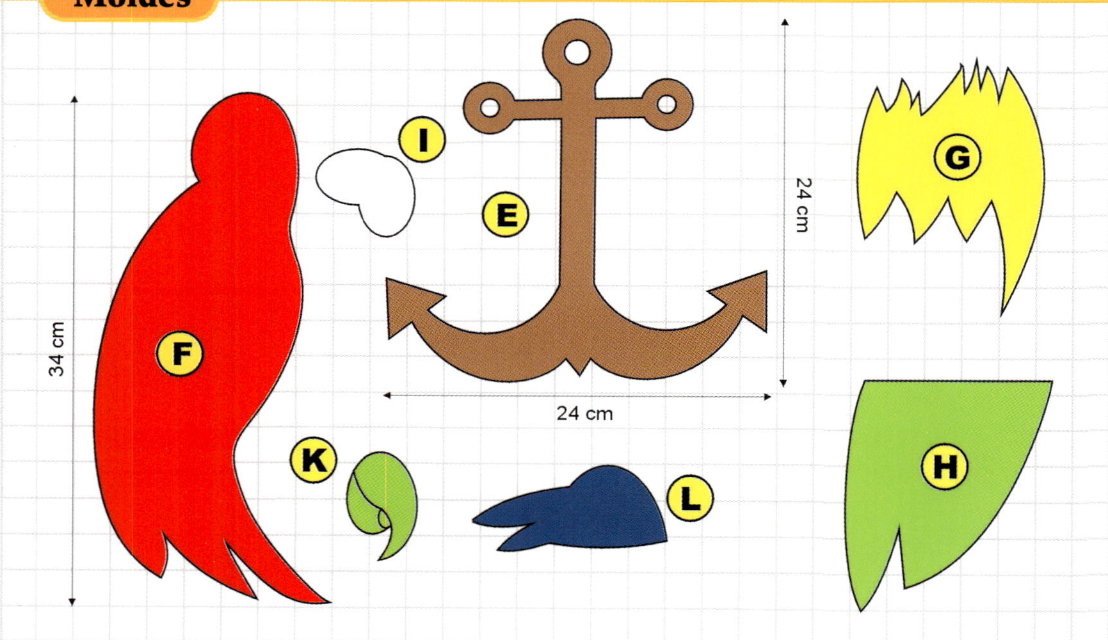

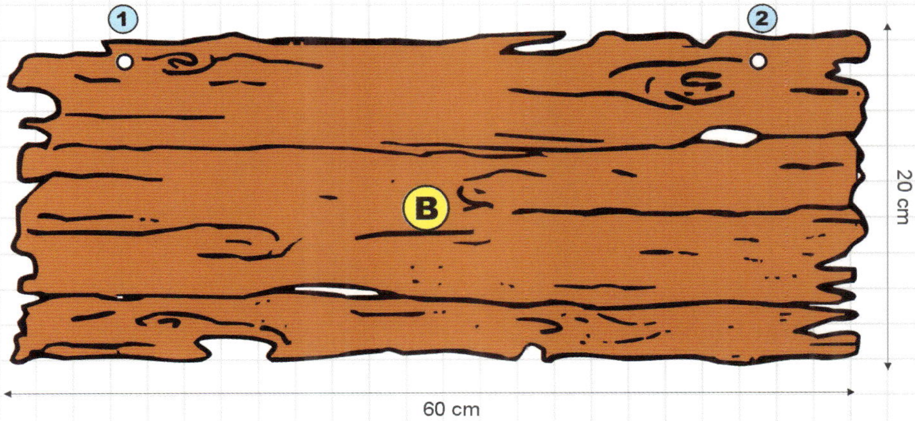

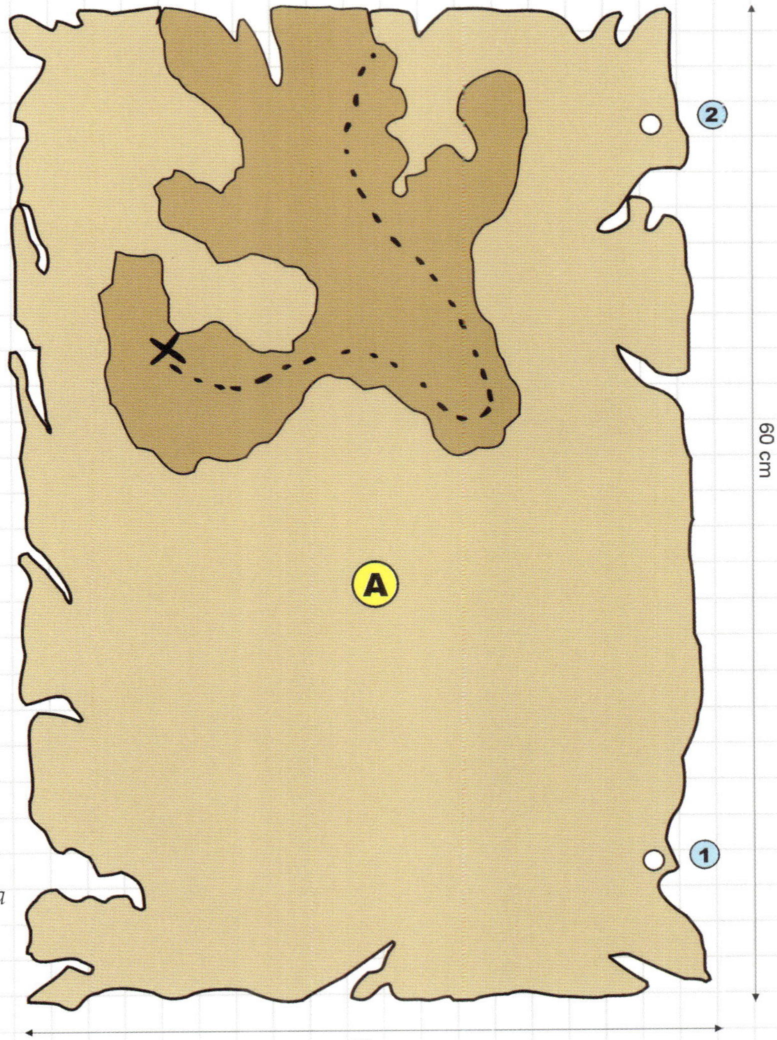

Amplía los moldes proporcionalmente tomando como guía las medidas de referencia.

Tesoros de chocolate

Arcones que guardan un botín muy dulce

Realización

Caja base:
Toma las piezas (A), (B) y (C) y echa pegamento en los bordes. Únelas sujetándolas además con alfileres o trozos de palillos hasta que el pegamento se seque, para que la estructura resulte más firme.

Forra el exterior con planchas de madera de balsa.

Tapa:
Curva la pieza de cartón (D) para que coincida con la curvatura de los laterales (E) de la tapa. Echa pegamento en los bordes, adhiérelos y déjalo secar.

Forra el exterior con varillas de madera de balsa para lograr la curvatura de la tapa. Luego cubre con madera balsa los laterales.

Pintura:
Si utilizas madera de balsa para forrar el arcón, deberás pintarla con témpera o acrílico marrón claro y esperar a que se seque antes de decorarlo.

Materiales

- Plancha de poliespán de 5 mm de espesor
- Plancha de cartón de 2 mm de espesor
- Tijera
- Cúter
- Lápiz y regla
- Pegamento para poliespán
- Témpera o acrílico marrón claro
- Pincel
- Papel autoadhesivo plateado
- 20 chinchetas plateadas
- Planchas de madera de balsa de 2 mm
- Varillas de madera de balsa de 2 mm

Detalle de las piezas

Caja:

(A) *Base:* 1 pieza de poliespán
(B) *Frente y fondo:* 2 piezas de poliespán
(C) *Laterales:* 2 piezas de poliespán

Tapa:

(D) *Cubierta:* 1 pieza de gomaespuma y las varillas de madera de balsa necesarias
(E) *Laterales:* 2 piezas de poliespán
(F) *Bisagra:* 2 piezas de gomaespuma marrón

Decoración:

(G) 20 chinchetas de metal
(H) Tiras de 1,5 cm de papel autoadhesivo plateado
(I) 4 círculos de papel autoadhesivo plateado de 6 cm de diámetro
(J) *Cerradura:* 1 pieza de papel metalizado

Prepara en papel los moldes y córtalos en los materiales indicados.

Optativo:
Si deseas que el interior del arcón quede más regular puedes forrarlo con gomaespuma marrón. Sólo tendrás que cortar en ese material las mismas piezas que utilizaste para el baúl y pegarlas en el interior del arcón ya terminado.

Bisagras:
Pega la mitad de cada bisagra (F) en la tapa y la otra mitad en la caja para que el arcón se abra y cierre fácilmente.

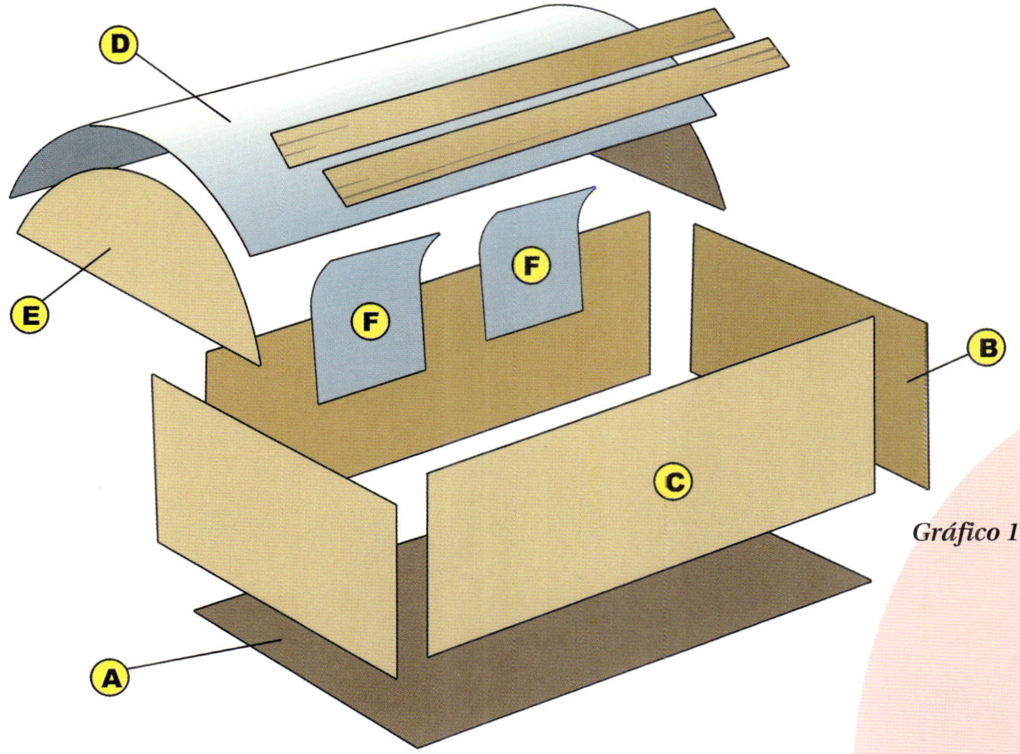

Gráfico 1

Moldes

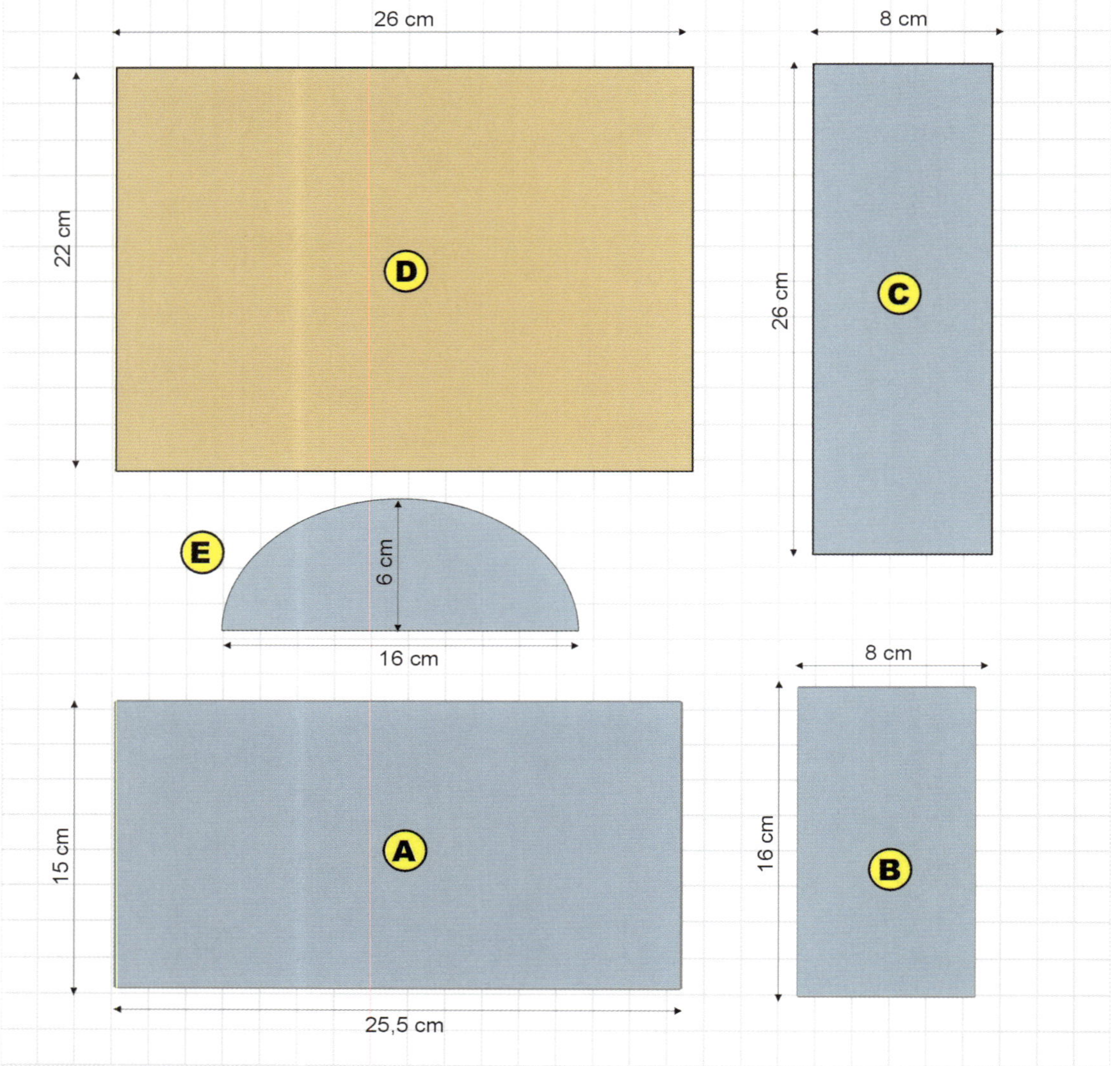

Reduce los moldes para realizar arcones más pequeños.

Decoración:
Guiándote por el modelo terminado decora el arcón con chinchetas (G), tiras (H), cuartos de círculo (I) y arcos de papel metalizado.

Para finalizar pega la pieza (J), que corresponde a la cerradura. Con el rotulador negro dibuja el hueco de la llave. Y ahora podrás llenar el arcón con muchísimas monedas de chocolate.

Galeón de golosinas

¡Al abordaje, mis valientes!

Realización

Casco del barco:

Adhiere a ambos costados de la base (A) las piezas (B), cuidando de que se alineen en la proa.

Encima de la unión, pega a ambos lados las piezas (D), que terminarán de dar forma a la proa. Pega entre sí ambas piezas (C), que corresponden a la cubierta.

Coloca pegamento en el borde de la cubierta, recién formada, e introdúcela suavemente hasta que quede colocada a unos centímetros de las barandillas.

Presiona los bordes y deja secar el pegamento.

Escaleras laterales:

Guiándote por el gráfico 1, sobre una superficie plana, realiza las escalerillas (K) con tiras de gomaespuma de 5 mm de espesor y pega en su extremo superior la pieza (L), la que tiene una perforación en el centro.

Prepara la otra escalera de la misma manera y resérvalas hasta el momento del montaje final.

Torre del vigía:

Sobre la pieza (I), pega las varillas de madera (J), una al lado de la otra hasta terminar. Luego adhiérela bordeando la base (H).

Vela:

Sujeta con pegamento y varias vueltas de hilo el palo transversal (F) al palo mayor (E). Luego enrolla la vela y átala sobre el palo con hilos en varios lugares, como muestra el modelo.

Materiales

- Gomaespuma de 3 mm de espesor de colores verde y marrón
- Pincel
- Pintura plateada
- Rotulador indeleble negro
- Tijera
- Lápiz y regla
- Pegamento universal
- Hilo blanco grueso
- 1 trozo de tela de algodón o liencillo blanco de 23 x 23 cm
- 1 anilla pequeña

Detalle de las piezas

Barco:

- (A) *Base:* 1 pieza de cartón
- (B) *Laterales:* 2 piezas de gomaespuma marrón
- (C) *Cubierta:* 1 pieza de cartón y 1 de gomaespuma verde
- (D) *Proa:* 2 piezas de gomaespuma marrón

Vela:

- (E) *Palo mayor:* 1 palo de madera de 35 cm de largo y 5 mm de diámetro
- (F) Palo transversal de 23 cm y 5 mm de diámetro
- (G) 1 rectángulo de tela de algodón o liencillo de 23 x 23 cm

Torre vigía:

- (H) *Base:* 1 pieza de gomaespuma marrón
- (I) *Refuerzo interior:* 1 pieza de gomaespuma marrón
- (J) Listones de madera de balsa

Escaleras laterales:

- (K) *Verticales y horizontales:* tiras de gomaespuma de 5 mm de ancho
- (L) *Terminales:* 2 piezas de gomaespuma marrón

Decoración:

- (M) *Ojos de buey:* 8 círculos de gomaespuma gris
- (N) *Escalerilla:* 1 pieza de gomaespuma gris
- (O) *Ancla:* 1 pieza de gomaespuma gris
- (P) *Bandera pirata:* 1 pieza de gomaespuma roja

Colocación de la torre vigía:
Introduce la torre vigía en el palo mayor (E) y adhiérela con pegamento.

Bandera pirata:
Sobre la pieza (P) dibuja la calavera con rotulador negro y pégala en un extremo del palo mayor (E).

Coloca las escalerillas laterales, introduciéndolas en el palo mayor.

Colocación del palo mayor:
Coloca el palo mayor introduciéndolo por las perforaciones hasta llegar a la base y sujetándolo con pegamento para evitar que se mueva. Pega, al mismo tiempo, los extremos de cada barandilla al casco del barco.

Pega la escalerilla (N) y los ojos de buey (M) a ambos lados del casco. Para finalizar pon una anilla en el ancla (O) y cuélgala de la proa.

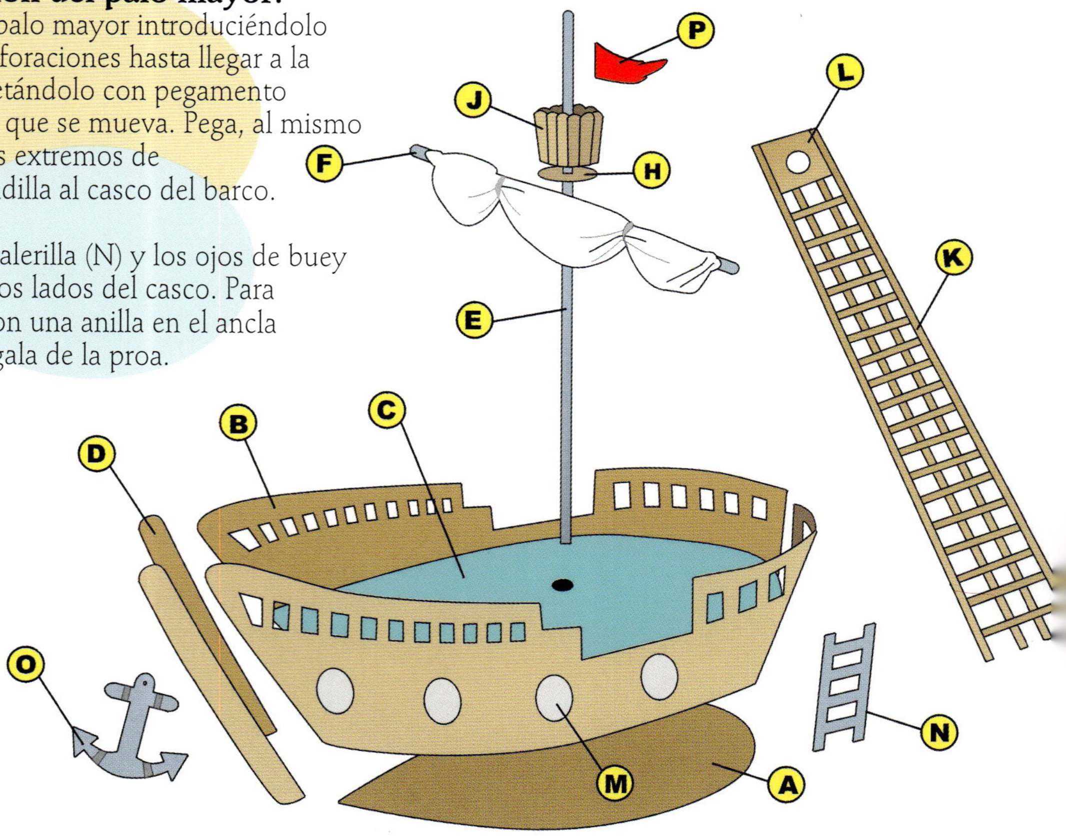

Gráfico 1

Moldes

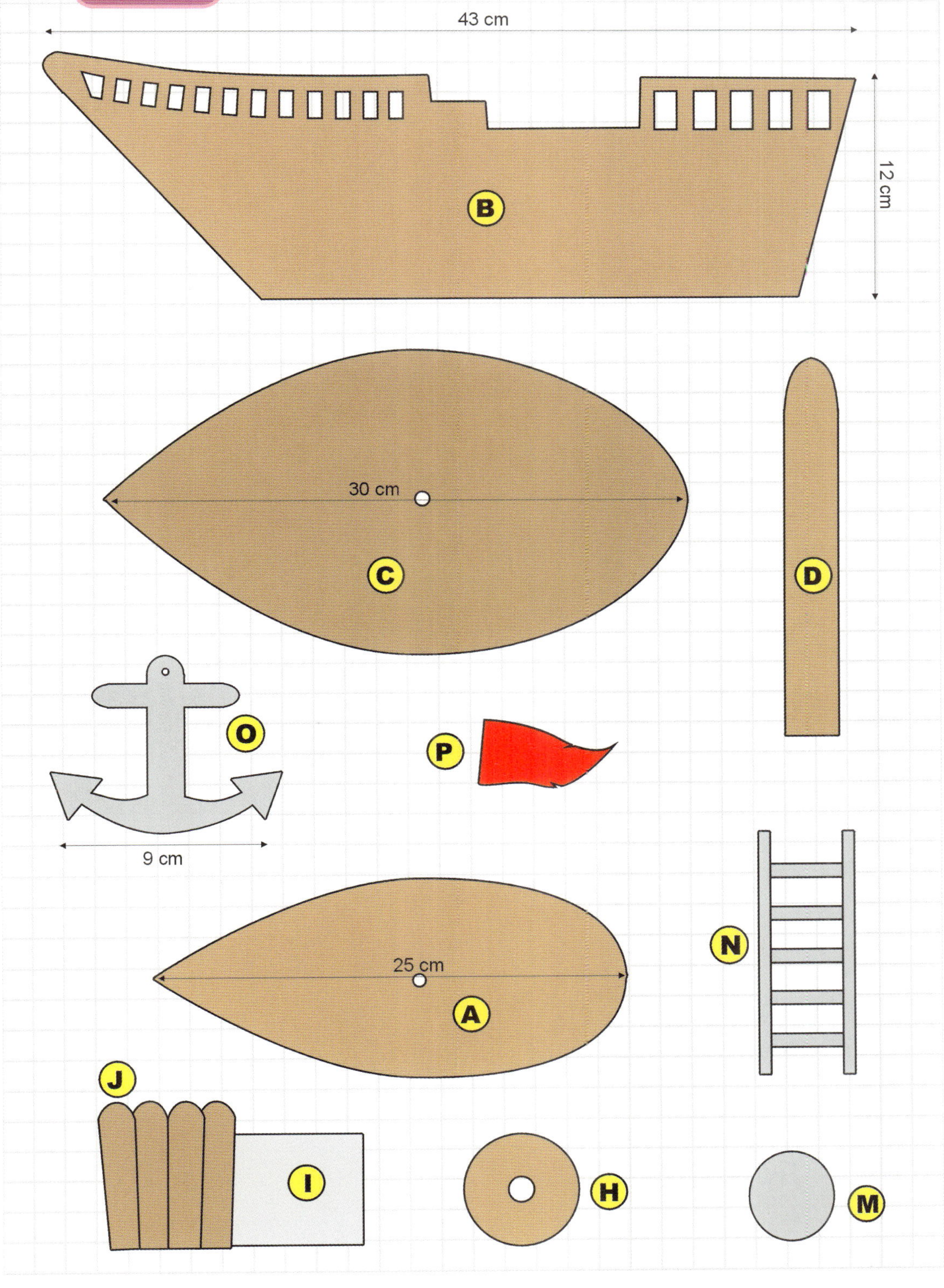

Cañones para guardar pajitas

Preparen, apunten... ¡¡¡Sírvanse!!!

Importante

Para realizar el cañón puedes utilizar un tubo de cartón del rollo de papel de cocina o del papel higiénico, y luego forrarlo con gomaespuma negra.

Materiales

- Lápiz
- Regla
- Cúter
- Tijera
- Pegamento universal
- Gomaespuma de 2 mm de espesor de colores marrón y negro
- Cartón de 2 mm de espesor
- Media esfera de poliespán de 6 cm de diámetro
- Papel metalizado dorado
- Témpera negra
- Pincel
- Rotulador indeleble negro
- 1 tubo de cartón de 14 x 6 cm de diámetro

REALIZACIÓN

Base del cañón:

Forra las piezas (A) y (B), realizadas en cartón, con las de gomaespuma (A) y (B).

Luego pega las piezas (B) a ambos costados de la pieza (A), como indica el gráfico 1, y resérvalo hasta el momento del montaje final.

Cañón:

Forra el tubo de cartón (D) con la pieza (F) de gomaespuma negra, procurando que la unión quede hacia abajo.

Pinta con témpera negra la media esfera de poliespán (E) y déjala secar.

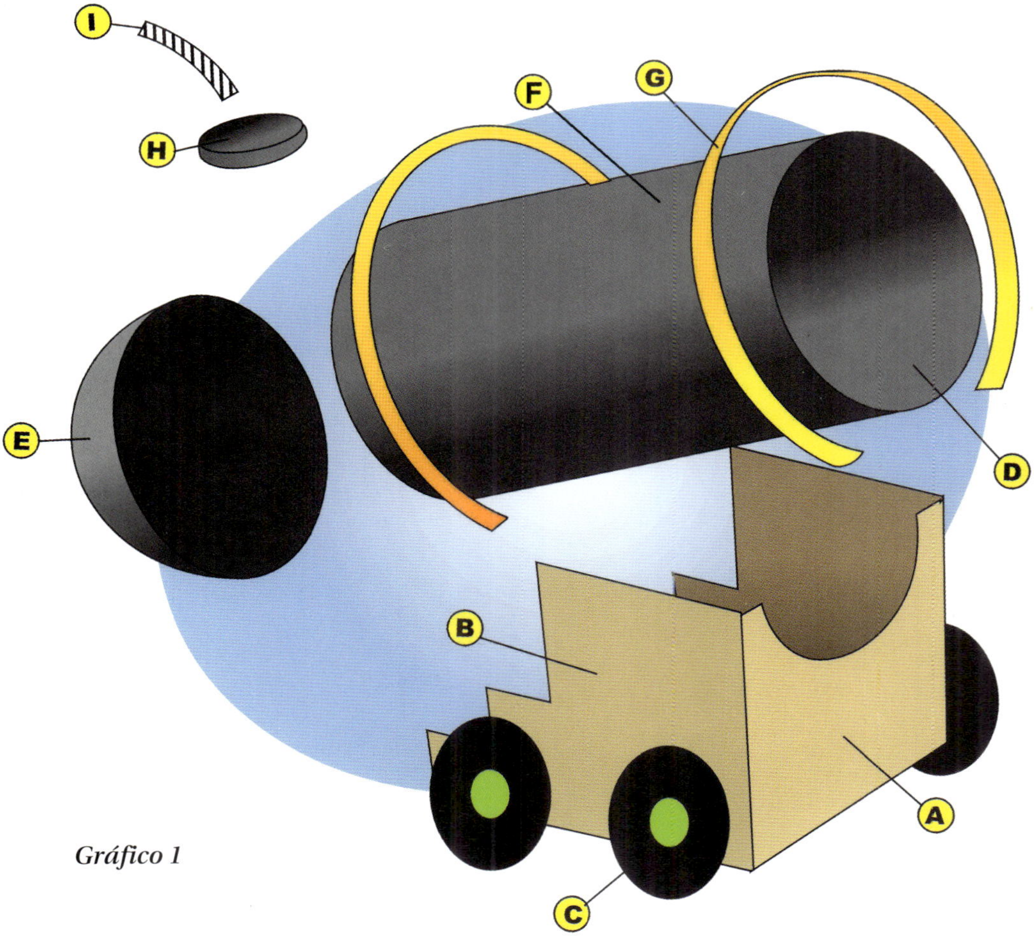

Gráfico 1

Detalle de las piezas

Base del cañón:

Ⓐ *Frente:* 1 pieza de cartón y 1 de gomaespuma marrón

Ⓑ *Laterales:* 2 piezas de cartón y 2 de gomaespuma marrón

Ⓒ *Ruedas:* 4 círculos de gomaespuma de color de 2,5 cm de diámetro

Cañón:

Ⓓ *Cañón:* 1 tubo de cartón de 14 cm de largo y 6 cm de diámetro

Ⓔ *Culata del cañón:* media esfera de poliespán de 6 cm de diámetro

Ⓕ 1 pieza de gomaespuma negra de 20 x 14 cm

Adornos:

Ⓖ *Aros:* 2 piezas de papel metalizado dorado

Ⓗ *Base de la mecha:* 1 círculo de gomaespuma negra

Ⓘ *Mecha:* 4 cm de hilo de algodón

Importante

Antes de comenzar con la tarea del montaje de la base y del cañón es conveniente que forres las piezas de cartón con las piezas de gomaespuma que correspondan a cada una de ellas. De esa manera, te resultará más fácil realizar el montaje final.

Luego pega la media esfera (E), ya pintada, a la culata del cañón.

Aros:
Guiándote por el modelo terminado, toma cada una de las piezas (G) y adhiérelas alrededor del cañón, una cerca de la culata del cañón y la otra cerca de la boca.

Montaje:
Monta el cañón sobre la base (A) y pega ambas piezas.
Pinta, con rotulador negro o de color, los círculos internos de las ruedas. Pega las cuatro ruedas (C) en los laterales de la base del cañón.

Mecha:
Finalmente monta la mecha haciendo un pequeño orificio en el centro del círculo de gomaespuma (H).

Por último, introduce en el orificio el trozo de hilo (I) y adhiere ambos a la cubierta superior del cañón.

Moldes

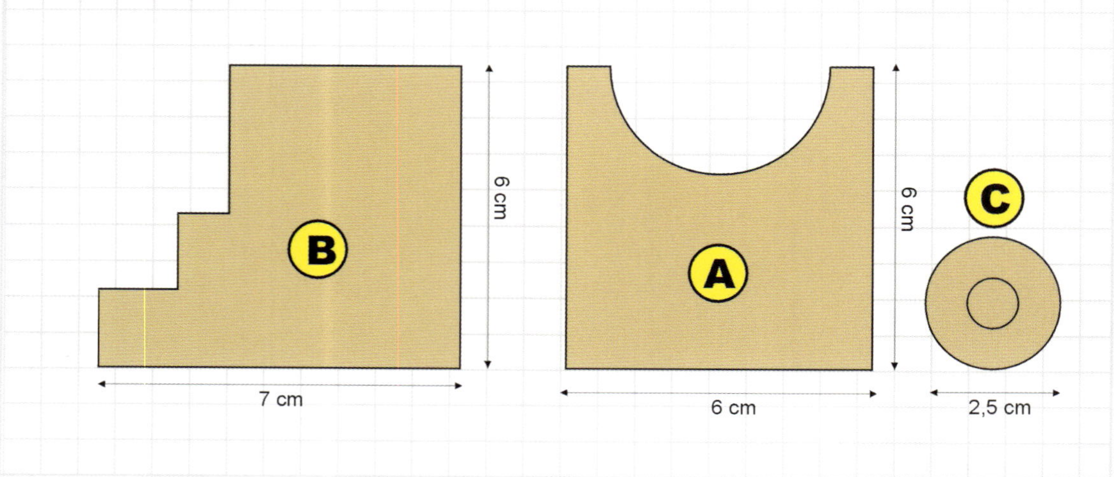

Palmeras cubrebotellas

No pueden faltar en la isla del tesoro

Materiales

- Gomaespuma de 2 mm de espesor de colores: marrón, verde claro y verde oscuro
- Tijera
- Cúter
- Pegamento universal
- Lápiz
- Regla
- Rotulador indeleble negro

Detalle de las piezas

Palmera:

Ⓐ *Tronco:* 1 pieza de gomaespuma marrón

ⒷⒸⒹⒺ *Hojas:* 1 pieza de gomaespuma verde

Ⓕ *Soporte del cubrebotellas:* 1 pieza de gomaespuma marrón

Plantas de la base del tronco:

Ⓖ 1 pieza de gomaespuma verde

Ⓗ 1 pieza de gomaespuma verde claro

Cofre:

Ⓘ 1 pieza de gomaespuma marrón

Ⓙ *Cocos:* 2 piezas de gomaespuma marrón

Gráfico 1

Realización

Delineado:

Antes de comenzar con el montaje del cubrebotellas es conveniente que delinees con rotulador negro cada una de las piezas que componen el modelo.

Importante

Aunque el modelo está hecho con gomaespuma, recuerda que los materiales sugeridos y los colores se dan solo como guía; también puedes hacerlo con cartón y papeles de diversos colores y texturas. Copia la idea y elige los materiales que prefieras.

Montaje:

Guiándote por el modelo terminado y el gráfico 1, deberás ir ubicando y pegando, sobre la parte superior del tronco, las dos hojas (C) y (D), y encima de ellas las dos piezas (J), que imitan cocos.

Coloca sobre el conjunto las hojas restantes (B) y (E).

Moldes

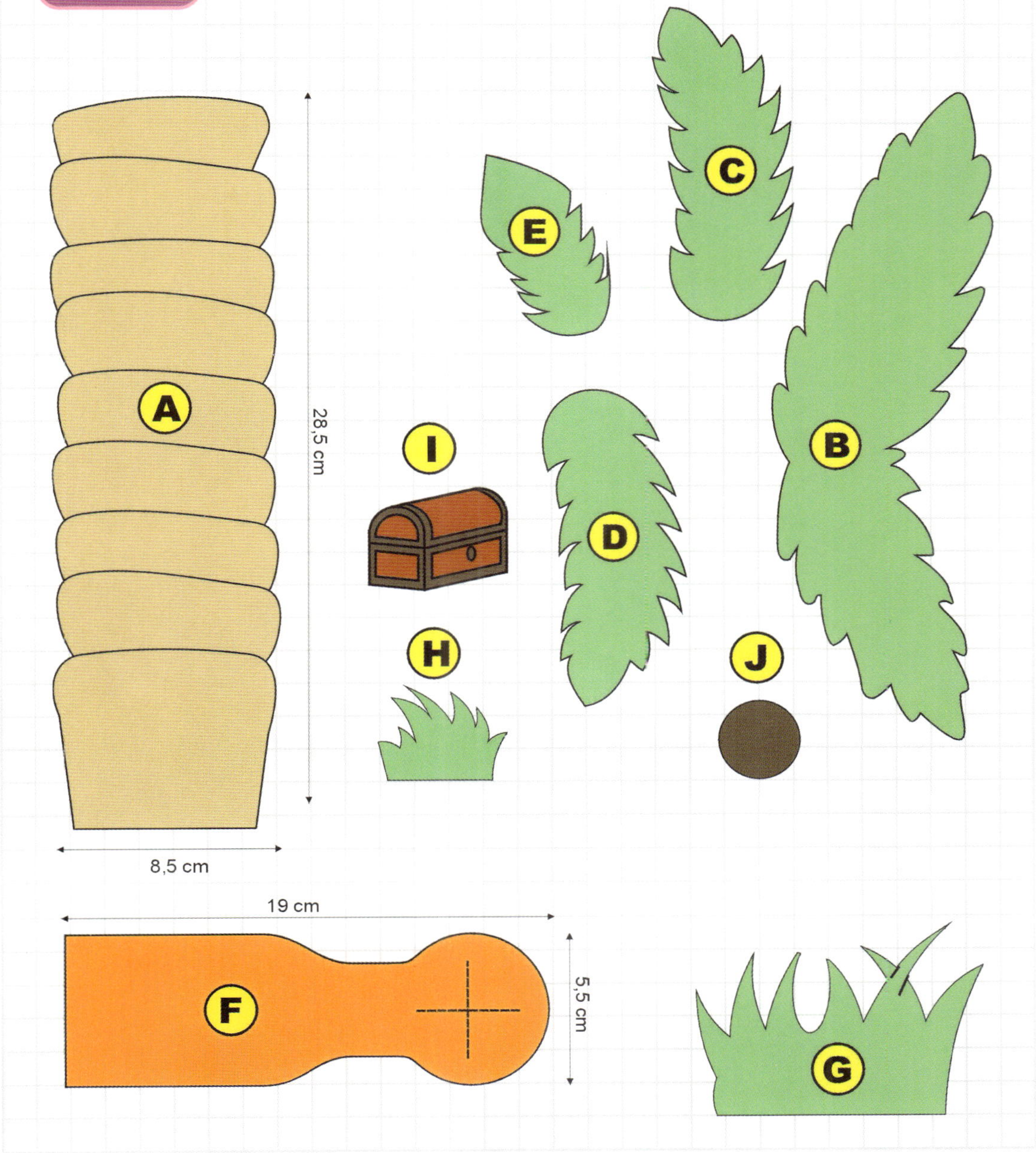

Amplía los moldes proporcionalmente tomando como guía las medidas de referencia.

Pega en la base del tronco las plantas (G) y (H) y el cofre (I).

Realiza el corte en cruz de la pieza (F) y luego pégala por detrás de la palmera. El corte en cruz de la pieza (F) permitirá introducir la palmera en el cuello de la botella que desees decorar.

Realiza de la misma manera la cantidad de cubrebotellas que desees y decora con ellos la mesa de cumpleaños.

Fiestas reales

La carroza real
El castillo encantado
Escudo real
Carteritas de gala
Lujosos brazaletes

La carroza real

Un majestuoso centro de mesa para llenarlo de dulces

Materiales

- Lápiz
- Regla
- Cúter
- Tijera
- Pegamento universal
- Poliespán de 2 cm de espesor
- Alfileres
- 1 esfera de poliespán de 22 cm de diámetro (hueca)
- Acrílico dorado o cola vinílica dorada
- Pincel
- Acetato transparente
- Lija fina

Realización

Para comenzar, realiza la abertura cortando con un cúter el «polo» superior de la esfera de poliespán (B).

Luego coloca sobre la esfera (B) los moldes de las puertas (I) y las ventanillas (J), y sujétalos con cinta adhesiva.

Cuando estés seguro de que la situación es la correcta, podrás delimitar con lápiz el contorno de cada uno de ellos.

Luego, con el cúter, cala las aberturas delimitadas por el contorno de las líneas.

Lija los bordes hasta lograr una superficie regular y suave al tacto.

Ruedas:
Siguiendo el diseño, dibuja con un rotulador los radios de cada rueda (E) y cálalas con un cúter. Luego lija los bordes para suavizarlos.

Puertas:
Para formar el relieve de cada puerta, deberás pegar la pieza (L) sobre la (K). Luego pega ambas en el extremo inferior de cada abertura.

Repite el procedimiento con la otra puerta.

Pintura:
Con acrílico dorado, pinta las piezas ya preparadas: (A) base, (B) carroza, (C) y (D) adornos superiores, (E) ruedas, (F) y (G) asiento y (H) pescante y déjalas secar.

Decoración:
Antes de terminar de dar forma a la carroza, guíate por el modelo terminado y, utilizando cola vinílica dorada, podrás puntear el contorno de cada pieza: ruedas, adornos superiores, puerta y ventanillas. Nuevamente deberás esperar a que se sequen antes de llevar a cabo el montaje final.

Importante

Corta las piezas y píntalas antes de comenzar con el montaje de la carroza.
De esa forma te resultará más fácil y lograrás un acabado más regular.

Detalle de las piezas

- **A** *Base:* 1 cuadrado de poliespán de 20 cm de lado
- **B** 1 esfera de poliespán de 22 cm de diámetro
- **C** *Adorno superior (frontal):* 2 piezas de poliespán
- **D** *Adorno superior (lateral):* 2 piezas de poliespán
- **E** *Ruedas:* 4 piezas de poliespán
- **F** *Asiento (frontal):* 1 pieza de poliespán
- **G** *Asiento (laterales):* 2 piezas de poliespán
- **H** *Pescante:* 2 piezas de poliespán
- **I** *Puertas caladas:* 2 (una a cada lado)
- **J** *Ventanillas caladas:* 4 (2 a cada lado)
- **K** *Tablero de las puertas:* 2 piezas de poliespán
- **L** *Tablero inferior de las puertas:* 2 piezas de poliespán
- **M** *Acetato transparente:* 2 piezas de 20 x 15 cm

Traslada los moldes y córtalos en los materiales indicados.

Montaje final:
Cristales:
Pega en el interior de la esfera, detrás de las ventanillas y de las puertas, las piezas de acetato (M) que simulan los cristales. Con rotulador dorado dibuja las cortinas.

Guíate por el modelo terminado y pega en la esfera los adornos superiores (C) y (D), los asientos (F) y (G) y el pescante (H).

Luego pega la carroza a la base (A) y, por último, coloca las ruedas (E) a ambos lados de la base (A).

Moldes

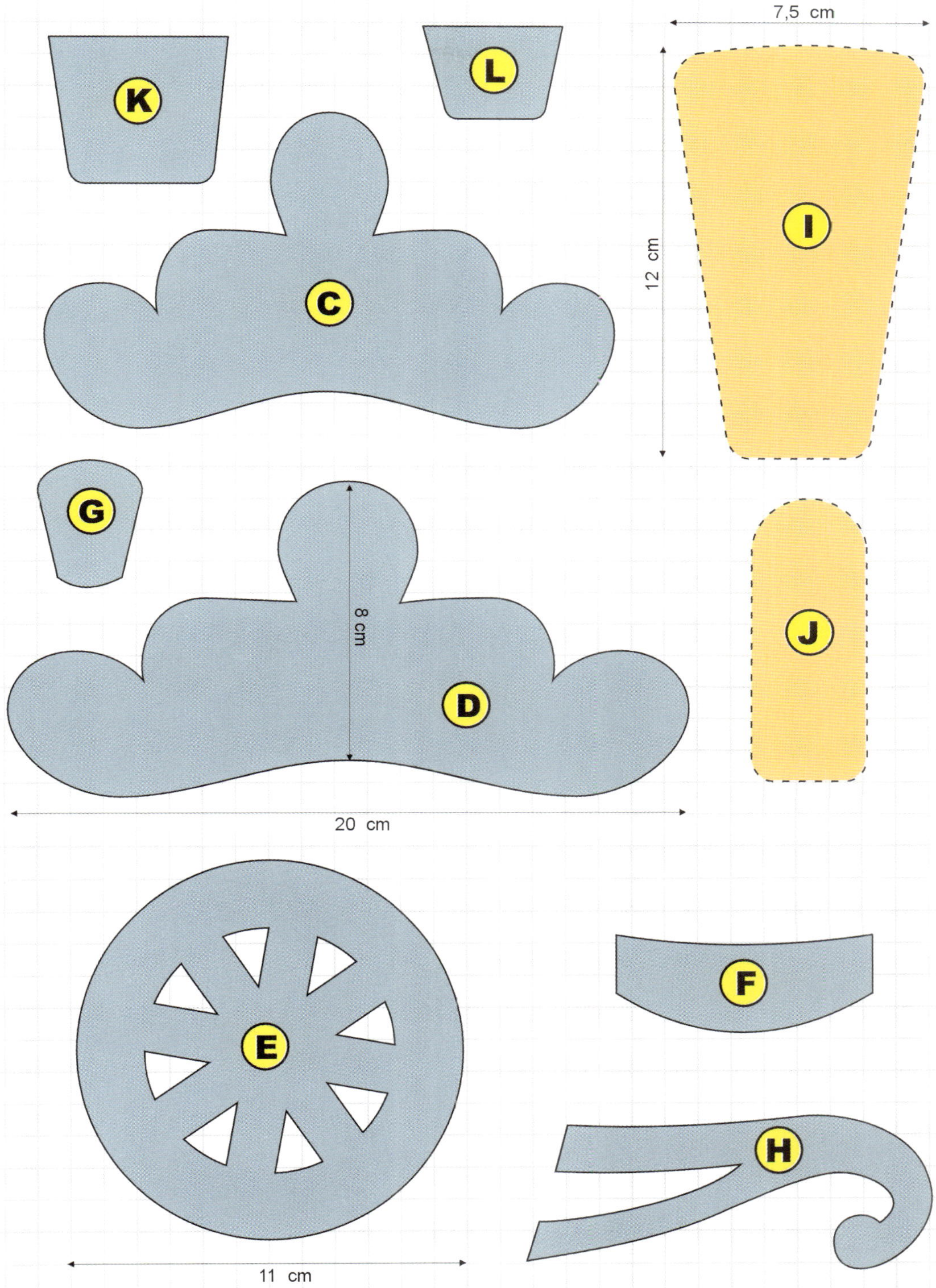

Amplía los moldes proporcionalmente tomando como guía las medidas de referencia.

El castillo encantado

Una piñata salida de un cuento de hadas

Materiales

- 7 placas de poliespán de 2 cm de espesor
- 4 esferas de poliespán de 2,5 cm de diámetro
- Cartón de 2 mm de espesor
- Gomaespuma rosa claro y rosa oscuro
- Papel de seda blanco o rosa
- Cartulina blanca
- Purpurina dorada
- Cola vinílica
- Pincel
- Acrílico o témperas de colores rojo y blanco
- Lápiz
- Tijera
- Cúter
- Rotulador indeleble rosa fuerte o fucsia
- Pegamento universal
- 2 palillos de brocheta
- Cinta adhesiva de papel
- 4 hilos de algodón de 1 m de largo

Realización

Pintura:

Antes de comenzar con el montaje deberás pintar con acrílico o tempera rosa las piezas (A) y (B) que forman la base, las paredes del castillo (F) y (G) y las esferas (LL).

Montaje de la base del castillo:

Para montar la base de la piñata, guíate por el gráfico 1 y cala con un cúter las aberturas circulares indicadas en los moldes.

Importante

Para cortar el poliespán puedes utilizar un cúter o un cuchillo de punta fina. Si alguno de los cortes te resulta muy difícil puedes calentar levemente la hoja del cuchillo o cúter para atravesar el poliespán con mayor facilidad. Luego pasa una lija fina para lograr una superficie suave al tacto.

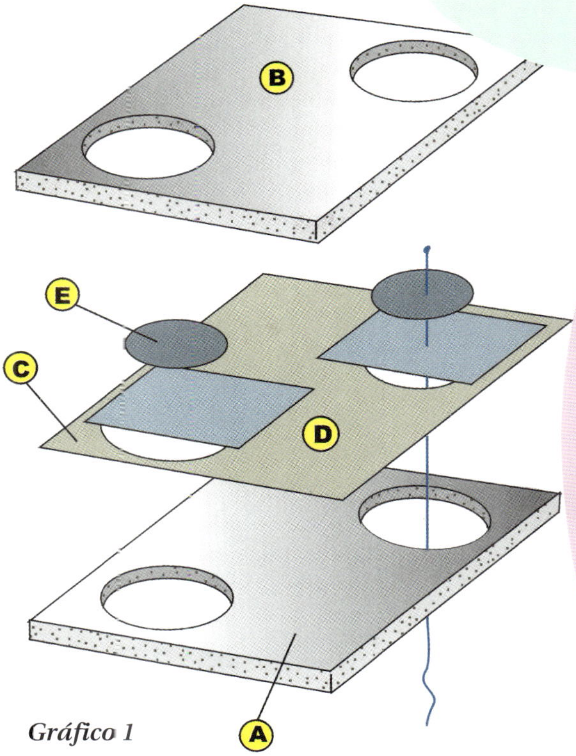

Gráfico 1

Comienza pegando sobre la pieza de cartón (C) el cuadrado de papel de seda (D). Repite la operación con la otra abertura.

Pega sobre el papel de seda el círculo de cartón (E).

Enhebra una aguja con hilo de algodón y haz un nudo en un extremo. Luego pasa el hilo a través la pieza (E), de modo que el hilo quede colgando (gráfico 1).

Repite la operación en la otra abertura. Luego adhiere el cartón (C) sobre la base (A), y encima de ambos la base superior (B), haciendo coincidir todas las aberturas.

Montaje de las torres:

Con las piezas de cartón correspondientes a cada una de las torres (H) y (J) haz un cilindro pegando la unión con cinta adhesiva de papel.
Una vez que hayas realizado todos los cilindros, deberás forrar cada uno de ellos

Detalle de las piezas

Base del castillo:

- (A) *Base:* 1 pieza de poliespán de 49 x 49 cm de 2 cm de espesor
- (B) *Base:* 1 pieza de poliespán de 44 x 44 cm de 2 cm de espesor
- (C) *Base:* 1 pieza de cartón de 42 x 42 cm y 2 mm de espesor
- (D) *Cubierta para las aberturas de la base:* 2 piezas de papel de seda de 24 x 24 cm
- (E) 2 piezas de cartón de 16 cm de diámetro x 2 mm de espesor

Paredes:

- (F) 2 piezas de poliespán de 24 x 36 cm de 2 cm de espesor
- (G) 2 piezas de poliespán de 24 x 40 cm de 2 cm de espesor

Torres *(ver medidas en los moldes):*

- (H) 2 piezas de cartón y 2 de gomaespuma rosa
- (I) 1 pieza de cartón y 1 de gomaespuma rosa
- (J) 2 piezas de cartón y 2 de gomaespuma rosa

Cúpulas de las torres:

- (K) 3 piezas circulares de gomaespuma rosa
- (L) 2 piezas circulares de gomaespuma rosa

Decoración del castillo:

- (LL) 4 esferas de poliespán de 2,5 cm de diámetro
- (M) *Banderines:* 5 piezas de gomaespuma roja
- (N) *Decorado del frente:* 1 pieza de gomaespuma
- (Ñ) *Puerta:* 1 pieza de gomaespuma rosa
- (O) *Ventanas:* 24 piezas de gomaespuma blanca de diferentes tamaños

Traslada los moldes y córtalos en los materiales indicados.

Importante

Los tejados grandes (L) no deberán pegarse definitivamente. Deben quedar sueltos, ya que por ahí introducirás las sorpresas dentro de las torres (H).

con las piezas de gomaespuma que correspondan, adhiriéndolas con pegamento universal.

Decoración:
Pega las ventanas (O) en diferentes lugares de las torres, a tu gusto.

Tejados:
Une con pegamento los bordes de las aberturas de cada una de las piezas (L) y (K) para formar los conos que servirán de tejado a las torres.

Adhiere los tejados pequeños (K) a las torres (J) e (I).

Para lograr el brillo de las torres mezcla purpurina con cola vinílica y, utilizando un pincel, cubre con la mezcla la superficie de los tejados.

Banderines:
Corta los palillos de brocheta en tres partes iguales y pega los banderines (M) en el borde de cada uno de ellos.

Delinea con rotulador negro el contorno de cada banderín y colócalos con pegamento en el vértice superior de las torres, como muestra el modelo terminado.

Montaje final:
Pega las paredes (F) y (G) sobre la base y las esferas (LL) en las cuatro esquinas del castillo.

Coloca y pega las torres grandes (H) haciéndolas coincidir exactamente sobre las aberturas realizadas en la base.
Coloca las torres restantes distribuidas a tu gusto

Delinea con rotulador rosa la puerta (Ñ). Finalmente, adhiere la puerta y el adorno superior (N) en el frente del castillo.

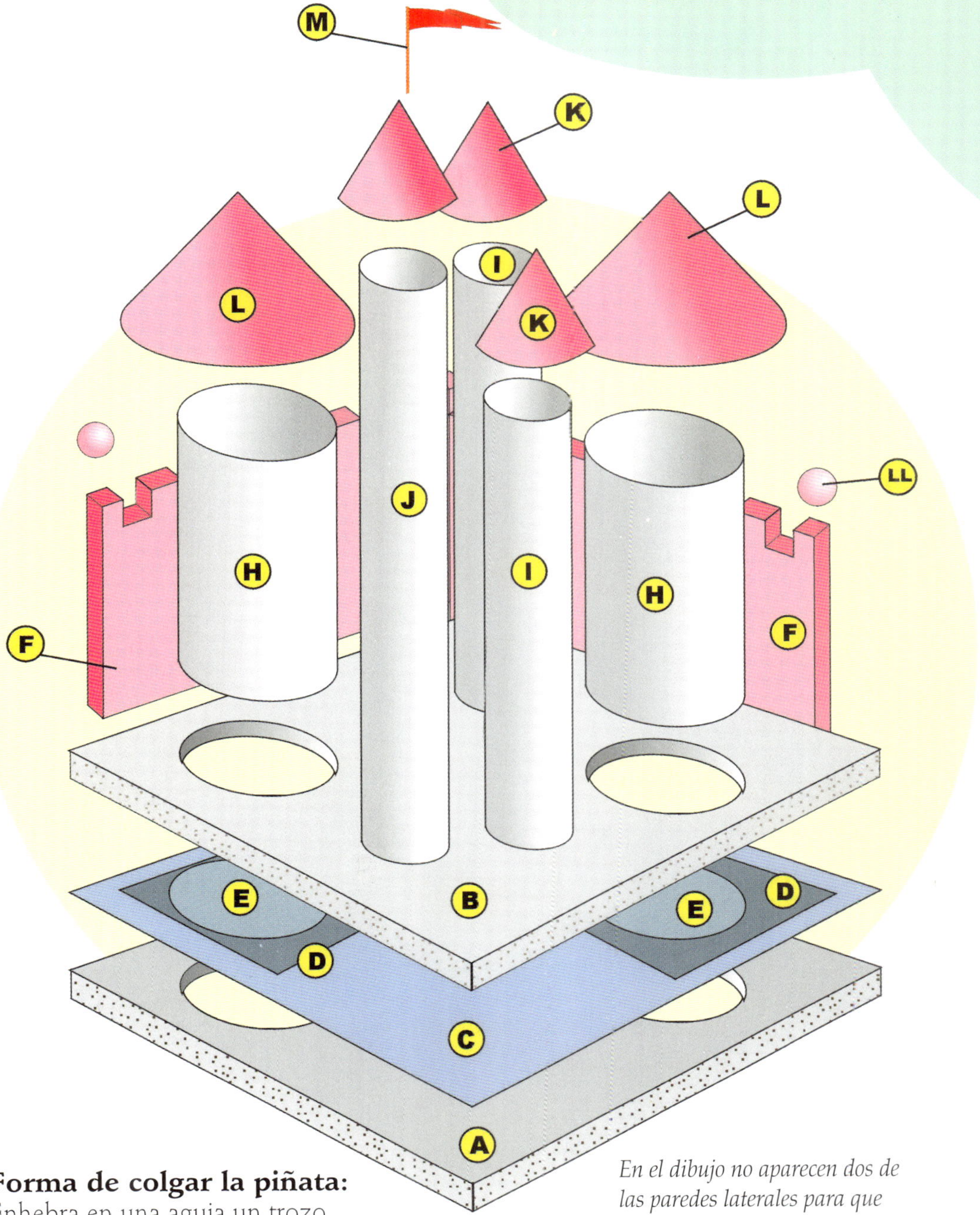

En el dibujo no aparecen dos de las paredes laterales para que pueda verse el montaje general del castillo.

Forma de colgar la piñata:
Enhebra en una aguja un trozo de hilo de algodón de al menos 1 m de largo. Haz un nudo en un extremo y atraviesa desde abajo hacia arriba una esquina de la base en la pieza (A).

Repite la operación en las tres esquinas. Para poder colgarla deberás unir con un nudo los cuatro hilos.

No olvides que también deberás unir entre sí los dos hilos que cuelgan de las aberturas. De esa forma, al tirar de un solo hilo se abrirán ambos compartimentos y dejarán caer las sorpresas de su interior.

Moldes

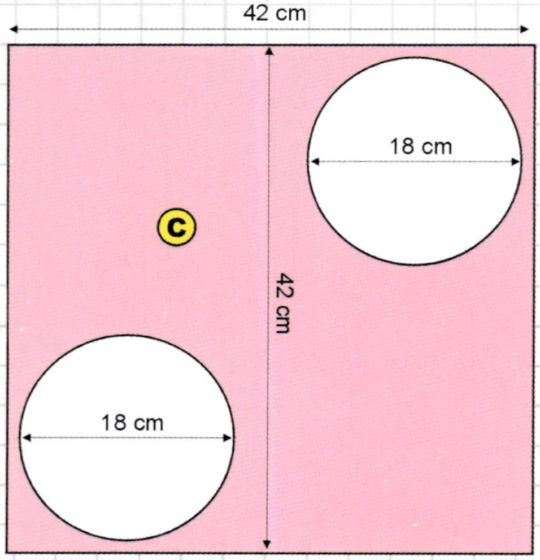

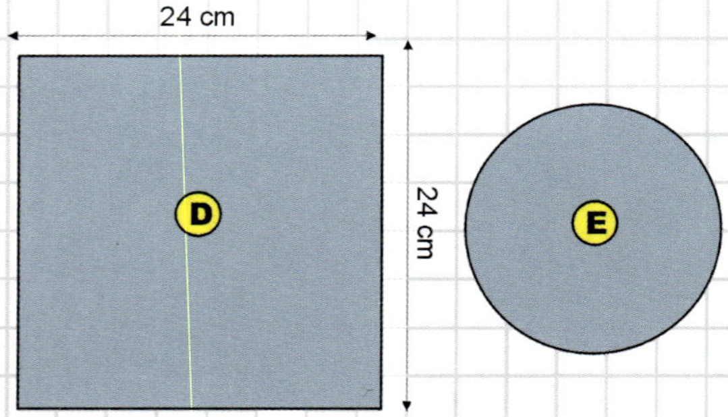

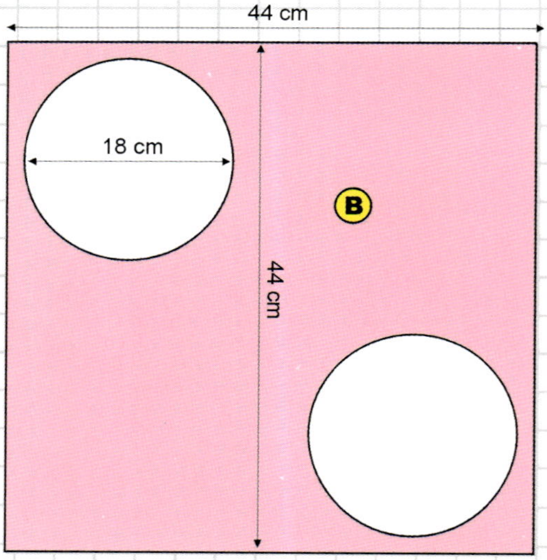

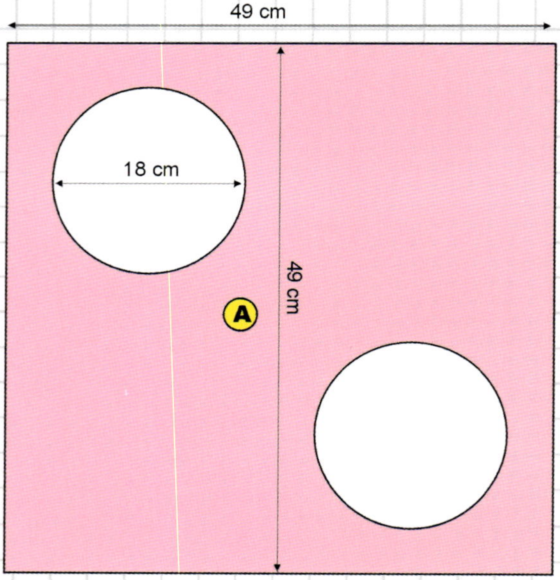

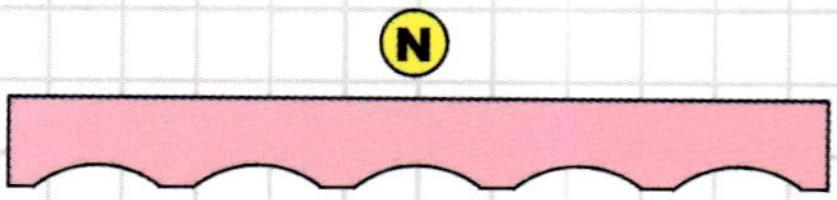

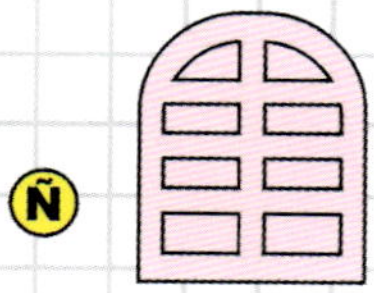

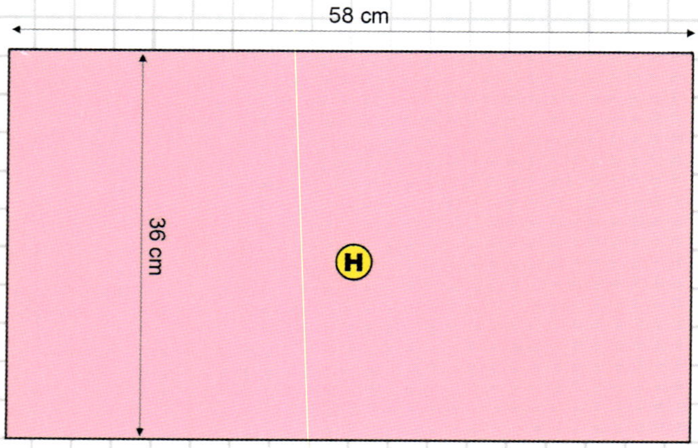

Amplía los moldes proporcionalmente tomando como guía las medidas de referencia.

Moldes

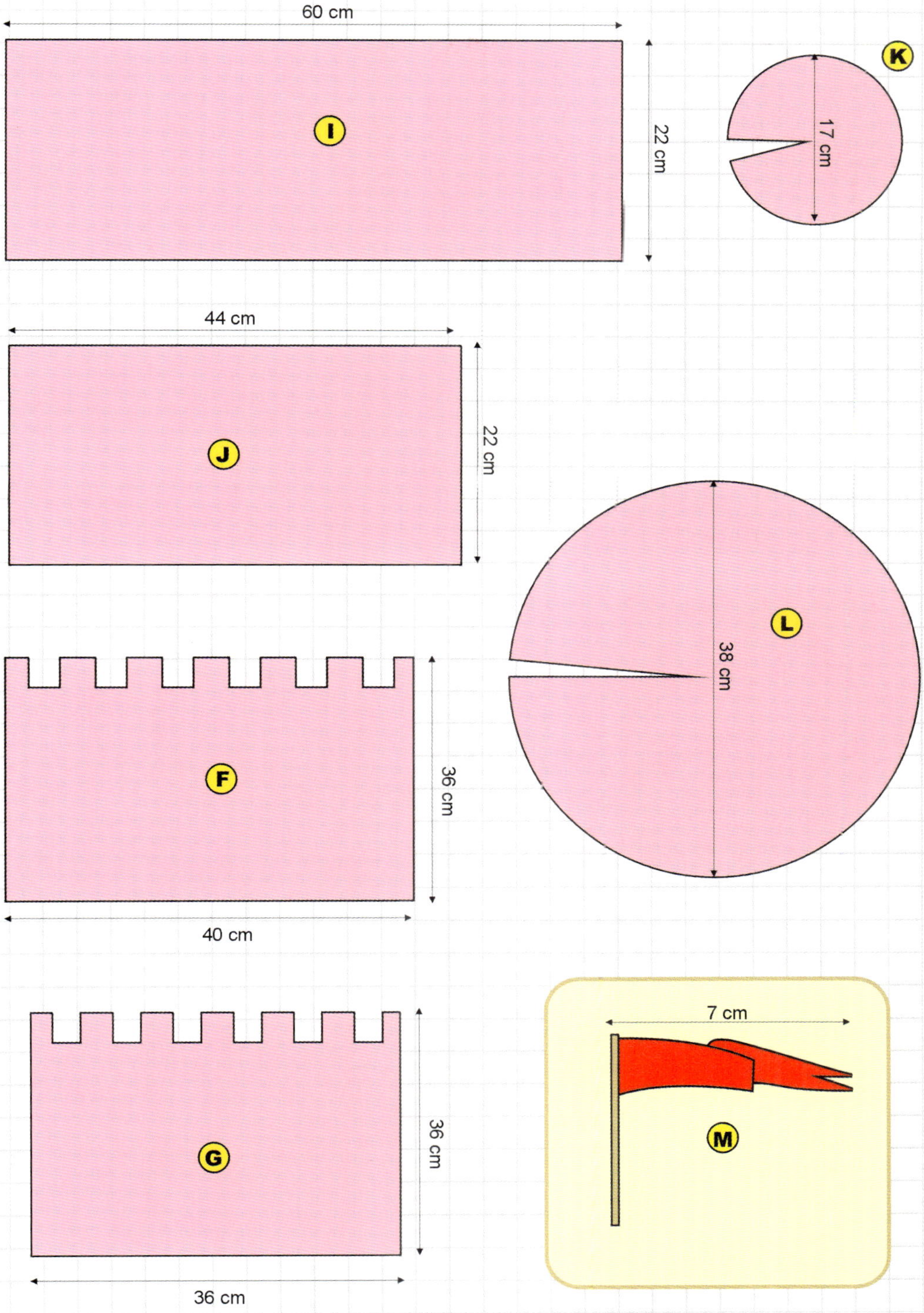

60 cm
22 cm
I
K
17 cm
44 cm
22 cm
J
L
38 cm
F
36 cm
40 cm
G
36 cm
36 cm
7 cm
M

Escudo real

Bienvenidos al baile de gala

Realización

Sostén del estandarte:

Utilizando la punta de una tijera, haz un pequeño agujero en cada una de las esferas (D) para poder introducir los extremos de la varilla (C), y luego adhiérelas con pegamento.

A continuación pinta el conjunto de las esferas (D) y la varilla (C) con acrílico o témpera roja y déjalo secar.

Arabescos:

Para realizar los arabescos, prepara un molde en cartón de las piezas (H), (J) y (K), ya que los arabescos se hacen con los moldes de éstas, aunque luego se coloquen en diferentes posiciones.

Dibuja el contorno de cada pieza sobre el revés del papel autoadhesivo utilizando

Materiales

- Gomaespuma roja
- 1 cuadrado azul y otro blanco de gomaespuma de 10 x 10 cm
- 1 varilla redonda de madera de 46 x 1 cm de diámetro
- 2 esferas de poliespán de 4 cm de diámetro
- Papel autoadhesivo dorado y plateado
- Letras doradas
- Pincel
- Témpera o acrílico rojo
- Tijera
- Sacabocados
- Cúter
- 2 m de cordón amarillo
- Pegamento universal

Detalle de las piezas

Estandarte:

- (A) *Estandarte:* 1 pieza de gomaespuma roja
- (B) *Presillas:* 2 piezas de gomaespuma roja

Sostén del estandarte:

- (C) 1 varilla redonda de 46 x 1 cm
- (D) 2 esferas de poliespán de 4 cm de diámetro

Escudo real:

- (E) *Base:* 1 pieza de papel autoadhesivo plateado

Corazón:

- (F) *2 piezas de gomaespuma:* 1 blanca y 1 azul
- (G) *2 piezas de gomaespuma:* 1 blanca y 1 azul
- (H) *Arabescos superior e inferior:* 2 piezas de papel autoadhesivo plateado
- (I) *Círculos:* 6 círculos plateados y 18 dorados (para obtenerlos utiliza el sacabocados)
- (J) *Arabescos:* 2 piezas de papel autoadhesivo plateado
- (K) *Arabescos laterales:* 16 piezas de papel autoadhesivo dorado

Traslada los moldes y córtalos en los materiales indicados.

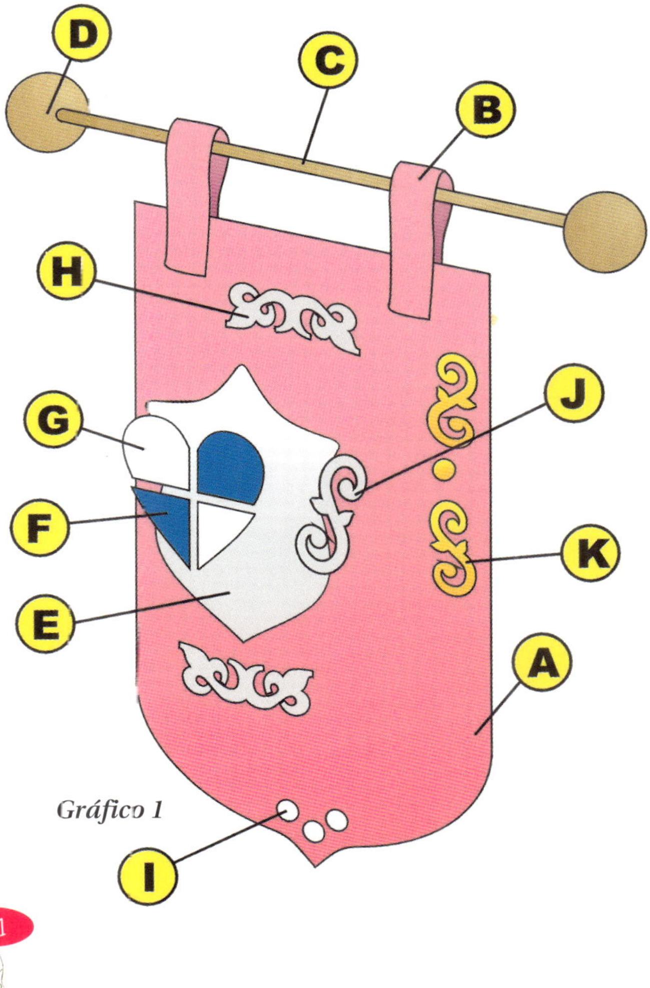

Gráfico 1

Moldes

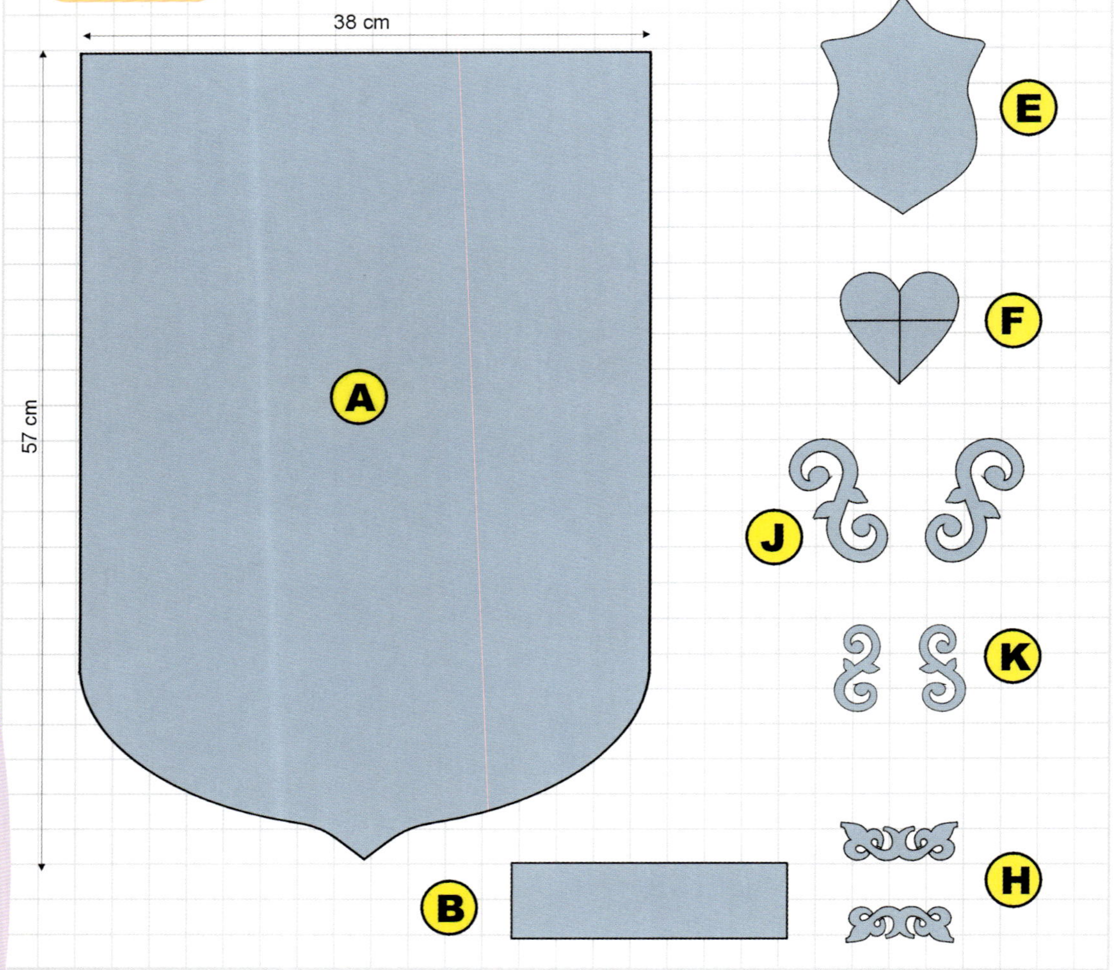

Amplía los moldes proporcionalmente tomando como guía las medidas de referencia.

un lápiz de punta fina. Luego, recórtalos y resérvalos hasta el momento del montaje final.

Escudo:
Repite la operación dibujando y recortando las piezas del escudo. Determina cuidadosamente el lugar de colocación de cada una de ellas antes de adherirlas al estandarte.

Estandarte:
Guiándote por el modelo terminado, monta el modelo pegando las letras y los arabescos. Luego, adhiere el escudo colocando las piezas de papel autoadhesivo plateado y encima las cuatro piezas (F) y (G), correspondientes al corazón de gomaespuma.

Pega los extremos de las presillas (B) sobre el anverso y el reverso del estandarte(A).

Montaje final:
Coloca la varilla dentro de las presillas y ata en cada extremo el cordón amarillo que permitirá colgarlo y lucirlo en la fiesta.

Carteritas de gala

Corazones llenos de golosinas para regalar como recuerdo

Materiales

- Gomaespuma roja de 2 mm de espesor
- Pegamento universal
- Lápiz y regla
- Tijera
- Cúter
- Cola vinílica dorada o cola vinílica común
- 1 sobre de purpurina
- 1 palillo o un pincel fino
- 60 cm de cinta dorada de 3 cm de ancho
- Acetato transparente

Delinea con purpurina los detalles de decoración y déjala secar.

Coloca y pega por detrás de los corazones calados las piezas de acetato (C).

Montaje final:
Guiándote por el modelo terminado y el gráfico 1, pega por detrás de una de las

Realización

Antes de montar la cartera es conveniente que cales con un cúter los cinco corazones de cada una de las piezas (A). Luego bordea con purpurina dorada el contorno de cada pieza (A) y los pequeños corazones calados.

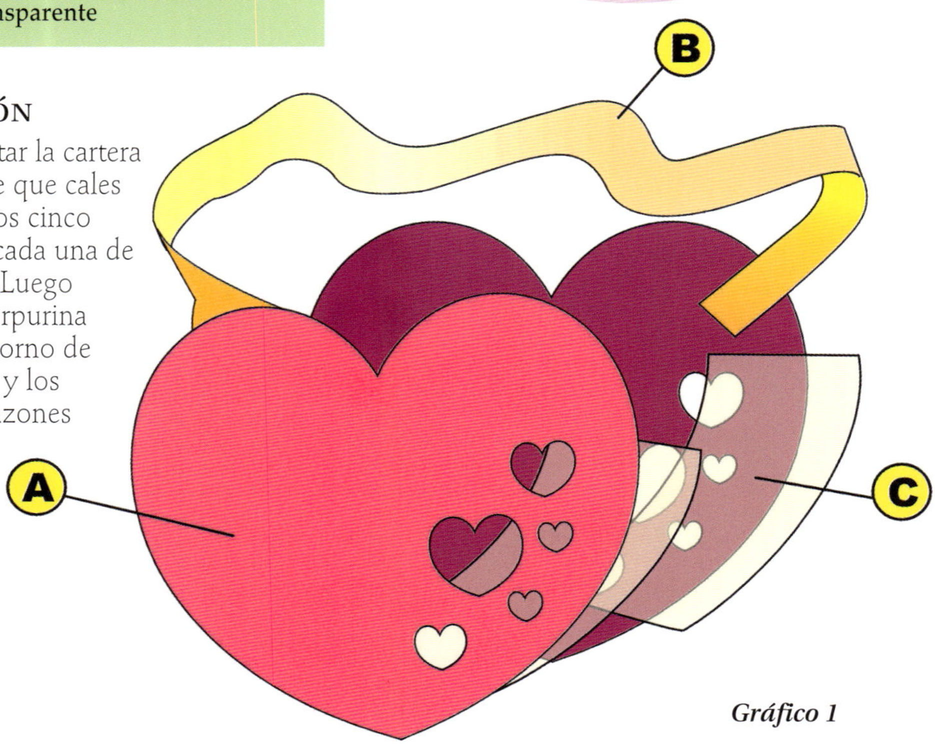

Gráfico 1

Importante

Cuando debas adherir entre sí ambas piezas (A), observa que deberás dejar libre el espacio entre ambas cintas. Ese detalle permitirá que la cartera tenga la abertura necesaria para poner y sacar cómodamente las golosinas que se guarden en el interior.

piezas (A) los extremos de la cinta dorada, que servirá de colgante.
Para finalizar, extiende pegamento en el contorno de una de las piezas (A), a partir del lugar en que colocaste la cinta, y adhiere la otra pieza (A).

Preparación de la purpurina:
En la nómina de materiales se indica cola vinílica dorada. Pero si lo deseas puedes

Moldes

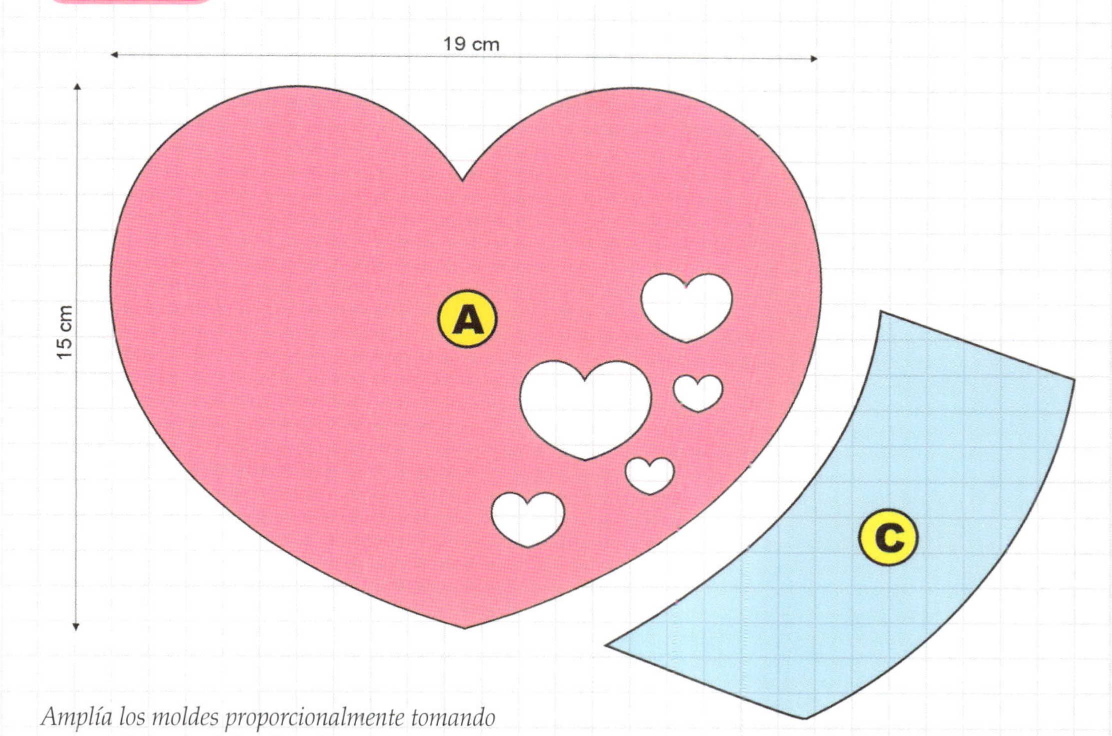

Amplía los moldes proporcionalmente tomando como guía las medidas de referencia.

Detalle de las piezas

- Ⓐ *Corazón:* 2 piezas de gomaespuma roja
- Ⓑ 60 cm de cinta dorada de 3 cm de ancho
- Ⓒ 2 piezas de acetato transparente

Traslada los moldes y córtalos en los materiales indicados.

prepararla tú mismo de la siguiente manera:

Mezcla en un cuenco una cucharada de cola vinílica y parte del contenido del sobre de purpurina dorada.

Deberás mezclarla hasta que ambos elementos queden bien integrados.

Para bordear la carterita y lograr que el contorno quede regular, toma un palillo o un pincel fino, introdúcelo en la preparación dorada, pásalo por el contorno del corazón y déjalo secar.

Si decides utilizar cola vinílica dorada podrás utilizar el instrumento que viene con el recipiente de la cola.

Otra opción:
Puedes colocar la mezcla de cola y purpurina en el recipiente original de la cola vinílica.

De esa manera la tendrás preparada para cuando desees utilizarla y el instrumento permitirá que la cantidad que salga del mismo resulte adecuada y no se seque antes de terminar la manualidad.

Lujosos brazaletes

Servilleteros muy elegantes y supersencillos

Materiales

- Lápiz
- Regla
- Cúter
- Tijera
- Pegamento universal
- Cartón forrado de 2 mm
- Papeles autoadhesivos dorado y plateado
- Gemas de colores variados

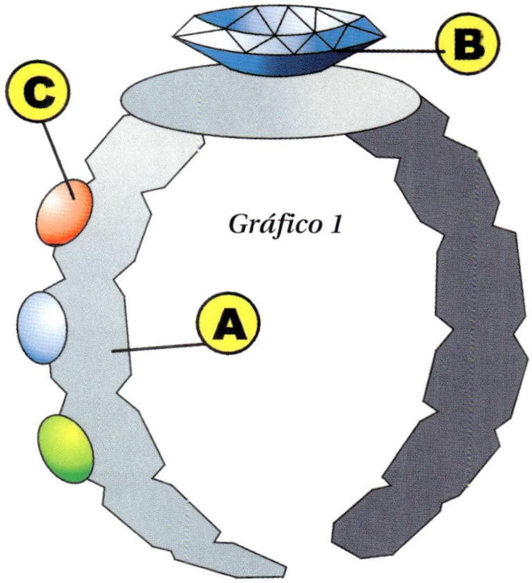

Gráfico 1

Realización

Pega el papel autoadhesivo (A) sobre una de las caras de la pulsera, asegurándote de que los bordes coincidan.

Repite el procedimiento con la otra cara, adhiriendo el papel autoadhesivo sobre el cartón.

Luego deberás adherir las piedras que correspondan al modelo elegido y dejarlas secar. De esa manera evitarás que, al sujetar con pegamento los extremos de la pulsera, las gemas puedan desprenderse.

Montaje:
Coloca pegamento en el último eslabón de cada lado y únelos, sujetándolos con un clip hasta que el adhesivo se seque.

Detalle de las piezas

- (A) 1 pieza de cartón y 2 piezas de papel autoadhesivo dorado o plateado
- (B) Gemas grandes para el centro
- (C) Gemas pequeñas para los laterales

Moldes

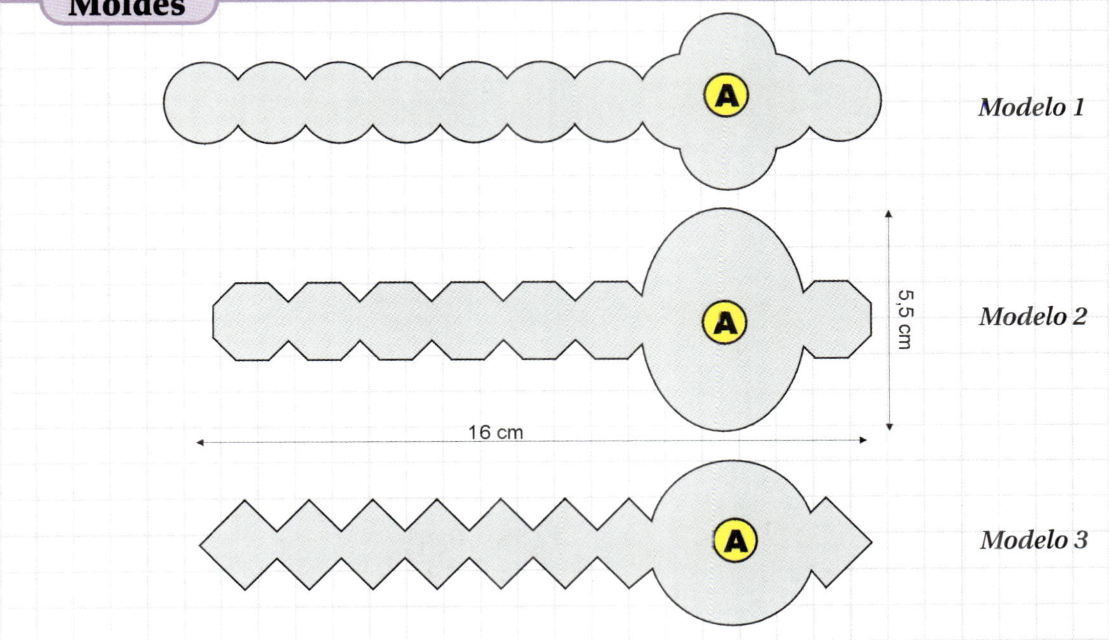

Amplía los moldes proporcionalmente tomando como guía las medidas de referencia.

Impactantes coronas

Unas fuentes muy elegantes

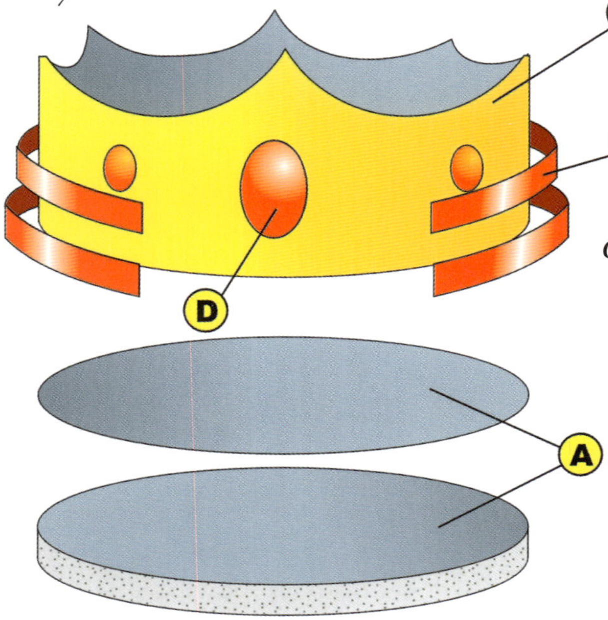

Gráfico 1

Realización

Base de la fuente:
Pega entre sí las piezas (A) procurando que los bordes queden igualados.

Decoración:
Delinea, con rotulador indeleble negro, el borde de la corona de gomaespuma (B).

Pega las cintas de adorno (C) del modelo elegido sobre el borde inferior de la pieza (B), (gráfico 1).

Forra la pieza (B) de cartón con la otra pieza (B) de gomaespuma, ya decorada, cuidando de que la unión quede bien.

Montaje final:
Para finalizar, coloca pegamento en todo el canto de la base y adhiere la pieza (B) sujetando los extremos con un trozo de

Materiales

- Lápiz
- Regla
- Cúter
- Tijera
- Pegamento universal
- Gomaespuma de 2 mm de espesor de colores azul y amarillo
- Cartón forrado
- Placa de poliespán de 2 cm de espesor
- Papeles metalizados plateado y rojo
- 8 gemas facetadas
- Rotulador indeleble negro

Moldes

MODELO 1

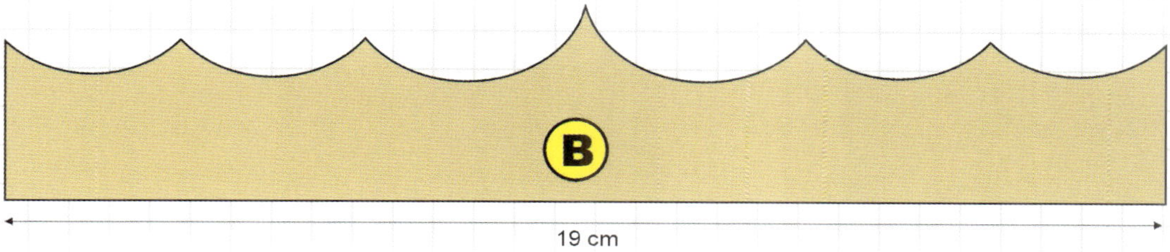

MODELO 2

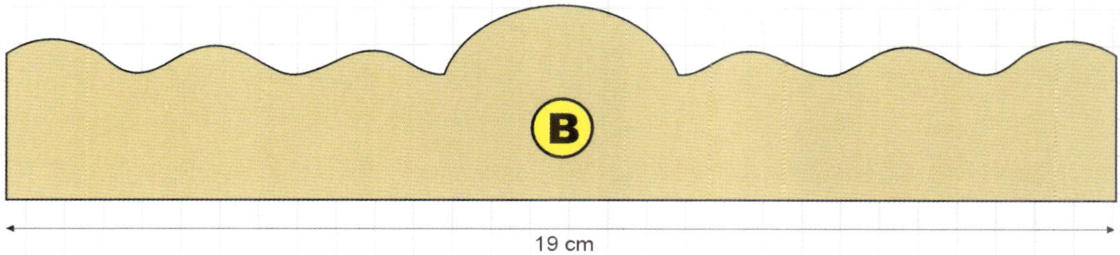

Detalle de las piezas

Corona amarilla:
- Ⓐ *Base:* 1 pieza circular de poliespán y una de cartón blanco de 19 cm de diámetro
- Ⓑ *Corona:* 1 pieza de gomaespuma amarilla y otra de cartón forrado
- Ⓒ *Cintas rojas:* 2 tiras de papel metalizado de color rojo
- Ⓓ *Gemas rojas:* 1 grande y 2 pequeñas
Corona azul:
- Ⓐ *Base:* 1 pieza circular de poliespán y una de cartón blanco de 19 cm de diámetro
- Ⓑ *Corona:* 1 pieza de gomaespuma azul y otra de cartón forrado
- Ⓒ *Cinta plateada:* 1 tira de papel metalizado plateado
- Ⓓ *Gemas:* 3 grandes y 2 pequeñas

Importante

Ambas coronas se realizan de la misma manera. Las diferencias están en el colorido, en las formas y en los adornos.
La base circular tiene en ambas la misma medida. Copia la idea y haz las dos o la que más te agrade.

cinta de papel hasta que el conjunto quede bien pegado.
Por último, coloca las gemas guiándote por el modelo terminado.

Para realizar la otra corona deberás proceder de la misma manera cambiando los materiales y adornos de acuerdo con el modelo elegido.

Accesorios divertidos

Maletín artístico
Agenda multicolor
Billeteras
Conjunto de ositos
Zapatilla portalápices
Ranitas coquetas
¡Los animalitos nos invaden!
El león feliz
Un lindo gatito
Conejito elegante
Pollito divertido
Osito mimoso
Perrito fiel
Bolsitos de animales: cerdito
Monito
Tigre
Cohete espacial
Móvil estuche
Un superlápiz
Rino-reloj
Fundas para gafas

Maletín artístico

Ideal para que los niños tengan su cuento preferido siempre a mano

Materiales

- Gomaespuma de 3 mm de espesor de colores: naranja, verde, amarillo y azul
- Lápiz
- Tijera
- 2 trocitos de velcro blanco
- Pegamento universal
- Perforadora
- Rotulador indeleble negro

Realización

Traslada los moldes y corta las piezas en los materiales indicados.

Sobre la pieza (A) marca suavemente la línea del doblez y el lugar donde se colocarán los bolsillos, las trabas y las asas.

Dobla por la mitad cuidadosamente la pieza (A) y luego pega las trabas laterales (E) para sujetarla definitivamente.

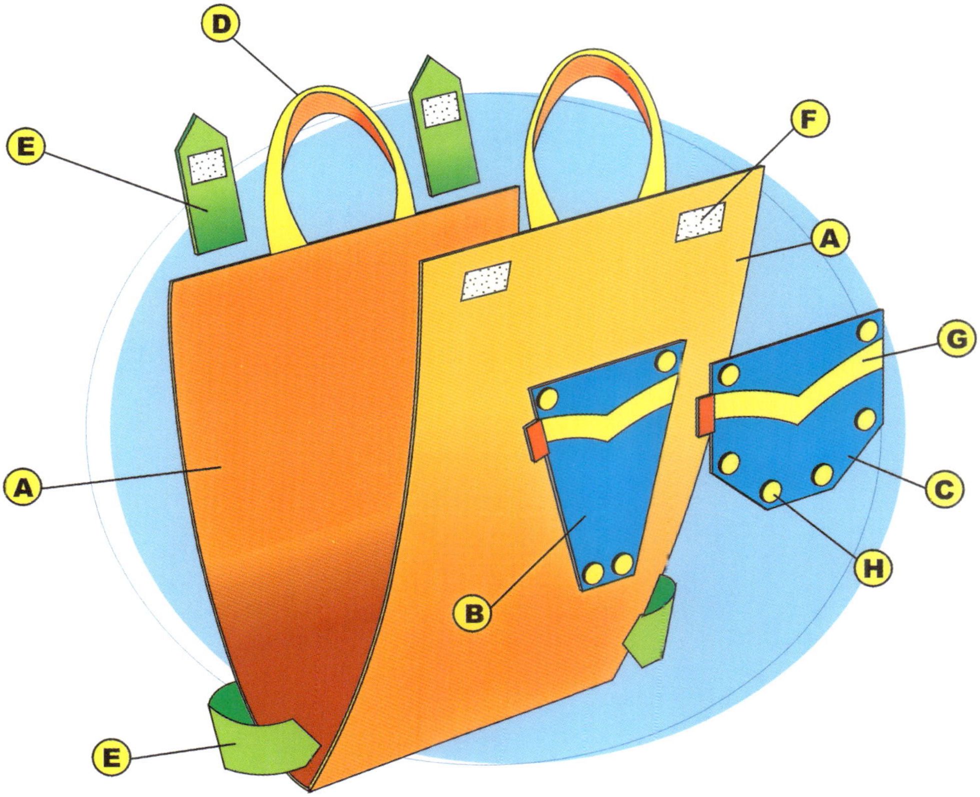

Decoración

Con un rotulador indeleble de punta fina realiza los pespuntes delineando cada una de las piezas para darle aspecto de pantalón vaquero.

Pega los bolsillos (B) y (C). Luego coloca sobre ellos los adornos (G) y (H). Las piezas (H) podrás hacerlas utilizando una perforadora.

Guiándote por el gráfico, coloca las asas (D) en los lugares determinados.

Por último, pega los trocitos de velcro (F) en las trabas y en el frente del maletín ubicándolas como indica el modelo terminado.

Moldes

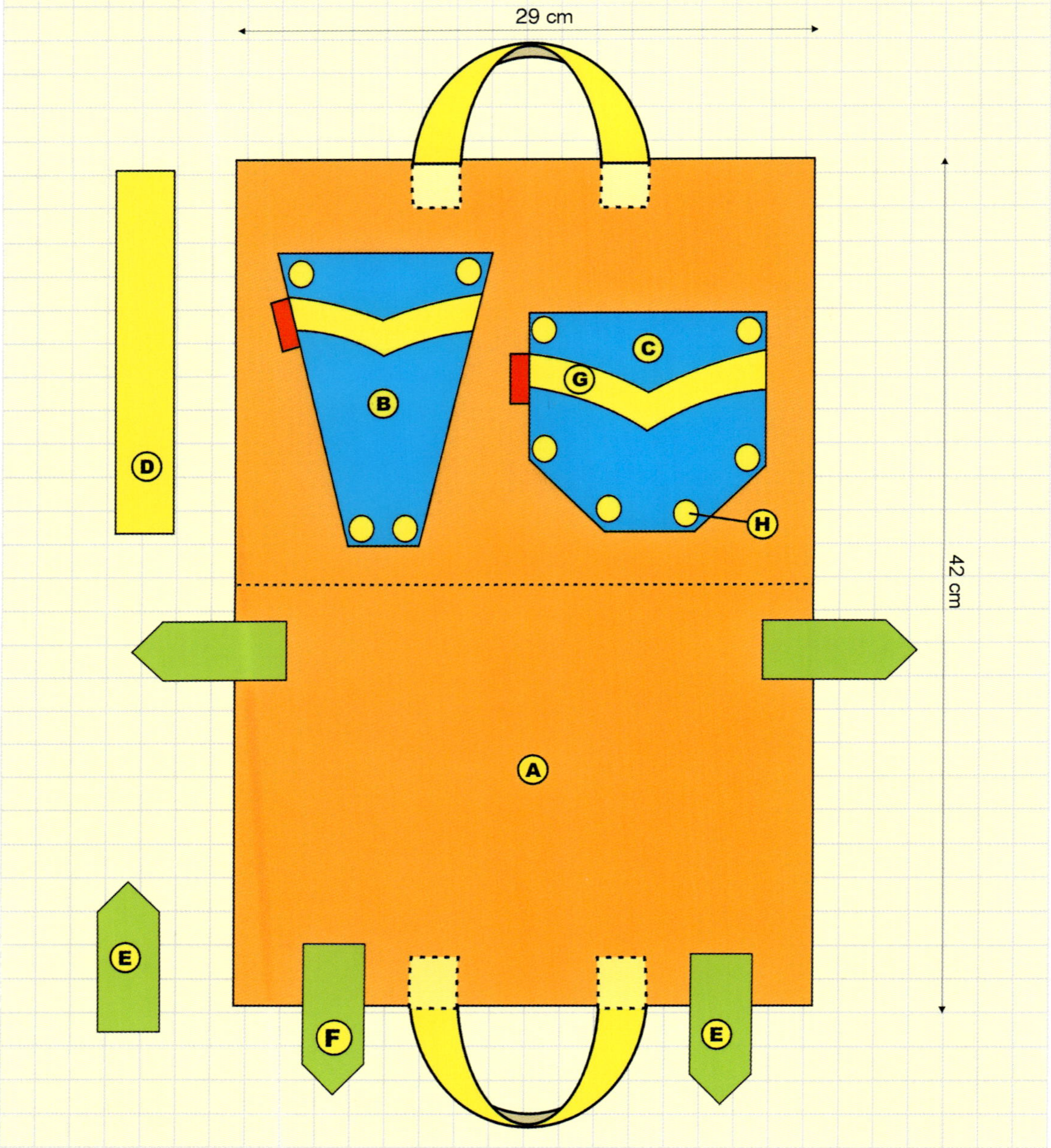

Detalle de las piezas *Corta las piezas en los materiales y colores indicados*

- (A) *Maletín:* 1 pieza naranja
- (B) *Bolsillo:* 1 pieza azul
- (C) *Bolsillo:* 1 pieza azul
- (D) *Asas:* 2 piezas amarillas
- (E) *Trabas:* 4 piezas verdes
- (F) *Cierre:* 2 trocitos de velcro
- (G) *Adorno:* 2 piezas amarillas
- (H) *Adornos circulares:* 10 piezas amarillas

Agenda multicolor

Muy práctica
y sencilla de realizar

Realización

Traslada los moldes y corta las piezas en gomaespuma de los colores indicados.

Marca suavemente con un lápiz, sobre la pieza (A), el doblez y los lugares donde colocarás las trabas y los bolsillos.

Cara exterior:
Pega sobre la base (A) las trabas (B) y sobre éstas los botones (C).
Luego coloca los bolsillos (D) y (E) con sus correspondientes adornos (F) y etiquetas (G). Pega los trocitos de velcro (H).

Materiales

- Gomaespuma de 3 mm de espesor de colores: rosa, amarillo, azul, rojo y verde
- Lápiz
- Regla
- Tijera
- 1 bloc de hojas
- 2 trocitos de velcro blanco
- Pegamento universal

Cara interior:
Da la vuelta a la agenda y, guiándote por el modelo terminado, pega los bolsillos (I) y (J), y las trabas (K) en los lugares ya marcados.

Recuerda que detrás de cada traba del bolsillo interior deberás adherir los trocitos de velcro (O), que te permitirán abrirlo y cerrarlo rápidamente.

Ayudándote con una perforadora consigue 12 circulitos (M) para decorar los bolsillos. Pega las etiquetas rojas (N) al lado de cada bolsillo.

Detalle de las piezas

Cara exterior:
- (A) *Base de la agenda:* 1 pieza rosa
- (B) *Trabas:* 2 piezas amarillas
- (C) *Botones:* 2 piezas verdes
- (D) *Bolsillo:* 1 pieza azul
- (E) *Bolsillo:* 1 pieza azul
- (F) *Adornos:* 10 círculos amarillos
- (G) *Etiquetas:* 2 piezas rojas
- (H) *Cierre de la agenda:* 2 trocitos de velcro

Cara interior:
- (I) *Bolsillo:* 1 pieza azul
- (J) *Bolsillo:* 1 pieza azul
- (K) *Trabas del bolsillo:* 2 piezas azules
- (L) *Botones de las trabas:* 2 piezas rosas
- (M) *Adornos:* 12 círculos amarillos
- (N) *Etiquetas de los bolsillos:* 2 piezas rojas
- (O) *Cierre del bolsillo:* 2 trocitos de velcro
- (P) *Traba para el bolígrafo:* 1 pieza verde

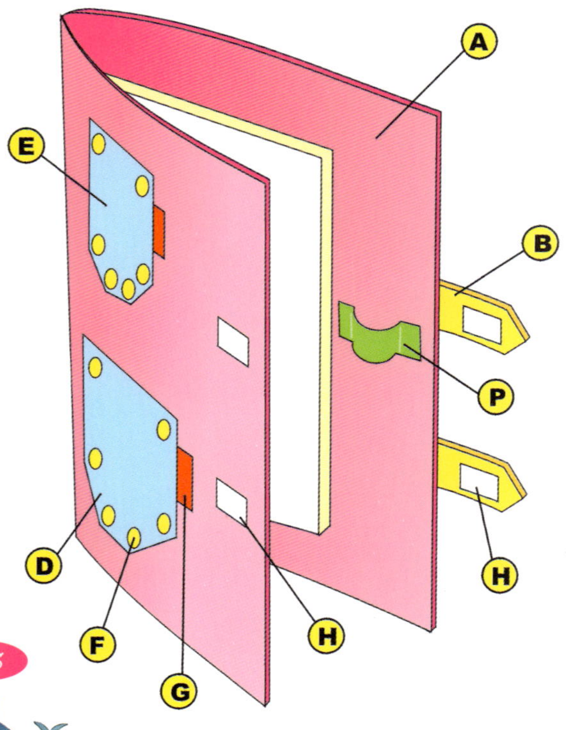

Moldes

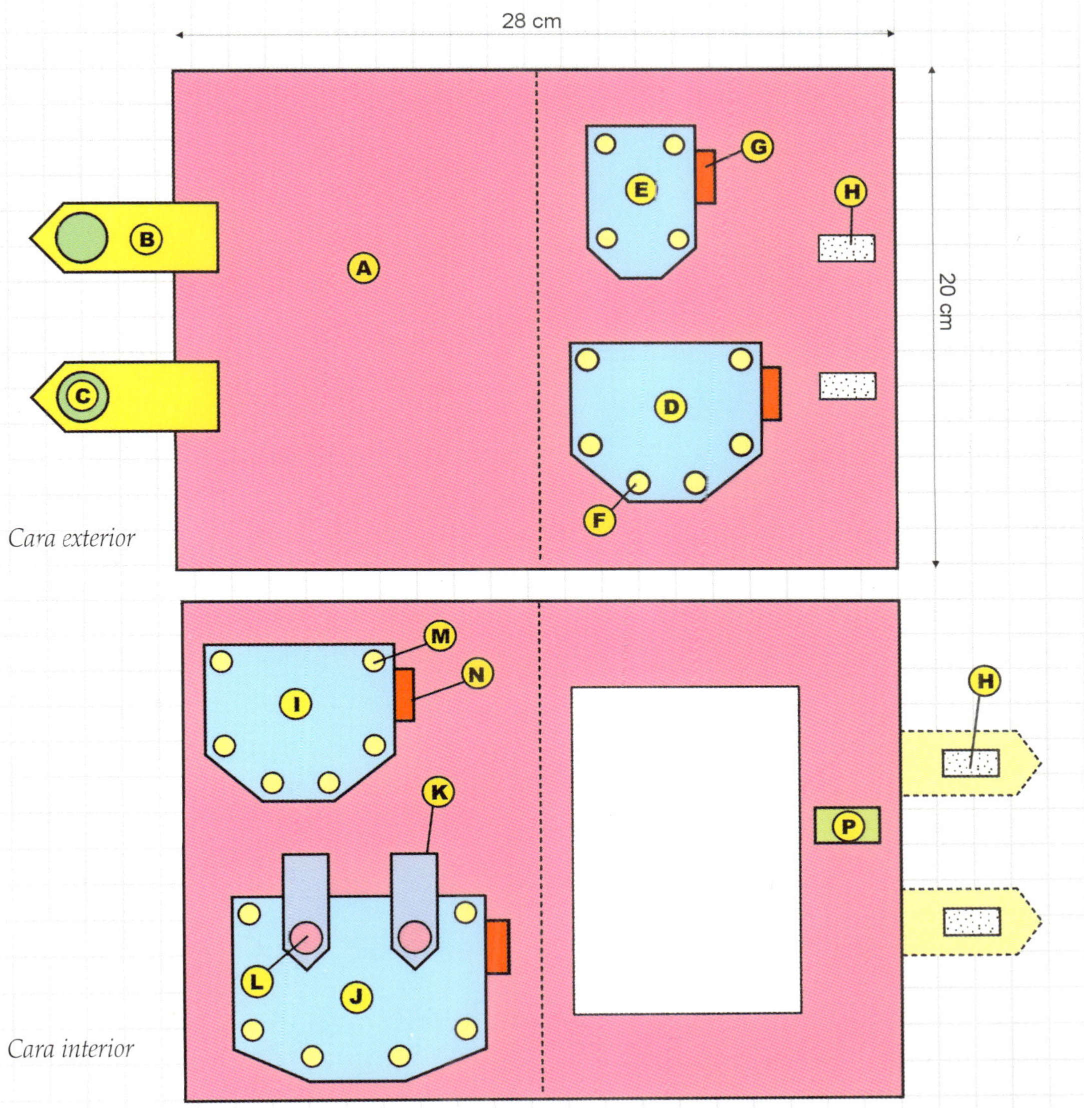

Para hacer la trabilla del bolígrafo (P), corta una pequeña tira de gomaespuma y pega los extremos dejando sin pegar el centro, por donde pasará el bolígrafo.

Por último, pega el bloc de hojas o una pequeña agenda telefónica.

Decoración

Con un rotulador indeleble de punta fina realiza los pespuntes y las perforaciones de los botones.

Billeteras

Dos opciones fáciles de realizar para niños muy «independientes»

Materiales

- Gomaespuma de 3 mm de espesor de colores variados
- Rotulador negro indeleble de punta mediana
- Lápiz
- Tijera
- Cúter
- Pegamento universal
- Velcro

Realización

Traslada los moldes y córtalos en gomaespuma de los colores indicados.

Montaje:
Sobre la pieza (A) superpón el bolsillo (B) y fíjalo echando pegamento solamente en el lateral izquierdo y en la base, como muestra el modelo terminado.
Superpón el otro bolsillo (C) y pégalo de la misma manera.

Decoración:
Pega los adornos en ambas caras.
Puedes optar por decorarlas con corazones, bolsillos o los elementos que desees agregar.
Luego, con un rotulador indeleble, realiza los pespuntes.

Por último, pega los dos trozos de velcro (D) que servirán de cierre.

Moldes

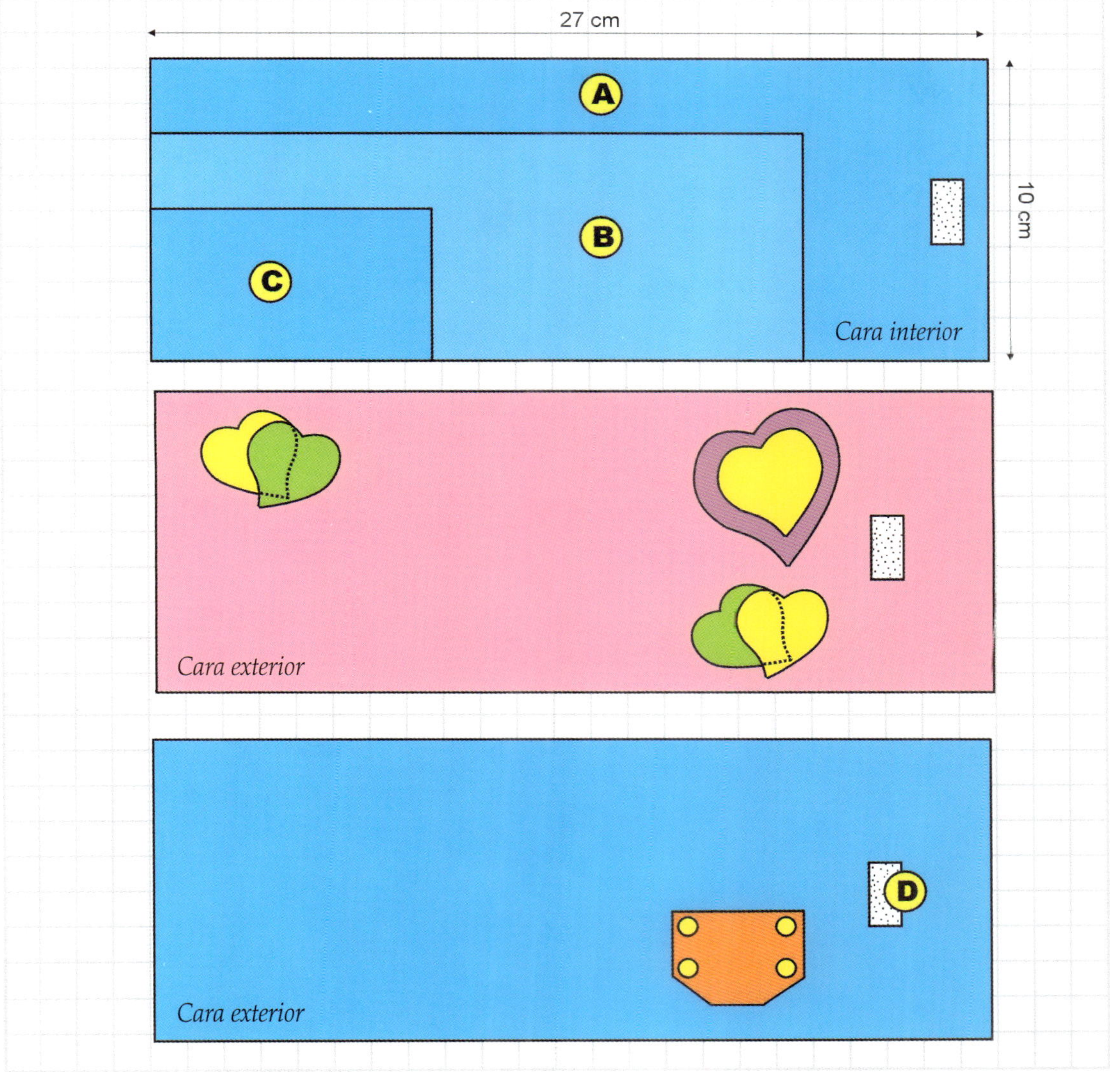

Detalle de las piezas

Ⓐ *Billetera:* 1 pieza de gomaespuma rosa o celeste
Ⓑ *Bolsillo:* 1 pieza de gomaespuma rosa o celeste
Ⓒ *Bolsillo:* 1 pieza de gomaespuma rosa o celeste
Ⓓ Trozos de velcro

Traslada los moldes y córtalos en los materiales indicados.

Conjunto de ositos

Un maletín y una agenda ideales para los más pequeños

Materiales

- Gomaespuma de 2 mm de espesor de colores: beis, amarillo, rosa, marrón, naranja y verde
- 1 bloc de hojas
- 2 cm de velcro
- 1 par de ojos de plástico
- Pegamento universal
- Lápiz y regla
- Tijera común y otra con filo en picos

Realización

Prepara los moldes y trasládalos a la gomaespuma de los colores indicados.

Interior del maletín:
Guiándote por el gráfico 3 (página 133), pega sobre la base (A) las asas (L) y los bolsillos (M) y (N).

Luego sitúa la pieza (Ñ), pega un extremo y vuelve a pegar a una distancia de 1 cm, dejando un tramo sin pegamento por el que luego podrás introducir cada lápiz. Repite la operación

Gráfico 1

hasta llegar al otro extremo de la tira (fíjate en el modelo terminado).
Con la perforadora corta círculos de gomaespuma y decora con ellos los bolsillos.

Cubierta exterior:
Da la vuelta a la pieza y pega las manos del oso (I).

Luego ve pegando las piezas que corresponden a la cara: (B), (C), (D), (E), (F) y (K) (gráficos 1 y 2).
Por último, pega las piezas (G) y (H) para hacer los pies del oso.

Cierre:
Para colocar el velcro (J), cierra el maletín y pliega las manos hacia el frente. De esa forma podrás determinar el lugar exacto donde pegar el velcro, para que el maletín se cierre correctamente.

AGENDA:

Corta la pieza (A) de la agenda y marca el doblez.

En la cubierta exterior pega las piezas que corresponden a la cara y las manos, repitiendo el mismo procedimiento utilizado en la realización del maletín (fíjate en el dibujo de la página 133 abajo).

Por último, pega el bloc de hojas en el interior.

Moldes

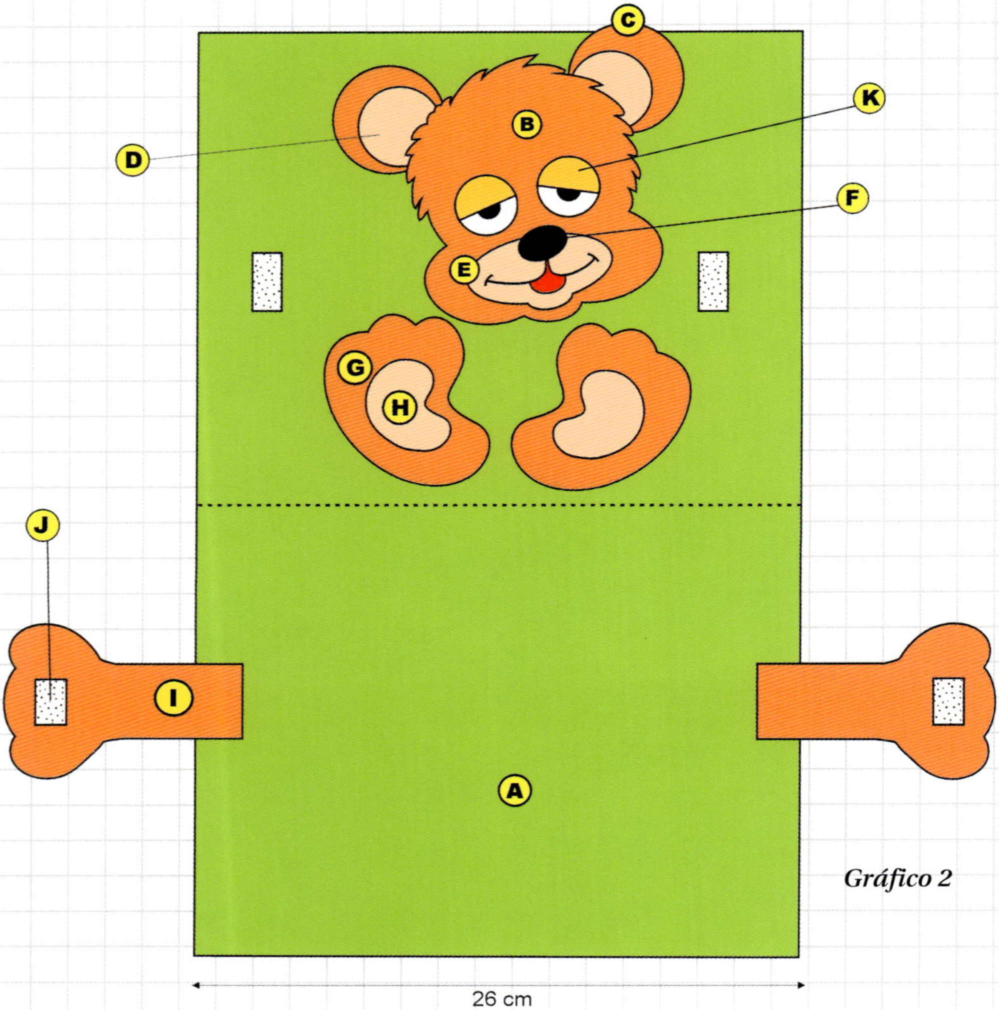

Gráfico 2

Detalle de las piezas *Corta las piezas en los materiales y colores indicados*

Cubierta exterior:

Ⓐ *Maletín:* 1 rectángulo verde
Ⓑ *Cara:* 1 pieza marrón
Ⓒ *Orejas:* 2 piezas marrones
Ⓓ *Orejas (interior):* 2 piezas rosas
Ⓔ *Morro:* 1 pieza beis
Ⓕ *Hocico:* 1 pieza negra
Ⓖ *Patas:* 2 piezas marrones
Ⓗ *Planta de las patas:* 2 piezas rosas
Ⓘ *Manos:* 2 piezas marrones
Ⓙ *Cierre:* 2 trozos de velcro
Ⓚ *Ojos:* 1 par de ojos de plástico

Interior del maletín:

Ⓛ *Asas:* 2 piezas amarillas
Ⓜ *Bolsillo:* 1 pieza naranja
Ⓝ *Bolsillo pequeño:* 1 pieza naranja
Ñ *Tira para lápices:* 1 pieza naranja

Moldes

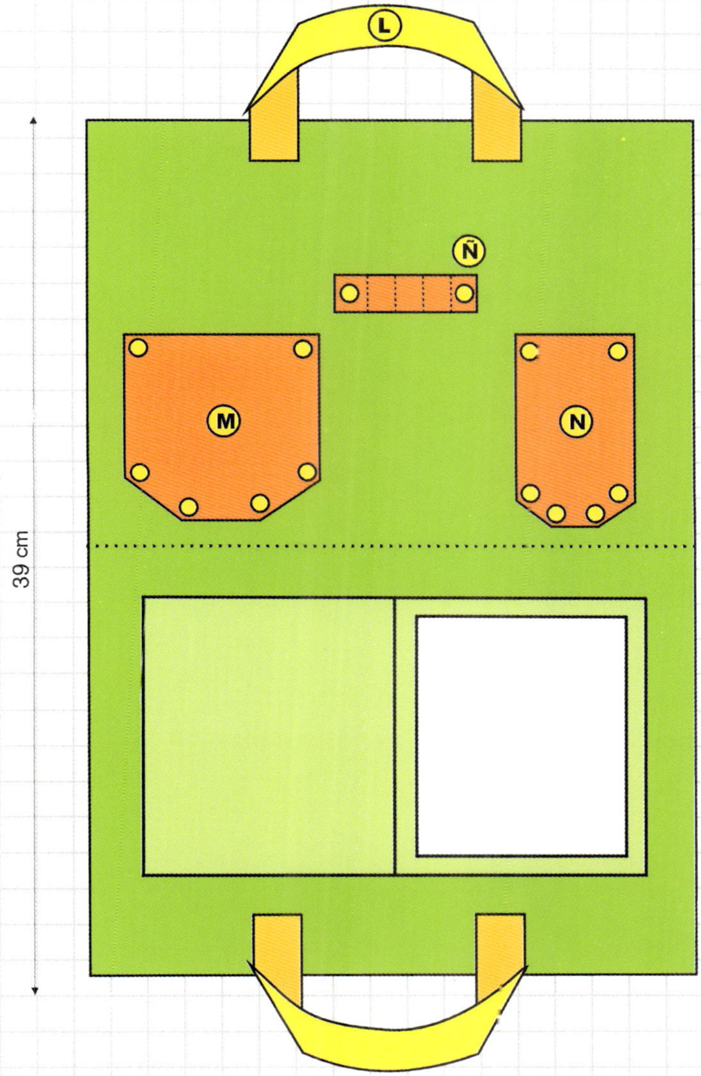

Gráfico 3

Moldes

Detalle

- **A** 1 pieza verde
- **B** Bloc de hojas
- **C** *Mano:* 1 pieza marrón
- **D** *Cabeza:* 1 pieza marrón, 2 rosas, 1 beis, 1 negra y 1 par de ojos de plástico

Zapatilla portalápices

Para que el deportista de la familia la luzca en su mesa de trabajo

Realización

Traslada los moldes y corta las piezas en los materiales indicados.

Montaje:

Guiándote por el gráfico 1 y el modelo terminado, sigue estos pasos.
Pega la pieza (A) de gomaespuma a la pieza (A) de cartón para lograr una suela más resistente.
Luego adhiere la pieza de acabado (D) sobre el borde de la pieza (B).
Dobla la pieza (B) alrededor de la suela, pégala y déjala secar.

Después coloca y pega la tira (C) en todo el contorno de la suela, uniendo ambos extremos en el talón (gráfico 1).
Coloca la lengüeta (E) contra la tira de contorno (C) dentro de la zapatilla.

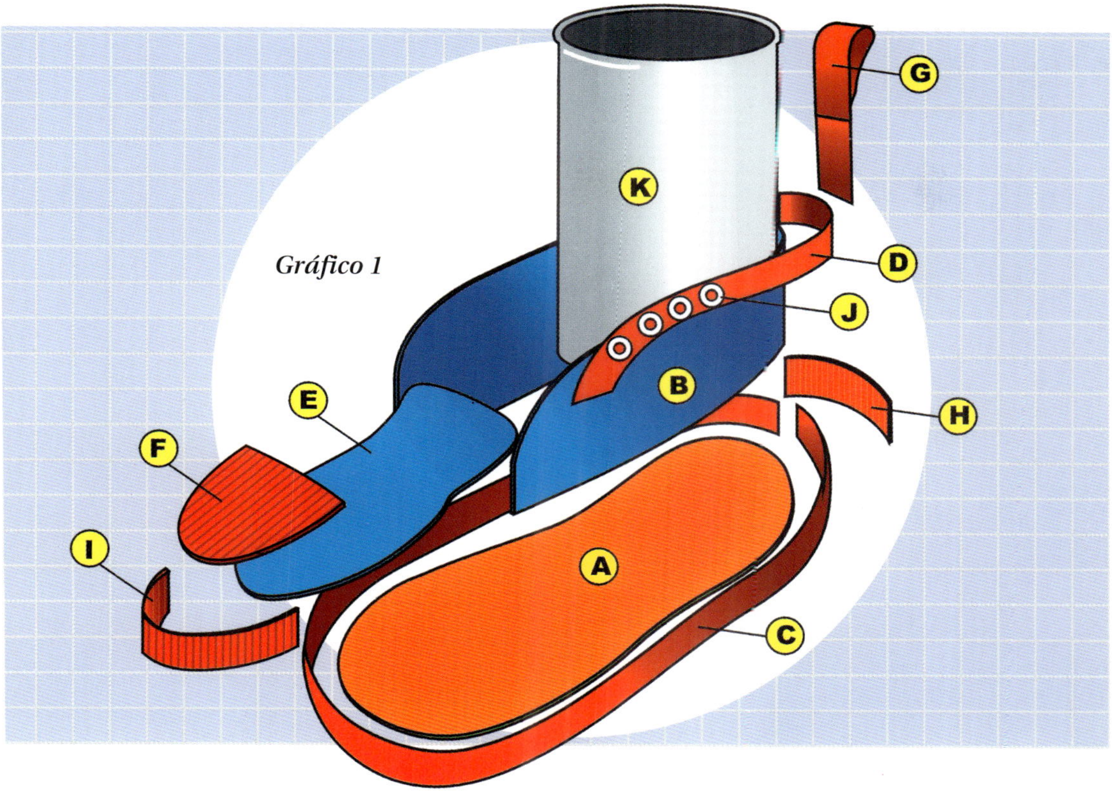

Gráfico 1

Pega la puntera (F) sobre la lengüeta (E) y luego coloca los refuerzos (H) e (I) en la puntera y el talón de la zapatilla.

Por último, dobla el calzador (G) como muestra el gráfico 1 y pégalo sobre el talón.

Materiales

- 1 lata de conserva
- Cartón de 3 mm de espesor
- Gomaespuma roja y azul
- Cartón corrugado de color rojo
- 8 ojalillos blancos adhesivos
- 1 cordón blanco
- 1 calcetín de rayas
- Lápiz
- Tijera
- Cúter
- Pegamento universal
- Alfileres

Montaje final:
Realiza las perforaciones en ambos laterales de la pieza formada con (D) y (B) y pega los ojalillos de papel (J), para conseguir un acabado mejor.

Mete la lata dentro del calcetín e introduce la lata forrada dentro de la zapatilla.

Por último, enhebra el cordón y anúdalo.

Moldes

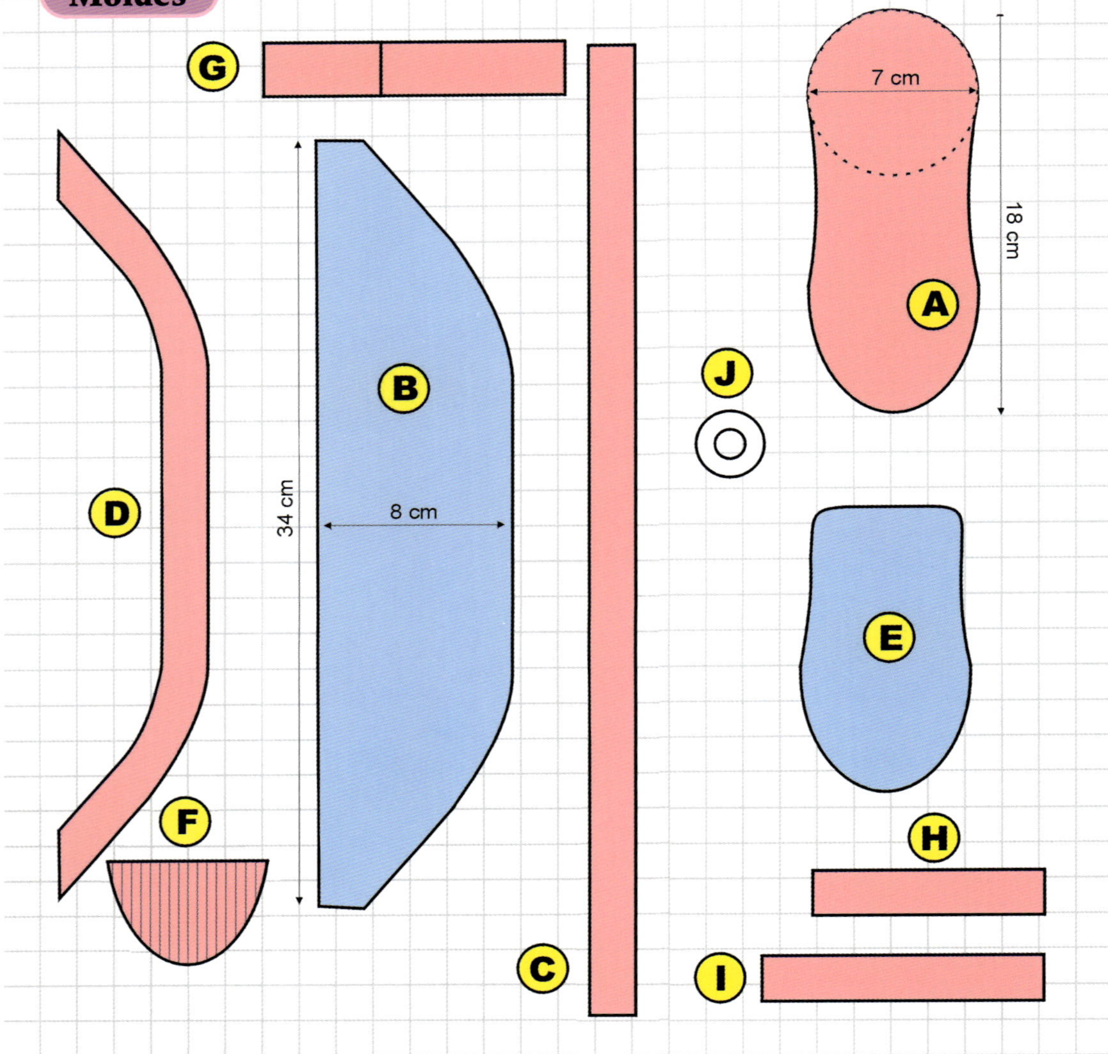

Detalle de las piezas *Corta las piezas en los materiales y colores indicados*

- Ⓐ *Suela*: 1 pieza de gomaespuma roja y 1 pieza igual de cartón
- Ⓑ *Laterales:* 1 pieza de gomaespuma azul
- Ⓒ *Tira de terminación de la suela:* 1 pieza de gomaespuma roja
- Ⓓ *Tira de terminación de ambos laterales:* 1 pieza de gomaespuma roja
- Ⓔ *Lengüeta:* 1 pieza de gomaespuma azul
- Ⓕ *Puntera:* 1 pieza de cartón corrugado rojo
- Ⓖ *Calzador:* 1 pieza en gomaespuma roja
- Ⓗ *Refuerzo del talón:* 1 pieza de cartón corrugado rojo
- Ⓘ *Refuerzo de la puntera:* 1 pieza de cartón corrugado rojo
- Ⓙ *Ojalillos:* 8 piezas adhesivas
- Ⓚ 1 lata de conserva

Ranitas coquetas

Originales bolsitos para lucirlos con tus amigos

Materiales

- Tela de peluche de color verde o amarillo
- 15 cm de terciopelo o fieltro verde o amarillo
- 1 par de ojos de plástico
- Pegamento universal
- 1 m de cinta verde o amarilla
- 5 cm de fieltro rojo
- Guata o algodón para rellenar
- Aguja para lana
- Hilo Mouliné verde o amarillo

Realización

Corta las piezas en los materiales que te indicamos dejando 1 cm de margen para la costura

Patas superiores:
Superpón las dos piezas (B) y cose el contorno dejando sin coser la parte superior. Da la vuelta a la mano y rellénala con guata. Haz la otra de la misma manera.

Patas inferiores:
Superpón las dos piezas (C) y cose el

Gráfico 1

contorno, dejando sin coser la parte superior. Da la vuelta a la pata y rellénala con guata. Haz la otra de la misma manera.

Cuerpo:
En el frente de una de las piezas (A), realiza el corte de la boca. Sobre cada lado del corte de la boca, pega o cose un rectángulo de fieltro rojo (E), que simulará los labios (gráfico 1).

Luego pega la lengua (D) en el centro del labio superior pero por debajo de él.

Importante

Antes de comenzar con el montaje del bolsito deberás hacer las patas superiores e inferiores.
De esa manera podrás incluirlas en la costura final.

Montaje:
Coloca sobre el frente de la pieza (A) las patas superiores e inferiores como indica el gráfico 1 y sujétalas con alfileres. Coloca encima la otra pieza (A), teniendo cuidado de que ambos derechos del peluche se enfrenten, y cose el contorno de modo que la costura del contorno sujete también las patas.
Luego da la vuelta al bolsito por la abertura de la boca.
Pega los ojos de plástico sobre el peluche.

Correa:
Sujeta con unas puntadas o con pegamento la cinta a ambos lados del cuerpo.

Moldes

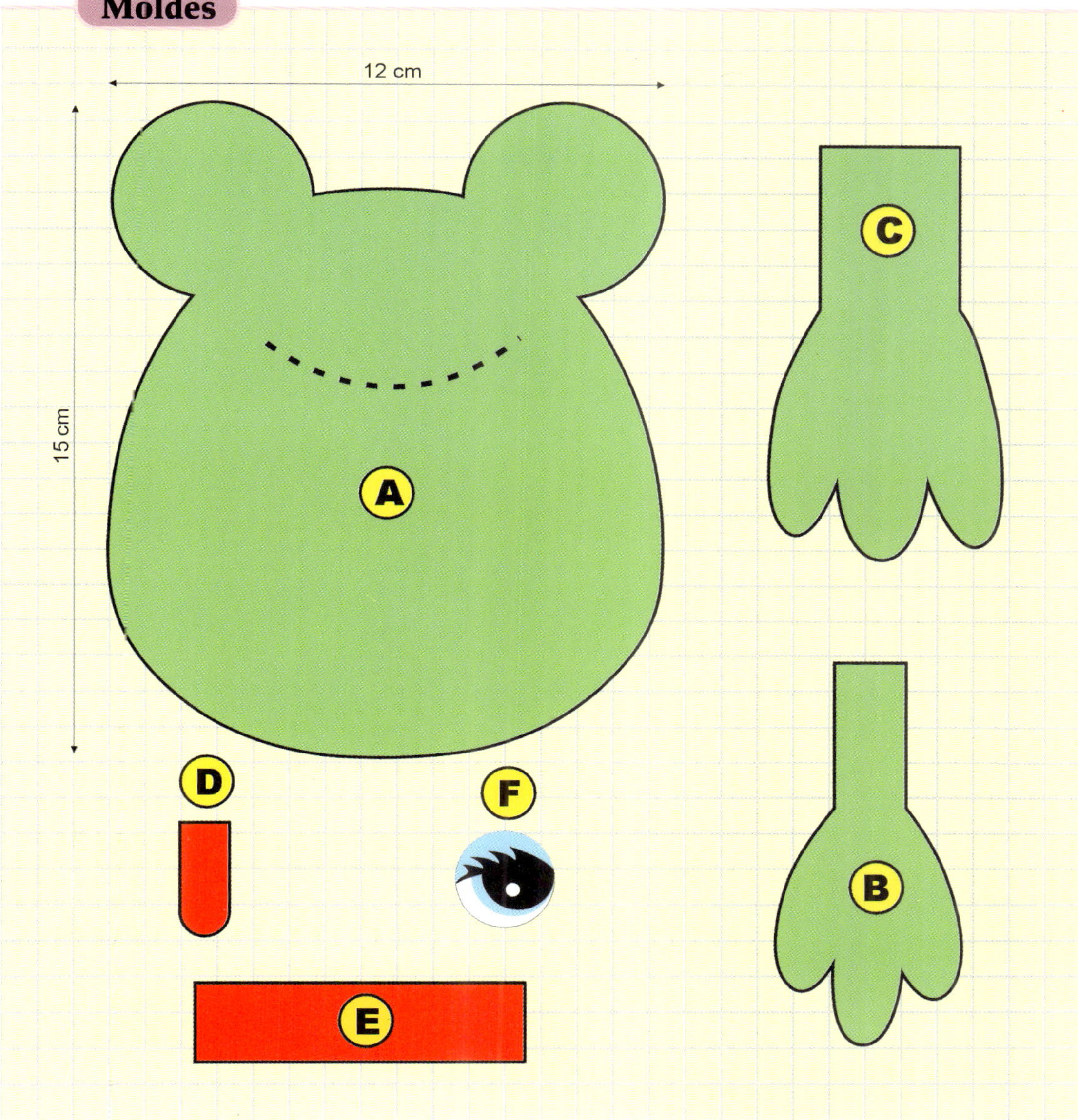

Detalle de las piezas

Corta las piezas en los materiales indicados dejando 1 cm de margen para la costura

- **A** *Cuerpo de la rana:* 2 piezas de peluche verde o amarillo
- **B** *Patas superiores:* 4 piezas de terciopelo o fieltro verde o amarillo
- **C** *Patas inferiores:* 4 piezas de terciopelo o fieltro verde o amarillo
- **D** *Lengua:* 1 pieza de fieltro rojo
- **E** *Labios:* 2 piezas de fieltro rojo
- **F** *Ojos:* un par de ojos de plástico

¡Los animalitos nos invaden!

Da a tus lápices un toque muy original

*Sobre una misma base,
6 modelos para elegir*

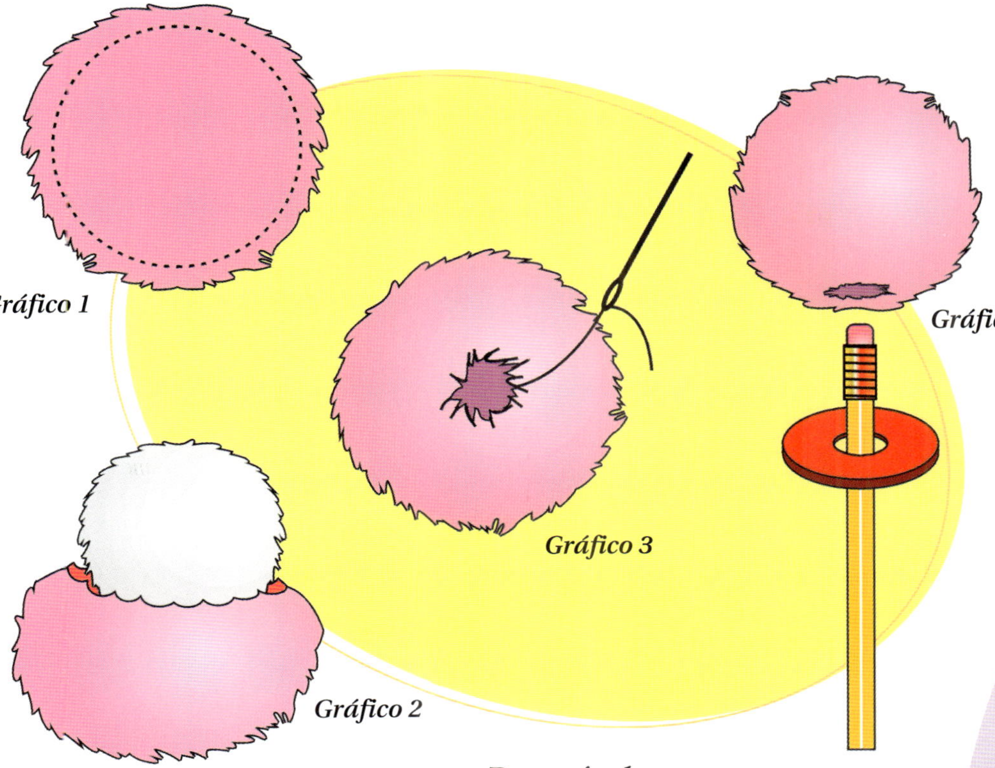

Gráfico 1

Gráfico 2

Gráfico 3

Gráfico 4

Pompón base:
El pompón base servirá para realizar la cabeza de todos los animalitos.

Realización

Haz un hilván a 1 cm del borde del círculo de peluche (gráfico 1).

Coloca un poco de guata en el centro (gráfico 2) y frunce hasta que quede una abertura de 0,5 cm, que te permitirá introducir el lápiz (gráfico 3).

Para unir el lápiz al pompón, echa pegamento instantáneo en el extremo del lápiz y en el orificio del pompón. Sujétalo firmemente hasta que seque.

Luego pasa la arandela por el lápiz y pégala a la base del pompón, logrando que el conjunto quede unido (gráfico 4).

Una vez que hayas aprendido esta técnica, podrás realizar todos los animalitos que desees; solo tienes que decorarlos siguiendo las indicaciones de cada modelo o crear tus propios diseños.

Detalle de las piezas

- (A) Círculo de peluche de 8 cm de diámetro
- (B) Arandela de fieltro de 5 cm de diámetro
- (C) Lápiz

Traslada los moldes y córtalos en los materiales indicados.

Materiales

- Trozos de peluche y de fieltro de diversos colores
- Algodón o guata para rellenar
- Aguja e hilo
- Ojos de plástico
- Cinta de raso de 1 cm de ancho
- Lápiz
- Tijera
- Cúter
- Pegamento universal

El león feliz

Detalle de las piezas

- **A** Pompón base de peluche marrón claro
- **B** *Orejas (parte externa):* 2 piezas de peluche marrón claro
- **C** *Orejas (parte interna):* 2 piezas de fieltro marrón claro
- **D** *Morro:* 1 pieza de fieltro marrón claro
- **E** *Nariz:* 1 pieza de fieltro marrón oscuro
- **F** *Ojos:* 2 ojos de plástico
- **G** *Hocico:* 1 pieza de fieltro beis

Realización

Traslada el dibujo de las piezas, realiza los moldes y córtalos en los materiales indicados. Arma el lápiz como se indica en la página 141. Comienza por pegar la parte interna (C) a la externa de cada oreja (B).

Luego forma la cara pegando las piezas (B-C), (D), (E), (F) y (G) sobre el pompón (gráfico 4).

Moldes

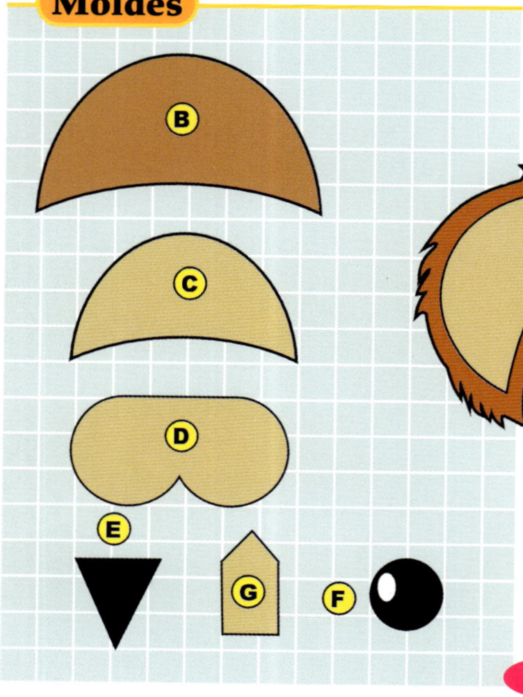

Gráfico 5

Un lindo gatito

Detalle de las piezas

- **A** Pompón base de peluche blanco
- **B** *Orejas (parte externa):* 2 piezas de peluche blanco
- **C** *Orejas (parte interna):* 2 piezas de fieltro rosa
- *Morro:* 1 pieza de fieltro rosa
- **D** *Nariz:* 1 pieza de fieltro negro
- **E** *Ojos:* 2 ojos de plástico
- **F** *Lengua:* 1 pieza de fieltro rojo

Moldes

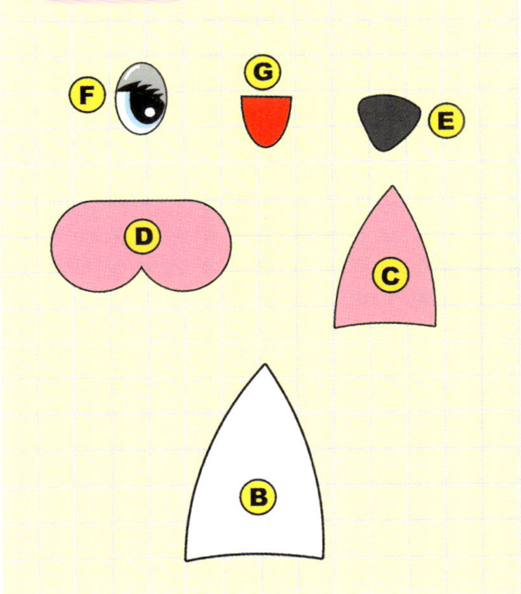

Gráfico 6

Realización

Traslada el dibujo de las piezas, realiza los moldes y córtalos en los materiales indicados.

Arma el lápiz como se indica en la página 141 y pega las piezas (B), (C), (D), (E), (F) y (G) sobre el pompón (gráfico 1).

Conejito elegante

Detalle de las piezas

- **A** Pompón base de peluche rosa
- **B** *Orejas (parte externa):* 2 piezas de peluche rosa
- **C** *Orejas (parte interna):* 2 piezas de fieltro blanco
- **D** *Morro:* 2 pequeños pompones de fieltro blanco
- **E** *Nariz:* 1 pompón de fieltro negro
- **F** *Ojos:* 2 ojos de plástico
- **G** *Lengua:* 1 pieza de fieltro rojo
- **H** *Lazo:* 1 cinta de raso o de fieltro de 20 cm de largo

Montaje:
Guiándote por el modelo y el gráfico 5, comienza pegando la parte interna de cada oreja (C) dentro de cada una de las piezas (B) y adhiérelas con pegamento sobre la cabeza.

Corta dos pequeños pompones de fieltro blanco y pégalos juntos para formar el morro (D). Prepara otro pompón con fieltro negro (E) y pégalo encima del morro. Pega la lengua (G) y los ojos (F).

Por último, anuda el lazo (H) y ubícalo debajo de la cabeza ya formada.

Moldes

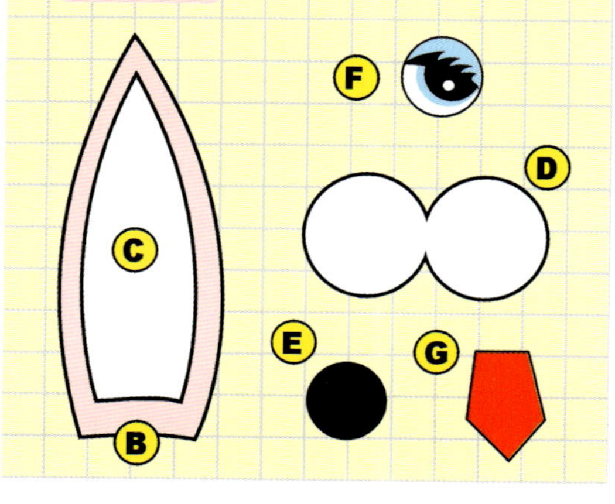

Gráfico 7

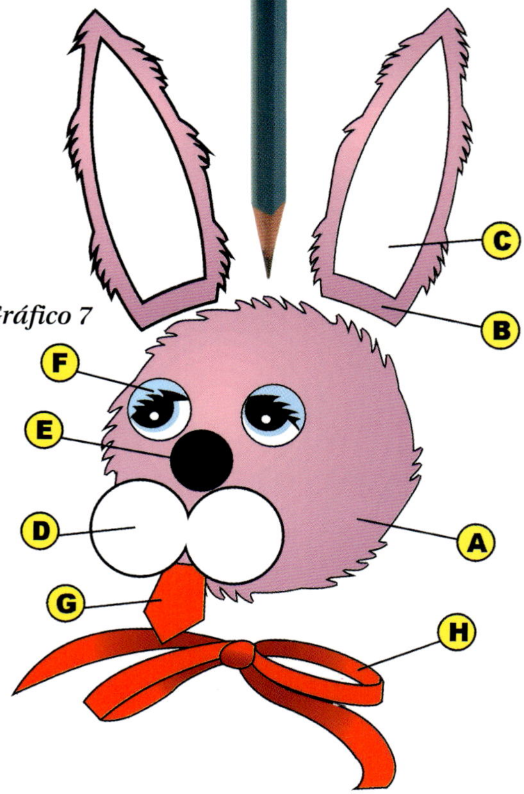

Pollito divertido

Detalle de las piezas

- (A) Pompón base de peluche amarillo
- (B) *Cresta:* 1 pieza de fieltro naranja
- (C) *Pico:* 1 pieza de fieltro naranja
- (D) *Ojos:* 2 ojos de plástico
- (E) *Patas:* 1 pieza de gomaespuma amarilla

Realización

Traslada el dibujo de las piezas, realiza los moldes y corta las piezas en los materiales indicados.
Arma el lápiz como se indica en la página 141, pero reemplaza la arandela de fieltro por las patas de gomaespuma (E).

Luego forma la cara pegando las piezas (B), (C) y (D) sobre el pompón (gráfico 8).

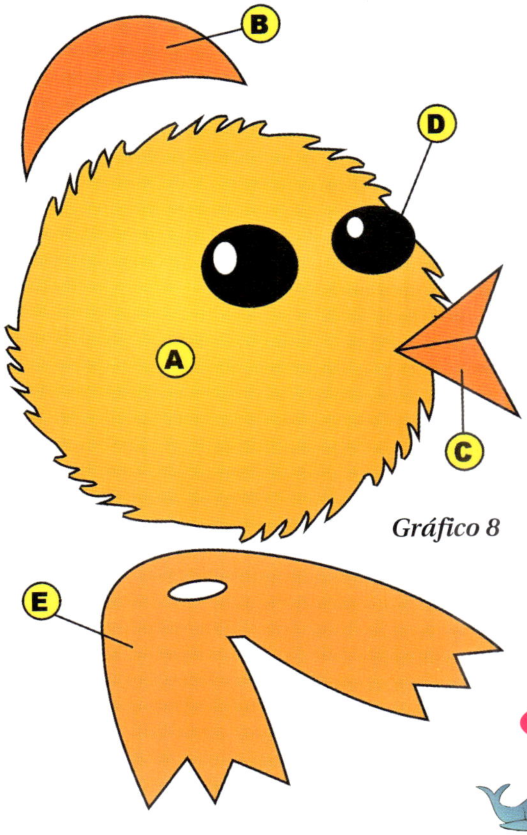

Gráfico 8

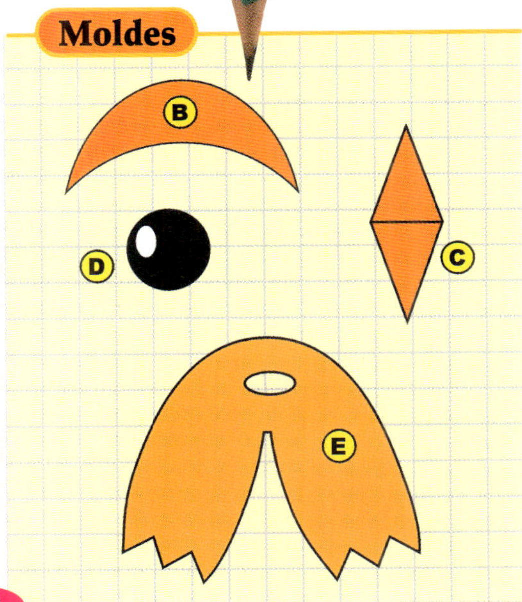

Osito mimoso

Detalle de las piezas

- **A** Pompón base de peluche beis
- **B** *Orejas:* 2 piezas de peluche blanco y 2 de peluche beis
- **C** *Morro:* 1 pieza de peluche blanco
- **D** *Nariz:* 1 pieza de fieltro negro
- **E** *Ojos:* 2 ojos de plástico

Realización

Traslada el dibujo de las piezas, realiza los moldes y córtalos en los materiales indicados.

Arma el lápiz como se indica en la página 141. Comienza por adherir la parte interna a la externa de cada pieza (B) que corresponde a la oreja.

Luego forma la cara pegando las piezas (B), (C), (D) y (E) sobre el pompón (gráfico 6).

Gráfico 9

Moldes

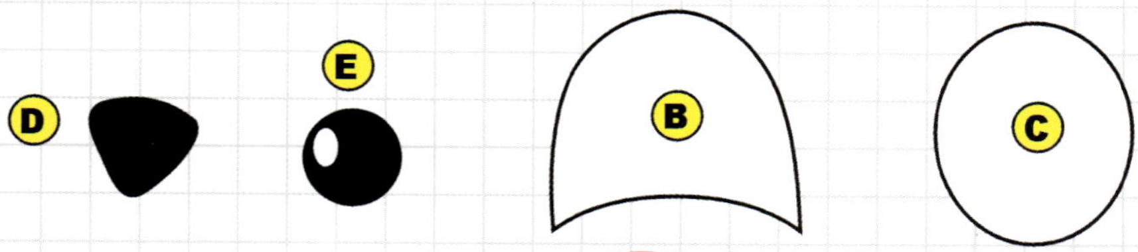

Perrito fiel

Detalle de las piezas

- **A** Pompón base de peluche marrón oscuro
- **B** *Orejas (parte externa):* 2 piezas de peluche blanco
- **C** *Orejas (parte interna):* 2 piezas de fieltro amarillo
- **D** *Morro:* 1 pieza de peluche blanco
- **E** *Nariz:* 1 pieza de fieltro negro
- **F** *Ojos:* 2 ojos de plástico
- **G** *Lengua:* 1 pieza de fieltro rojo

Gráfico 10

Realización

Traslada el dibujo de las piezas, realiza los moldes y corta las piezas en los materiales indicados.
Arma el lápiz como se indica en la página 141 y pega las piezas (B), (C), (D), (E), (F) y (G) sobre el pompón (gráfico 10).

Moldes

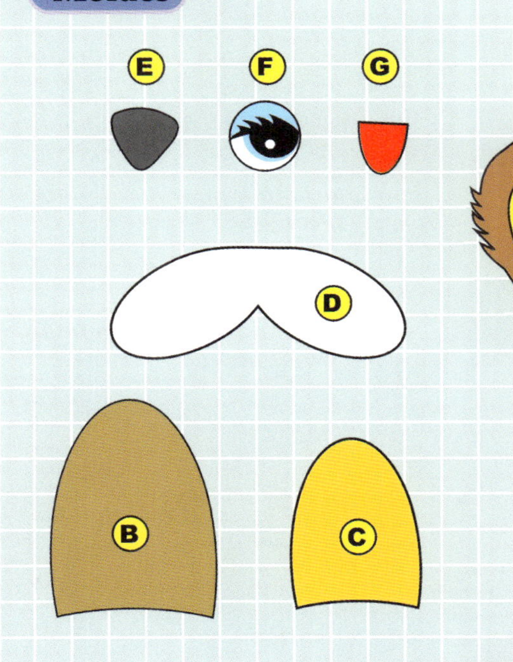

Bolsitos de animales

Cerdito

Tres modelos muy divertidos para realizar jugando

Materiales

- Gomaespuma de 3 mm de espesor de colores: beis, rosa, blanco y negro
- Rotulador negro
- Lápiz
- Tijera o cúter
- Pegamento universal

Realización

Traslada los moldes y corta las piezas en los materiales indicados.

Cara:

Para armar la cara, pega sobre una de las piezas (A) el morro (B), los ojos (C) y las cejas (D).

Luego, con un rotulador, dibuja los rasgos del cerdito (fíjate en el modelo terminado).

Moldes

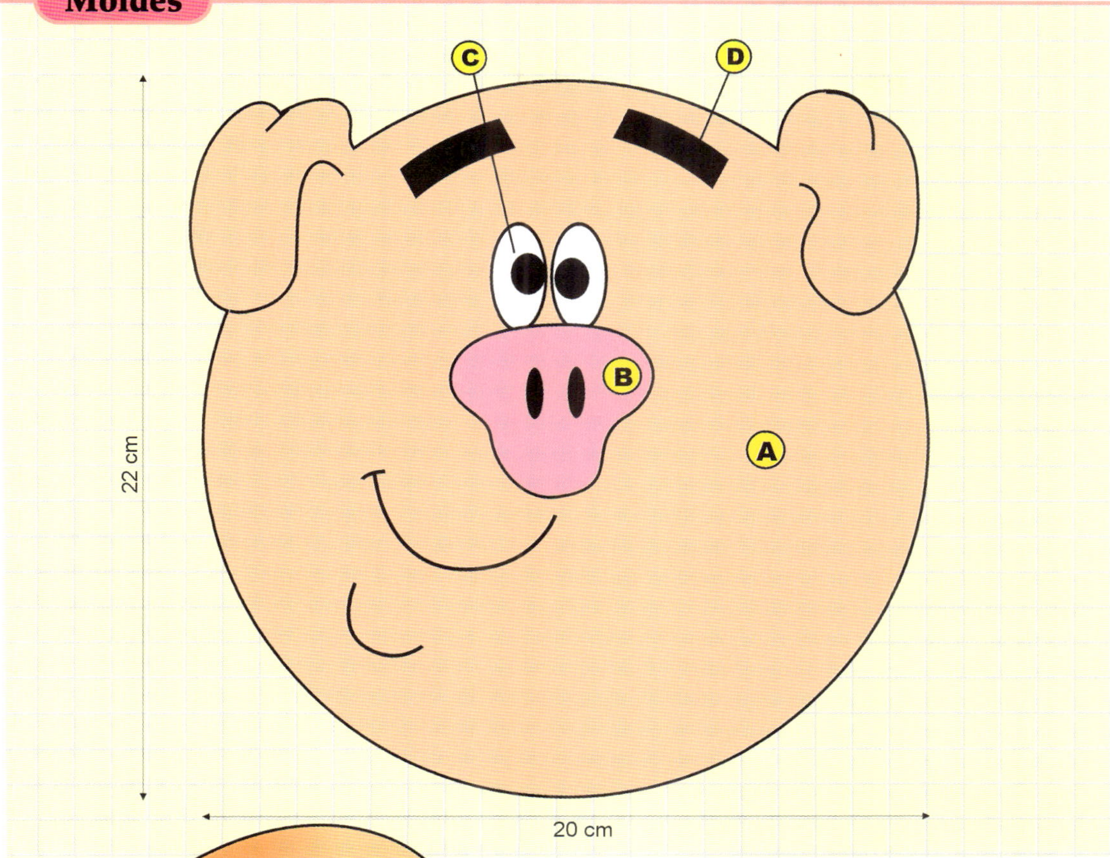

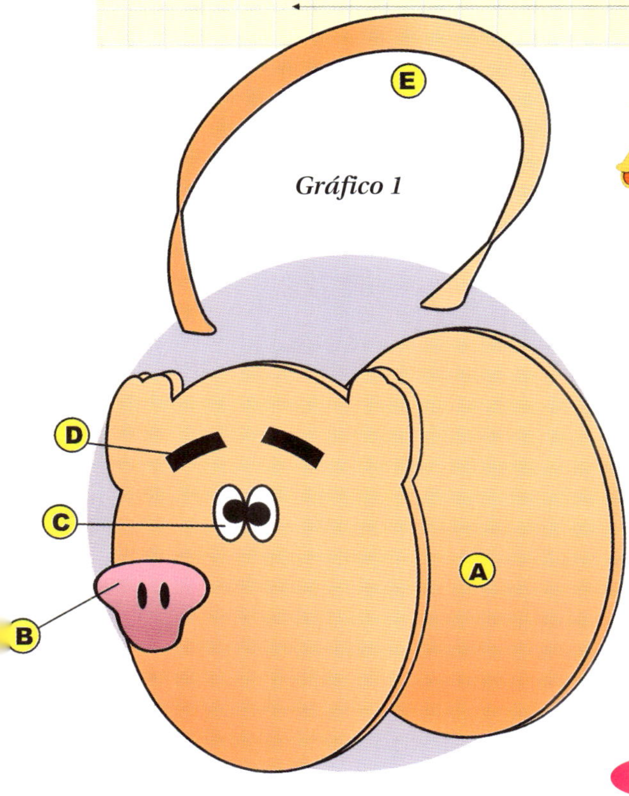

Gráfico 1

Detalle de las piezas

- (A) *Cara:* 2 piezas beis
- (B) *Morro:* 1 pieza rosa
- (C) *Ojos:* 2 piezas blancas
- (D) *Cejas:* 2 piezas negras
- (E) *Correa:* 1 tira beis de 3 x 40 cm

Montaje del bolso:
Une ambas piezas (A) pegando el contorno, pero dejando abierto el borde superior, que permitirá usar el bolso.

Correa:
Corta una tira de gomaespuma de 3 x 40 cm (E). Adhiere ambos extremos de la correa detrás de la cabeza y déjalo secar.

Monito

Materiales

- Gomaespuma de 3 mm de espesor de colores: amarillo, beis, marrón y negro
- Rotulador marrón indeleble de punta mediana
- Lápiz
- Tijera
- Cúter
- Pegamento universal

Realización

Traslada los moldes y corta las piezas en gomaespuma de los colores indicados.

Cara:

Para armar la cara, pega sobre una de las piezas (A) los ojos (C), el morro (E), la nariz (D), las cejas (G) y las orejas (B). Con un rotulador dibuja los rasgos del mono, guiándote por el modelo terminado.

Montaje del bolso:
Une ambas piezas (A) pegando el contorno, pero dejando abierto el borde superior, que permitirá usar el bolso y guardar objetos en él (gráfico 1).

Correa:
Corta una tira de gomaespuma marrón de 60 x 3 cm y pega cada uno de los extremos detrás de las orejas.

Deja secar el bolso durante varias horas antes de usarlo.

Gráfico 1

Moldes

Detalle de las piezas

Corta las piezas en gomaespuma de los colores indicados

- (A) *Cara:* 2 piezas marrones
- (B) *Orejas:* 2 piezas beis
- (C) *Ojos:* 2 piezas amarillas
- (D) *Nariz:* 1 pieza negra
- (E) *Morro:* 1 pieza beis
- (F) *Correa:* 1 tira marrón de 60 x 3 cm
- (G) *Cejas:* 2 piezas negras

Tigre

Materiales

- Gomaespuma de 3 mm de espesor: amarilla, rosa, naranja y blanca
- Rotulador negro
- Lápiz
- Tijera o cúter
- Pegamento universal

Realización

Traslada los moldes y corta las piezas en gomaespuma de los colores indicados.

Cara:
Para armar la cara, pega sobre una de las piezas (A) el interior de las orejas (B), los ojos (C), el morro (D) y los dientes (E). Luego, con un rotulador, dibuja los rasgos y las manchas del tigre, guiándote por el modelo terminado.

Montaje del bolso:

Une ambas piezas (A) pegando el contorno, pero dejando abierto el borde superior, que permitirá meter cosas dentro.

Correa:

Corta una tira de gomaespuma de 3 x 40 cm (F). Adhiere ambos extremos de la correa detrás de la cabeza y deja secar.

Gráfico 1

Detalle de las piezas

- **A** *Cara:* 2 piezas amarillas
- **B** *Orejas:* 2 piezas rosas
- **C** *Ojos:* 2 piezas blancas
- **D** *Morro:* 1 pieza naranja
- **E** *Dientes:* 2 piezas blancas
- **F** *Correa:* 1 tira amarilla de 3 x 40 cm

Moldes

Cohete espacial

Para llevar tus lápices a las galaxias más lejanas

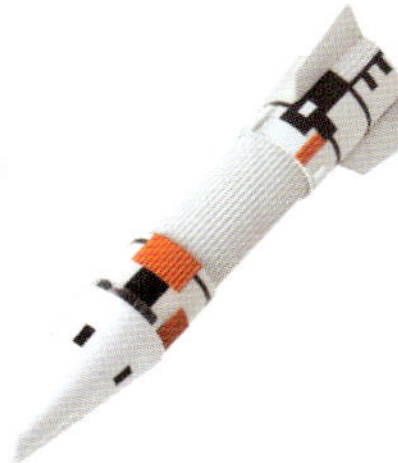

Realización

Corta las piezas en los materiales indicados.

Pega el tubo de cartón (A) sobre el trozo de cartón y recorta el excedente, obteniendo así la pieza (C).

Forra el tubo de cartón (A) con papel corrugado blanco.

Corta 2 tiras de gomaespuma blanca de 5 y 3 cm de ancho (F y G).
Luego pégalas alrededor de los extremos superior e inferior del tubo.
Coloca equidistantes las 3 aletas (D) en la base del cohete.

Materiales

- 1 tubo de cartón de 22 cm de alto
- 1 cono de poliespán de 10 cm de alto
- Lápiz y regla
- Pegamento universal
- Papel corrugado blanco y cartón blanco
- Gomaespuma blanca de 2 mm de espesor
- Trozos de papel adhesivo plateado, rojo y negro
- 1 trozo de tela blanca

Fuelle:
Guiándote por el gráfico 1, pega la mitad de la pieza (H) dentro del tubo y la otra mitad en la base del cono (B) para formar el fuelle que te permitirá abrir y cerrar la cabeza del cohete para introducir los lápices.

Decoración

Para lograr el aspecto de cohete espacial decora con pequeños trozos de papel adhesivo negro, plateado y rojo, como muestra el modelo terminado.

Gráfico 1

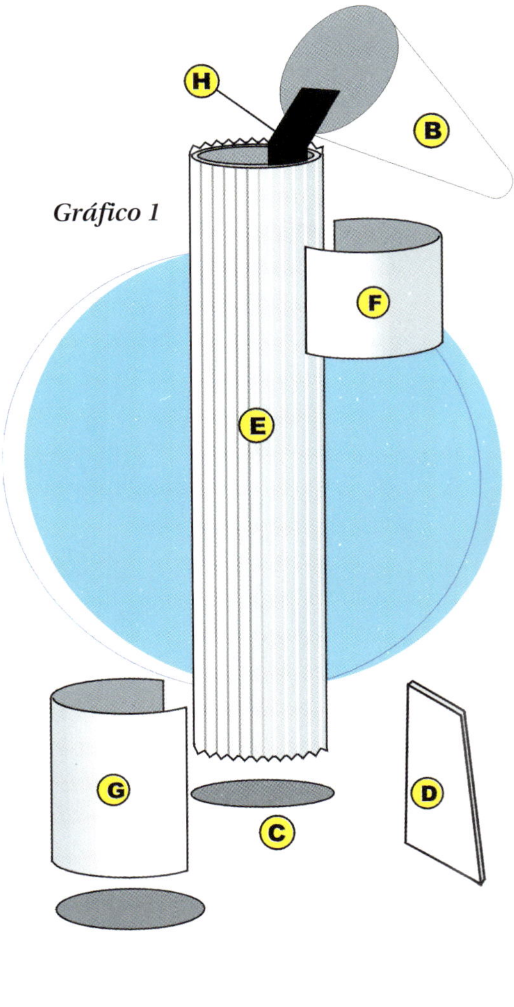

Detalle de las piezas

- (A) *Cilindro:* 1 tubo de cartón de 22 cm de alto
- (B) *Punta del cohete:* 1 cono de poliespán
- (C) *Base del cilindro:* 1 círculo de cartón
- (D) *Aletas:* 3 piezas de cartón blanco
- (E) *Cubierta del cilindro:* 1 pieza de papel corrugado blanco
- (F) *Aro superior:* 1 pieza de gomaespuma blanca
- (G) *Aro inferior:* 1 pieza de gomaespuma blanca
- (H) *Fuelle:* 1 tira de tela blanca

Móvil estuche

Dos modelos muy originales para sorprender a tus amigos

Realización

Corta las piezas en gomaespuma de los colores indicados.

Aplica pegamento en los bordes de las dos piezas (A) y únelas dejando sin cerrar el extremo superior (gráfico 1).

Materiales

- Trozos de gomaespuma de 3 mm de espesor de colores: blanco, gris, rojo, verde, azul claro, negro
- Rotulador negro indeleble de punta mediana
- Lápiz
- Tijera
- Cúter
- Pegamento universal

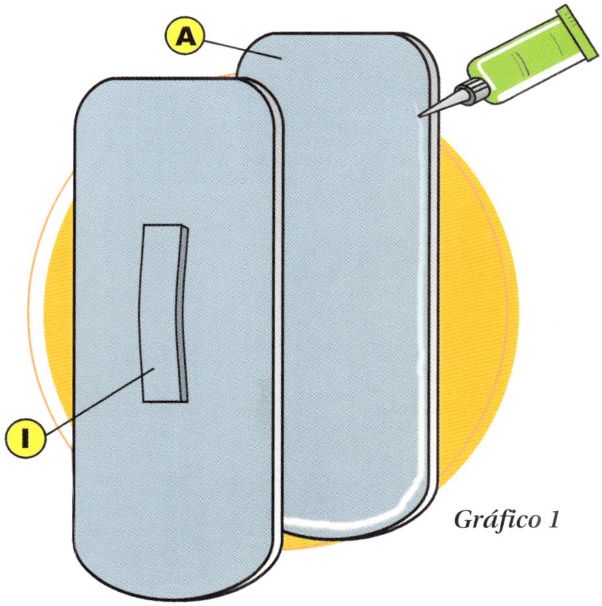

Gráfico 1

Luego decora el móvil pegando las piezas que integran cada modelo.

Una vez que hayas ubicado todas las piezas, podrás dibujar con el rotulador indeleble los detalles: teclas, números y signos.

Por último, pega por detrás del móvil la trabilla (I), que te permitirá sujetártelo en el cinturón para llevarlo siempre contigo.

Importante

Los dos modelos se realizan utilizando los mismos moldes, aunque algunos detalles del acabado son diferentes.
Fíjate en el modelo terminado.

Moldes

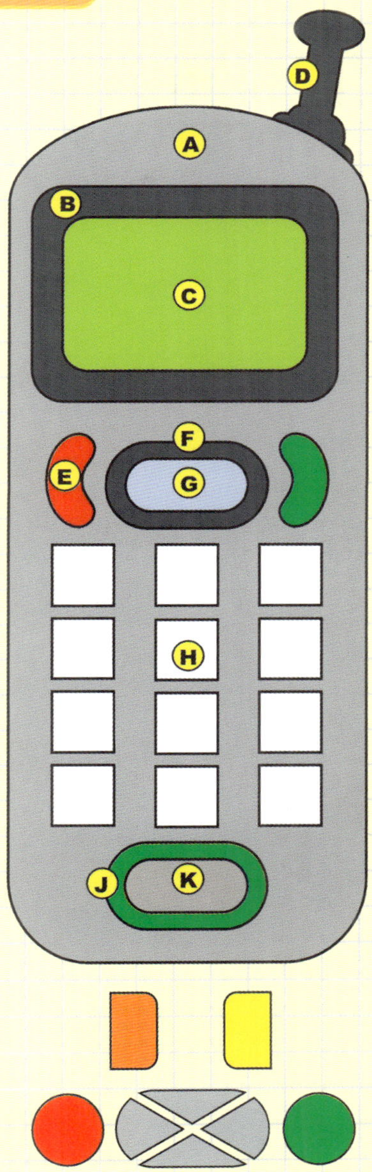

Detalle de las piezas

Corta las piezas en gomaespuma de los colores indicados

Móvil gris:

- Ⓐ *Base:* 2 piezas grises
- Ⓑ *Marco del visor:* 1 pieza negra
- Ⓒ *Visor:* 1 pieza verde
- Ⓓ *Antena:* 1 pieza negra
- Ⓔ *Teclas:* 2 piezas (1 verde y 1 roja)
- Ⓕ *Tecla control:* 1 pieza negra
- Ⓖ *Tecla control:* 1 pieza azul claro
- Ⓗ *Números:* 12 piezas blancas
- Ⓘ *Trabilla trasera:* 1 pieza gris
- Ⓙ *Micrófono:* 1 pieza verde
- Ⓚ *Micrófono:* 1 pieza gris

Un superlápiz

Para guardar lápices, ¡qué mejor que un lápiz gigante!

Para realizar el modelo puedes utilizar el tubo de cartón del rollo de papel de la cocina

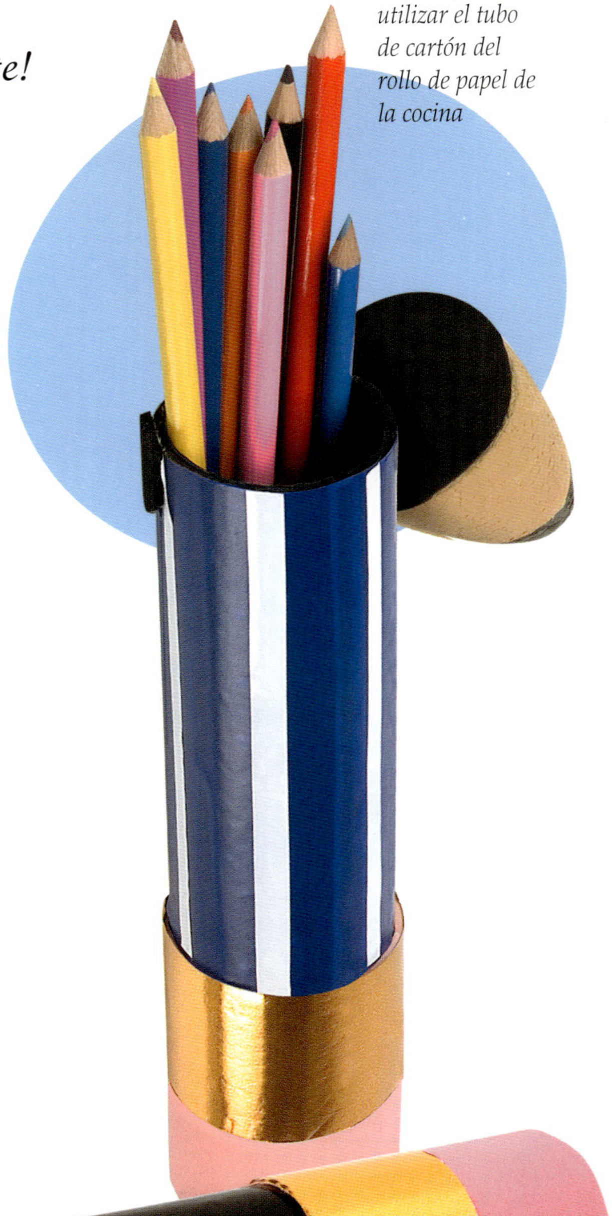

Realización

Pega el tubo de cartón (A) sobre el trozo de cartón y recorta el excedente, obteniendo así la pieza (D).

Luego forra el tubo con papel adhesivo y pega las tiras (F).

Goma del lápiz:
Corta una tira de gomaespuma rosa de unos 8 cm de ancho (G) y pégala alrededor de la base del lápiz. Luego adhiere en la base un círculo de gomaespuma (H).

Materiales

- 1 tubo de cartón de 22 cm de alto
- 1 cono de poliespán de 10 cm de alto
- Lápiz y regla
- Tijera
- 1 trozo de cartón de 8 x 8 cm
- Pegamento universal
- Gomaespuma rosa y negra de 2 mm de espesor
- Trozos de papel adhesivo de colores: amarillo, dorado, azul, negro y blanco
- 2 trocitos de velcro
- Rotulador negro
- 1 trozo de tela negra
- Pinturas acrílicas negra y beis

Aro dorado:
Corta una tira de papel adhesivo dorado de 4 cm de ancho (I) y pégala sobre la pieza (G) como muestra el modelo terminado.

Punta del lápiz:
Pinta el cono de poliespán (B) de color beis y la punta de negro.
Luego pega en la base un círculo de gomaespuma negra (C) (gráfico 2).

Fuelle:
Corta una tira de tela negra (J) y úsala como fuelle, pegando la mitad dentro del tubo y la otra mitad en el cono o punta del lápiz, como indica el gráfico 1.

Cierre:
Sobre una pequeña tira de gomaespuma pega un trocito de velcro (K) y ubícala como indica el gráfico 1.

Moldes

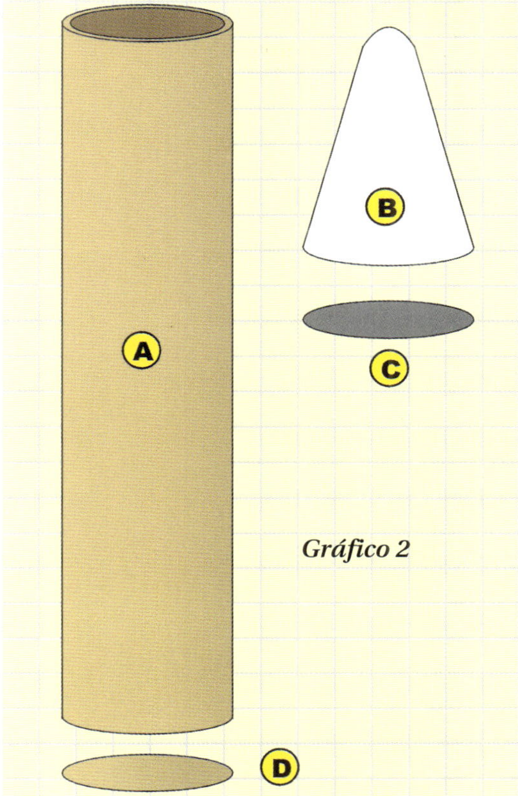

Gráfico 2

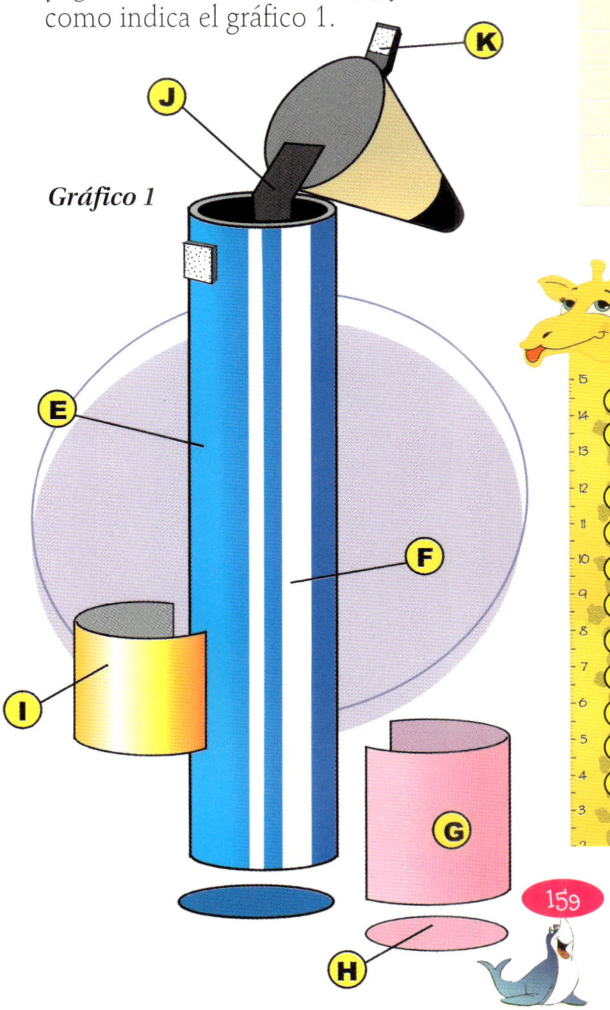

Gráfico 1

Detalle de las piezas

- **A** *Cilindro:* 1 tubo de cartón de 22 cm de alto
- **B** *Punta del lápiz:* 1 cono de poliespán de 10 cm de alto
- **C** *Base del cono:* 1 círculo de gomaespuma negra
- **D** *Base del cilindro:* 1 círculo de cartón
- **E** *Forro del cilindro:* 1 pieza de papel adhesivo azul
- **F** Tiras de papel adhesivo blancas
- **G** *Aro inferior:* 1 pieza de gomaespuma rosa
- **H** *Tapa de la base:* 1 pieza de gomaespuma rosa
- **I** *Aro dorado:* 1 pieza de papel adhesivo dorado
- **J** *Fuelle:* 1 pieza de tela negra
- **K** *Cierre:* 1 pieza de gomaespuma negra cubierta con velcro

Rino-reloj

Un simpático amigo que te enseñará la hora

Materiales

- 1 plancha de gomaespuma de 3 mm de espesor y 50 x 70 cm de color gris
- Trozos de gomaespuma de 3 mm de espesor: naranja, rosa, blanco y rojo
- 1 pincel de cerda fina
- Rotulador negro indeleble de punta mediana
- 1 cuadrante de reloj con su sistema de pilas
- 1 cartón de 3 mm de grosor de 50 x 70 cm
- 1 cartulina o papel de 50 x 70 cm
- Lápiz
- Tijera y cúter
- Pegamento universal

Realización

Traslada el dibujo a la plancha de cartón y recorta el contorno del rinoceronte.

Utiliza el molde realizado en cartón para trasladarlo a la plancha de gomaespuma gris, marcando suavemente el contorno con un lápiz de punta fina.

Recorta cuidadosamente el contorno de ambas piezas. Extiende pegamento sobre toda la superficie de cartón y pega sobre ella la pieza de gomaespuma (A), con cuidado de que ambas coincidan para evitar que se vea el cartón por debajo.

Moldes

Detalle de las piezas

Corta las piezas en gomaespuma de los colores indicados

- (A) *Cuerpo:* 2 piezas (1 de gomaespuma gris y otra de cartón)
- (B) *Cuernos:* 2 piezas de gomaespuma naranja
- (C) *Pezuñas:* 5 piezas de gomaespuma rosa
- (D) *Ojos:* 2 piezas de gomaespuma blanca
- (E) *Lengua:* 1 pieza de gomaespuma roja
- (F) *Diente:* 1 pieza de gomaespuma blanca
- (G) *Cola:* 1 pieza de gomaespuma gris
- (H) Reloj

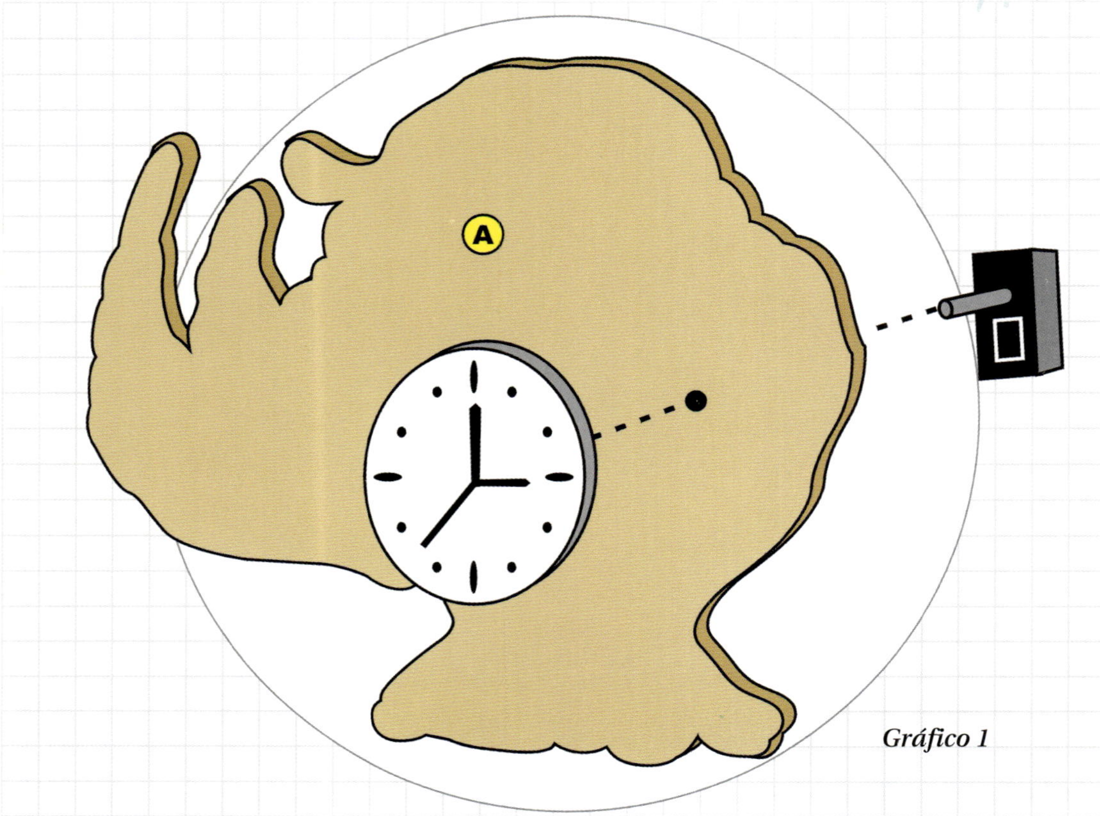

Gráfico 1

Importante

Si deseas que este bonito reloj tenga mayor resistencia y te dure más, puedes optar por realizar la base del modelo en madera. Para ello, eso sí, es conveniente que pidas ayuda a un adulto.

Corta las piezas (B), (C), (D), (E), (F) y (G), que corresponden respectivamente a los cuernos, los ojos, la lengua, los dientes y la cola. A continuación pégalas en los lugares indicados en el modelo.

Con el rotulador indeleble negro, contornea el dibujo y los detalles internos del modelo, tratando de que la línea sea regular en todo su recorrido.

Haz un agujero en el lugar por donde pasará el eje de las agujas del cuadrante del reloj (gráfico 1).

Recuerda que el mecanismo del reloj debe quedar detrás del modelo.

Coloca las agujas del reloj en el orden que les corresponde.

Pega por detrás un soporte para cuadros que te permitirá colgar el rino-reloj en la pared.

Fundas para gafas

Tres modelos novedosos y divertidos

Realización

Traslada los moldes y corta las piezas en los materiales indicados.

Gafas:

Guiándote por el gráfico 1 y el modelo terminado, pega los cristales (B) detrás de cada abertura de la montura (A) y luego sitúa la nariz (C).

Pega encima de los cristales (B) los adornos (F), (G) o (H), de acuerdo con el modelo que hayas elegido.

Funda:
Para armar la funda, dobla la pieza (D) por la línea punteada.

Luego aplica una fina línea de pegamento en los dos extremos laterales y pégalos formando un «sobre» abierto en la parte superior, como indica el gráfico 1.

Cierre:
Una vez que hayas realizado la funda, deberás doblar la aleta superior para poder cerrarla como si fuera un sobre.

Realiza la operación varias veces para determinar el lugar más conveniente para situar el velcro (fíjate en el modelo terminado).

Por último, pega el modelo de gafas ya terminado sobre la cara posterior de la funda.

Gráfico 1

Importante

Antes de terminar el modelo, verifica que tus gafas entran holgadamente en la funda. De no ser así, deberás agrandar proporcionalmente las medidas de la pieza (D).

Materiales

- Trozos de gomaespuma de 3 mm de espesor de colores: blanco, naranja, gris, beis, azul claro y negro
- Pincel
- Rotulador negro indeleble de punta mediana
- Lápiz y regla
- Tijera
- Cúter
- Pegamento universal
- Velcro blanco

Moldes

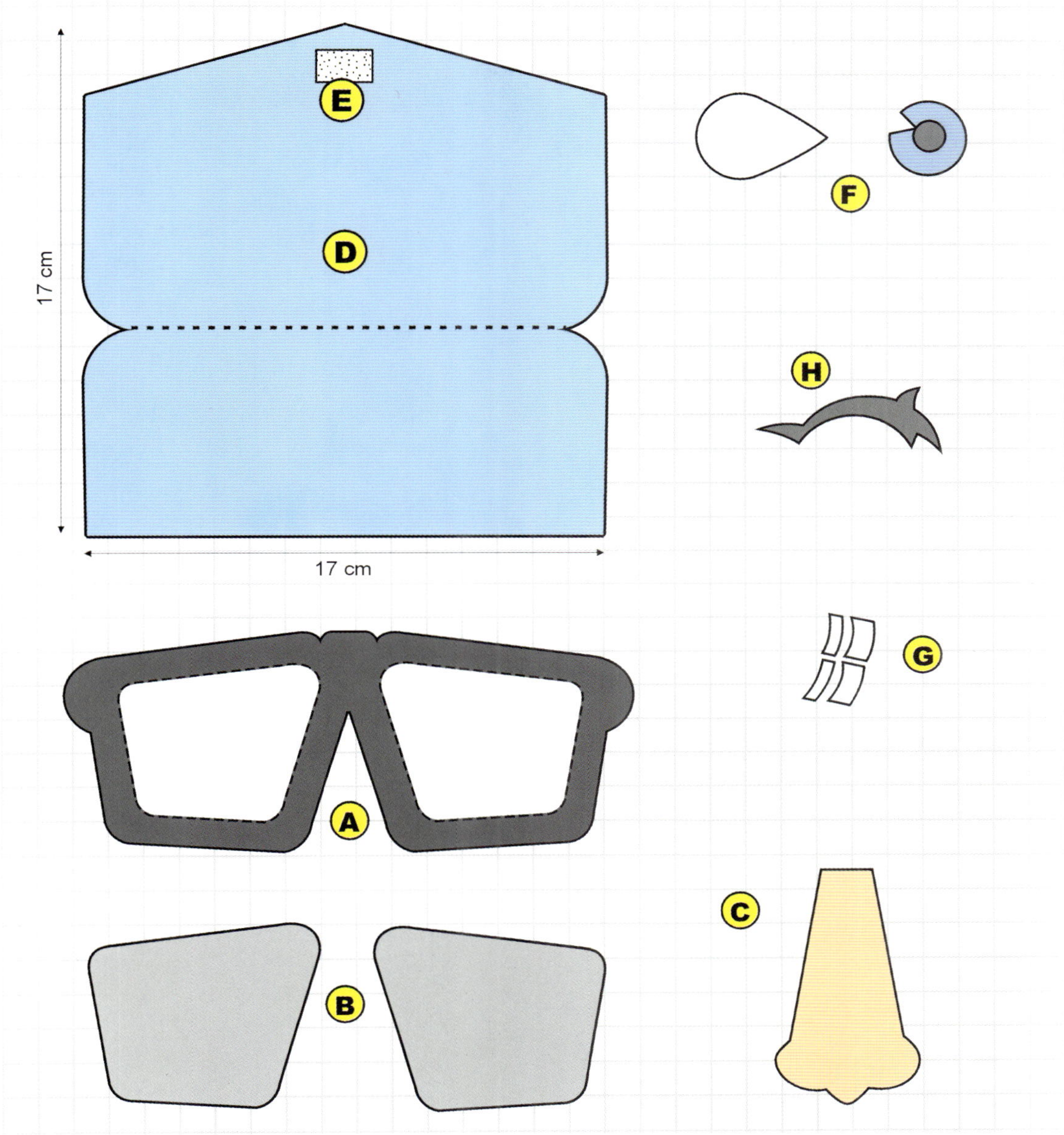

Detalle de las piezas

Corta las piezas en gomaespuma de los colores indicados

- Ⓐ *Montura:* 1 pieza negra o gris
- Ⓑ *Cristales:* 2 piezas naranjas, azules o negras
- Ⓒ *Nariz:* 1 pieza beis
- Ⓓ *Funda:* 1 pieza naranja, azul o negra
- Ⓔ 1 trozo de velcro
- Ⓕ Adorno de las gafas naranjas
- Ⓖ Adorno de las gafas grises
- Ⓗ Adorno de las gafas azules

Libretas sorprendentes

Fresa
Una libreta muy jugosa
Manzana
Sándwich
Salvador, el cocinero
Dolores, la enfermera
Pierre, el pintor
Hamburguesa deliciosa

Fresa

Colorida, útil
y muy fácil de realizar

Realización

Traslada los moldes y córtalos en gomaespuma de los colores indicados.

Guiándote por el gráfico 1, alinea las piezas (A) enfrentadas dejando 1 cm de separación entre ellas.
Luego ubica y pega el fuelle (D) entre las dos piezas (A) de manera que las tapas queden unidas. Recorta el excedente del fuelle para evitar que éste se vea cuando la libreta esté cerrada.

Materiales

- Gomaespuma de 3 mm de espesor de colores: rojo, verde y amarillo
- 1 bloc de hojas pequeño
- 2 trocitos de velcro blanco
- Pegamento universal
- Lápiz
- Tijera
- Rotuladores o lápices acuarelables rojo, verde y amarillo

Moldes

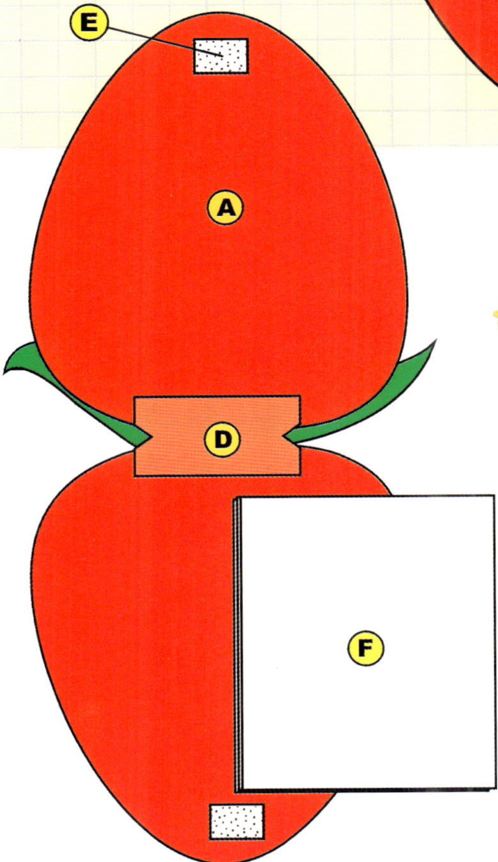

Gráfico 1

Detalle de las piezas

- **A** *Fresa:* 2 piezas de gomaespuma roja
- **B** *Hoja:* 1 pieza de gomaespuma verde
- **C** *Semillas:* 6 piezas de gomaespuma amarilla
- **D** *Fuelle:* 1 pieza de gomaespuma roja
- **E** 2 trocitos de velcro blanco
- **F** Bloc de hojas

Corta los moldes en los materiales y colores indicados

Pega el bloc de hojas en el interior y los trocitos de velcro (E) en ambas tapas; te permitirán abrir y cerrar la libreta.

Para finalizar decora el frente de la fruta pegando la hoja (B) y las semillas (C).

Una libreta muy jugosa

Haz esta sandía y diviértete tomando notas

Realización

Prepara los moldes y trasládalos a la gomaespuma de los colores indicados para cada pieza.

Coloca ambas piezas (A) enfrentadas una frente a otra procurando dejar 1 cm de separación entre ellas, como muestra el gráfico 1.

Materiales

- Gomaespuma de 3 mm de espesor de colores: rojo, negro, verde y blanco
- 2 trocitos de velcro blanco
- Pegamento universal
- Lápiz
- 1 bloc de hojas
- Tijera

Moldes

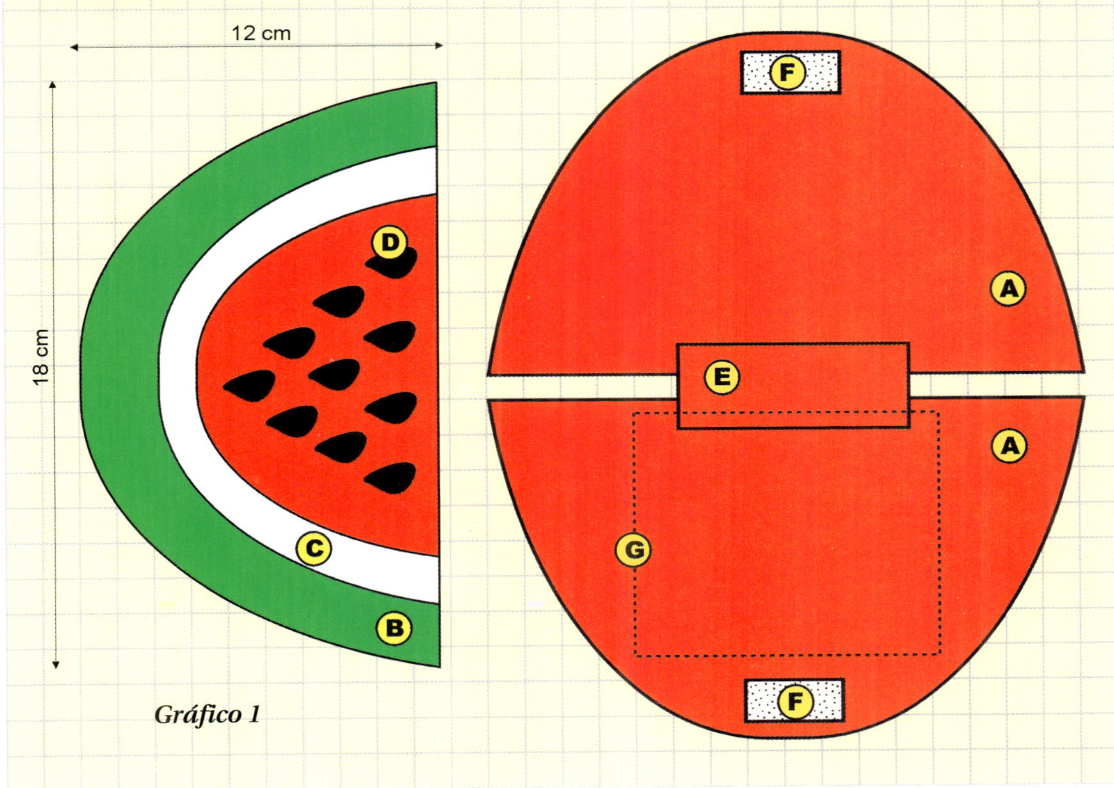

Gráfico 1

Luego únelas pegando sobre ellas el fuelle (E). Coloca las piezas de velcro (F) en los extremos.

Pega el bloc de hojas (G) sobre una de las piezas (A).

Detalle de las piezas

- **A** *Sandía:* 2 piezas de gomaespuma roja
- **B** *Cáscara:* 1 pieza de gomaespuma verde
- **C** *Pulpa:* 1 pieza de gomaespuma blanca
- **D** *Semillas:* 10 piezas de gomaespuma negra
- **E** *Fuelle:* 1 pieza de gomaespuma roja
- **F** 2 trocitos de velcro
- **G** 1 bloc de hojas

Corta los moldes en los materiales y colores indicados

Tapa:

Guiándote por el modelo terminado, arma el frente de la sandía.
Comienza pegando sobre la pieza (A) la pulpa (C) y encima de ésta la cáscara (B).

Por último decora la sandía pegando las semillas (D).

Manzana

La tentación de tomar notas

Gráfico 1

Realización

Traslada los moldes y corta las piezas en los materiales indicados.

Luego, guiándote por el gráfico 1, coloca las piezas (A) una al lado de la otra teniendo en cuenta que ambas deben quedar a la misma altura.

Pega el fuelle (F) entre ambas piezas (A), de manera que las manzanas queden unidas pero sin superponerse.

Moldes

Decora el frente de la manzana con las hojas grandes (B), el rabito (E), las hojas más pequeñas (C) y la pieza blanca (D), que corresponde al brillo.

Pega el bloc en el interior de la libreta y a continuación pega también en ambas tapas los trocitos de velcro, como indica el gráfico 1.

Detalle de las piezas

- (A) *Manzana:* 2 piezas de gomaespuma roja
- (B) *Hojas grandes:* 2 piezas de gomaespuma verde oscuro
- (C) *Hojas pequeñas:* 2 piezas de gomaespuma verde claro
- (D) *Brillo:* 1 pieza de gomaespuma blanca
- (E) *Rabito:* 1 pieza de gomaespuma marrón
- (F) *Fuelle:* 1 pieza de gomaespuma roja
- (G) 2 trocitos de velcro
- (H) 1 bloc de hojas

Materiales

- Gomaespuma de 3 mm de espesor de colores: rojo, verde oscuro, marrón, verde claro y blanco
- 1 bloc de hojas pequeño
- Lápiz
- Tijera
- 2 trocitos de velcro blanco
- Pegamento universal
- Lápices acuarelables rojo y verde
- Bastoncillo

Sándwich

Una práctica y sabrosa libreta

Realización

Traslada los moldes y corta las piezas en los materiales indicados.

Sobre una de las piezas (A) ubica y pega las piezas (B), (C), (D), (E) y (F) como muestra el modelo terminado, teniendo en cuenta que estas piezas deberán coincidir con el contorno de la pieza (A).

Materiales

- Trozos de gomaespuma de 3 mm de espesor de colores: blanco, beis, amarillo, rojo, rosa y verde
- Rotuladores o lápices acuarelables de color marrón, rojo, verde y naranja
- 1 bloc de hojas
- 2 cm de velcro
- Lápiz
- Tijera
- Cúter
- Pegamento universal

Moldes

Luego delinea la tapa de pan (H) de color marrón oscuro y pégala sobre todo el conjunto.

Adhiere el fuelle (G) entre las dos piezas (A), que corresponden a la tapa ya armada, a la base.

Por último coloca el bloc en el interior de la libreta.

Detalle de las piezas

Corta las piezas en gomaespuma de los colores indicados

- **A** *Contorno del sándwich:* 2 piezas beis
- **B** *Queso:* 1 pieza amarilla
- **C** *Huevo:* 1 pieza blanca y 1 amarilla
- **D** *Hojas de lechuga:* 2 piezas verdes
- **E** *Jamón:* 2 piezas rosas
- **F** *Tomate:* 2 piezas rojas
- **G** *Fuelle:* 1 pieza beis
- **H** *Pan:* 1 pieza beis

Salvador, el cocinero

Tres simpáticas libretas con imán para pegar en el frigorífico

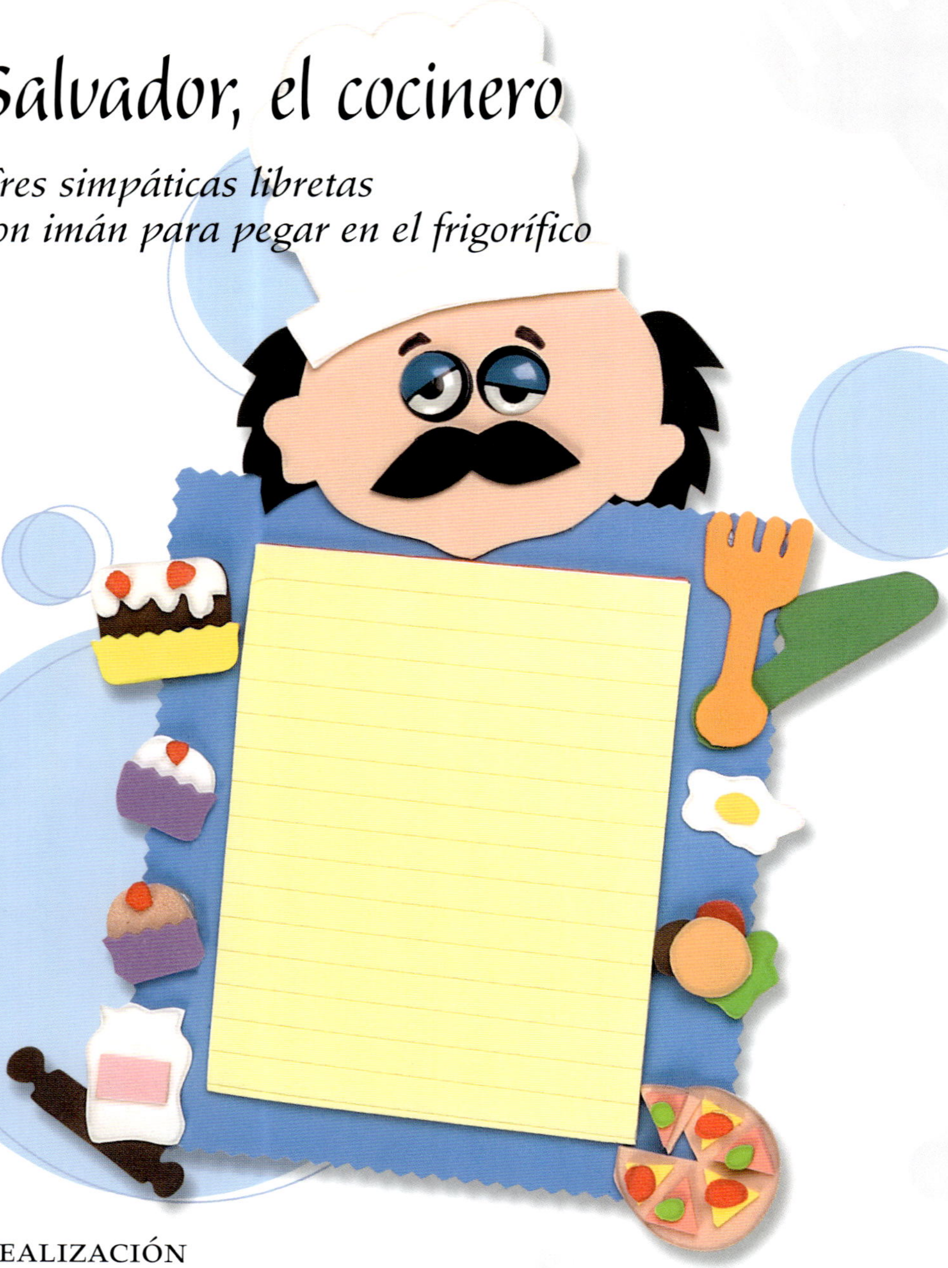

Realización

Traslada el dibujo de las piezas a la gomaespuma y córtalas cuidosamente para evitar que los bordes no queden astillados.

Cara del cocinero:
Forma la cara pegando sobre la pieza (B) los ojos (F), los bigotes (D) y el gorro (C), luego pega el cabello (E) por detrás de la cabeza. Por último dibuja las cejas.

Libreta:
Sobre la base (A) pega la cara y el bloc de hojas (Ñ).

Decora los lados con las figuras que corresponden a la profesión de cocinero: rodillo de amasar, pizza, sándwich, huevo, tenedor, cuchillo, tarta, pasteles y harina.

Materiales

- Trozos de gomaespuma de 3 mm de espesor de colores: blanco, beis, rojo, celeste, naranja, lila, rosa, amarillo y negro
- 1 par de ojos de plástico
- Rotulador negro indeleble de punta mediana
- Lápiz
- Tijera
- Cúter
- Pegamento universal
- 1 bloc de hojas
- 1 imán

Adhiere detrás de la libreta el imán que te permitirá sujetarla en el frigorífico.

Si lo deseas, puedes utilizar un imán de los que entregan en las tiendas como publicidad.

Detalle de las piezas

Ⓐ *Base:* 1 rectángulo celeste
Ⓑ *Cara:* 1 pieza beis
Ⓒ *Gorro:* 1 pieza blanca
Ⓓ *Bigotes:* 1 pieza negra
Ⓔ *Cabello:* 2 piezas negras
Ⓕ *Ojos:* 1 par de ojos de plástico
Ⓖ Tarta
Ⓗ Pasteles
Ⓘ Harina
Ⓙ Rodillo de amasar
Ⓚ Cuchillo y tenedor
Ⓛ Huevo frito
Ⓜ Sándwich
Ⓝ Pizza
Ñ Bloc de notas

Moldes

Dolores, la enfermera

Te ayudará a mantener completo tu botiquín

Realización

Traslada el dibujo de las piezas a la gomaespuma y córtalas.

Cara de la enfermera:
Pega sobre la pieza (A) el flequillo (D), la cofia (B) y los ojos (E). Por detrás de la cara deberás colocar la cabellera (C). Luego añade los rasgos de la cara: boca, nariz y pecas.

Libreta:
Sobre la base (G) pega la cara y el bloc de hojas (H).
Decora los laterales con las figuras (I), (J), (K), (L), (M) y (N), que corresponden a los objetos del modelo terminado.
Pega por detrás el imán que te permitirá sujetar la libreta en el frigorífico.

Moldes

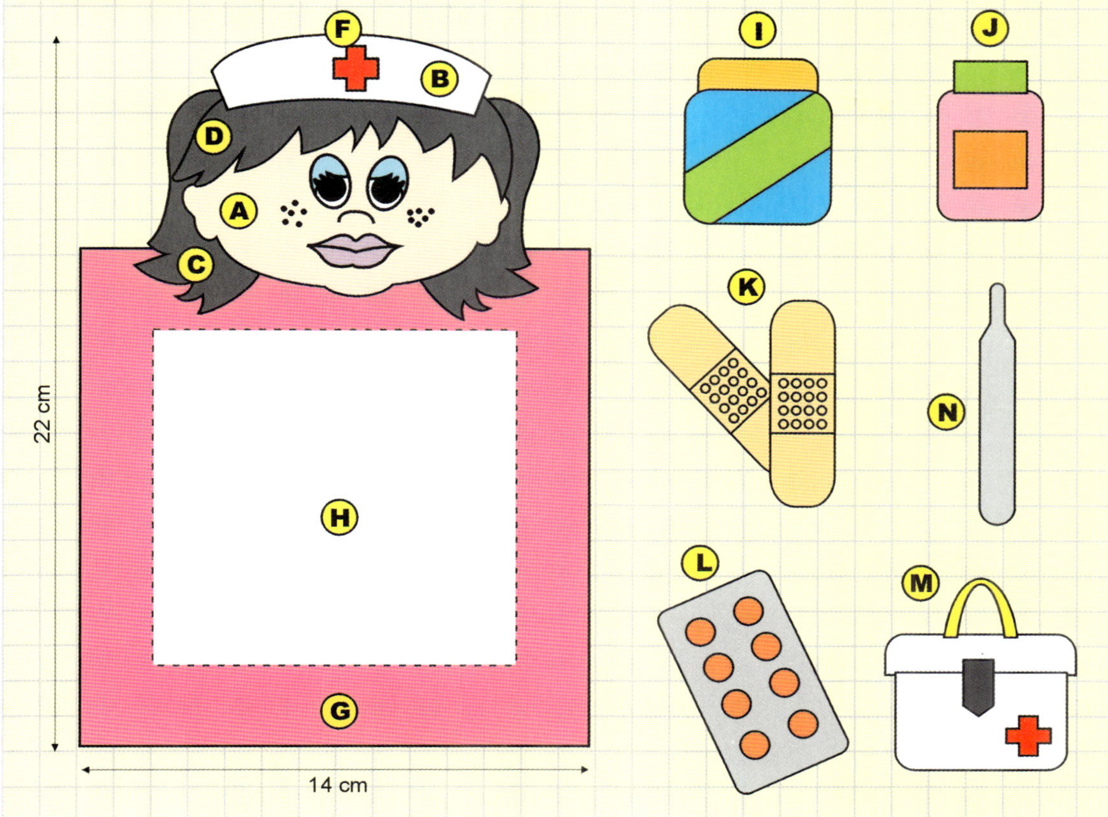

Detalle de las piezas

- Ⓐ *Cara:* 1 pieza de gomaespuma beis
- Ⓑ *Cofia:* 1 pieza de gomaespuma blanca
- Ⓒ *Cabellera:* 1 pieza de gomaespuma negra
- Ⓓ *Flequillo:* 1 pieza de gomaespuma negra
- Ⓔ *Ojos:* 1 par de ojos de plástico
- Ⓕ *Cruz:* 1 pieza de gomaespuma roja
- Ⓖ *Base:* 1 pieza de gomaespuma rosa
- Ⓗ Bloc de hojas
- Ⓘ Bote de medicinas
- Ⓙ Bote de medicinas
- Ⓚ Tiritas
- Ⓛ Píldoras
- Ⓜ Maletín de primeros auxilios
- Ⓝ Ampolla

Materiales

- **Gomaespuma de 3 mm de espesor de colores: rosa, amarillo, azul, rojo y verde**
- **Lápiz**
- **Regla**
- **Tijera**
- **1 bloc de hojas**
- **Pegamento universal**

Los adornos que hemos puesto en el bloc te servirán de guía, pero puedes cambiarlos o incorporar otros que sean de tu agrado.

Pierre, el pintor

Un bohemio artista para decorar tu nevera

Realización

Traslada el dibujo de las piezas a la gomaespuma y córtalas.

Guiándote por el modelo terminado, arma la cara del muñeco pegando detrás de la pieza (A) el cabello (C). Sobre la cara adhiere los bigotes (D) y la boina (B). Luego dibuja los ojos y la barba con un rotulador.

Libreta:
Sobre la base (E) adhiere la cara ya formada y el bloc de hojas (F).

Pega alrededor del bloc las figuras ya recortadas, los elementos que caracterizan al pintor: paleta, pincel, pintura y lápiz.

Por último, pega detrás de la pieza (E) el imán que permitirá sujetar la libreta en el frigorífico.

Moldes

Detalle de las piezas

- **A** *Cara:* 1 pieza de gomaespuma rosa
- **B** *Boina:* 1 pieza de gomaespuma azul
- **C** *Cabello:* 1 pieza de gomaespuma negra
- **D** *Bigotes:* 1 pieza de gomaespuma negra
- **E** *Base del bloc:* 1 pieza de gomaespuma verde
- **F** Bloc de hojas
- **G** Pintura
- **H** Lápiz
- **I** Pincel
- **J** Paleta de colores

Materiales

- Trozos de gomaespuma de 3 mm de espesor de colores: marrón, naranja, verde, amarillo, blanco, rojo y negro
- 1 pincel
- Rotulador negro indeleble de punta mediana
- Cartón de 3 mm de 50 x 30 cm
- Lápiz
- Tijera
- Cúter
- Pegamento universal
- 1 imán

Hamburguesa deliciosa

¡¡¡Marchando una libreta bien completa!!!

Materiales

- Gomaespuma de 3 mm de espesor de colores: beis, amarillo, rojo, marrón y verde
- 1 bloc de hojas
- 2 cm de velcro
- Lápiz
- Tijera
- Pegamento universal

Realización

Traslada los moldes y córtalos en los materiales indicados.

Guiándote por el modelo terminado, pega sobre una de las piezas (A) la tapa de pan inferior (C) y luego superponiendo levemente cada pieza continúa con el queso (F), el jamón (I), la carne (E), el tomate (G), la lechuga (D), otra rodaja de tomate (G) y por último la

tapa de pan (B). Decora la tapa con las semillas (H).

Fuelle:
Une las dos piezas (A) colocando entre ellas el fuelle (J), como muestra el gráfico 1.

Para finalizar, pega un bloc de hojas (K) en el interior de la libreta.

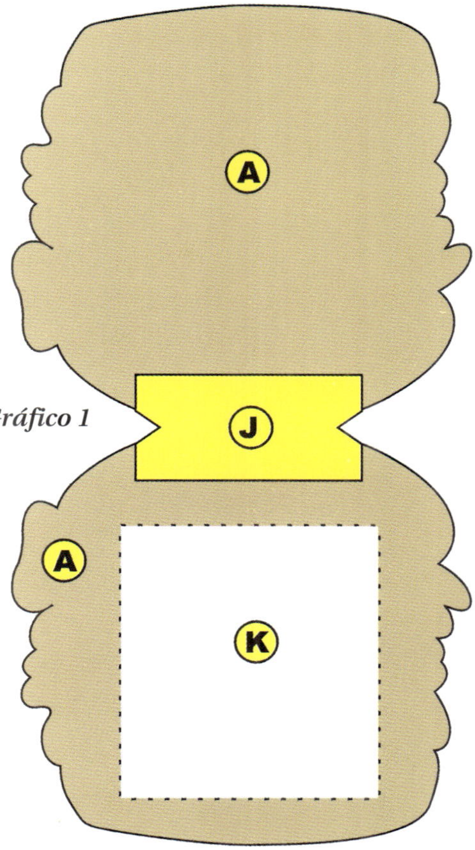

Gráfico 1

Gráfico 2

Moldes

Detalle de las piezas

Corta las piezas en gomaespuma de los colores indicados

- Ⓐ *Base de la libreta:* 2 piezas beis
- Ⓑ *Pan (tapa superior):* 1 pieza beis
- Ⓒ *Pan (tapa inferior):* 1 pieza beis
- Ⓓ *Lechuga:* 1 pieza verde
- Ⓔ *Carne:* 1 pieza marrón
- Ⓕ *Queso:* 1 pieza amarilla
- Ⓖ *Tomate:* 2 piezas rojas
- Ⓗ *Semillas:* 11 piezas blancas
- Ⓘ *Jamón:* 2 piezas rosas
- Ⓙ *Fuelle:* 1 pieza beis
- Ⓚ Bloc de hojas

Decora tu cuarto

Medidores de altura
El mono curioso
Los koalas
Cocodrilo feroz
Panda portalápices
Morsa perchero
Portalápices espacial
Orca papelera
Astronauta galáctico
Retratos alocados

Medidores de altura

Tres amigos quieren compartir contigo la emoción de crecer

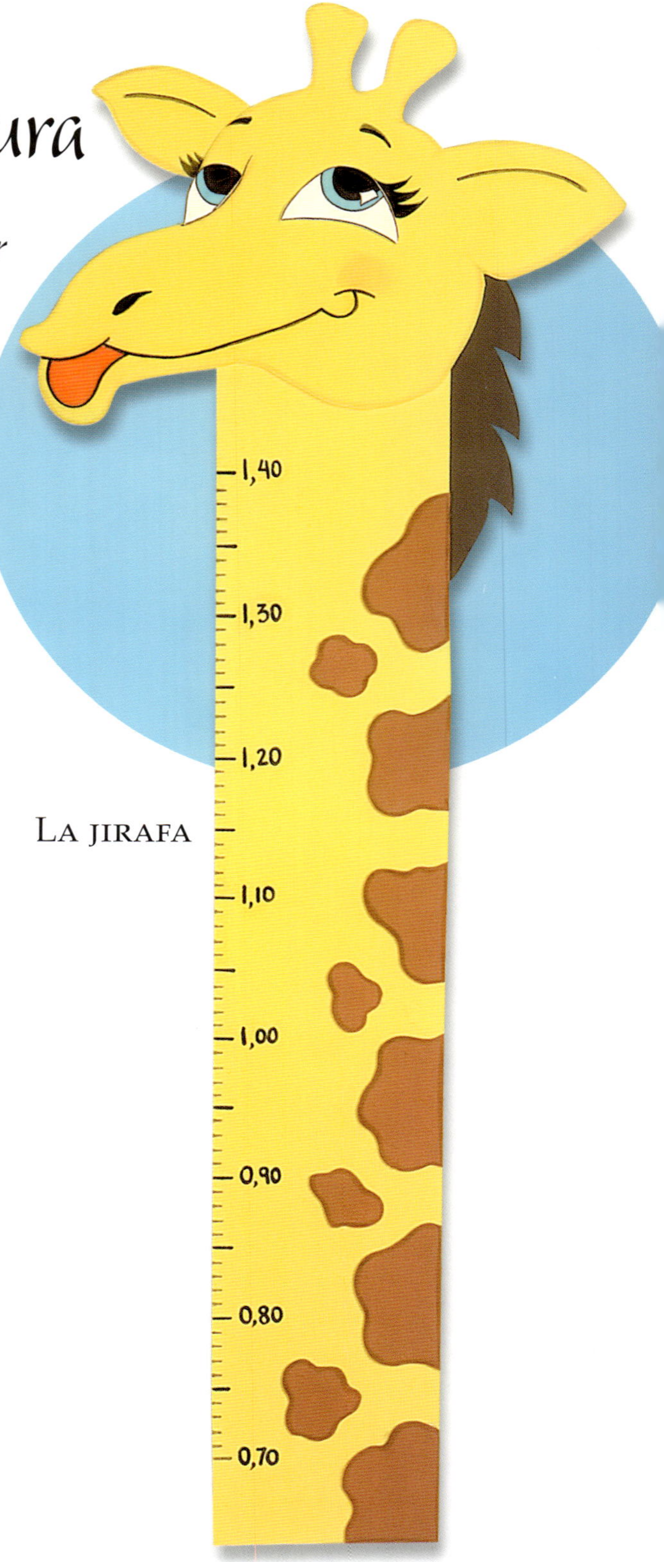

La jirafa

Realización

Traslada los moldes y córtalos en gomaespuma, usando los colores que prefieras.

Cabeza:
Marca con un rotulador negro los rasgos de la cara. Dibuja, pinta y recorta los ojos; pégalos. Por último, pinta la boca.

Cuerpo-metro:
Utilizando una regla, señala con un rotulador indeleble las marcas de los centímetros, colocando cada 10 cm la cifra en número.

Comienza a marcarlas desde arriba hacia abajo, partiendo desde 1,40 m hasta terminar abajo en 0,70 m.

Luego pega las manchas de la jirafa (E) sobre el cuello. Tú decides la cantidad de manchas que quieres pegar.

Materiales

- **Gomaespuma de 3 mm de espesor de colores: marrón oscuro, naranja, blanco y amarillo**
- **Metro**
- **Tijera**
- **Lápiz**
- **Rotuladores negro, azul y rojo**
- **Pegamento universal**

Moldes

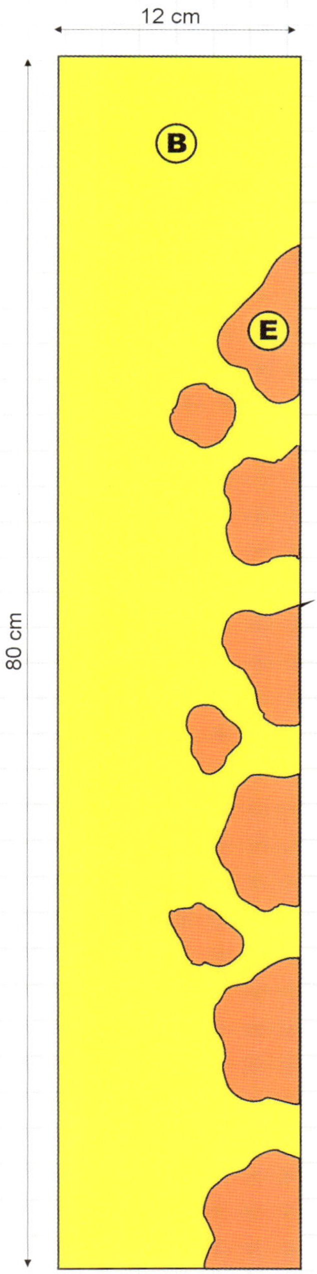

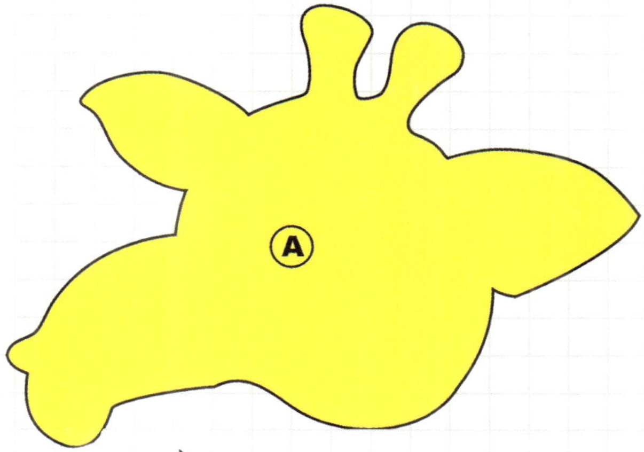

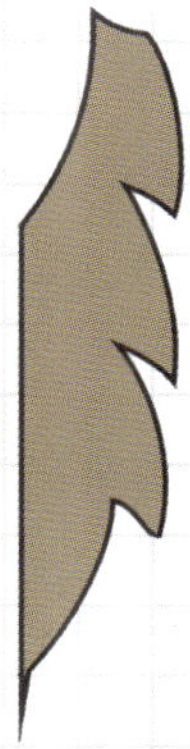

Importante

Como la medición del metro comienza en 0,70 m y termina en 1,40 m, es necesario que cuelgues el medidor en la pared a 0,70 m del suelo.

Detalle de las piezas

- (A) *Cabeza:* 1 pieza de gomaespuma amarilla
- (B) *Metro:* 1 pieza de gomaespuma amarilla de 12 x 80 cm
- (C) *Ojos:* 2 piezas blancas
- (D) *Crines:* 1 pieza de gomaespuma marrón oscuro
- (E) *Manchas:* 9 o 10 piezas de gomaespuma color naranja

Montaje:
Para finalizar, pega la cabeza ya decorada sobre el cuello. Luego pega las crines de la jirafa detrás de la cabeza y el cuello.

El mono curioso

Realización

Traslada los moldes y córtalos en gomaespuma de los colores indicados.

Cabeza:
Comienza por ubicar la cara (A) sobre la cabeza (B). Luego pega las orejas (C) por detrás de la cabeza.

Dibuja y pinta los ojos (H); pégalos en la cara.

Con un rotulador dibuja los rasgos de la cara (A) y las orejas (C).

Metro:
Utilizando un metro, señala con un rotulador indeleble las marcas de los centímetros, colocando cada 10 cm la cifra en número. Comienza a marcar desde arriba hacia abajo, partiendo desde 1,40 m hasta terminar abajo en 0,70 m.

Montaje:
Pega detrás del metro el cuerpo del mono (D). Luego pega encima del metro las manos (E), los pies (F), la cola (G) y, por último, las hojas de adorno (I).

Para finalizar, pega la cabeza ya armada sobre el metro y el cuerpo.

Si lo deseas, puedes colorearle suavemente las mejillas utilizando un algodón untado con pintalabios.

Materiales

- **Gomaespuma de 3 mm de espesor de colores marrón, verde, blanco, amarillo y beis**
- **Metro**
- **Tijera**
- **Lápiz**
- **Rotulador negro**
- **Pegamento universal**

Moldes

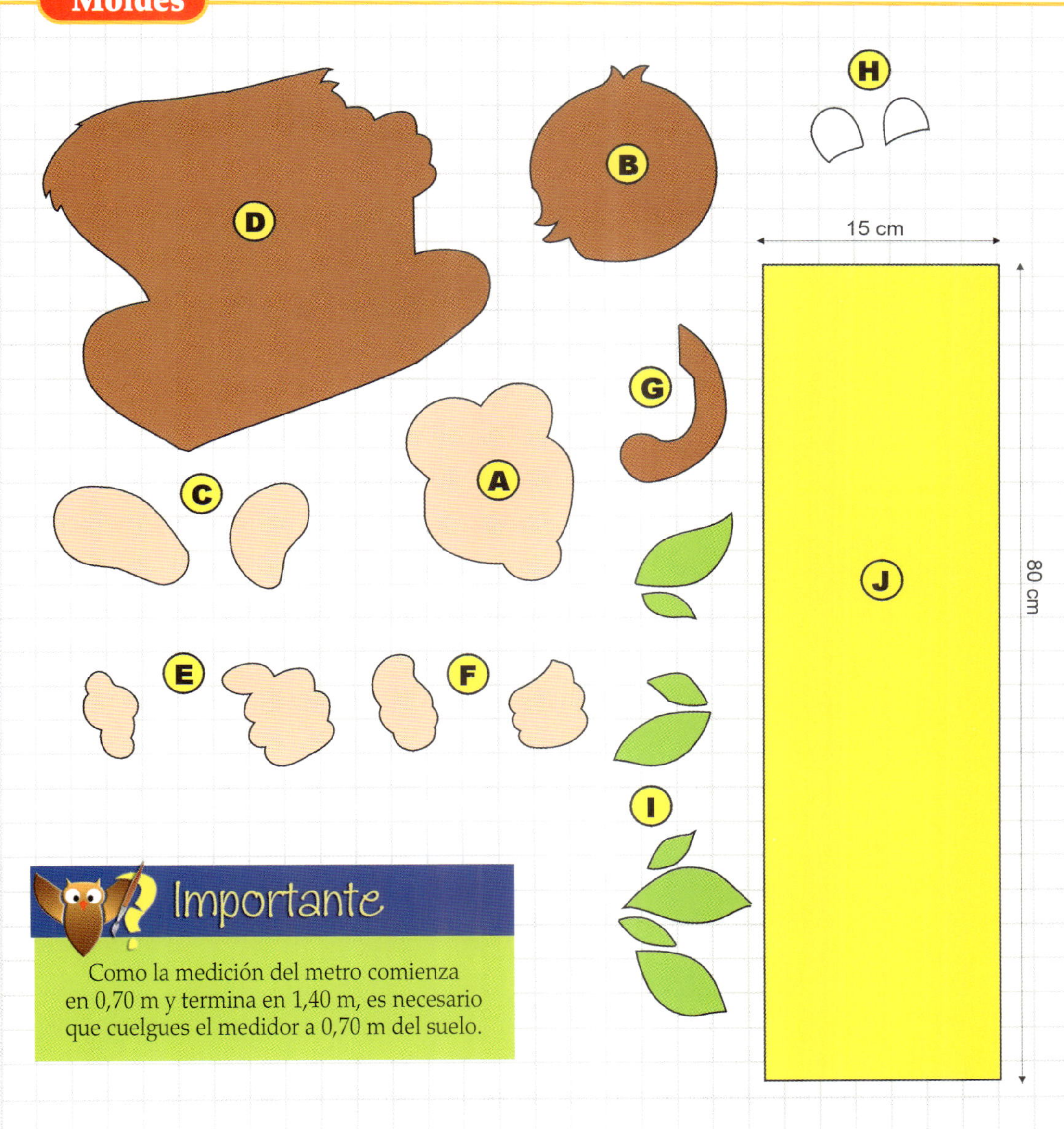

Importante

Como la medición del metro comienza en 0,70 m y termina en 1,40 m, es necesario que cuelgues el medidor a 0,70 m del suelo.

Detalle de las piezas

Corta las piezas en gomaespuma de los colores indicados

- Ⓐ *Cara:* 1 pieza de gomaespuma beis
- Ⓑ *Cabeza:* 1 pieza de gomaespuma marrón
- Ⓒ *Orejas:* 2 piezas de gomaespuma beis
- Ⓓ *Cuerpo:* 1 pieza de gomaespuma marrón
- Ⓔ *Manos:* 2 piezas de gomaespuma beis
- Ⓕ *Pies:* 2 piezas de gomaespuma beis
- Ⓖ *Cola:* 1 pieza de gomaespuma marrón
- Ⓗ *Ojos:* 2 piezas de gomaespuma blanca
- Ⓘ *Hojas:* 8 piezas de gomaespuma verde
- Ⓙ *Metro:* 1 pieza de gomaespuma amarilla de 15 x 80 cm

Los koalas

Realización

Traslada los moldes y córtalos en gomaespuma de los colores indicados.

Cabeza y cuerpo:
Dibuja y pinta los ojos (E), luego pégalos en la cabeza.
Pega la nariz (C) y el brillo (D). Luego coloca las piezas (F) en el interior de cada oreja. Finalmente, pega la boca.
Una vez terminada la cabeza, pégala al cuerpo.

Koala pequeño:
Realízalo de la misma manera que has hecho el koala grande. A continuación colócalo sobre la espalda de su mamá.

Metro:
Corta un rectángulo de gomaespuma de color naranja de 80 x 15 cm.
Utilizando un metro, marca con un rotulador indeleble las señales de los centímetros, colocando cada 10 cm la cifra en número.
Comienza a marcar desde arriba hacia abajo, partiendo desde 1,50 m hasta terminar abajo en 80 cm (0,80 m).

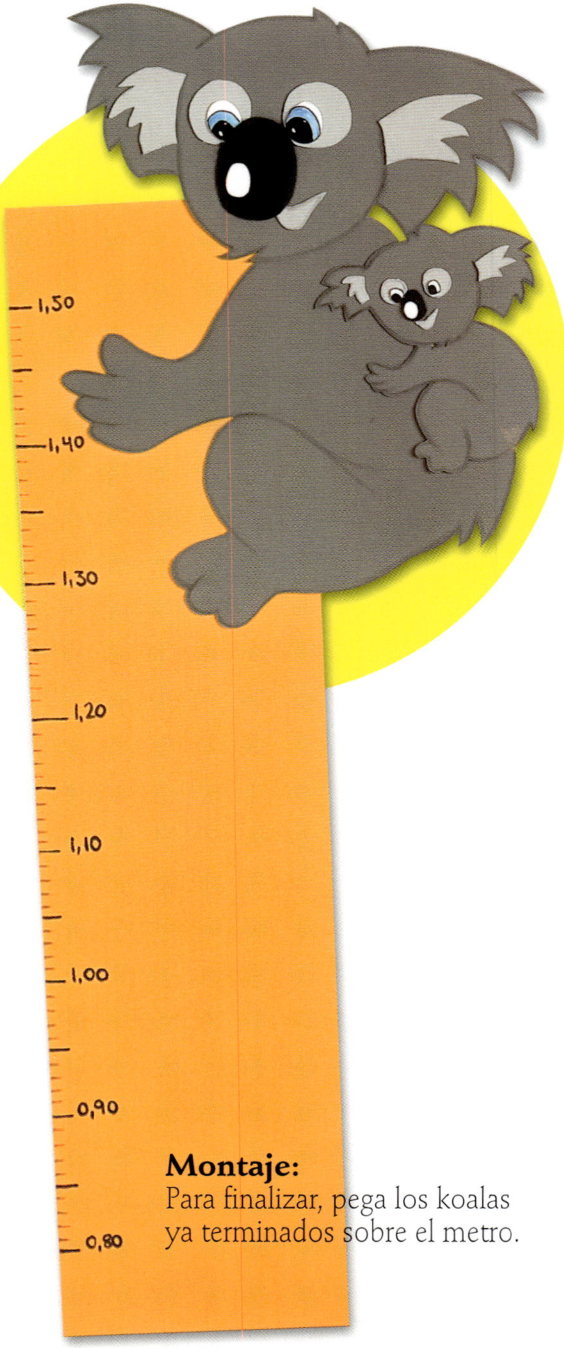

Montaje:
Para finalizar, pega los koalas ya terminados sobre el metro.

Materiales

- Gomaespuma de 3 mm de espesor de colores: naranja, blanco, negro, gris claro y gris oscuro
- Metro
- Tijera
- Lápiz
- Rotulador negro
- Pegamento universal

Importante

Como la medición del metro comienza en 0,80 m y termina en 1,50 m, es necesario que cuelgues el medidor en la pared a 80 cm del suelo.

Moldes

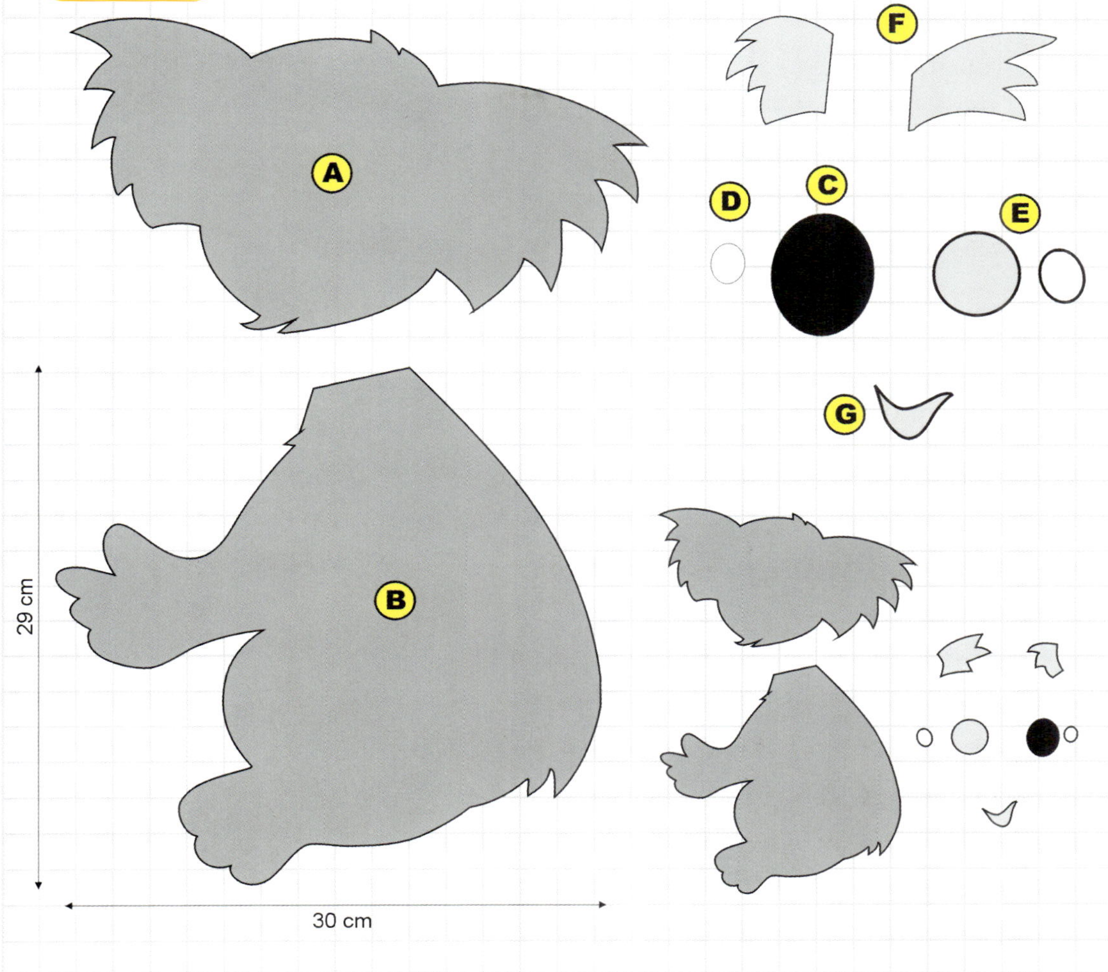

Detalle de las piezas

Corta las piezas en los materiales y colores indicados

Koala grande:

- (A) *Cabeza:* 1 pieza de gomaespuma gris
- (B) *Cuerpo:* 1 pieza de gomaespuma gris
- (C) *Nariz:* 1 pieza de gomaespuma negra
- (D) *Brillo:* 1 pieza de gomaespuma blanca
- (E) *Ojos:* 2 piezas de gomaespuma gris y 2 de gomaespuma blanca
- (F) *Interior de la oreja:* 2 piezas de gomaespuma gris claro
- (G) *Boca:* 1 pieza de gomaespuma gris
- (H) *Metro:* 1 pieza de gomaespuma naranja de 15 x 80 cm

Koala pequeño:

- (A) Cabeza: 1 pieza de gomaespuma gris
- (B) *Cuerpo:* 1 pieza de gomaespuma gris
- (C) *Nariz:* 1 pieza de gomaespuma negra
- (D) *Brillo:* 1 pieza de gomaespuma blanca
- (E) *Ojos:* 2 piezas de gomaespuma gris y 2 de gomaespuma blanca
- (F) *Interior de la oreja:* 2 piezas de gomaespuma gris claro
- (G) *Boca:* 1 pieza de gomaespuma gris

Cocodrilo feroz

Abrirá sus fauces para que lo alimentes con papeles

Realización

Traslada los moldes y corta las piezas en los materiales indicados.

Forrado de la lata:
Cubre la lata con un rectángulo de gomaespuma verde (A) teniendo en cuenta que deberás dejar en la parte superior 10 cm de sobra, que servirán para doblar este forro hacia el interior. Pega la gomaespuma a la lata con pegamento universal, tratando de que la superficie quede lisa y limpia.

Dobla y pega el sobrante de arriba hacia el interior de la lata para lograr un acabado mejor.

Realiza la misma operación en el interior de la lata, forrándola con gomaespuma rosa (B).

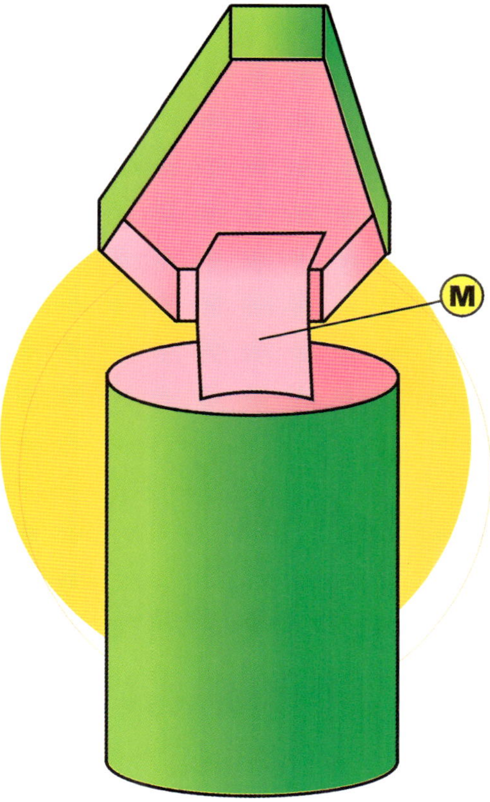

Gráfico 1

Cuerpo:
Guiándote por el modelo terminado, pega las 8 manchas (J) de manera simétrica en el frente del cocodrilo.

Patas:
Pega las uñas (L) en cada pata (E) y luego coloca estas a los lados del cuerpo.

Materiales

- 1 lata grande
- Cartón de 3 mm de espesor
- 1 esfera de poliespán de 4 cm de diámetro
- Gomaespuma verde de 3 mm de espesor
- Gomaespuma rosa de 3 mm de espesor
- Trozos de gomaespuma blanca y amarilla
- Tijera
- Pegamento universal
- Rotulador indeleble negro

Cabeza:
Corta la pieza (C) de cartón y marca los dobleces con un cúter. Luego deberás pegar sobre la pieza (C) por un lado gomaespuma verde y por el otro, gomaespuma rosa.
Vuelve a marcar suavemente los dobleces sobre la gomaespuma y pega las lengüetas para armar la cabeza.
Por último, pega los dientes (F) en el interior de la boca.

Ojos:
Pega los párpados (I) sobre las medias esferas (H), luego dibuja las pupilas con un rotulador. Por último, pega ambos ojos sobre la cabeza.

Cola:
Sobre la cola (G) pega 13 pinchos (K), cuyo tamaño podrás variar a tu gusto. Luego pega otros 4 pinchos sobre la cabeza.

Moldes

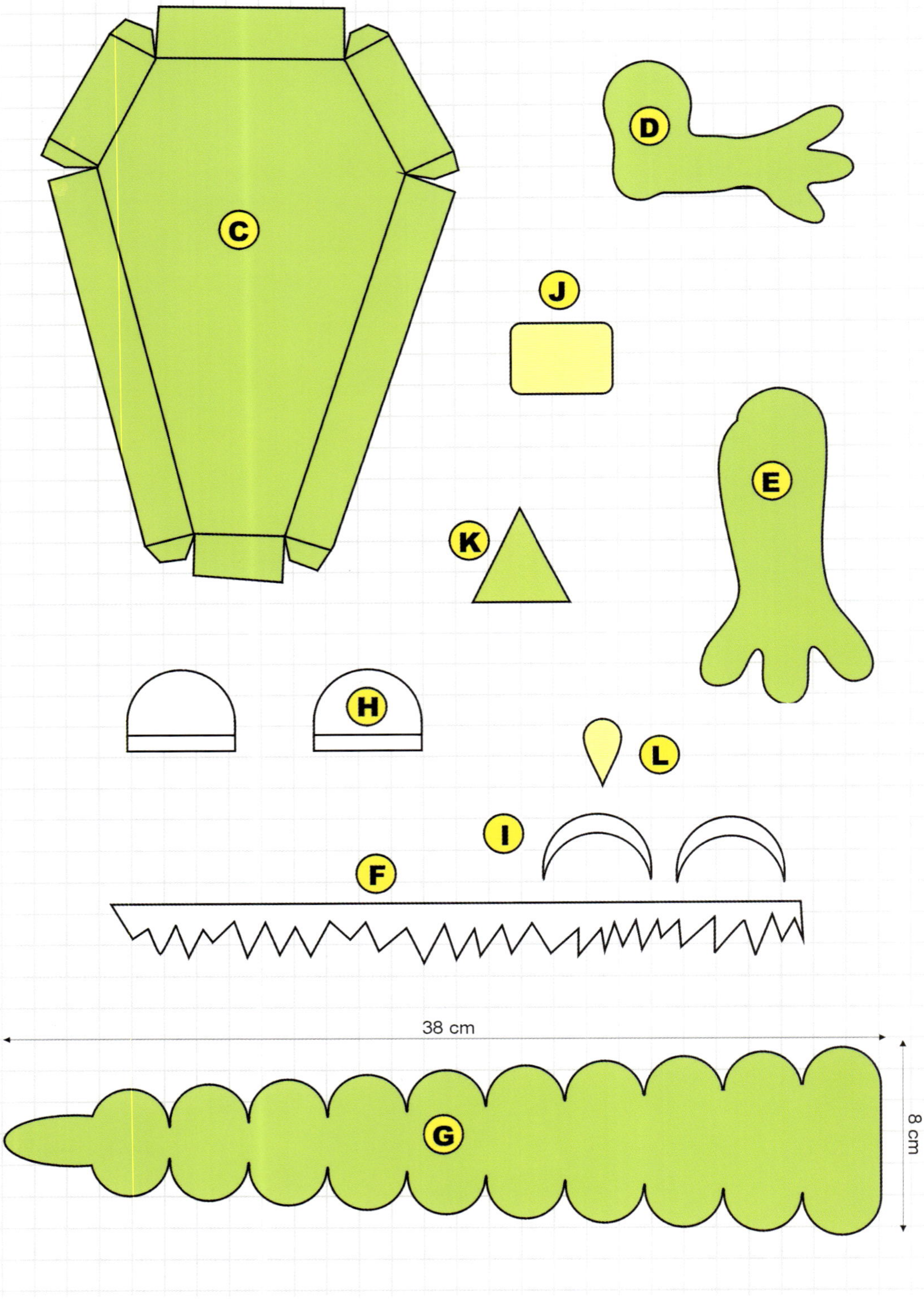

Detalle de las piezas

- Ⓐ *Cubierta exterior de la lata:* 1 pieza de gomaespuma verde
- Ⓑ *Cubierta interior de la lata:* 1 pieza de gomaespuma rosa
- Ⓒ *Cabeza:* 1 pieza de cartón, 1 pieza de gomaespuma verde y 1 pieza de gomaespuma rosa
- Ⓓ *Brazos:* 2 piezas de gomaespuma verde
- Ⓔ *Patas:* 2 piezas de gomaespuma verde
- Ⓕ *Dientes:* 1 pieza de gomaespuma blanca
- Ⓖ *Cola:* 1 pieza de gomaespuma verde
- Ⓗ *Ojos:* 2 medias esferas de poliespán
- Ⓘ *Párpados:* 2 piezas de gomaespuma verde
- Ⓙ *Manchas del cuerpo:* 8 piezas de gomaespuma amarilla
- Ⓚ *Pinchos de la cabeza y de la cola:* 17 piezas de gomaespuma verde
- Ⓛ *Uñas:* 12 piezas de gomaespuma amarilla
- Ⓜ *Fuelle:* 1 pieza de gomaespuma rosa

Importante

Las piezas tienen sus respectivos moldes, pero recuerda que deberás adaptarlas según cómo sea la lata de la que dispongas para usar como papelera.
¡Copia la idea y diviértete realizándola!

Montaje final:
Para unir la cabeza al cuerpo, pega cuidadosamente un extremo del fuelle (M) en el interior de la cabeza y el otro extremo dentro de la papelera, como muestran el gráfico 1 y el modelo terminado.

Ese detalle te permitirá abrir y cerrar la papelera.

Por último, pega la cola ya terminada al cuerpo del cocodrilo.

Panda portalápices

Un compañero que te ayudará a mantener ordenado tu cuarto

Realización

Traslada los moldes y corta las piezas en los materiales indicados.

Forrado de la lata:
Cubre la lata con un rectángulo de peluche, teniendo en cuenta que deberás dejar en la parte superior 15 cm de sobra, que servirán para doblarlo hacia el interior.

Corta el peluche de manera que ambos extremos se unan, pero evitando que queden superpuestos.

Pega el peluche a la lata con pegamento universal, tratando de que la superficie quede lisa y limpia.

Dobla y pega el peluche sobrante hacia el interior de la lata para lograr un acabado mejor.

Cara del panda:
Guiándote por el gráfico 1, comienza por pegar las orejas (C) detrás de la pieza (B).

Luego podrás trabajar sobre la pieza (B), que corresponde a la cara, pegando las

manchas de los ojos (D) y encima de estas, los ojos (J).

Prepara por separado el morro y la boca, pegando primero la lengua (I) sobre la boca (H) y luego ambas piezas ya unidas sobre el mentón (G).
Encima pega el morro de peluche (E) y sobre este el hocico de plástico (F).

Cuando verifiques que la posición de todas las piezas es la correcta, pega el conjunto sobre la cara.

Montaje final:
Pega la cara del panda en el centro del portalápices, con cuidado de que la unión del forro (A) previamente pegado quede en la parte posterior.

Materiales

- 1 lata
- Tela de peluche naranja, blanca y negra
- Fieltro rojo y negro
- Pegamento universal
- 1 par de ojos de plástico
- 1 hocico de plástico
- Alfileres

Moldes

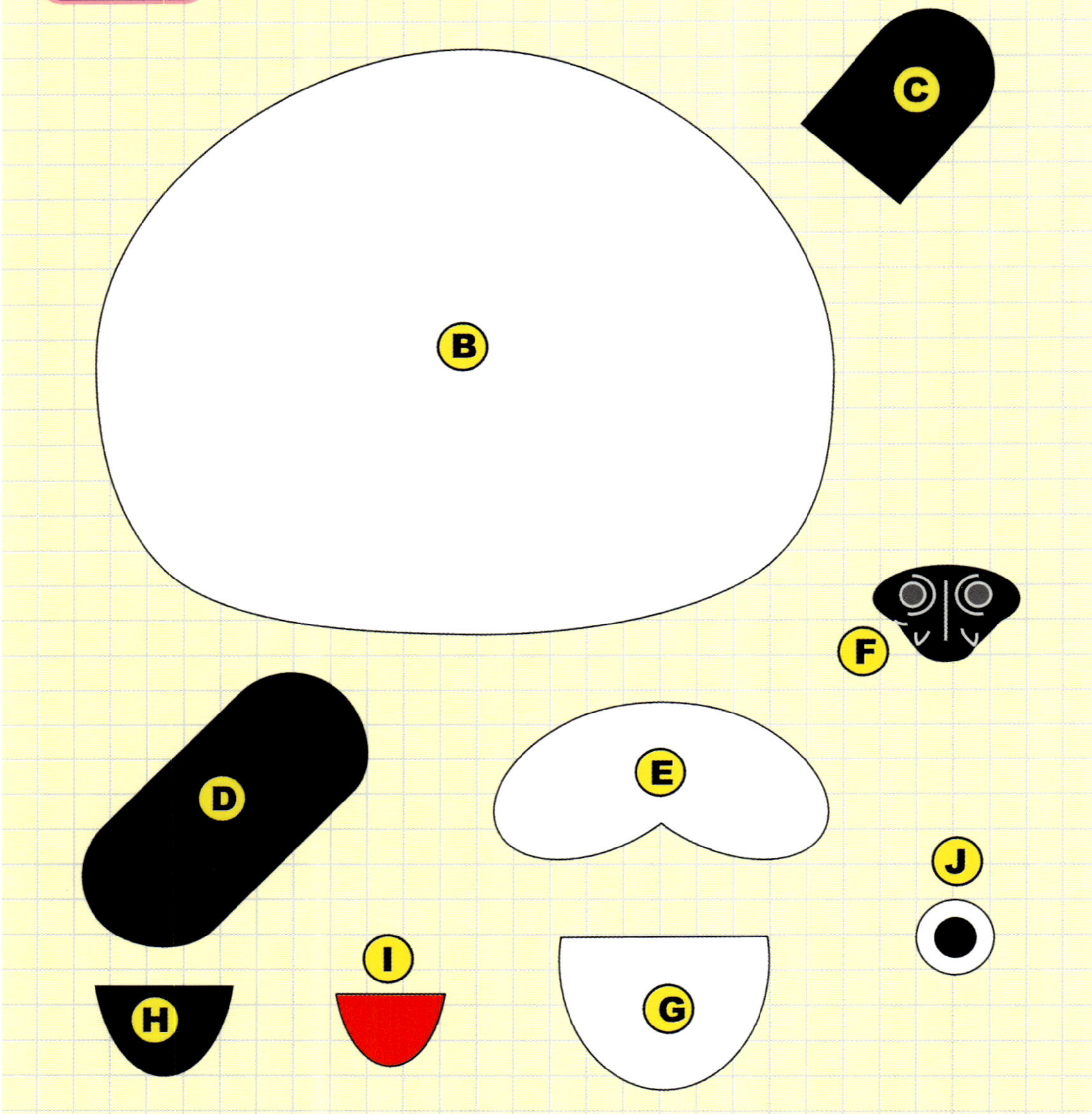

Las medidas de las piezas deberán adecuarse al tamaño de la lata que hayas conseguido

Detalle de las piezas *Corta las piezas en los materiales y colores indicados*

- (A) *Forro de la lata:* 1 pieza de peluche naranja
- (B) *Cara:* 1 pieza de peluche blanco
- (C) *Orejas:* 2 piezas de peluche negro
- (D) *Manchas de los ojos:* 2 piezas de peluche negro
- (E) *Morro:* 1 pieza de peluche blanco
- (F) *Hocico:* 1 hocico de plástico
- (G) *Mentón:* 1 pieza de peluche blanco
- (H) *Boca:* 1 pieza de fieltro negro
- (I) *Lengua:* 1 pieza de fieltro rojo
- (J) 1 par de ojos de plástico

Morsa perchero

Te ayudará a tener tu ropa siempre a mano

Materiales

- 1 plancha de gomaespuma de 3 mm de espesor, de 50 x 30 cm, de color verde
- Trozos de gomaespuma de 3 mm de espesor de colores: blanco, rojo y negro
- 1 pincel
- Pintura acrílica color naranja
- Rotulador negro indeleble de punta mediana
- Cartón de 3 mm de 50 x 30 cm
- Lápiz
- Tijera
- Cúter
- 1 soporte para cuadros
- 3 colgadores de madera
- Pegamento universal

Realización

Traslada los moldes y corta las piezas en los materiales indicados.

Toma la pieza de cartón (A), que le dará consistencia al conjunto. Aplica una fina capa de pegamento sobre toda la superficie del cartón y adhiere sobre ella la pieza (A) de gomaespuma, con cuidado de que ambas coincidan para evitar que se vea el cartón por debajo.

Guiándote por el dibujo del modelo terminado, delinea con el rotulador negro cada una de las piezas del modelo. Es conveniente que realices esta tarea antes

Gráfico 1

Gráfico 2

Importante

Si utilizas pintura acrílica para pintar los colgadores, es conveniente dejarla secar y luego aplicar una mano de cera en pasta para quitarle la aspereza y evitar que pueda dañar la ropa.

de montar las piezas para que el delineado quede más limpio.

Dibuja los ojos en gomaespuma blanca (C) y pégalos al cuerpo de la morsa.

Luego pega la cola (B), las uñas (H), el morro (D), la nariz (F), los pelos (G) y los colmillos (E).

Pinta de color naranja los colgadores de madera y cuando estén secos pégalos sobre el modelo ya terminado (gráfico 1).

Coloca por detrás del modelo un soporte para cuadros, teniendo en cuenta que debe estar en el centro de la figura para evitar que al colgarlo el perchero quede ladeado.

Si deseas obtener más estabilidad, puedes colocar dos soportes, uno en cada extremo del modelo.

Moldes

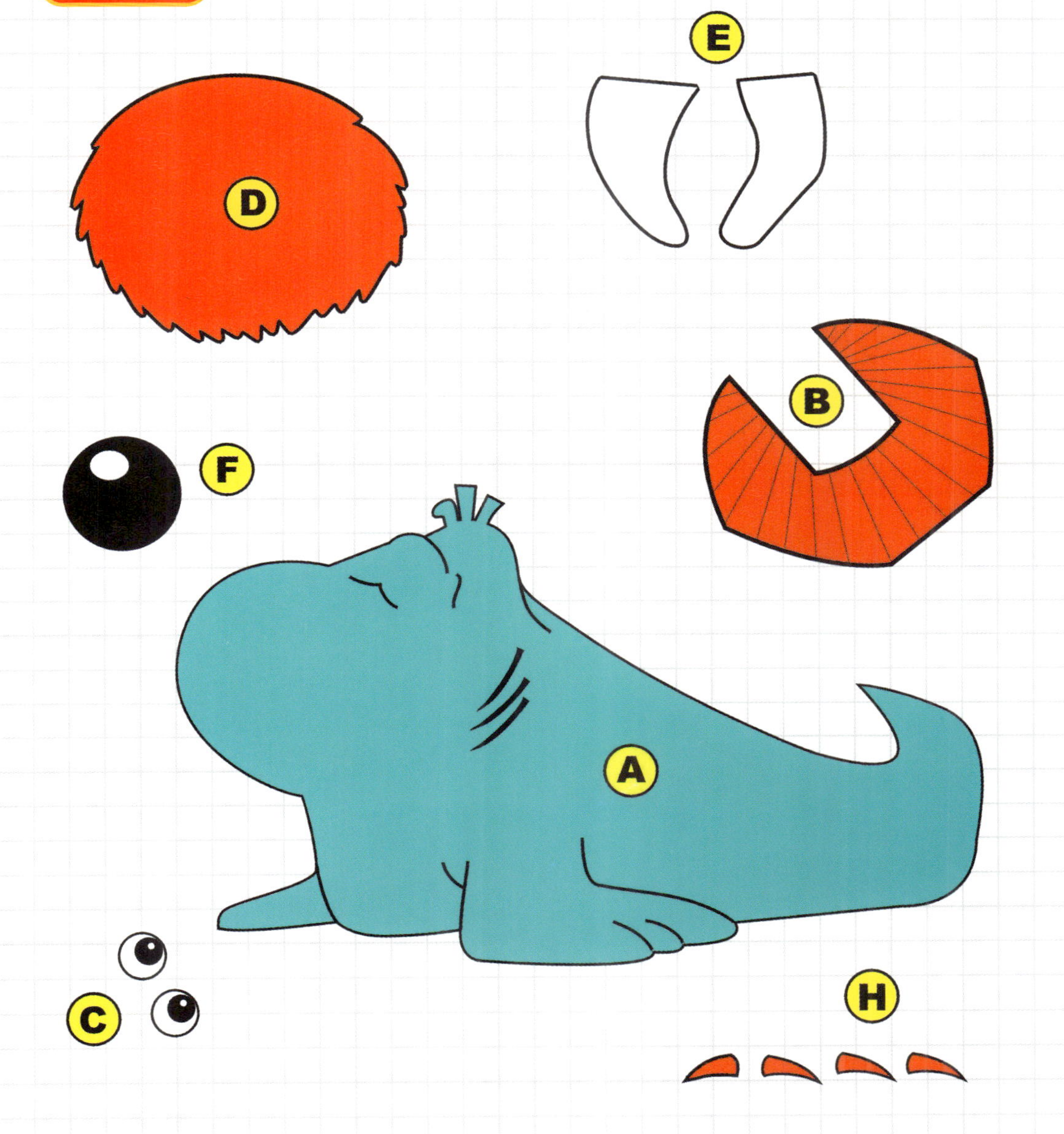

Detalle de las piezas

Corta las piezas en los materiales y colores indicados

- Ⓐ *Cuerpo:* 1 pieza de cartón y otra de gomaespuma verde
- Ⓑ *Cola:* 1 pieza de gomaespuma roja
- Ⓒ *Ojos:* 2 piezas de gomaespuma blanca
- Ⓓ *Morro:* 1 pieza de gomaespuma roja
- Ⓔ *Colmillos:* 2 piezas de gomaespuma blanca
- Ⓕ *Nariz:* 1 pieza de gomaespuma negra
- Ⓖ *Pelos:* 4 piezas de gomaespuma roja
- Ⓗ *Uñas:* 4 piezas de gomaespuma roja
- Ⓘ *Colgadores:* 3 piezas de madera

Portalápices espacial

Una nave espacial lista para aterrizar en tu escritorio

Materiales

- 1 lata de conserva
- Cola de contacto
- Cúter y tijera
- Pincel
- 10 cm de papel adhesivo rojo, negro y plateado
- Acrílicos o témperas de color naranja, negro y dorado
- Para los adornos del portalápices, consulta el «Detalle de las piezas»

Realización

Corta las piezas en los materiales y colores indicados.

Antes de comenzar con el montaje de las piezas, pinta 6 piezas (B) con acrílico o témpera negra y la restante de color naranja.

Montaje:
Guiándote por el gráfico 1, pega sobre la lata y de manera equidistante las 6 piezas (B), de dos en dos, dejando en el medio de cada par un espacio suficiente que permita colocar después las varillas (C) y (D).

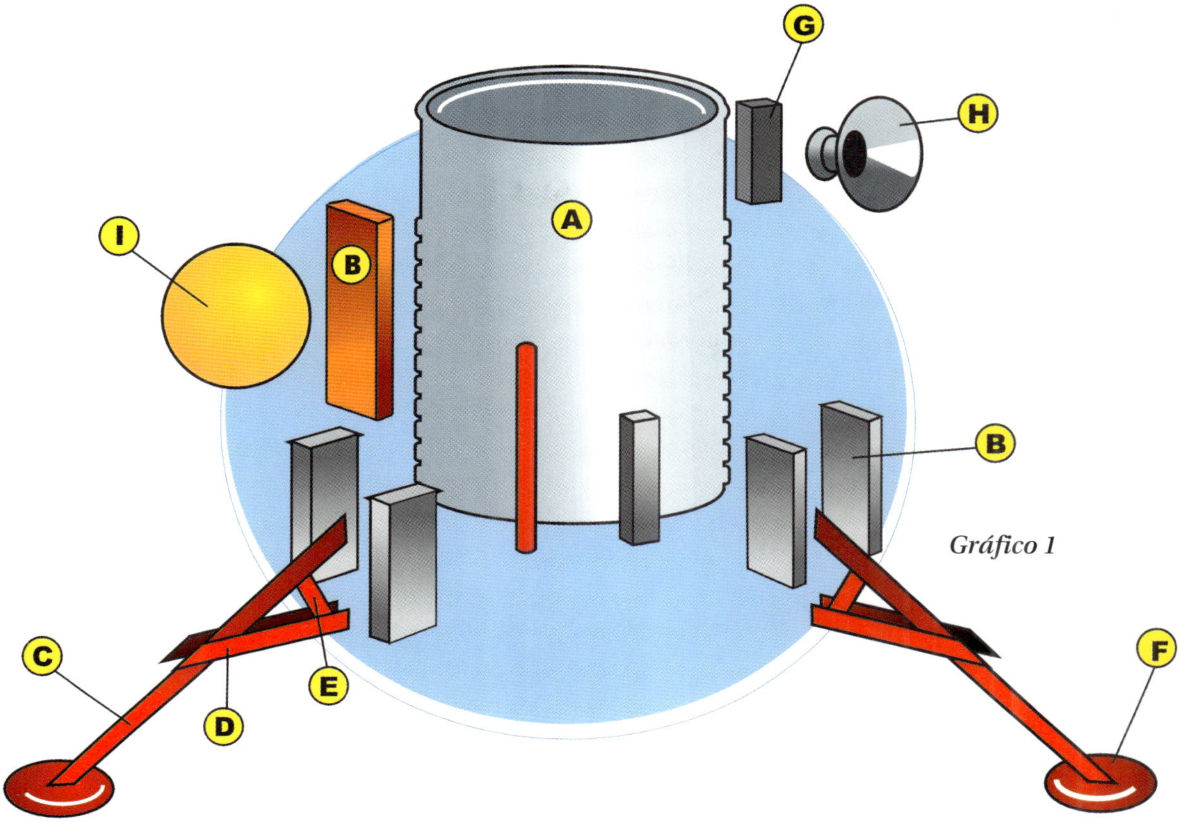

Gráfico 1

Patas de aterrizaje:
Arma con las piezas (C), (D), (E) y (F) las patas de la nave, pegando las piezas entre sí como muestra el gráfico 1.
Una vez pegadas, píntalas de color rojo.

Detalle de las piezas

- (A) Lata
- (B) 7 piezas de madera de 3,5 x 0,4 x 1 cm
- (C) 3 varillas de madera 9 x 0,3 x 0,1 cm
- (D) 9 varillas de madera de 4,5 x 0,3 x 0,1 cm
- (E) 3 piezas de 2 cm de varilla redonda de 0,2 cm de diámetro
- (F) 3 botones de madera de 2,5 cm de diámetro
- (G) 1 pieza de madera 3 x 1 x 0,4 cm
- (H) 1 pequeña ventosa de goma
- (I) 1 esfera de madera de 3 cm de diámetro

Decoración:
Comienza a colocar sobre la lata pequeños trozos de papel adhesivo, de forma irregular y de distintos colores, como muestra el modelo terminado y guiándote por tu propia inspiración para dar a la lata un aspecto mecánico.

Pinta de color dorado la pieza (I) y déjala secar. Pégala entonces a la pieza (B) de color naranja y luego pega ambas a la lata.

Radar:
Pega la pequeña ventosa (H) sobre la pieza de madera (G). Pinta ambas piezas de negro y pégalas a la lata.

Montaje final:
Por último, pega las patas, ya terminadas, entre los espacios de las maderas (B).

Cada constructor podrá dejar volar su imaginación y decorar el portalápices espacial a su gusto.

Orca papelera

¡Cuidado, devorará los papeles de tu cuarto!

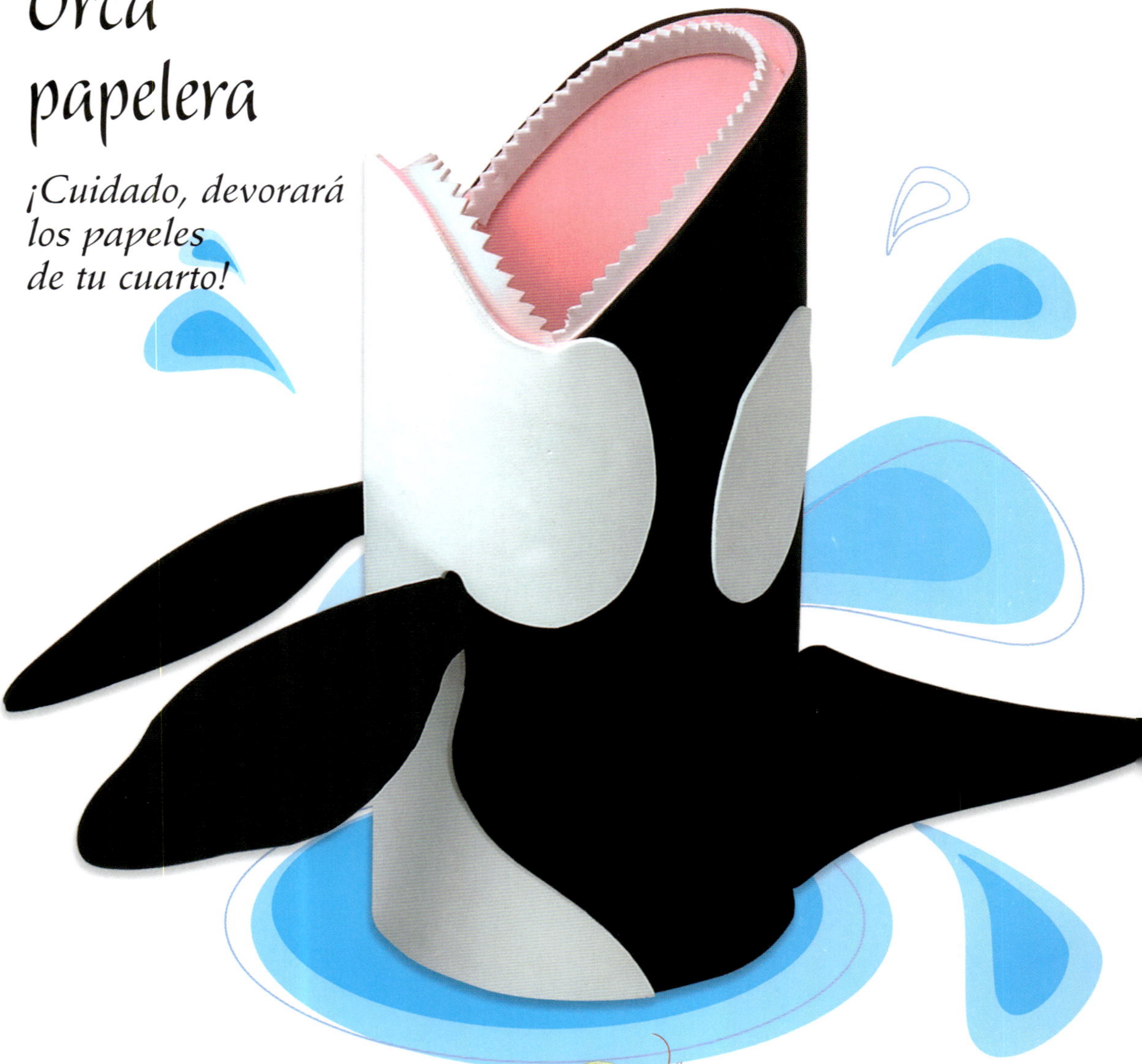

Realización

Traslada los moldes y corta las piezas en los materiales indicados.

Preparación:
Adhiere las piezas rosas (H) e (I), que cubren el interior de la boca, a las piezas (B) y (C) respectivamente. La línea punteada te servirá de guía, ya que determina el sector que debes cubrir.

Materiales

- 1 lata grande
- Lápiz
- Regla
- Gomaespuma blanca, rosa y negra de 3 mm de espesor
- Tijera común o de picos
- Pegamento universal

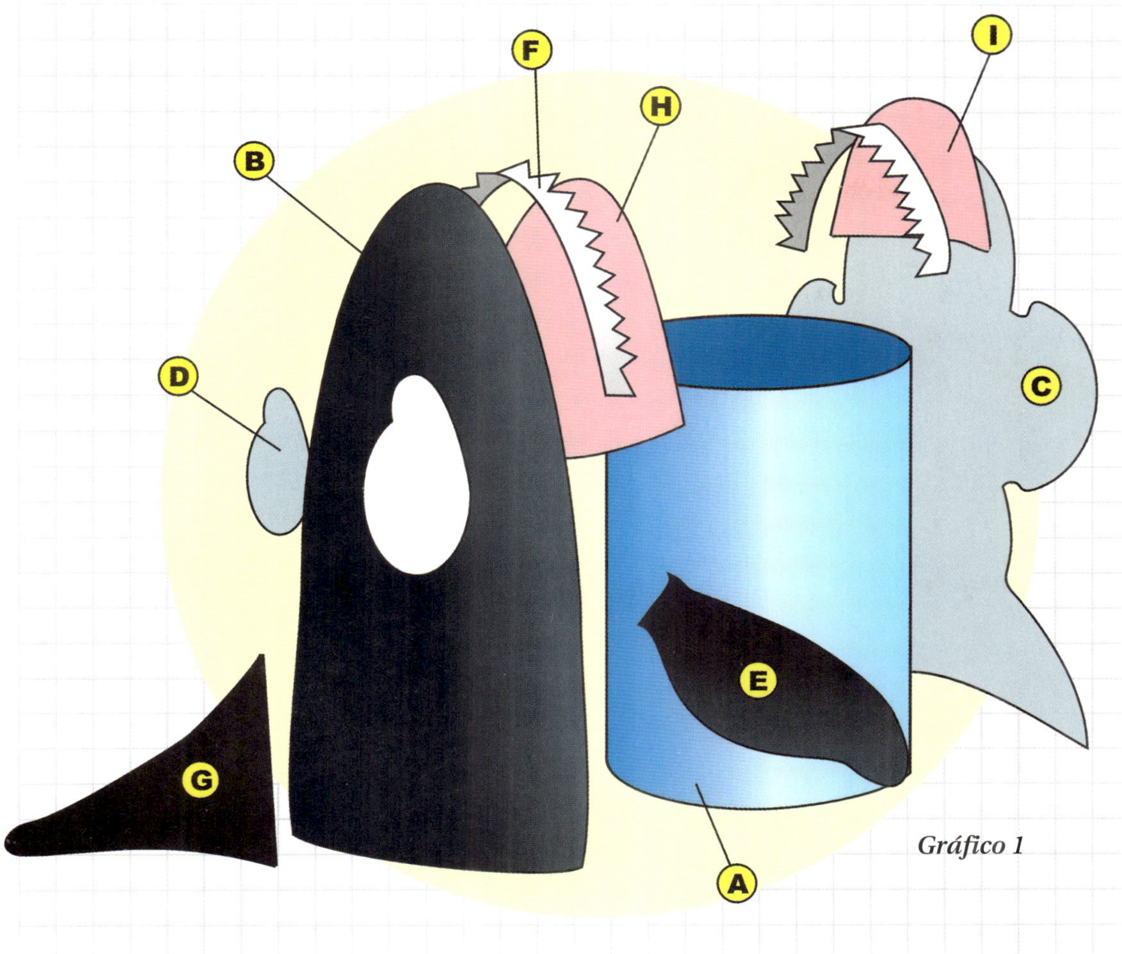

Gráfico 1

Montaje:

Pega la pieza (B) a la lata, con cuidado de que el borde inferior no sobresalga. Ese pequeño detalle permitirá que la papelera se apoye correctamente.

Luego pega la pieza (C) sobre el lado opuesto de la lata, tratando de que los bordes queden bien adheridos sobre la gomaespuma negra que pegaste antes.

Pega las aletas inferiores (E), las manchas (D) a ambos lados del cuerpo y detrás la aleta superior (G), como indica el gráfico 1.

Finalmente, coloca las dos hileras de dientes (F) en el interior de la boca, como muestra el modelo terminado.

Detalle de las piezas

- (A) Lata
- (B) *Lomo:* 1 pieza de gomaespuma negra
- (C) *Vientre:* 1 pieza de gomaespuma blanca
- (D) *Manchas:* 2 piezas de gomaespuma blanca
- (E) *Aletas inferiores:* 2 piezas de gomaespuma negra
- (F) *Dientes:* 2 piezas de gomaespuma blanca
- (G) *Aleta superior:* 1 pieza de gomaespuma negra
- (H) (I) *Interior de la boca:* 2 piezas de gomaespuma rosa

Moldes

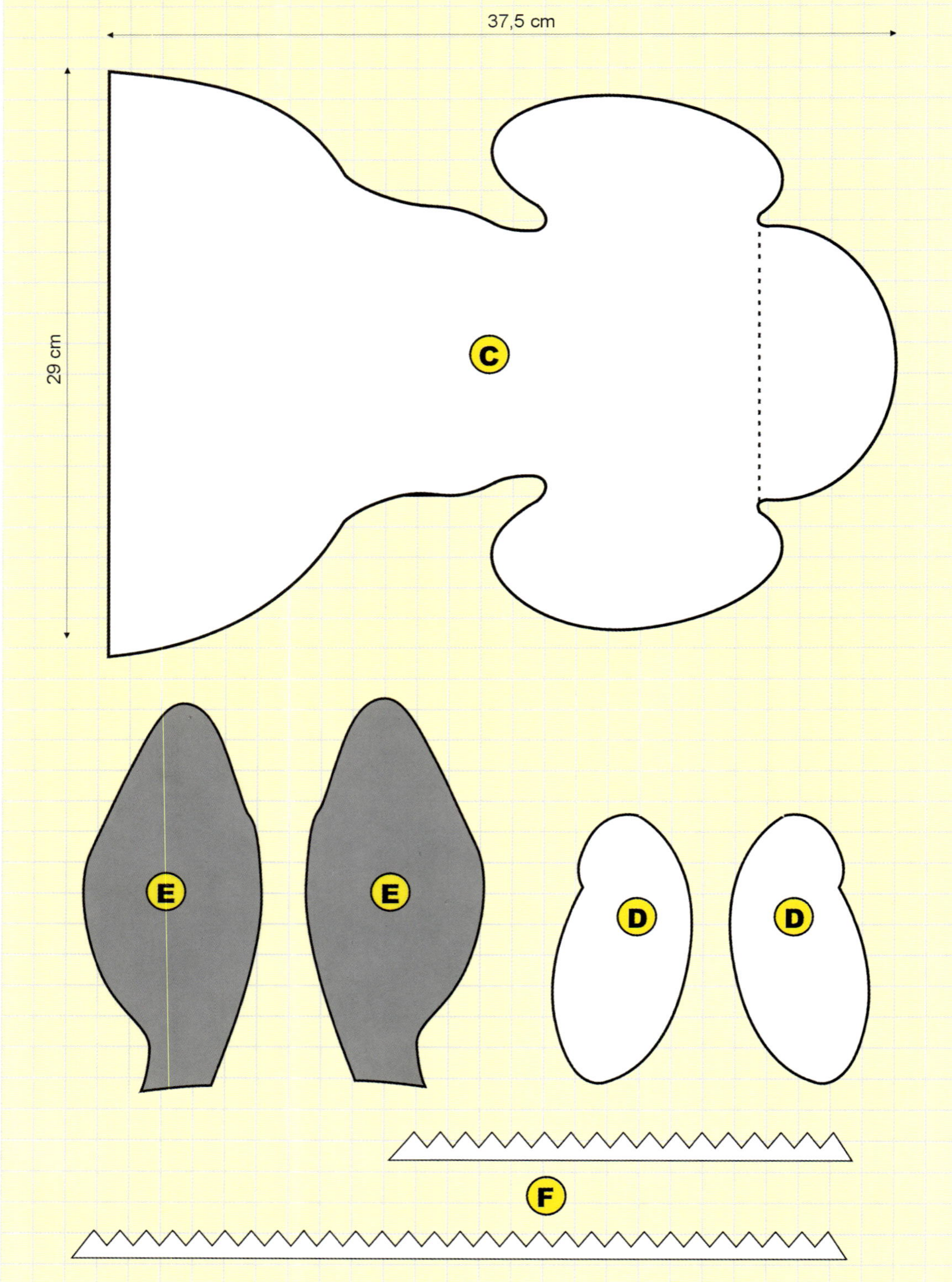

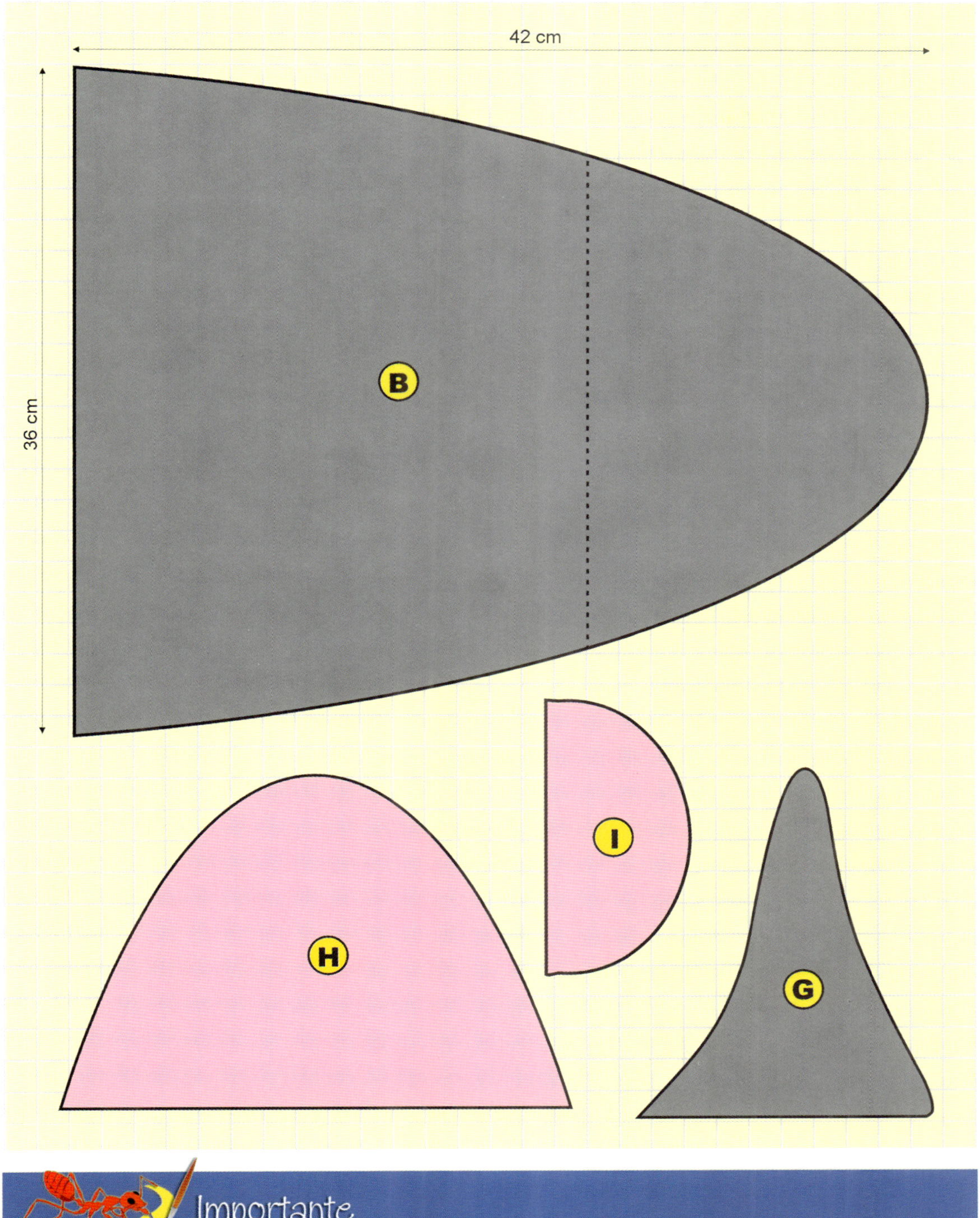

Importante

Las medidas de las piezas son proporcionales a las dimensiones de la lata utilizada. Para la realización de este modelo se utilizó una lata de 16 cm de diámetro y 30 cm de altura. Si empleas una lata de otro tamaño, deberás ampliar o reducir los moldes para lograr que coincidan.

Astronauta galáctico

Podrás convertirte en un intrépido viajero del espacio

Realización

Traslada los moldes y corta las piezas en los materiales indicados.

Guiándote por el modelo terminado, arma la figura del astronauta pegando sobre la silueta de cartón (I) las piezas que forman el cuerpo: (G), (A), (E), (F) y (H).

Escafandra:

Para realizar la escafandra debes ubicar y pegar el visor (C) sobre el casco (B). Luego, con un cúter bien afilado, cala el espacio por donde se verá la fotografía (gráfico 2).
Por último, pega la visera (D) sobre el visor. Una vez armada la escafandra, pégala al

Materiales

- Cartón de 3 mm de espesor
- Gomaespuma de 3 mm de espesor de colores: azul, blanco, negro, gris, verde y amarillo
- Rotulador indeleble negro
- Lápiz
- Regla
- Tijera
- Cúter
- Pegamento universal

Gráfico 2

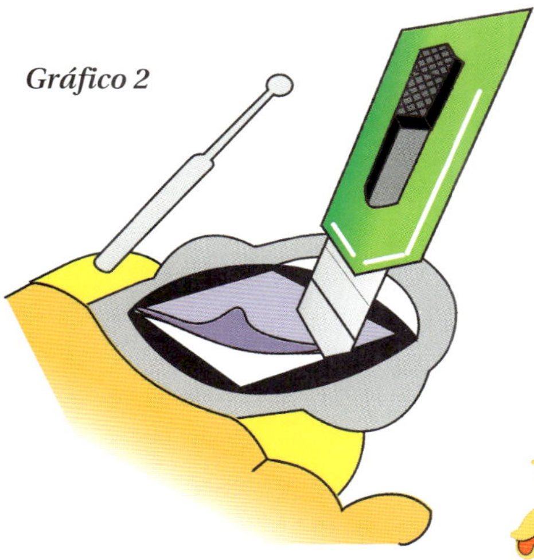

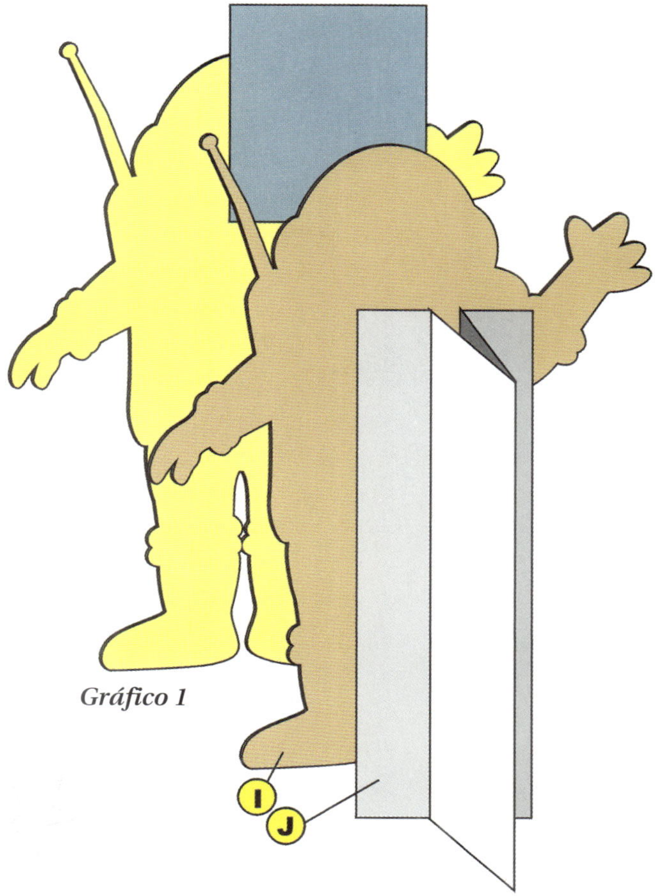

Gráfico 1

cuerpo, teniendo en cuenta que deberás dejar sin pegar la parte superior, pues es por ahí por donde podrás luego introducir la fotografía.

Decoración:
Con trocitos de gomaespuma copia los detalles del modelo (cierre, botones y adornos) y dibuja con rotulador negro las líneas que realzan el modelo.

Soporte trasero:
Pliega por la mitad la pieza (J) y realiza otros dos pliegues en los extremos para obtener el soporte trasero como muestra el gráfico 1. Pega el soporte detrás de la figura del astronauta.

Detalle de las piezas

- Ⓐ *Traje:* 1 pieza de gomaespuma naranja
- Ⓑ *Casco:* 1 pieza de gomaespuma gris
- Ⓒ *Visor:* 1 pieza de gomaespuma negra
- Ⓓ *Visera:* 1 pieza de gomaespuma blanca
- Ⓔ *Guantes:* 2 piezas (una para cada mano) de gomaespuma azul
- Ⓕ *Botas:* 2 piezas (una para cada pie) de gomaespuma azul
- Ⓖ *Mochila:* 1 pieza de gomaespuma amarilla
- Ⓗ *Antena:* 1 pieza de gomaespuma gris
- Ⓘ *Silueta del astronauta:* 1 pieza de cartón de 3 mm de espesor
- Ⓙ *Soporte trasero:* 1 rectángulo de cartón de 10 x 15 cm y de 3 mm de espesor

Para finalizar, coloca una fotografía dentro de la escafandra.

Moldes

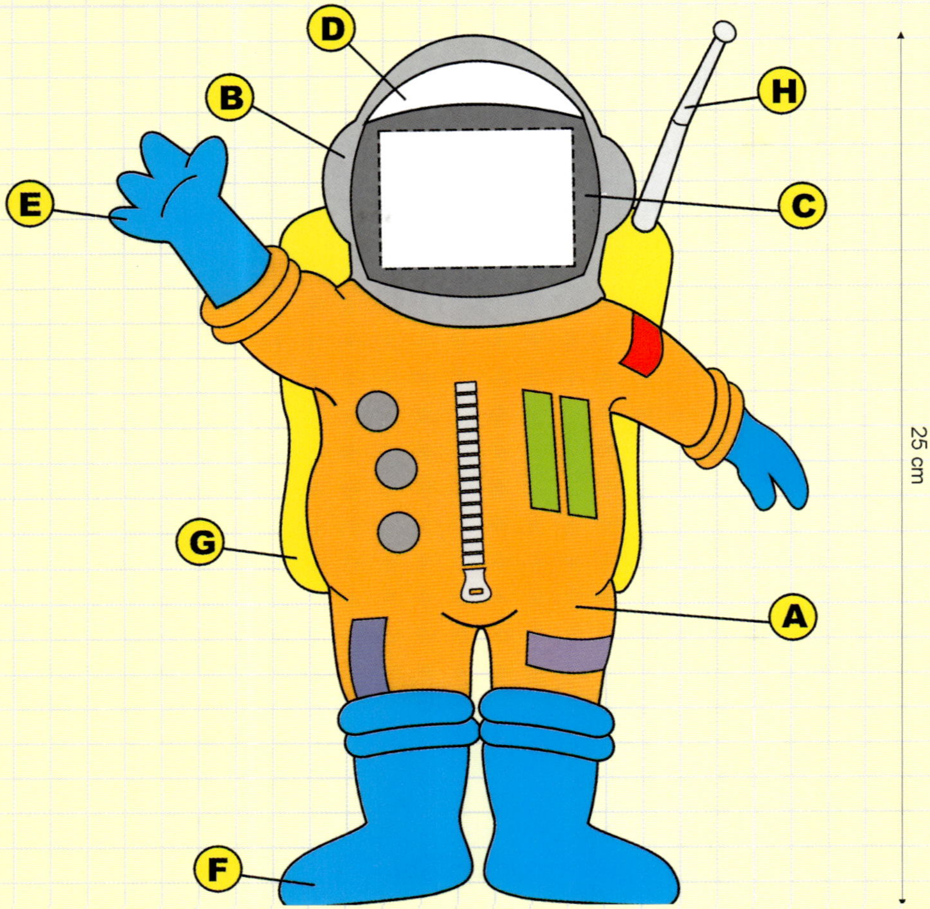

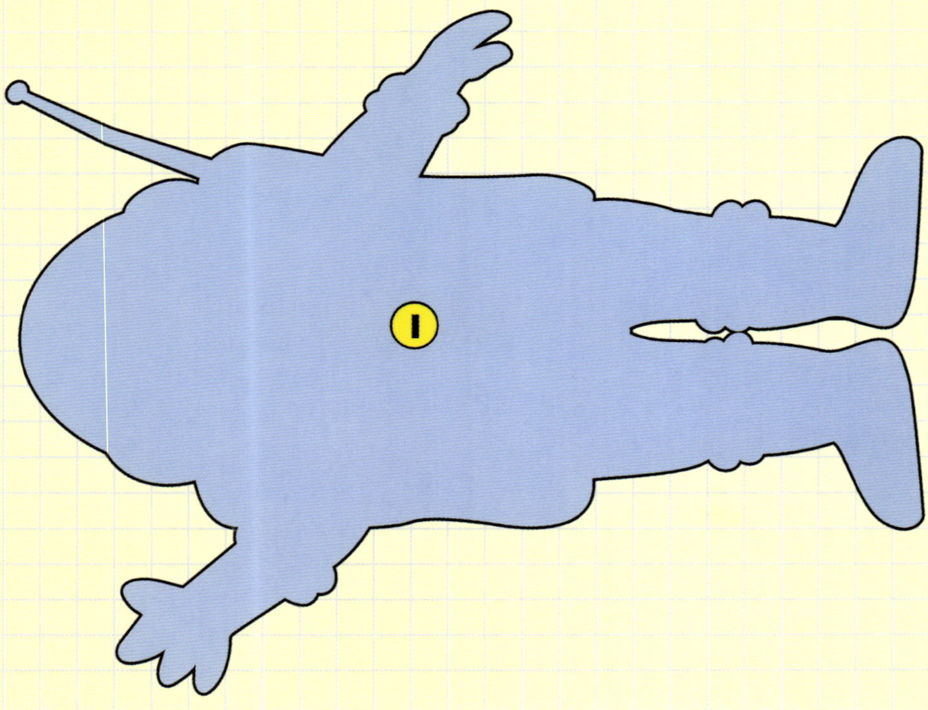

Retratos alocados

Portarretratos superdivertidos

Realización

Traslada los moldes y recorta las piezas en los materiales indicados.

Extiende pegamento sobre la pieza de cartón (A) y superpón la otra de gomaespuma, con cuidado de que los bordes coincidan en todo el contorno y dejando sin pegar el arco superior, que te permitirá introducir la fotografía.

Importante

Antes de comenzar con la tarea de montaje del avión, recorta cuidadosamente con el cúter la abertura que te permitirá ver la fotografía (gráfico 1).

Materiales

- Cartón de 3 mm de espesor
- Gomaespuma de 3 mm de espesor de colores: rojo, azul, blanco, negro, gris, marrón y amarillo
- Lápiz
- Tijera
- Cúter
- Pegamento universal

Guiándote por el gráfico 2, monta el modelo pegando las piezas (C), (D), (E), (F), (G), (H) e (I).

Pliega la pieza (B), que corresponde a la aleta de apoyo, y pégala con pegamento detrás del avión. Luego, para lograr que quede fija, coloca una pequeña pieza de suplemento (J) pegando un extremo a la aleta de apoyo y el otro al avión (fíjate en el gráfico 2).

Ahora solamente falta que coloques tu mejor foto dentro del avión.

Gráfico 1

Gráfico 2

Moldes

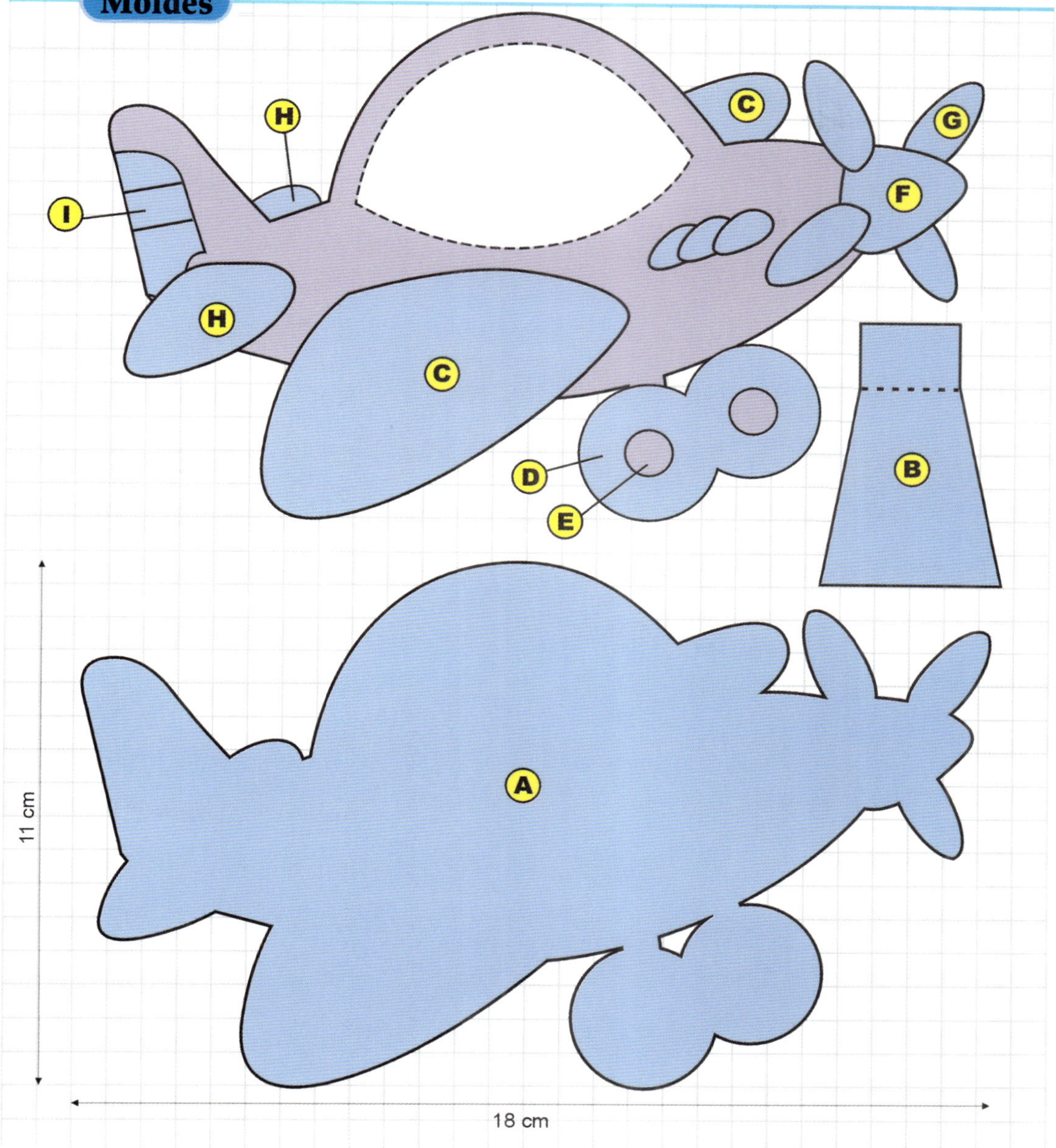

Detalle de las piezas

Corta las piezas en gomaespuma de los colores indicados

- **A** *Base del avión:* 1 pieza de gomaespuma roja y otra de cartón
- **B** *Aleta de apoyo:* 1 pieza de cartón
- **C** *Alas:* 2 piezas de gomaespuma azul
- **D** *Ruedas:* 1 pieza de gomaespuma gris
- **E** *Centro de las ruedas:* 2 piezas de gomaespuma negra
- **F** *Morro:* 1 pieza de gomaespuma negra
- **G** *Hélice:* 4 piezas de gomaespuma marrón
- **H** *Alerones traseros:* 2 piezas de gomaespuma azul
- **I** *Timón de cola:* 1 pieza en gomaespuma amarilla
- **J** *Soporte de la aleta de apoyo:* 1 rectángulo de cartón de 2 x 4 cm

Juegos en acción

Crea tus propios juegos móviles y disfrútalos con tus amigos

Penaltis

Minigolf

Penaltis

Un juego para entretenerte con tus amigos

REALIZACIÓN

Traslada los moldes y corta las piezas en los materiales indicados.

Caja base:
Guiándote por el gráfico 1, realiza la caja (A) que servirá de base al juego.
Comienza por forrar el exterior de la caja con el papel adhesivo verde.
Con un cúter marca el pliegue indicado con la línea punteada, lo que te permitirá levantar los laterales. Luego pega las aletas para mantener la caja unida.

Marcación del campo de juego:
Teniendo como referencia el modelo terminado, realiza sobre el césped, pieza (B), las marcaciones del campo de juego, pegando con cuidado tiras de papel blanco.
A continuación coloca el césped terminado sobre la caja base.

Laterales interiores:
Forra los laterales interiores de la caja con papel adhesivo negro.
Luego coloca las piezas (C) que corresponden a los laterales inferiores.
Por último, decora la caja con círculos de papel de colores simulando el público en las tribunas (fíjate en el modelo).

Colocación de las barras:
Con una tijera o un punzón, realiza los 4 agujeros laterales como indica el gráfico 1.

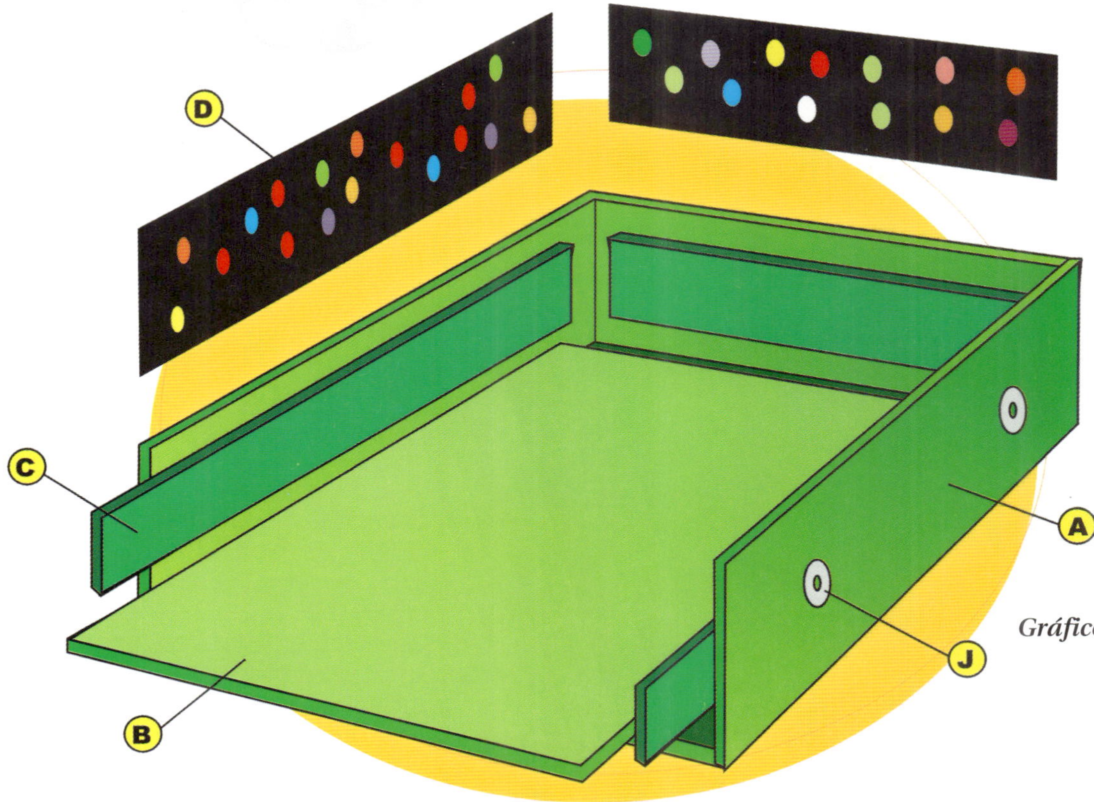

Gráfico 1

Materiales

- Lápiz
- Regla
- Tijera
- Cúter
- Cartón de 3 mm de espesor
- Papel adhesivo verde y negro
- 8 arandelas de plástico o metálicas de 8 mm de diámetro interior
- 2 varillas redondas de madera de 8 mm de diámetro y 40 cm de largo
- Varilla de madera de balsa de 1 x 0,5 cm
- 2 hojas de papel blanco
- 4 esferas de madera de 3 cm de diámetro
- 1 esfera de poliespán de 1,5 cm de diámetro (pelota)
- 4 trozos de espiral de cuaderno
- Gomaespuma verde clara y verde oscura

Importante

Las varillas deben ser lo suficientemente largas para que los jugadores puedan moverse de un extremo a otro del campo de juego. Verifica ese detalle antes de pegar definitivamente las esferas.

Luego pega sobre los agujeros las 8 arandelas (J), 4 en el interior y 4 en el exterior de la caja.
Pasa las varillas a través de los agujeros e introduce en ambos extremos los trozos de espiral de cuaderno (K). Por último, coloca las esferas de madera en los extremos de las varillas.

Montaje de los jugadores:
Saca una fotocopia en color del portero (I). Pega la imagen delantera sobre un cartón fino y recorta el contorno. Pega la imagen trasera por el revés y vuelve a recortar. Haz lo mismo con el otro jugador.

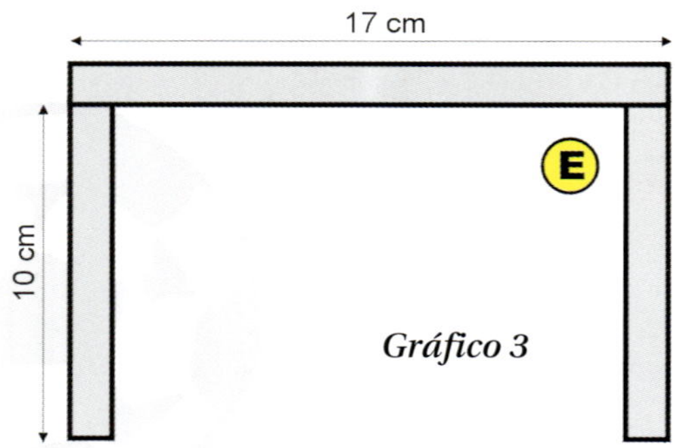

Gráfico 3

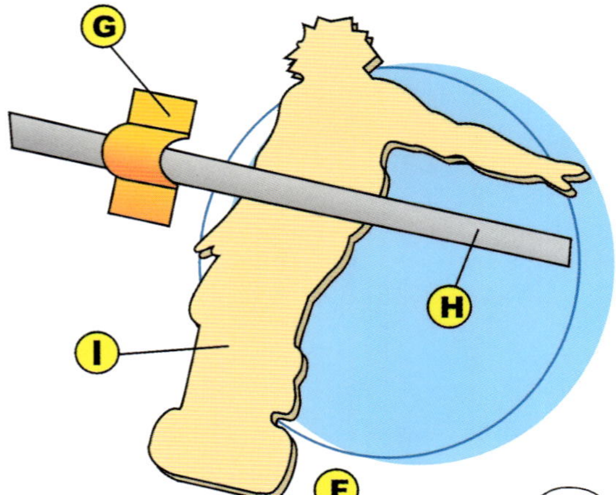

Gráfico 2

Soporte de los jugadores:
Marca el centro de la varilla (H) donde ubicarás el jugador. Prepara un pequeño rectángulo de cartón (G) y pégalo sobre la varilla como indica el gráfico 2. Luego pega sobre la pieza (G) la figura del jugador. Repite la operación con el portero y la otra varilla.

Realización de la portería:
Guiándote por los gráficos 3 y 4, realiza la base de la portería con madera de balsa y píntala de blanco.
Una vez que esté seca, pega sobre la base tiras de papel blanco, formando una red.
Para finalizar, coloca la portería bien centrada en el fondo del campo de juego.

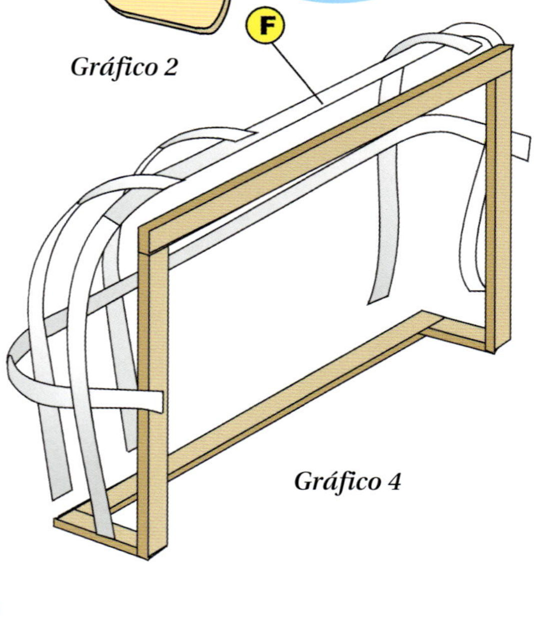

Gráfico 4

Moldes

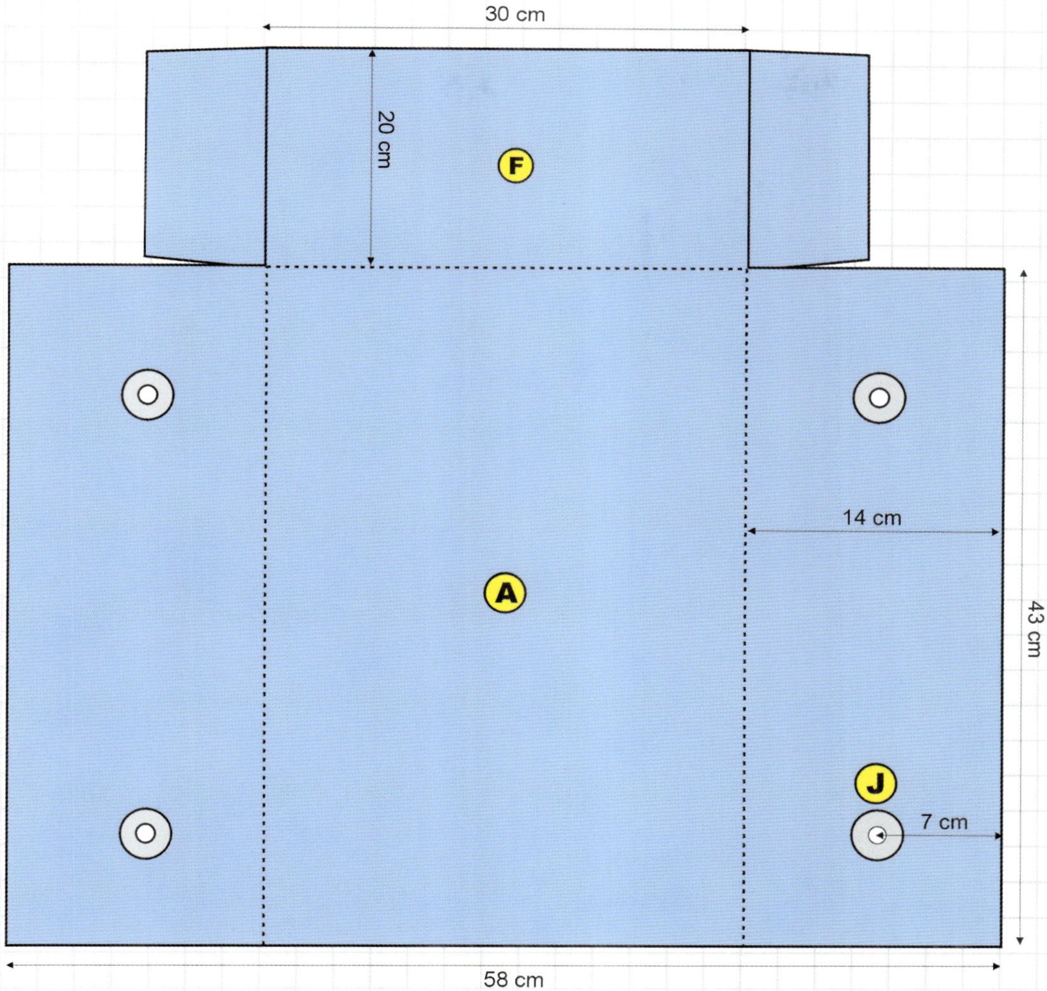

Detalle de las piezas *Corta las piezas en los materiales y colores indicados*

- **A** *Caja de cartón:* 1 pieza de cartón de 3 mm de grosor y 1 pieza de papel adhesivo verde
- **B** *Césped:* 1 pieza de gomaespuma verde claro
- **C** *Laterales inferiores:* 3 piezas de gomaespuma verde oscuro
- **D** *Laterales superiores:* 3 piezas de papel adhesivo negro
- **E** *Base de la portería:* 2 varillas de 10 cm y una de 17 cm
- **F** *Red:* tiras de papel pegadas entrecruzadas
- **G** Soporte de cartón
- **H** *Sostén de los jugadores:* 2 varillas redondas de madera de 8 mm y 40 cm de largo
- **I** *Figuras de los jugadores:* 2 fotocopias en color y 2 siluetas de cartón
- **J** *Arandelas:* 8 arandelas de plástico o metálicas
- **K** 4 trozos de espiral de cuaderno

Jugadores

Para aumentar el grado de dificultad del juego, puedes recortar el espacio verde entre las piernas del portero. De esta forma será más difícil poder detener un penalti.

Minigolf

Realízalo y diviértete con tus amigos

Realización

Caja base:
Para realizar el juego, comienza por armar la caja base.
Marca levemente con el cúter las líneas de plegado de la pieza (A).

Arma la caja plegando hacia arriba los laterales y pega las aletas.
Luego cubre los laterales internos con las piezas de gomaespuma (E) (gráfico 1).

Campo de juego:
Guiándote por el gráfico 1, ubica sobre la caja base el panel de poliespán (B) y encima de éste la plancha de gomaespuma verde (C).
Luego corta un rectángulo de gomaespuma verde (D) para cubrir el frente de la caja.

Materiales

- Cartón de 3 mm de espesor
- Lápiz
- Regla
- Tijera
- Cúter
- Gomaespuma de tres tonos de verde
- 1 plancha de poliespán de 2 cm de espesor
- 1 varilla de madera de 0,8 x 0,2 cm
- 1 trozo de varilla redonda de 4 mm de diámetro
- 3 arandelas metálicas de 4 mm de diámetro interior
- Acrílico o témpera blanca
- Pincel
- Pelota de madera de 1,5 cm de diámetro

Gráfico 1

Perforaciones:
Sobre el campo de juego realiza dos perforaciones. La primera, indicada con la letra (M), podrás hacerla utilizando un clavo y servirá para introducir el eje del jugador.

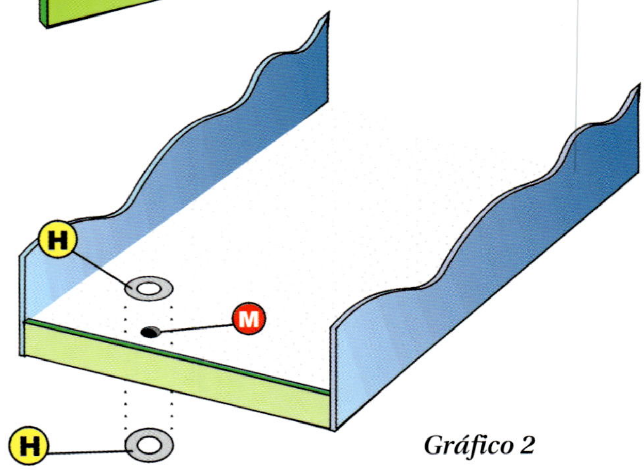

Gráfico 2

Luego coloca dos arandelas en la perforación, una sobre el campo de juego y otra bajo la caja (gráfico 2).

La segunda perforación corresponde al hoyo. Marca un círculo de 2 cm de diámetro y ve vaciándolo con cuidado con ayuda del cúter.

Base del golfista:
Pega entre sí las piezas (H), (I), (J) y (K) como muestra el gráfico 3; píntalas con pintura acrílica roja.

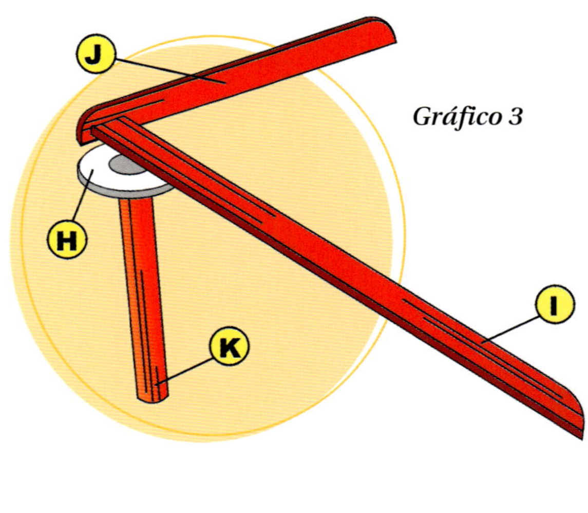

Gráfico 3

Saca una fotocopia en color de las dos figuras del golfista (gráfico 5). Adhiere una de ellas sobre un cartón y recorta el contorno. Pega en el reverso la otra figura del golfista y déjalo secar.

Moldes

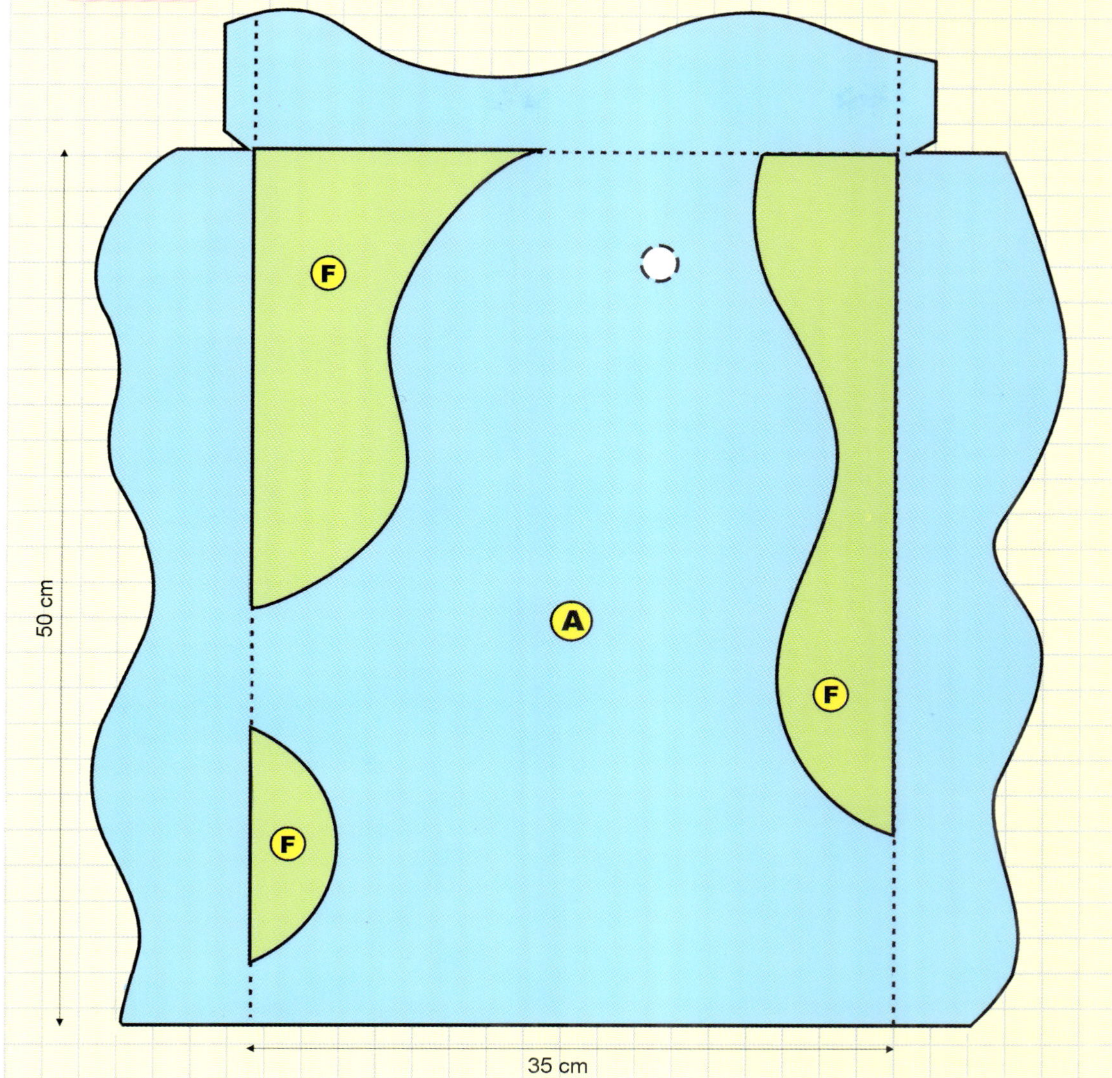

Detalle de las piezas *Corta las piezas en los materiales y colores indicados*

- **A** *Base del campo:* 1 pieza de cartón de 3 mm
- **B** Base de poliespán de 2 cm de espesor
- **C** *Campo:* 1 pieza de gomaespuma verde medio
- **D** *Frente del campo:* 1 pieza de gomaespuma verde medio
- **E** *Laterales interiores del campo:* 3 piezas de gomaespuma verde medio
- **F** *Detalles del campo:* 3 piezas de gomaespuma verde claro
- **G** *Bandera:* 1 palito de madera de 12 cm y un triángulo rojo de gomaespuma o de papel
- **H** 3 arandelas metálicas de 4 mm de diámetro interior
- **I** *Varilla larga:* 13 x 0,8 x 0,2 cm
- **J** *Varilla corta:* 6 x 0,8 x 0,2 cm
- **K** *Varilla redonda:* 2,5 x 0,4 cm
- **L** *Golfista:* 3 piezas (1 de cartón y 2 siluetas)

Moldes

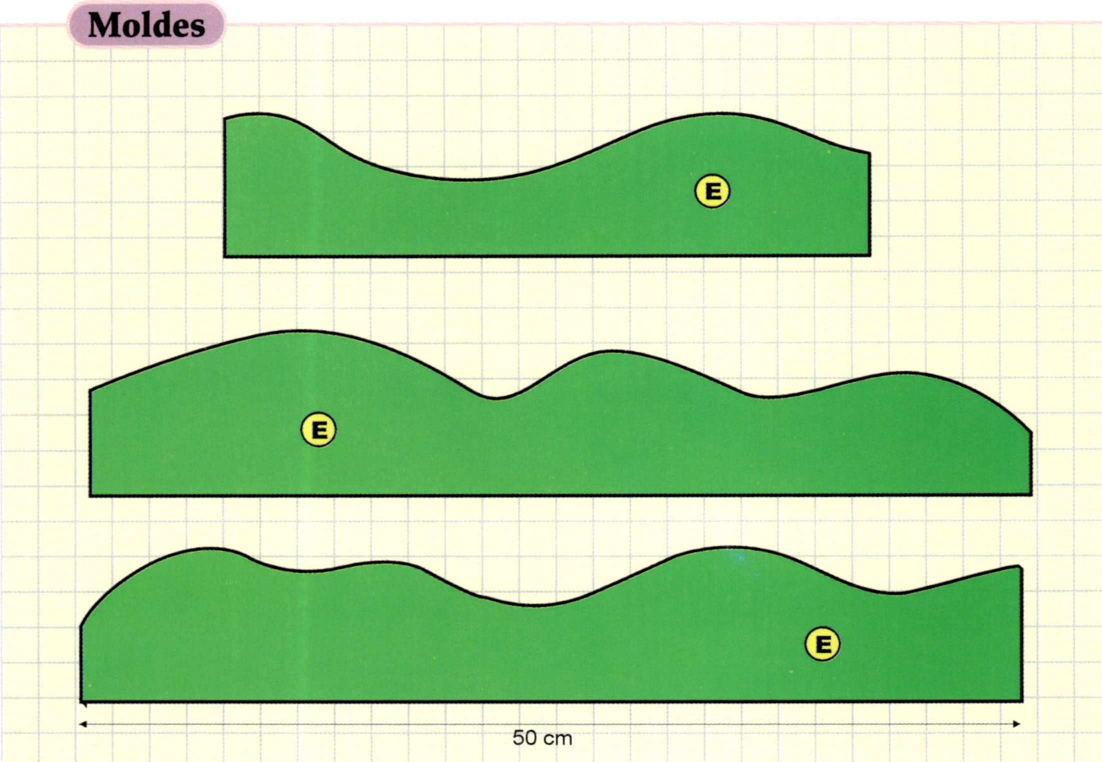

Coloca el golfista ya terminado detrás del la pieza (J), como muestra el gráfico 4, de modo que la pieza de madera sea la que impacte contra la pelota.

Bandera:
Pinta con acrílico blanco el palito redondo y pega el triángulo de gomaespuma en lo alto para realizar la bandera. Luego clávala en el interior del hoyo.

Decoración:
Coloca las piezas (F) que decoran el campo y ayudan a que la pelota no se quede en las esquinas.

Por último, guiándote por el modelo terminado, recorta siluetas de plantas y arbustos de gomaespuma verde oscuro. Pégalas en los laterales y en el fondo del campo de juego.

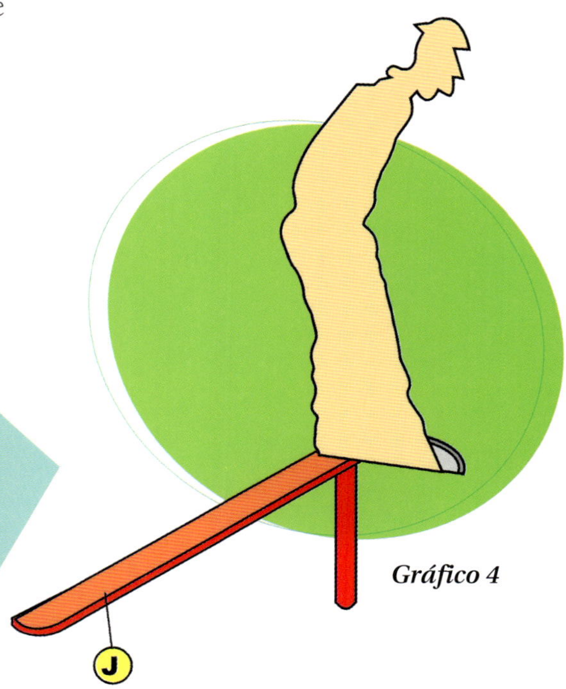

Gráfico 4

Golfista

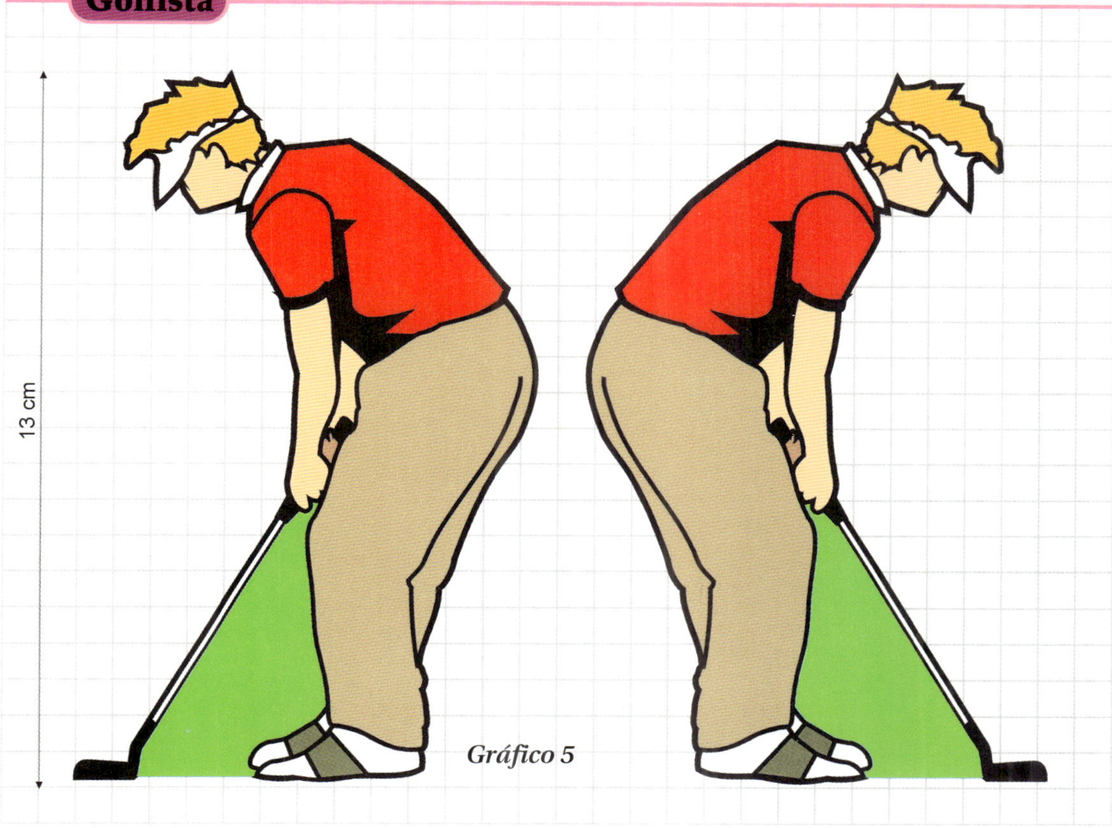

Gráfico 5

¡A JUGAR!

Para poder jugar deberás colocar una pequeña pelota de madera de 1,5 cm de diámetro frente al palo de golf del jugador e impulsarla con un pequeño golpe hacia el fondo del campo. Ganará el que logre más cantidad de hoyos. ¡Buena suerte!

Manualidades de tela

Ángeles y querubines

Manuel: un ángel de alitas perladas
Tomás: angelito de alas inmaculadas
Matías: el querubín de cabellos dorados
Lucas: un ángel brillante
Miguel y Pablo: los angelitos rústicos

Manuel

Un ángel de alitas perladas

Realización

Cara:

Sobre el contorno de la pieza (A), cose un hilván. Coloca un poco de guata en el centro y frunce para obtener la cara. Con los rotuladores indelebles pinta las facciones, pega los ojos y pon colorete en las mejillas (gráfico 3).

Cabello:

Envuelve en tu mano varias hebras de algodón. Átalas en el medio y sujétalas con pegamento en el centro de la cabeza. Luego peina las hebras y recorta el excedente para lograr la cabellera del modelo.

Aura:

Con un trozo de cordón dorado prepara un aro (E) y adhiéreselo a la cabeza.

Vestido:

Dobla por la mitad la pieza (B), une los extremos con una costura y dale la vuelta.
Pasa una bastilla a un centímetro del borde y frúncelo. Luego une el vestido a la cabeza con pegamento.

Brazos:

Realiza una trenza con hebras de algodón de 15 cm de largo (F). Ata los extremos y coloca la trenza alrededor del vestido (gráfico 1).

Ramo:

Dobla por la mitad el tul (C). A lo largo del doblez pasa un hilván y frunce hasta que los extremos se toquen. Asegura el frunce con unas puntadas y pega encima las flores. Adhiere el ramo a las mangas (gráfico 1).

Alas:

Sobre el contorno de las alas de acetato (D), pega las perlas doradas (gráfico 2) y únelas a la espalda del ángel (gráfico 1).

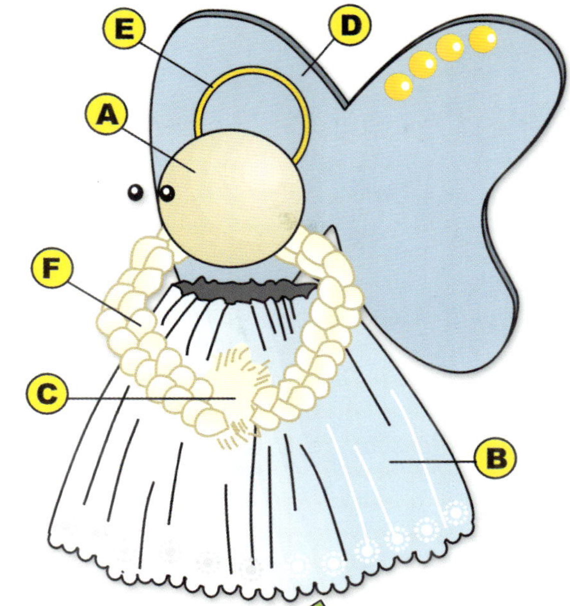

Gráfico 1

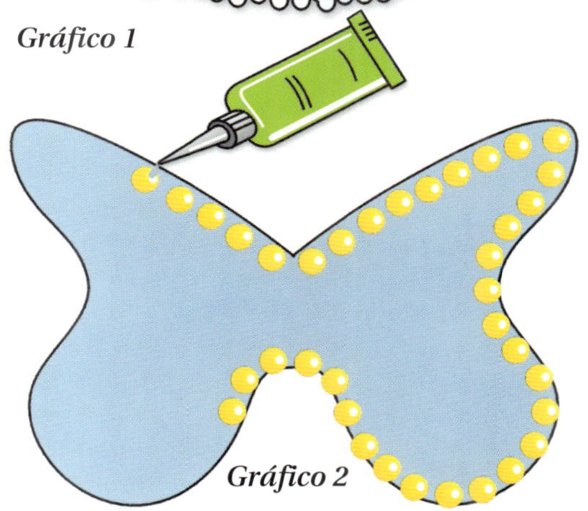

Gráfico 2

Materiales

- Tijera, aguja e hilo blanco
- Pegamento instantáneo
- Tela de algodón blanco
- Guata
- 2 perlitas negras
- Hilo de algodón
- Rotuladores indelebles rojo y negro
- Cordón dorado
- Seda blanca
- Tul blanco de 4 cm de ancho
- 2 rositas blancas de tela
- Acetato transparente
- Perlas doradas

Moldes

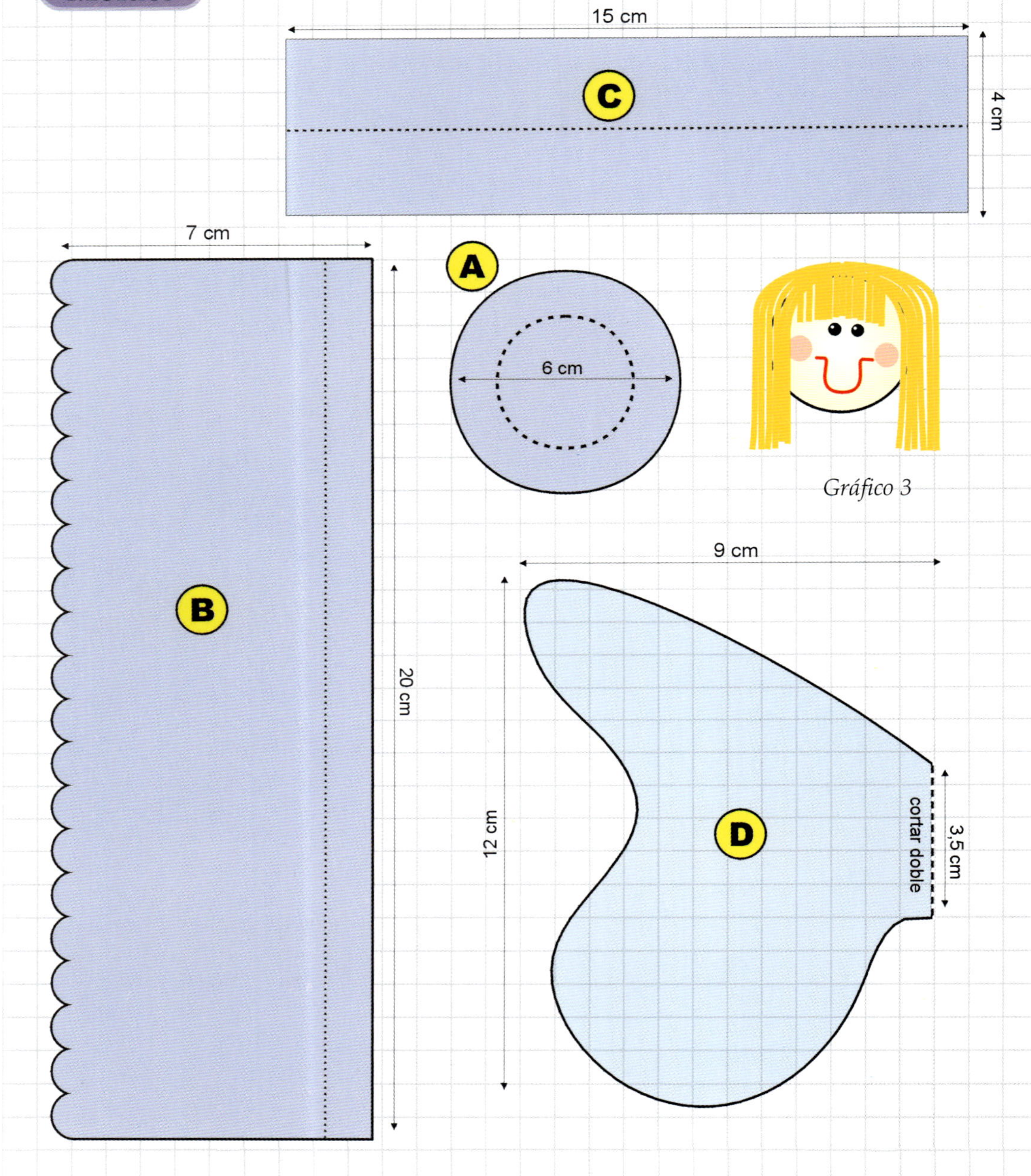

Gráfico 3

Detalle de las piezas

Traslada a un papel los moldes del ángel y córtalos en los materiales indicados.

- **A** *Cara:* 1 pieza circular de tela de algodón
- **B** *Vestido:* 1 pieza de seda blanca de 7 cm de ancho
- **C** *Ramo:* 1 pieza de tul de 15 cm de largo
- **D** *Alas:* 1 pieza de acetato transparente
- **E** *Aura:* 6 cm de cordón dorado
- **F** *Brazos:* 1 trenza de hilo de algodón

Tomás

Angelito de alas inmaculadas

Realización

Cabeza:

Guiándote por el gráfico 1, prepara la cabeza colocando un poco de lana o guata dentro del trozo de media blanca (A).

Frunce el contorno de manera que la lana quede encerrada dentro del trozo de media. Introduce en la base de la cabeza un palillo y fíjalo con pegamento. Pega el pelo y los ojos, dibuja las facciones con los rotuladores y colorea las mejillas con el colorete (gráfico 1).

Aura:

Dobla el alambre dorado formando un aro (F) y pégalo por detrás de la cabeza, simulando el aura.

Cono base:
Guiándote por el gráfico 2, haz un cono de cartón (C), que servirá de base al cuerpo del ángel. Luego adhiere a este la base (B) con pegamento (ver moldes).

Vestido:
Guiándote por el gráfico 2, pasa un hilván por el contorno del círculo de seda (D), coloca en el centro el cono base y frúncelo totalmente. Inserta el palillo de la cabeza dentro del cono base y pégalo.

Cuello:
Pasa un hilván por la puntilla (E), frúncela hasta lograr la medida del cuello y adhiérela encima del cuerpo.

Materiales

- Tijera, aguja e hilo blanco
- Pegamento instantáneo
- Alambre fino dorado
- Tenazas
- Media blanca
- Lana o guata
- 1 palillo
- 2 perlitas negras
- Lana de color amarillo
- Rotuladores indelebles negro y rojo
- Colorete
- 6 cm de alambre dorado
- Cartón
- Seda de color blanco
- 20 cm de puntilla blanca de 4 cm.
- 10 cm de cinta estrecha amarilla
- Ramillete pequeño de flores secas

Gráfico 3

Moldes

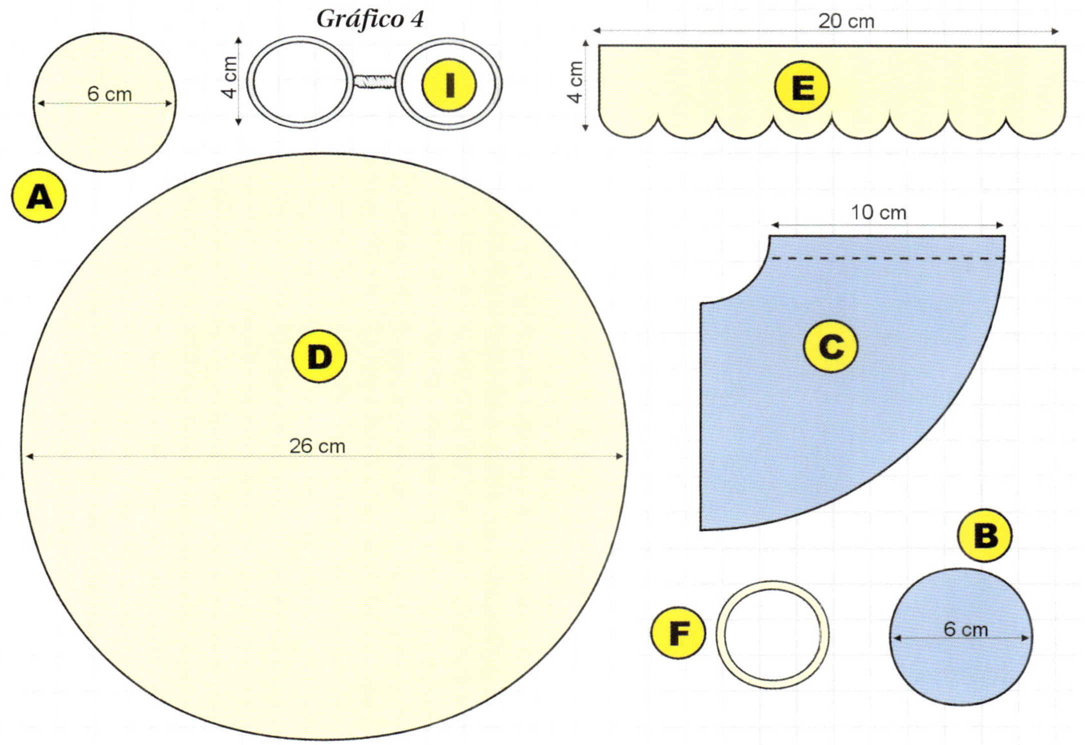

Anuda un lazo con la cinta (J) y sujétalo sobre la puntilla dando unas puntadas o con pegamento. Por último, pega las flores secas.

Detalle de las piezas

- Ⓐ *Cabeza:* 1 círculo de 6 cm de diámetro de media blanca
- Ⓑ *Base del cono:* 1 pieza de cartón
- Ⓒ *Cono:* 1 pieza de cartón
- Ⓓ *Vestido:* 1 pieza de seda blanca
- Ⓔ *Cuello:* 20 cm de puntilla blanca de 4 cm de ancho
- Ⓕ *Aura:* 6 cm de alambre dorado
- Ⓖ Ramillete de flores secas
- Ⓗ *Ojos:* 2 perlitas negras
- Ⓘ *Alas:* alambre y media blanca
- Ⓙ *Lazo:* 10 cm de cinta amarilla

Alas:
Para conseguir el armazón de las alas (I), deberás realizar un «ocho» con el alambre.
Luego, utilizando unas tenazas, retuerce la estructura por el centro hasta cerrarla (gráfico 4).
Introduce el armazón dentro del trozo de media y átalo en el centro con hilo blanco. Cubre la unión con un trozo de cinta blanca.

Pégalas en la espalda del angelito.

Importante

Si quieres otorgar mayor firmeza a la base del angelito puedes rellenar el cono de base con arroz o mijo antes de colocarlo dentro del vestido.

Matías

El querubín de cabellos dorados

Realización

Vestido:

Dobla por la mitad la puntilla (B), une los extremos y dale la vuelta. Realiza una bastilla y frunce. Repite la operación con las puntillas que corresponden a cada uno de los brazos (C) y al cuello (D).

Guiándote por el gráfico 1, superpón el volante del cuello al vestido y adhiérelo con pegamento o con unas puntadas.

Luego sujeta las mangas al vestido por debajo del volante y pega las esferas de madera (F) en el borde de cada manga.

Cara:

Sobre la esfera de madera (A), pinta los ojos. Pega el estropajo dorado, que simulará el cabello, y adhiere con pegamento la cabeza al cuerpo del ángel.

Alas:
Une los derechos de las piezas (E) y cóselos. En el centro de una de las piezas realiza un pequeño corte de 4 cm y, a través de él, dale la vuelta a la costura. Rellénala con guata y cierra la abertura con unas puntadas.

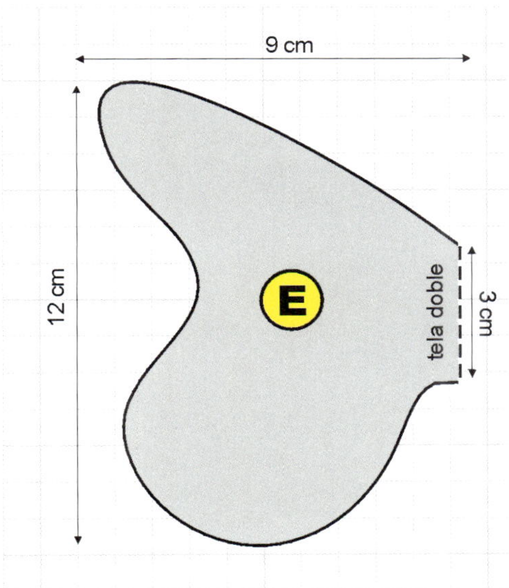

Materiales

- Tijera, aguja e hilo blanco y amarillo
- Pegamento instantáneo
- 1 esfera de madera de 3 cm de diámetro
- 2 esferas de madera de 2 cm de diámetro
- 1 estropajo de aluminio dorado
- Puntilla blanca de 4 y 12 cm de ancho
- Cordón fino dorado
- 25 cm de tela dorada
- 1 campanilla dorada
- Cordón dorado
- Rotulador indeleble negro

Por último, pega el ala a la espalda del ángel de manera tal que el corte quede oculto.

Decoración:
Pasa el cordón dorado por el aro de la campanilla y cuélgasela de las manos.

Detalle de las piezas

- (A) *Cabeza:* 1 esfera de madera de 3 cm de diámetro
- (B) *Vestido:* 50 cm de puntilla blanca de 12 cm de ancho
- (C) *Brazos:* 2 piezas de 10 cm de puntilla blanca de 4 cm de ancho
- (D) *Volante (cuello):* 25 cm de puntilla blanca de 4 cm de ancho
- (E) *Alas:* 2 piezas de tela dorada
- (F) *Manos:* 2 esferas de madera de 2 cm de diámetro
- (G) *Pelo:* 1 estropajo de aluminio dorado
- (H) 1 campanilla dorada

Gráfico 1

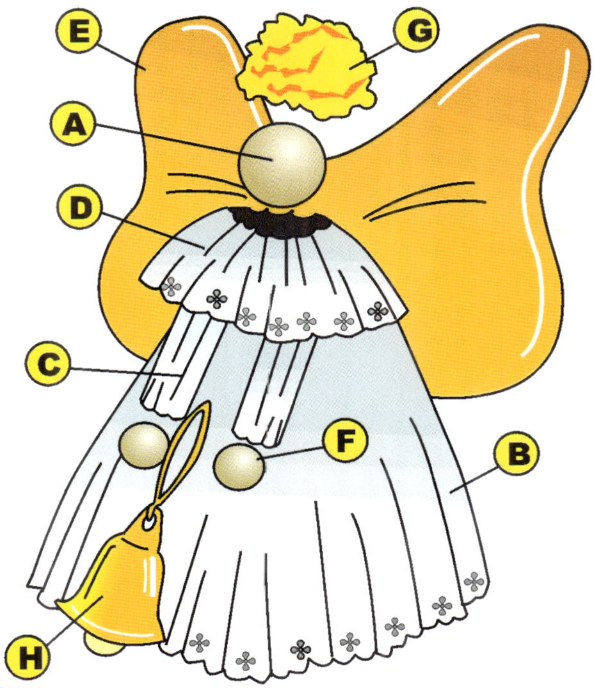

Lucas

Un ángel brillante

REALIZACIÓN

Cara:

Sobre el contorno de la pieza (A), cose un hilván. Coloca un poco de guata o algodón en el centro y frunce para obtener la pieza que servirá para hacer la cara (gráfico 1).
Con los rotuladores indelebles pinta las facciones y pon colorete en las mejillas (gráfico 4).

Cabello:

Envuelve en tu mano varias hebras de hilo de algodón. Átalas en el medio y sujétalas con pegamento en el centro de la cabeza.
Peina las hebras y recorta el excedente para lograr la cabellera del modelo (gráfico 4).

Aura:

Con un trocito de cordón dorado prepara un aro (F) y adhiéreselo a la cabeza (gráfico 2).

Materiales

- Tijera, aguja e hilo blanco
- Pegamento instantáneo
- Tela de algodón blanco
- Guata o algodón
- Hilo de algodón
- Rotuladores indelebles negro y rojo
- 2 perlitas negras
- Colorete
- 6 cm de cordón fino dorado
- Cinta de gasa de 12 cm de ancho
- Cordón dorado
- Cinta dorada de 5 cm de ancho
- Cinta dorada de 3 cm de ancho

Gráfico 2

Vestido:
Dobla por la mitad la pieza (B), une los extremos con una costura y dale la vuelta.
Haz una bastilla a un centímetro del borde y frúncelo. Luego adhiere el vestido a la cabeza con pegamento.

Brazos:
Corta varios hilos de algodón de 15 cm de largo. Divide el manojo de hilos en tres partes y realiza con ellos una trenza (G).
Ata los extremos y coloca la trenza alrededor del vestido simulando los brazos (gráfico 2).

Alas (lazo):
Guiándote por el gráfico 3, dobla las cintas (C) formando cada uno de los lazos que serán las alas. Cruza los lazos y átalos como indica el gráfico 3. Por último, pega las alas en la espalda del ángel (gráfico 2).

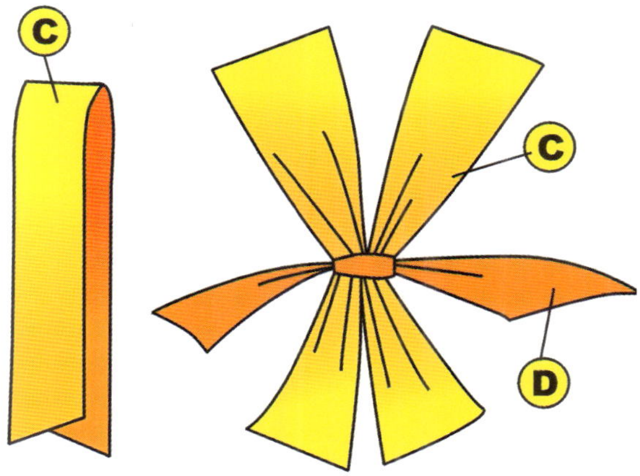

Gráfico 3

Gráfico 1

Moldes

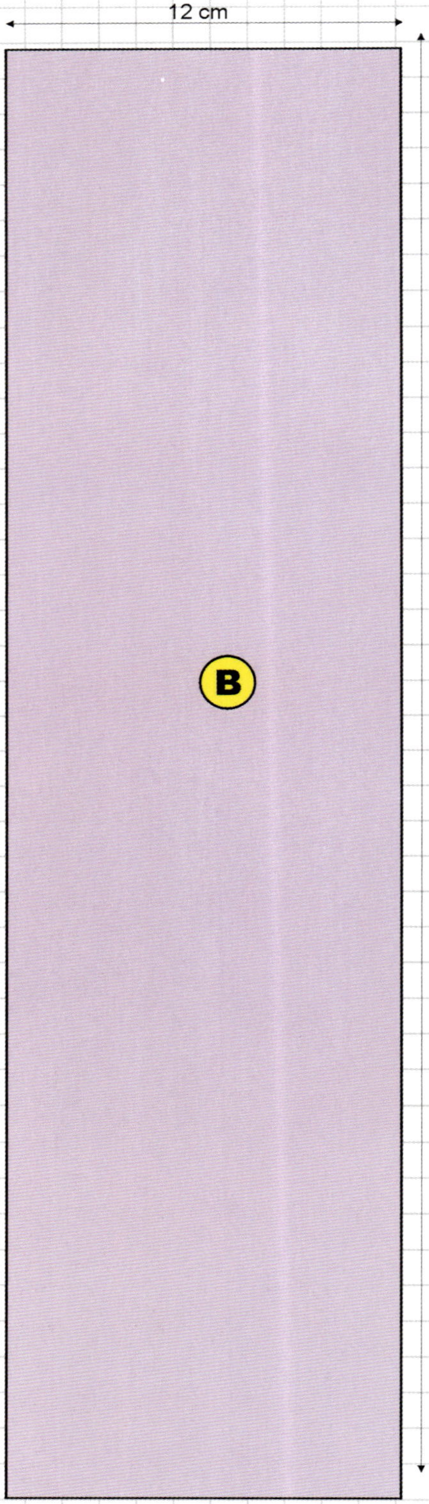

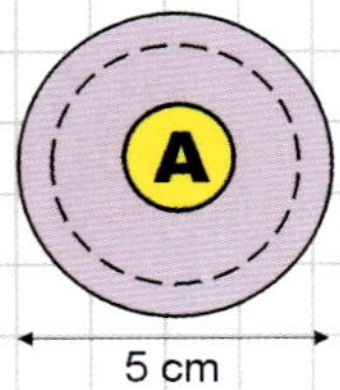

Gráfico 4

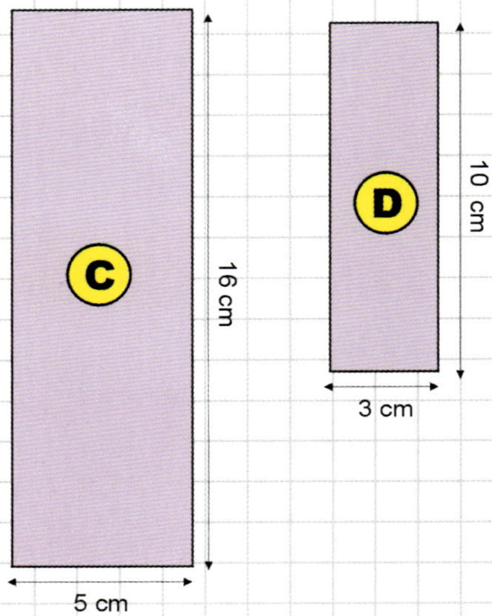

Detalle de las piezas

- (A) 1 pieza de algodón blanco
- (B) 50 cm de cinta de gasa blanca
- (C) 2 piezas de cinta dorada de 16 cm de largo y 5 cm de ancho
- (D) 10 cm de cinta dorada de 3 cm de ancho
- (E) 2 perlitas negras
- (F) 6 cm de cordón dorado
- (G) Hebras de algodón de 10 cm de largo

Miguel y Pablo

Los angelitos rústicos

Los dos angelitos se confeccionan de la misma manera. La diferencia está en las telas elegidas.

Materiales

- Tijera, aguja e hilo blanco
- Pegamento instantáneo
- Algodón beis
- Hilo de sisal
- Colorete
- Guata
- Rotuladores indelebles negro y rojo
- Cordón fino dorado
- Tela vichy blanca y marrón o arpillera
- Puntillas blancas de 2 y 3 cm de ancho
- Cinta estrecha marrón

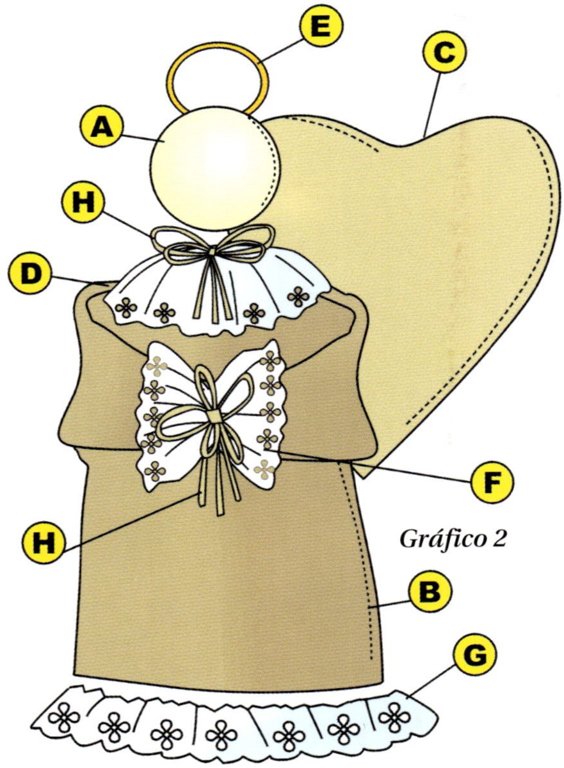

Gráfico 2

Realización

Vestido:
Coloca los derechos de la pieza (B) enfrentados, cose los lados y las mangas y da la vuelta a la prenda.

Cuello:
Frunce la puntilla (D) y sujétala alrededor del cuello con pegamento o dando unas puntadas. Haz los dobladillos y cose las puntillas, algo fruncidas, en el bajo (G) y en los puños (F). Une, con algunas puntadas, ambos puños entre sí y pega sobre ellos un lazo de cinta o de hilo de sisal (H).

Cara:
Sobre el contorno de la pieza (A), cose un hilván. Coloca un poco de guata en el centro y frunce para obtener la pieza que servirá para realizar la cara. Con los rotuladores indelebles, pinta las facciones y finalmente pon colorete en las mejillas.

Aura:
Con el cordón dorado (E), prepara un aro y adhiérelo a la cabeza.

Alas:
Superpón las piezas (C) y únelas con una costura. En el centro de una de las piezas realiza un pequeño corte de 4 cm y, a través de él, dale la vuelta a la pieza. Rellénala con guata y cierra la abertura con unas puntadas. A continuación, pégala a la espalda del ángel por el lado del corte. Para finalizar, puedes pegar hilo de sisal alrededor del ala para lograr un acabado mejor.

Gráfico 1

Importante

¿Cómo hacer los rizos de la cabeza de los angelitos?

Para lograr el cabello rizado, debes mojar el trozo de hilo de sisal que vas a utilizar. Luego envuélvelo en un lápiz, manteniéndolo de esa manera hasta que se seque (gráfico 1). Prepara 4 o 5 rizos y únelos en el centro, sujetándolos con un trozo de hilo de sisal. Por último, pégalos a la cabeza.

Moldes

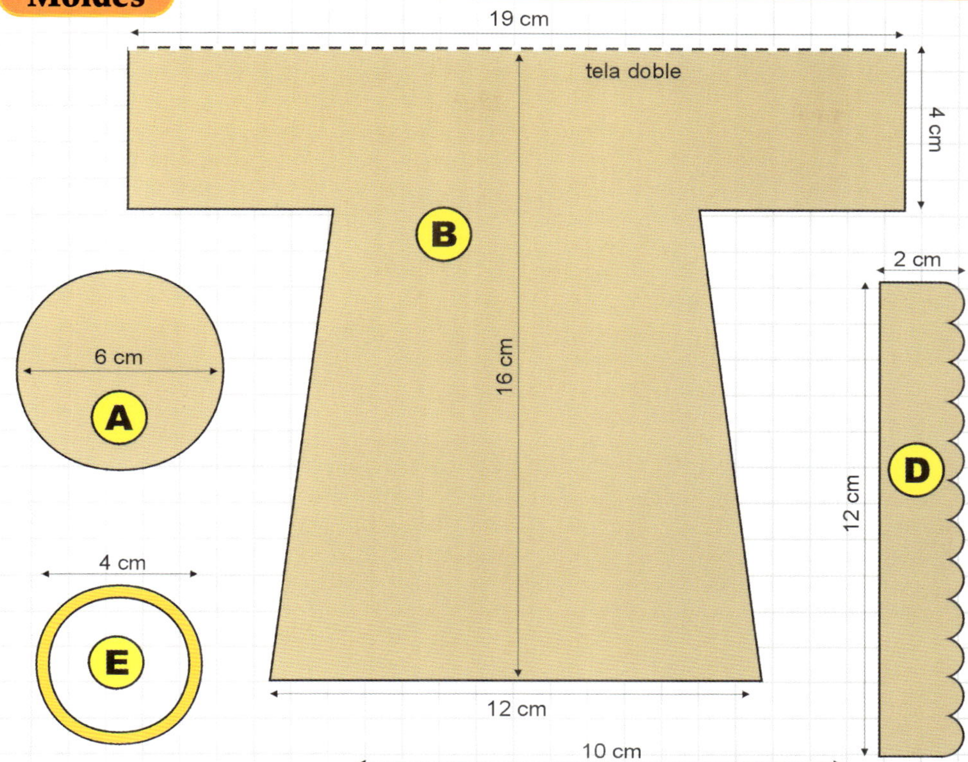

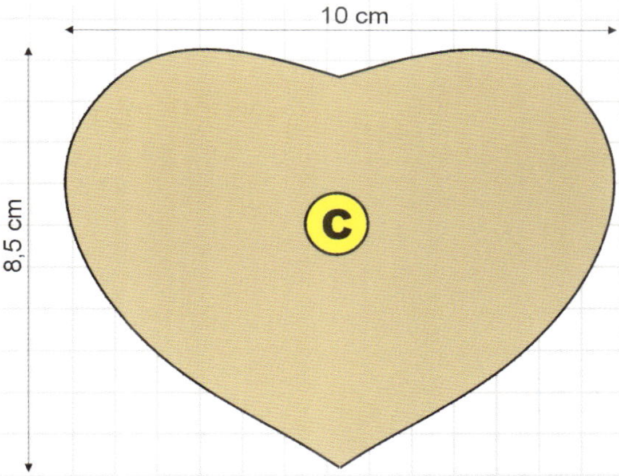

Gráfico 3

Detalle de las piezas

Traslada a un papel los moldes y córtalos en las telas indicadas, dejando 1 cm para la costura.

- **A** *Cara:* 1 pieza de algodón beis.
- **B** *Vestido:* 1 pieza de la tela elegida (vichy o arpillera)
- **C** *Alas-corazón:* 2 piezas de algodón beis
- **D** *Volante (cuello):* 1 pieza de puntilla blanca de 3 cm de ancho
- **E** *Aura:* 6 cm de cordón dorado
- **F** *Volantes (mangas):* 2 piezas de 6 cm de puntilla blanca de 2 cm de ancho
- **G** *Volante (bajo):* 30 cm de puntilla blanca de 2 cm de ancho
- **H** 2 lazos de hilo de sisal (cuello y puños)

Brujitas

Adelaida: la brujita de gomaespuma

Aquelarre: móvil de brujitas

Gertrudis: la brujita negra

Morgana: la brujita jardinera

Cipriana: la brujita voladora

Francis: bruja en blanco y negro

Agripina: bruja de piernas largas

Adelaida

La brujita de gomaespuma

Realización

Cabeza:

Forra la esfera de poliespán con la media y sujétala bien por debajo con pegamento.

Guiándote por el gráfico 2, pega los ojos y dibuja la boca. Para conseguir la nariz, pincha en la cabeza un trozo de palillo y pégalo con cola vinílica.

Cabello:
Envuelve en tu mano varias hebras de lana, átalas en el medio y pégalas sobre la cabeza. Peina las hebras y recorta el excedente para lograr la cabellera del modelo (gráfico 2).

Vestido:
Pega los lados del vestido (A) formando un cono. Introduce el trozo de media que quedó debajo de la cabeza dentro de la abertura superior del cono y aplica pegamento para evitar que se mueva.

Adhiere la puntilla alrededor del cuello uniendo los extremos en la espalda de la bruja.

Mangas:
Sobre los extremos de la pieza (B), pega las puntillas. Luego pega las manos en la cara opuesta a de las puntillas.

Coloca la pieza (B), ya terminada, alrededor del cuerpo y pégala a la espalda. Por último, fija ambas manos con pegamento (gráfico 1).

Sombrero:
Une con una costura los bordes de la copa del sombrero (E) y dale la vuelta. Pégala al círculo interno del ala (F). Luego adhiere el sombrero a la cabeza.

Escoba:
Prepara unas hebras de lana blanca y colócalas alrededor de uno de los extremos de la brocheta. Átalas fuertemente con una hebra de la misma lana. Luego recorta las hebras igualándolas.

Por último, introduce la escoba entre las manos de la brujita, ya terminada, guiándote por el modelo.

Gráfico 1

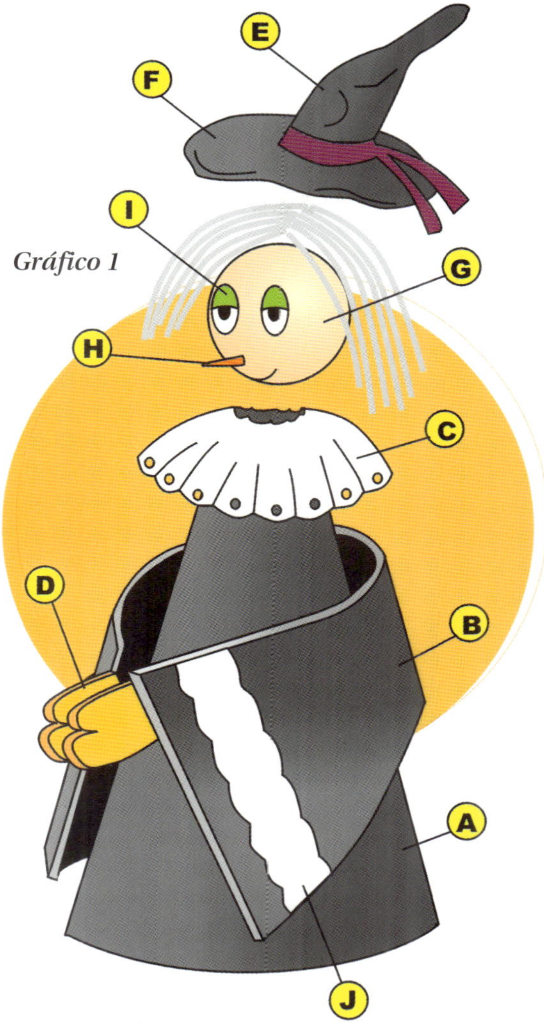

Materiales

- Tijera, aguja e hilo blanco y negro
- Cola vinílica
- Pegamento universal
- 1 esfera de poliespán de 3 cm
- Malla de media de color beis
- 1 par de ojos de plástico
- 1 palillo
- Colorete
- Lana blanca
- Fieltro negro
- Gomaespuma negra y beis
- Puntilla blanca de 2 cm de ancho
- 1 brocheta

Moldes

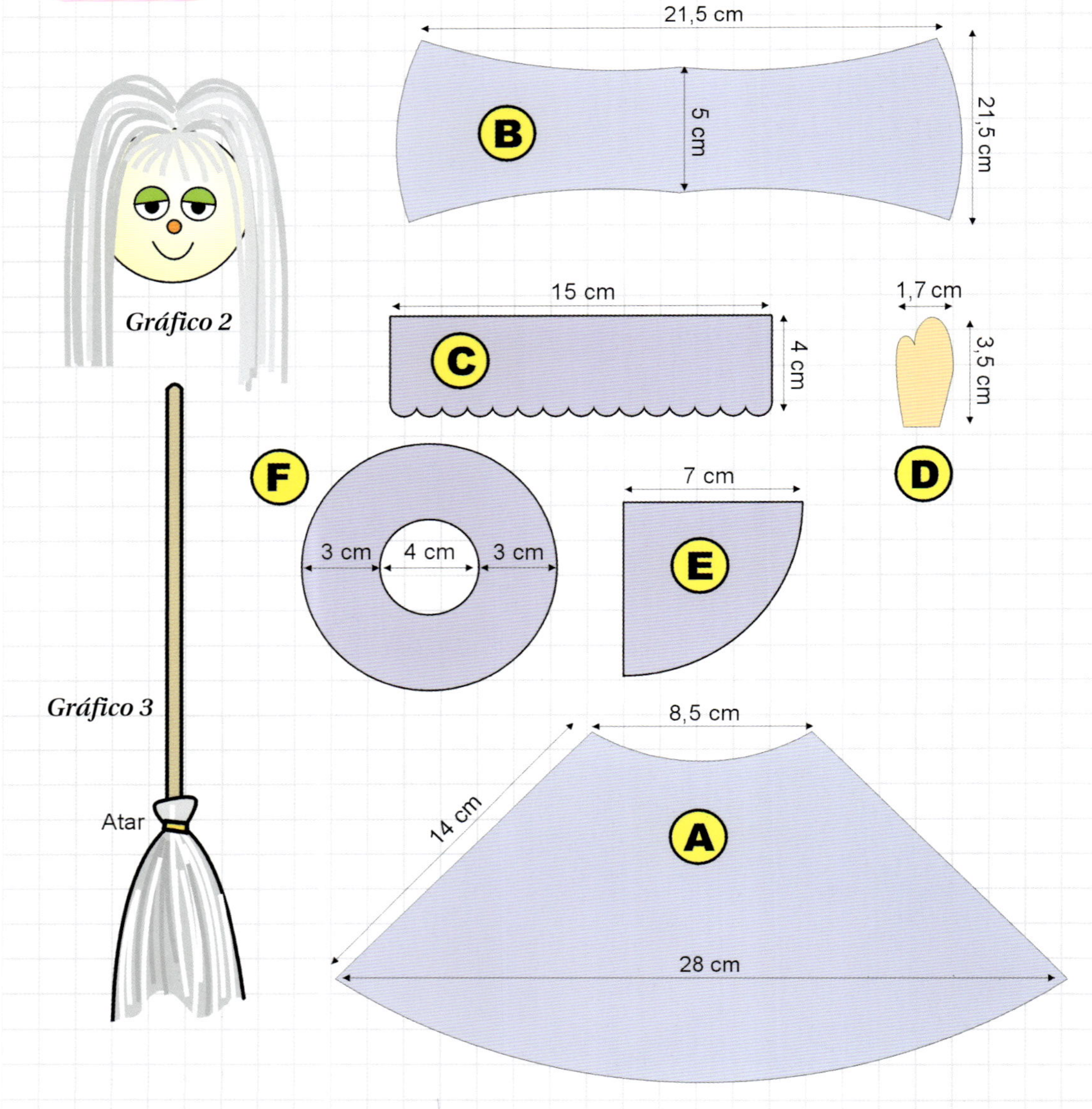

Detalle de las piezas

Corta las piezas en los materiales indicados

- Ⓐ *Cuerpo-vestido:* 1 pieza de gomaespuma negra
- Ⓑ *Mangas:* 1 pieza de gomaespuma negra
- Ⓒ *Cuello:* 15 cm de puntilla blanca
- Ⓓ *Manos:* 2 piezas de gomaespuma beis
- Ⓔ *Sombrero (copa):* 1 pieza de fieltro negro
- Ⓕ *Sombrero (ala):* 1 pieza de fieltro negro
- Ⓖ *Cabeza:*1 esfera de poliespán
- Ⓗ *Nariz:* punta de un palillo
- Ⓘ 2 ojos de plástico
- Ⓙ *Puntilla de las mangas:* 2 piezas de 6 cm de puntilla blanca

Aquelarre

Móvil de brujitas

Realización

Brujitas

Escoba:
corta las hebras de paja de 5 cm de largo. Agrúpalas alrededor del palillo y átalas con alambre fino o hilo.

Prepara las otras escobillas de la misma manera, teniendo en cuenta que todas deben ser del mismo tamaño (gráfico 1).

Vestido:
Para dar forma al traje, pliega por la mitad el círculo de fieltro (A) guiándote por el gráfico1. Coloca la escoba entre el pliegue y sujétala con pegamento o unas puntadas.

Cabeza:
Sobre la esfera de madera (F), pega las perlas rojas (G), que representan los ojos (gráfico 1).

Materiales

- Tijera
- Aguja e hilos negro y rojo
- Fieltro rojo
- Guata
- 10 argollas pequeñas
- 1 argolla plateada grande
- 10 esferas de madera de 2 cm de diámetro
- 20 perlas de plástico rojas
- 20 cm de fieltro negro
- 2 m de cordón dorado
- 2 m de cinta roja estrecha
- Pegamento instantáneo
- 10 palitos de madera
- Hebras de paja
- Alambre fino

Gráfico 1

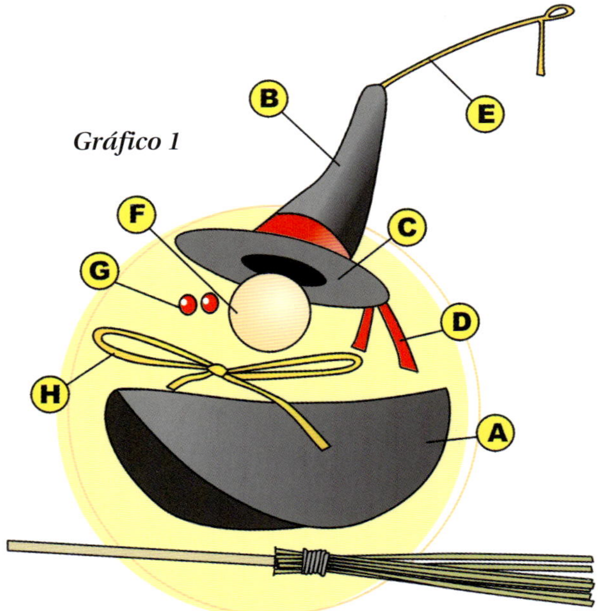

Sombrero:
Pega o cose los lados de la copa del sombrero (B) y dale la vuelta; luego rellénala con guata.
Pasa la copa del sombrero por la abertura del ala (C), deslizándola hasta que haga tope.

Pasa la cinta roja (D) por encima de la unión entre la copa y el ala del sombrero, crúzala por detrás y fíjala con pegamento.
Luego pega o cose el cordón dorado (E) en la punta del sombrero.

Armado:
Pega el sombrero a la cabeza y esta al vestido (gráfico 1). Pasa un cordón dorado (H) por el cuello de la brujita y haz un lazo.
Confecciona de la misma manera las nueve brujitas restantes.

Luna:
Une los derechos de ambas piezas (I) y cóselos dejando 5 cm libres. Dale la vuelta y rellénalo con guata. Cose los centímetros de la abertura.

Guiándote por el modelo terminado, cose las 10 argollas que sujetarán a las brujitas.
Después asegura la argolla grande en el extremo superior de la luna.

Por último, ata en las argollas los lazos de los sombreros de cada una de las brujitas y anúdalos para evitar que se deslicen.

Moldes

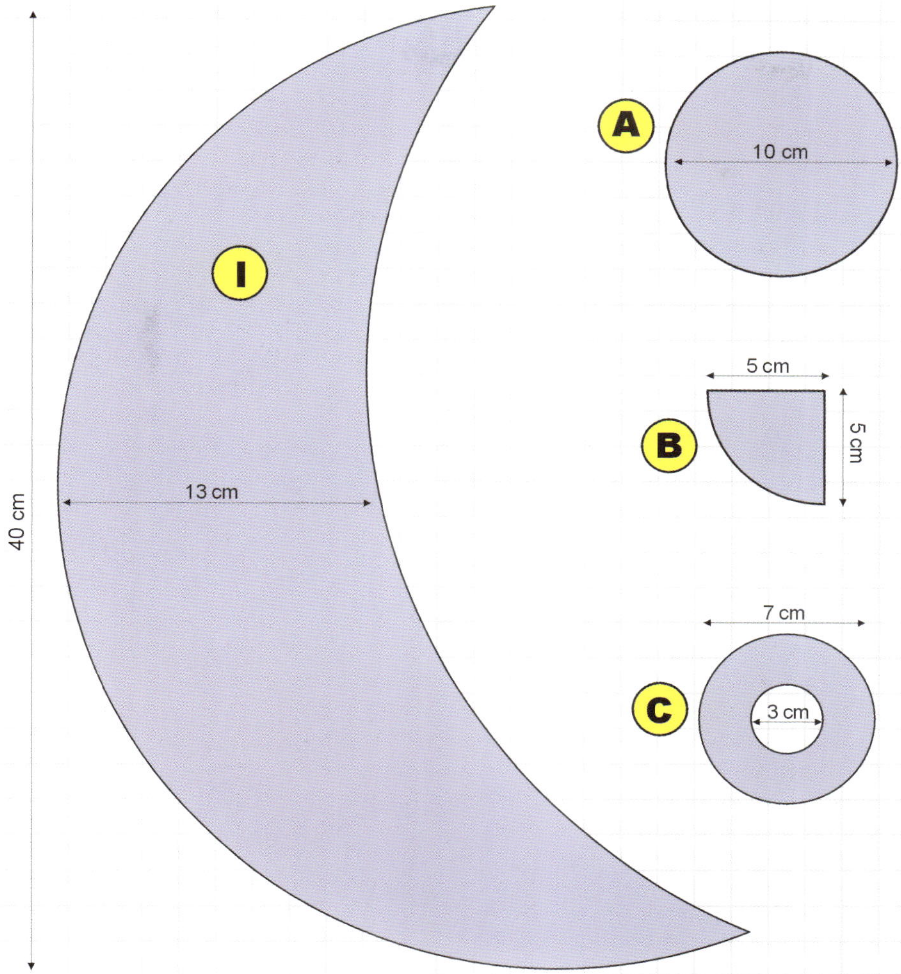

Detalle de las piezas

Prepara en papel los moldes y córtalos en las telas indicadas, dejando 1 cm para la costura

- **A** *Vestido:* 10 piezas de fieltro negro.
- **B** *Sombrero (copa):* 10 piezas de fieltro negro
- **C** *Sombrero (ala):* 10 piezas de fieltro negro
- **D** 10 trozos de 12 cm de cinta roja estrecha
- **E** 10 trozos de cordón dorado de 8 cm
- **F** 10 esferas de madera de 2 cm de diámetro
- **G** *Ojos:* 20 perlas rojas de plástico pequeñas
- **H** *Lazos del cuello:* 10 trozos de cordón dorado de 8 cm
- **I** 2 piezas de fieltro rojo
- **J** 10 argollas pequeñas
- **K** 1 argolla grande

Gertrudis

La brujita de negro

Realización

Cabeza:
Guiándote por el gráfico 2, prepara la cabeza colocando un poco de lana o guata dentro del círculo de tela (A). Pasa un hilván alrededor y frunce el contorno de manera que la lana quede encerrada dentro de la tela.

Cara:
Dibuja las facciones con los rotuladores y cose las perlitas negras (H), que serán los ojos (gráfico 3).
Para realizar el pelo, reúne varias hebras de lana y sujétalas por la mitad. Pégalas a la cabeza de la brujita, peínalas y recorta el excedente.

Cuerpo:
Realiza el cuerpo colocando bastante cantidad de guata sobre el círculo de tela (B). Cose u hilván alrededor y frunce el contorno, de manera que la guata quede encerrada dentro del frunce (gráfico 2).

Materiales

- Tijera, aguja e hilos blanco y negro
- Pegamento universal
- Telas de algodón blanco y negro
- Tela negra con lunares blancos
- Colorete
- Rotuladores indelebles rojo y negro
- Guata
- 2 perlitas negras
- Lana blanca
- 30 cm de puntilla blanca de 4 cm
- 10 cm de seda negra
- 1 pluma negra
- 1 perla blanca
- 1 varilla de madera
- Hebras de paja
- 10 cm de alambre fino

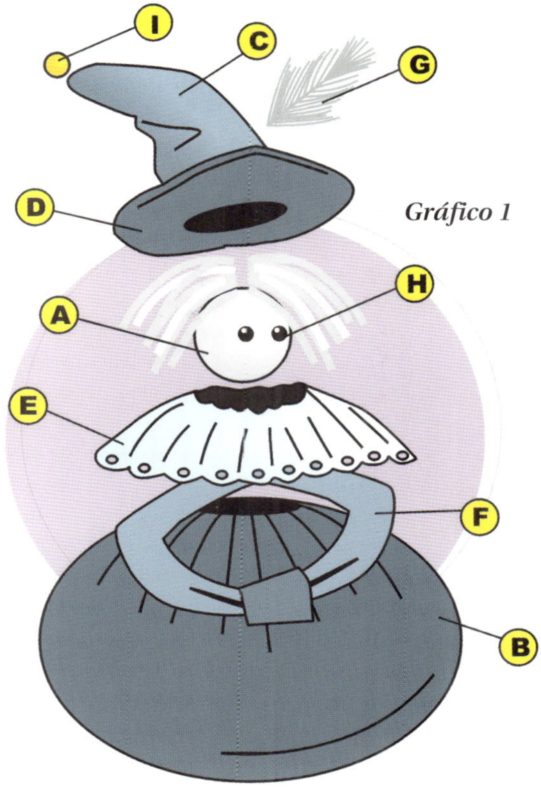

Gráfico 1

Brazos:

Une los derechos de la pieza (F), cose todo el contorno salvo unos centímetros. Dale la vuelta y cose la abertura; plánchalo. Ata con un nudo los extremos de los brazos y colócalos alrededor del cuerpo de manera que el nudo quede hacia delante (gráfico 1).

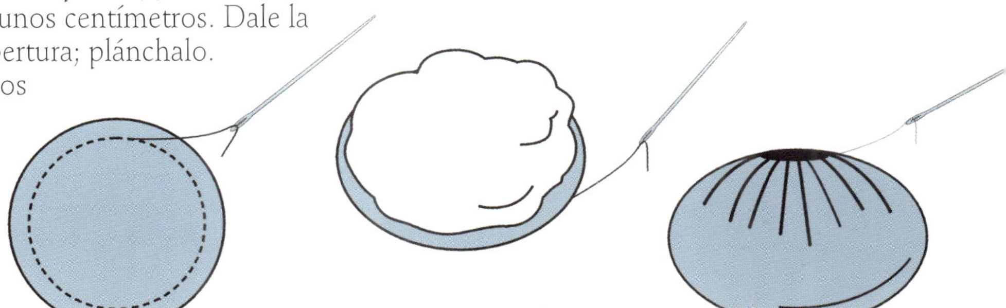

Gráfico 2

Sombrero:

Para hacer el ala, superpón las piezas (D) y cose alrededor. Dale la vuelta y plancha. Une con una costura los bordes de la copa (C). Cose el ala (D) a la copa y dale la vuelta. Pega la pluma en un lado y la perla blanca (I) en la punta del sombrero.

Moldes

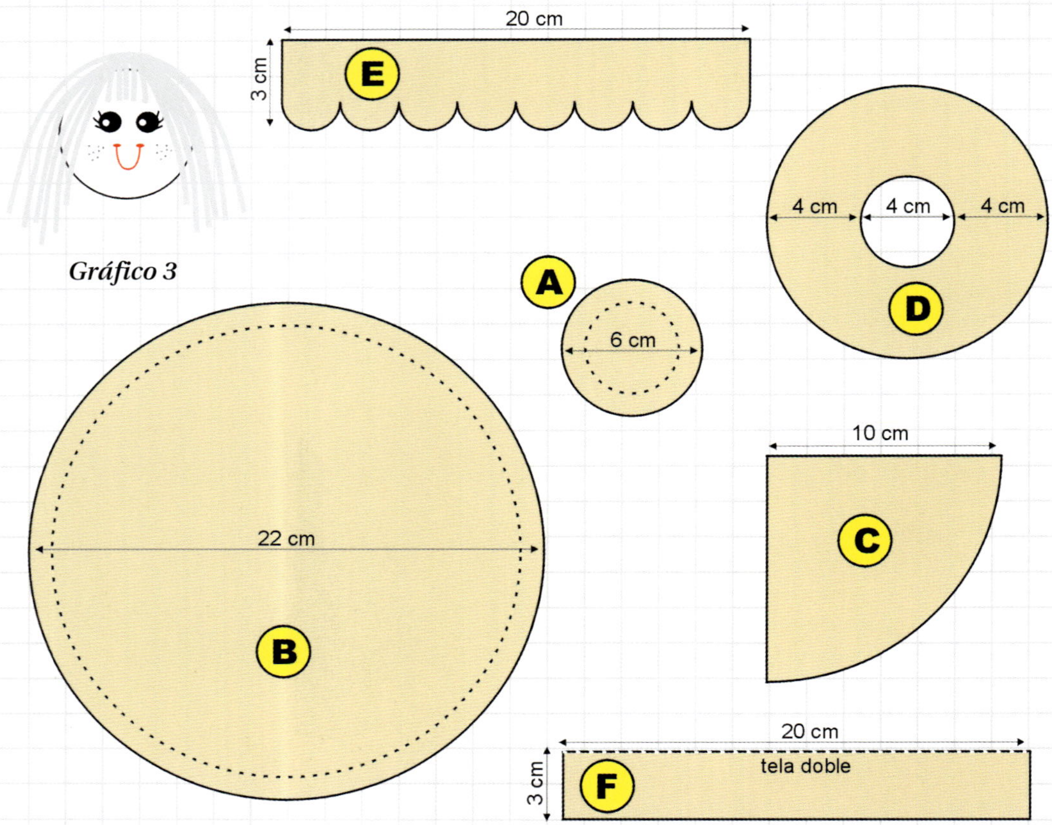

Gráfico 3

Detalle de las piezas

- (A) *Cara:* 1 pieza de algodón blanco
- (B) *Cuerpo:* 1 pieza de tela negra
- (C) *Sombrero (copa):* 1 pieza de seda negra
- (D) *Sombrero (ala):* 2 piezas de seda negra
- (E) *Cuello:* 1 pieza de puntilla blanca
- (F) *Brazos:* 1 pieza de tela negra con lunares blancos
- (G) 1 pluma negra
- (H) *Ojos:* 2 perlas negras
- (I) 1 perla blanca

Traslada a un papel los moldes y córtalos en las telas indicadas, dejando 1 cm para la costura.

Escoba:
Hazla siguiendo las instrucciones de los modelos anteriores.

Montaje final:
Pega la cabeza al cuerpo. Frunce la puntilla (E) y adhiérela alrededor del cuello. Coloca el sombrero en la cabeza de la brujita.

Por último, pega la brujita a la escoba.

Morgana

La brujita jardinera

Realización

Brazos y manos:
Corta las piezas (E) y (F) utilizando la tela doble como indican los moldes. Luego extiende la pieza, une brazos (E) y manos (F), y vuelve a plegar.

Cose los lados del brazo (E-F) y repite la operación con el otro. Dale la vuelta a las costuras y rellena ambos brazos con guata.

Cuerpo:
Guiándote por el gráfico 2, une con una costura la pieza (B), el cuerpo, a la (A), la cara.

Une los derechos de las piezas (A-B) y (C), y coloca los brazos ya preparados de forma que coincidan con los puntos (1-2) y (3-4) (gráfico 3).

Materiales

- Tijera, aguja e hilo negro
- Tela de algodón negro
- Tela de algodón beis
- Guata o lana
- Colorete y rotulador indeleble negro
- 15 cm de cinta roja de 2 cm de ancho
- Flores secas
- Pegamento instantáneo
- 1 varita de madera de 20 cm de largo
- 1 manojo de hebras de paja
- Hilo de sisal
- Alambre

Cose el contorno dejando abierta la base. Luego une con una costura la base (D) al cuerpo, dejando unos centímetros sin coser. Dale la vuelta a la pieza ya cosida por la abertura, rellénala con guata y ciérrala.

Sombrero:
Superpón las piezas (H) y cose el contorno del ala. Dale la vuelta y

Gráfico 1

plánchala. Une con una costura los lados de la copa del sombrero (I). Cose la copa al ala, dale la vuelta y rellénala con guata. Coloca la cinta roja y las flores. Por último, pega el conjunto con pegamento.

Gráfico 2

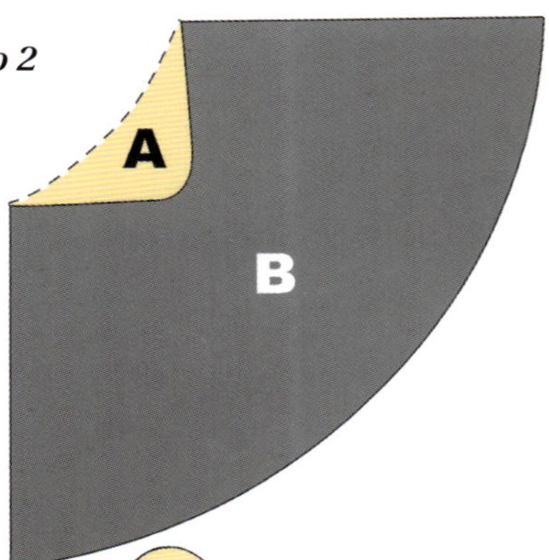

Gráfico 3

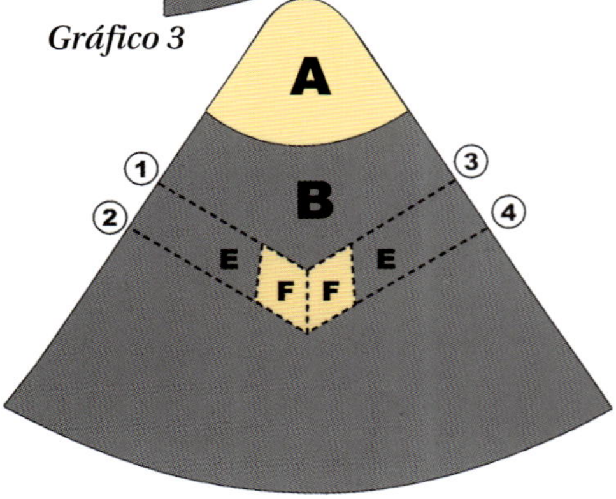

Detalle de las piezas

- Ⓐ *Cara:* 1 pieza de algodón beis
- Ⓑ *Cuerpo:* 1 pieza de tela negra
- Ⓒ *Cuerpo (espalda):* 1 pieza de tela negra
- Ⓓ *Base del cuerpo:* 1 pieza de tela negra
- Ⓔ *Brazos:* 2 piezas de algodón negro
- Ⓕ *Manos:* 2 piezas de algodón beis
- Ⓖ *Nariz:* 1 pieza de algodón beis
- Ⓗ *Sombrero (ala):* 2 piezas de algodón negro
- Ⓘ *Sombrero (copa):* 1 pieza de algodón negro
- Ⓙ *Cabello:* hebras de paja
- Ⓚ *Escoba:* 1 varita de madera de 20 cm
- Ⓛ *Escoba:* 1 manojo de hebras de paja
- Ⓜ *Flores:* 1 ramillete de flores secas
- Ⓝ 15 cm de cinta roja de 2 cm de ancho

Traslada a un papel los moldes y córtalos en las telas indicadas, dejando 1 cm para la costura.

Moldes

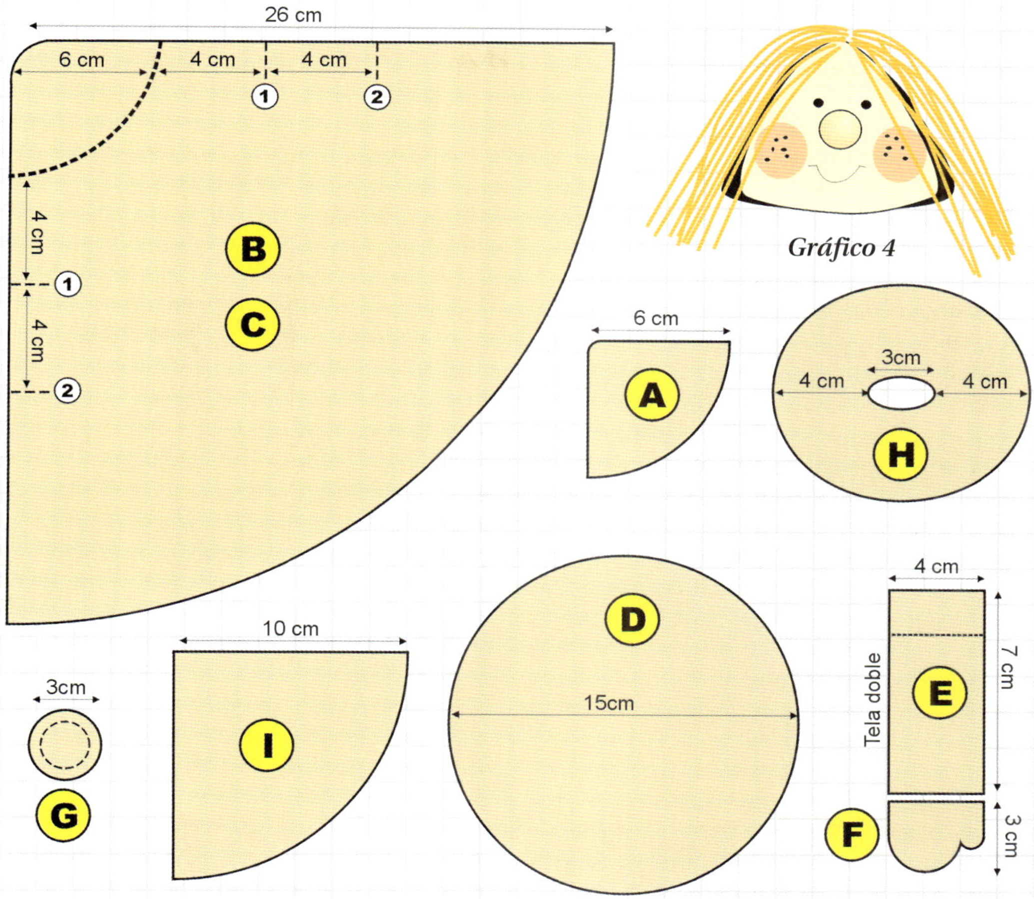

Cara:
Nariz: Coloca un trocito de algodón o guata en el centro de la pieza (G), que corresponde a la nariz. Pasa un hilván por el contorno y ciérralo con unas puntadas.

Guiándote por el gráfico 4, dibuja con el rotulador indeleble las facciones de la cara. Adhiere con pegamento la nariz. Colorea las mejillas con el colorete.

Cabello:
Une por la mitad unas hebras de paja (gráfico 5) y pégalas sobre la cabeza.

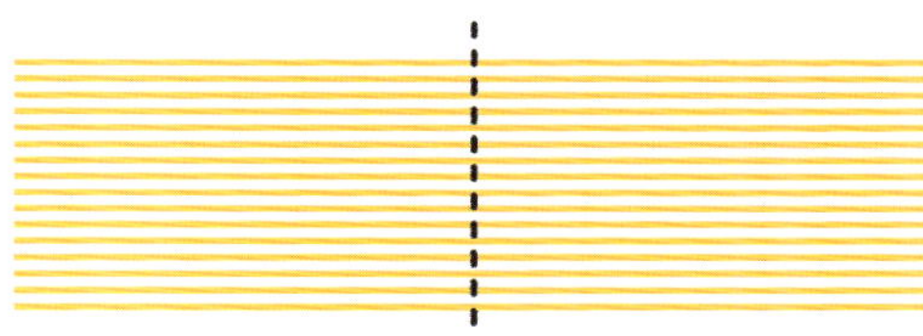

Gráfico 5

Escoba:
Coloca en un extremo de la varita de madera las hebras de paja y sujétalas con alambre.

Decoración:
Adorna el palo de la escoba con unas vueltas de cinta roja. Para finalizar, ponle las flores entre las manos y monta la bruja sobre la escoba.

Cipriana

La brujita voladora

Materiales

- Tijera, aguja e hilos blanco y negro
- 1 esfera de poliespán de 3 cm
- 1 trozo de 10 x 10 cm de media
- 2 círculos de fieltro blanco y 2 azul celeste para los ojos
- Lana amarilla y blanca
- Rotuladores negro y rojo
- Colorete
- Pegamento universal
- Fieltro negro
- Cinta roja
- Guata
- Seda negra
- Puntilla blanca
- 2 trozos de 15 cm de bramante fino o hilo de sisal
- 1 caña de 20 cm para hacer el palo de la escoba

Realización

Cabeza:
Prepara la cabeza forrando la esfera con la media. Tensa esta por debajo y átala con un nudo.

Reúne unas cuantas hebras de lana amarilla, sujétalas por la mitad y átalas con otra hebra. Pega el pelo y los ojos, dibuja las facciones con los rotuladores y colorea las mejillas con el colorete (gráfico 1).

Escoba:
Arma la escoba sujetando unas hebras de lana a un extremo de la varilla. Haz un lazo, átalo encima de la lana y recorta el excedente para que quede uniforme.

Cuerpo:
Une los derechos de las piezas (A) y cóselos dejando abiertos el cuello, los

Moldes

Gráfico 1

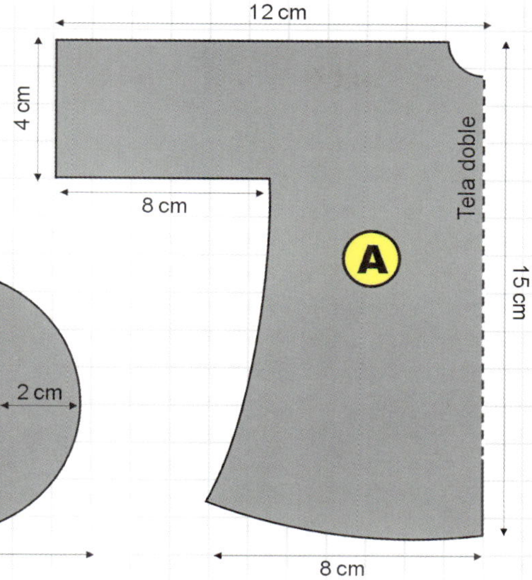

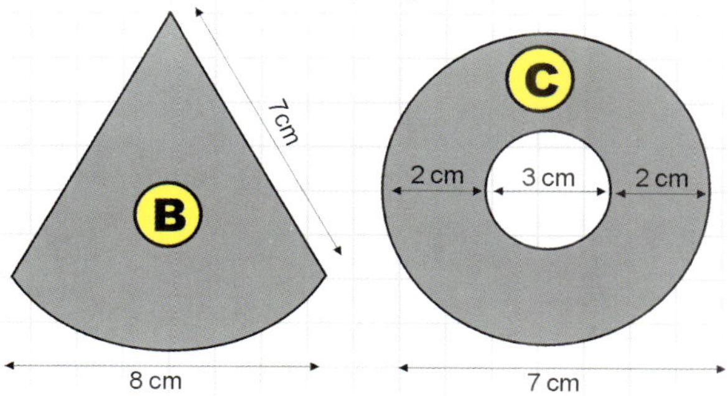

puños y el bajo. Dale la vuelta y plánchalo. Cose la puntilla alrededor del bajo del vestido. Introduce en el traje el cuello, justo por el nudo de la media. Cierra la abertura con unas puntadas para lograr que quede firme y cose alrededor la puntilla.

Prepara dos lazos de bramante (gráfico 2) y engánchalos en el comienzo del palo de la escoba (gráfico 3).

Introduce los lazos en las mangas y remata los puños con la puntilla. Rellena los brazos y el canesú del vestido con guata y anuda ambos bramantes a la escoba, debajo del vestido (gráficos 4 y 5).

Detalle de las piezas

- **A** *Vestido:* 2 piezas de seda negra
- **B** *Sombrero (copa):* 1 pieza de fieltro
- **C** *Sombrero (ala):* 1 pieza de fieltro

Prepara en papel los moldes y córtalos en las telas indicadas, dejando 1 cm para la costura.

Sombrero:
Cose los bordes de la copa (B) y únela al ala (C). Haz un lazo con la cinta y sujétalo al sombrero. Por último, adhiere el sombrero a la cabeza.

Gráfico 2

Gráfico 3

Gráfico 4

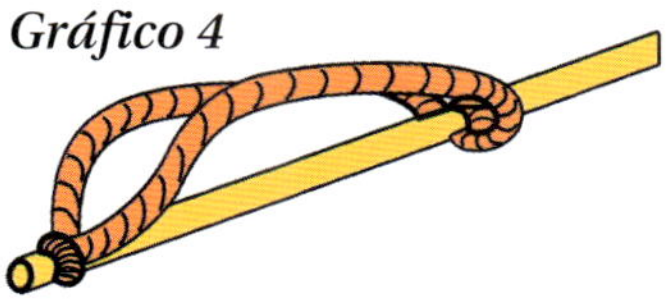

Gráfico 5

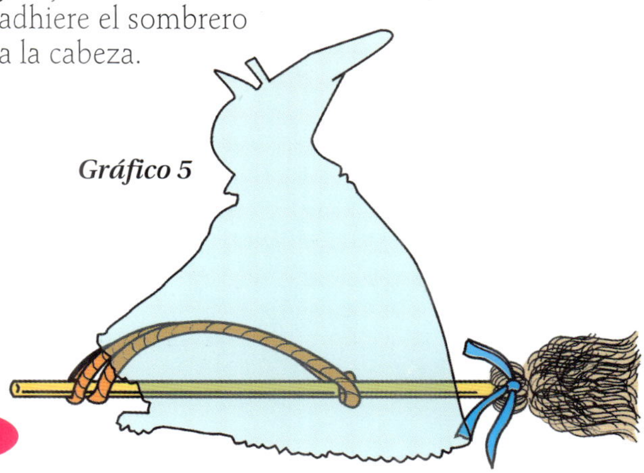

Francis

Bruja en blanco y negro

Realización

Cuerpo:
Junta los derechos de las piezas (A) y únelas por medio de una costura, salvo la parte inferior del cuerpo. Luego, dale la vuelta y rellénalo con guata.

Piernas:
Cose el contorno de la pieza (C) dejando un tramo libre. Dale la vuelta y rellénalo con guata. Da forma a la otra pierna de la misma manera. Cose las piernas al cuerpo.

Cara:
Guiándote por el gráfico 2, dibuja los rasgos de la cara con los rotuladores y colorea las mejillas con el colorete.

Cabello:
Ata varias hebras de lana blanca por el medio. Prepara varios mechones de la misma manera y pégalos en la cabeza de

Materiales

- Tijera, aguja e hilo blanco y negro
- Algodón beis
- Lana blanca
- Rotuladores indelebles negro y rojo
- Colorete
- Pegamento universal
- Cinta estrecha roja
- Guata
- Tela de rayas blancas y negras
- Tela estampada blanca y negra
- Tela de lunares blanca y negra
- Puntillas negra y blanca de 2 cm
- Cinta de gasa blanca
- Fieltro negro
- Hebras de paja

Gráfico 1

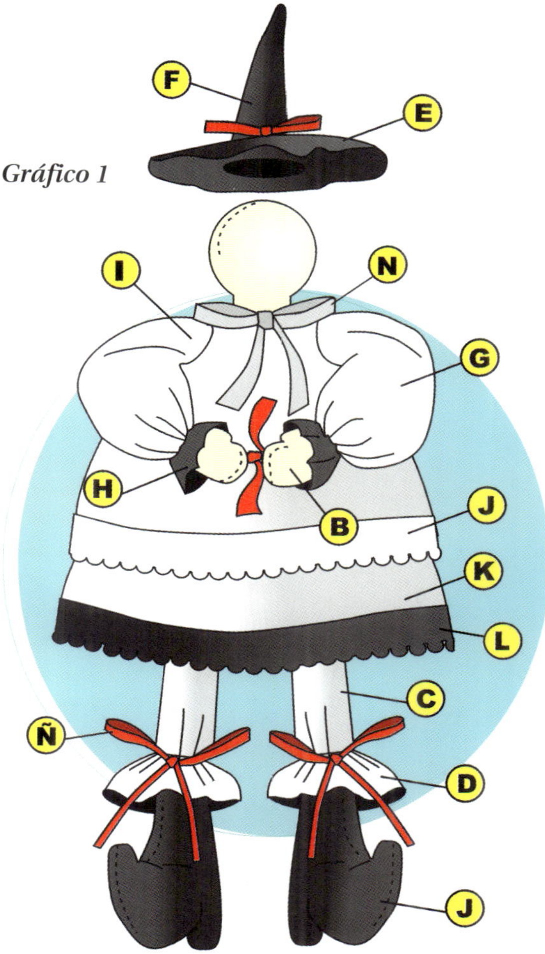

la bruja, uno al lado del otro. Recorta la lana para lograr una cabellera casi como las de verdad.

Botas:
Superpón 2 de las piezas (M) y cose el contorno dejando libre la abertura superior. Dale la vuelta y rellénala con guata. Realiza la otra de la misma manera y cálzalas dentro de cada pierna.
Disimula la unión con la puntilla fruncida (D) y con un lazo de cinta roja (Ñ).

Manos:
Superpón 2 de las piezas (B) y cose el contorno dejando abierta la parte superior. Dale la vuelta, rellénalas con guata y realiza la otra mano de la misma manera.

Mangas:
Junta los derechos de las piezas (G) y une con una costura el contorno dejando libres los extremos.
Cose la puntilla en el extremo de cada manga. Dales la vuelta y rellénalas con guata.

Coloca cada mano por dentro de las puntillas y frúncelas de forma que queden bien sujetas. Asegura la unión con unas puntadas.

Camisa:
Une los lados cortos de la pieza (I), haz el dobladillo, cose la puntilla negra en el bajo y dale la vuelta.

Coloca las mangas en las aberturas indicadas en el molde con (1-2), únelas con una costura y dale la vuelta.

Cose los lados de la pieza (K), realiza el dobladillo y cose la puntilla blanca en el bajo.

Moldes

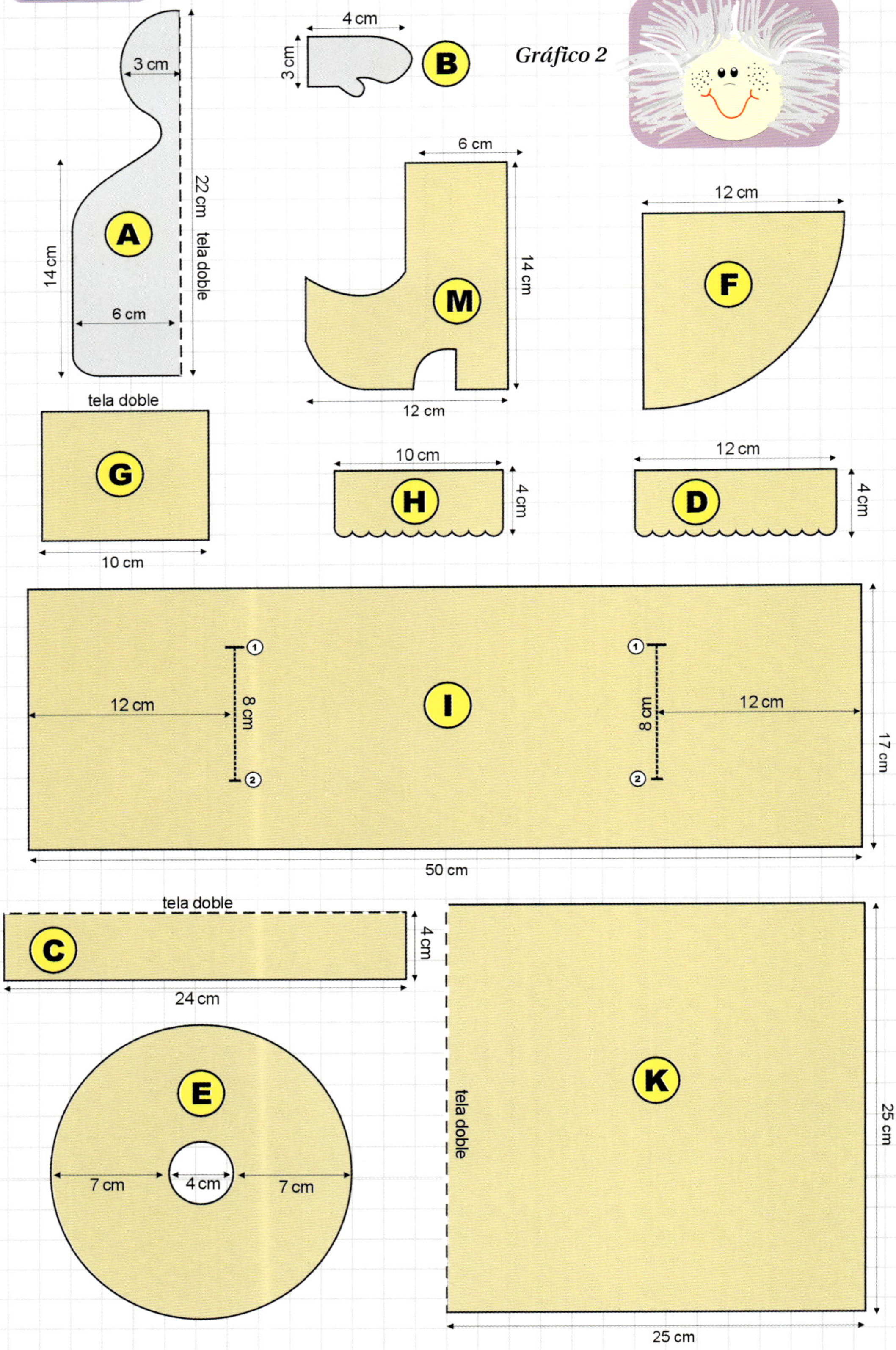
A
3 cm
14 cm
6 cm
22 cm tela doble
B
4 cm
3 cm
Gráfico 2
M
6 cm
14 cm
12 cm
F
12 cm
G
tela doble
10 cm
H
10 cm
4 cm
D
12 cm
4 cm
I
12 cm
8 cm
8 cm
12 cm
17 cm
50 cm
C
tela doble
4 cm
24 cm
E
7 cm
4 cm
7 cm
K
tela doble
25 cm
25 cm

Detalle de las piezas

- **A** *Cuerpo:* 2 piezas de algodón beis
- **B** *Manos:* 4 piezas de algodón beis
- **C** *Piernas:* 2 piezas de tela de rayas blancas y negras
- **D** *Piernas (volantes):* 2 piezas de 20 cm de puntilla blanca
- **E** *Sombrero (ala):* 1 pieza de fieltro negro
- **F** *Sombrero (copa):* 1 pieza de fieltro negro
- **G** *Mangas:* 2 piezas de tela blanca con lunares negros
- **H** *Mangas (puntillas):* 2 piezas de 15 cm de puntilla negra
- **I** *Camisa:* 1 pieza de tela estampada blanca y negra
- **J** *Camisa (puntilla):* 50 cm de puntilla blanca de 2 cm de ancho
- **K** *Falda:* 1 pieza de tela de lunares
- **L** *Falda (puntilla):* 50 cm de puntilla negra de 2 cm de ancho
- **M** *Botas:* 4 piezas de fieltro negro
- **N** *Lazo (cuello):* 20 cm de cinta de gasa blanca
- **Ñ** Lazos (piernas, sombrero y escoba): 4 piezas de 15 cm de largo de cinta roja

Traslada a un papel los moldes y córtalos en las telas indicadas, dejando 1 cm para la costura.

Une la camisa (I) a la falda (K) de manera que ambos extremos coincidan.

Sujeta ambas piezas (I-K) con alfileres y pasa un hilván a un centímetro del borde superior.
Coloca el vestido en el cuerpo de la muñeca antes de fruncirlo.

Luego frunce el hilván hasta lograr la medida del cuello y remátalo con unas puntadas para evitar que se desprenda.
Con la cinta blanca (N) anuda un lazo en el cuello.

Sombrero:
Cose los laterales de la pieza (F) para formar la copa del sombrero. Luego cose la base de la copa al círculo interior del ala (E) y dale la vuelta. Haz un lazo con la cinta, sujétalo al sombrero con unas puntadas y colócaselo en la cabeza.

Escoba:
Ata las pajitas con la cinta (Ñ) y termina con un lazo.

Montaje final:
Por último, une con unas puntadas ambas manos e introduce la escoba entre ellas, como muestra el modelo terminado.

Agripina

Bruja de piernas largas

REALIZACIÓN

Cuerpo:
Une los derechos de las piezas (A) y cóselos por el borde salvo la parte inferior, donde colocarás las piernas. Dale la vuelta a la costura y rellena el cuerpo con guata.

Piernas:
Cose los bordes de las piezas (D) salvo uno de los extremos. Dale la vuelta a la pieza y rellénala con guata. Cose las piernas al cuerpo.

Moldes

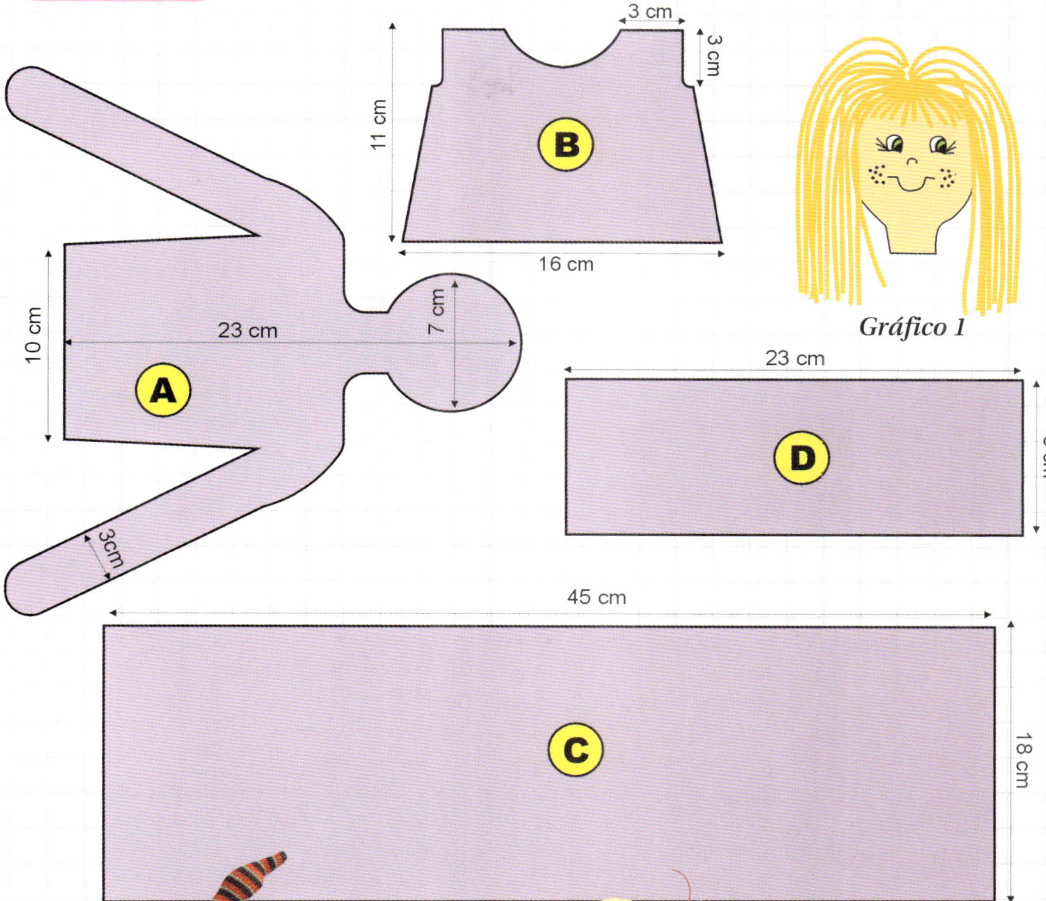

Gráfico 1

Materiales

- Tijera, aguja e hilos del color de cada pieza
- Lana amarilla
- Rotulador indeleble negro
- Pincel fino y acrílico blanco
- Colorete
- Pegamento instantáneo
- Fieltro rojo
- Cinta estrecha roja
- Guata
- Fieltro beis
- Tela roja con puntitos blancos
- Leotardos de rayas rojas, negras y amarillas
- Cordón rojo

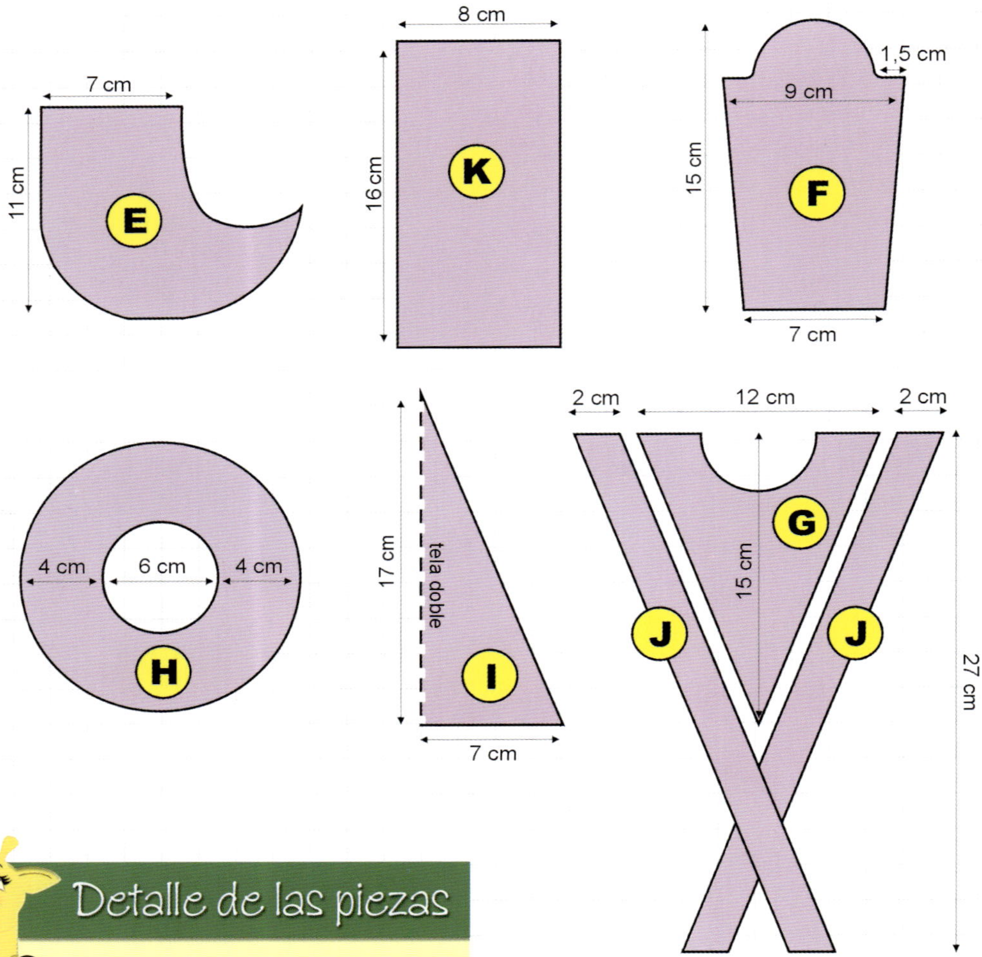

Detalle de las piezas

- **A** *Cuerpo:* 2 piezas de fieltro beis
- **B** *Camisa:* 2 piezas de tela roja con puntitos blancos
- **C** *Falda:* 1 pieza de la misma tela que la camisa
- **D** *Piernas:* 2 piezas de fieltro beis
- **E** *Botas:* 4 piezas de tela roja con puntitos blancos
- **F** *Mangas:* 4 piezas de la tela anterior
- **G** *Canesú:* 1 pieza de tela de rayas
- **H** *Sombrero (ala):* 2 piezas de fieltro rojo
- **I** *Sombrero (copa):* 1 pieza de tela de rayas
- **J** *Bies del canesú:* 2 piezas de cinta roja
- **K** *Medias:* 2 piezas de tela de rayas
- **L** *Lazo del cuello:* 1 cordón rojo de 15 cm

Cara:
Dibuja con rotulador los rasgos de la cara y da colorete en las mejillas (gráfico 1).

Cabello:
Corta hebras de lana de 34 cm y sujétalas por la mitad con una hebra. Recorta el cabello y adhiérelo a la cabeza con pegamento (gráfico 1).

Medias:
Para realizar las medias, cose los lados de las piezas (K) y dales la vuelta. Colócalas en las piernas (gráfico 2).

Botas:
Une los derechos de 2 de las piezas (E) y cose el contorno dejando libre la parte superior; esta abertura te permitirá unir la bota a la pierna. Haz la otra de la misma manera. Rellénalas con guata y sujétalas con puntadas a las piernas.

Vestido:
Camisa:
Une los derechos de las piezas (B). Cose los hombros y los costados, salvo el lugar donde irán las mangas.

Mangas:
Cose los lados de cada manga (F). Frunce la copa de las dos. A continuación, únelas a la camisa con una costura y dale la vuelta.

Falda:
Cose los bordes de la pieza (C), realiza el dobladillo y frunce la parte superior respetando la medida de la cintura de la camisa (B).

Une con una costura la cintura fruncida de la falda (C) con la cintura de la camisa (B). Dale la vuelta a la costura y plancha.

Viste a la bruja y frunce los puños de las mangas.

Canesú:
Guiándote por el modelo terminado, remata el canesú (G) bordeando el contorno con la cinta roja (J). Colócalo encima del vestido y da unas puntadas. A continuación, anuda el cordón rojo (L) al cuello de la brujita.

Sombrero:
Superpón las piezas (H) y cose el contorno. Dale la vuelta a la pieza por el interior. Ahora cose la copa del sombrero (I) y únela con unas puntadas al ala (H).

Gráfico 2

Por último, coloca el sombrero en la cabeza de la brujita.

Importante

El sombrero, el canesú y las medias se realizaron con unos leotardos de lana. Si lo prefieres, puedes usar otra tela.

Hechiceros, hadas y duendes

Octavio: duende de alambre
Nicolás: el gnomo travieso
Astrid y Santina: las hadas gemelas
Ludmila: el hada bondadosa
Agnes: hada blanca
Jeremías: el astuto hechicero
Humberto: duende con técnica soft
Marvin: el mago azul

Octavio

Duende de alambre

Realización

Esqueleto de alambre:
Guiándote por el gráfico 1, forma el esqueleto utilizando 2 alambres y sirviéndote de unas tenazas para manejarlos.

Comienza formando las piernas; une los alambres en el tronco y luego haz un aro para la cabeza. Por último, cruza el tercer alambre para formar los brazos.

Cabeza:
Pasa un hilván en el contorno de la pieza (A) y coloca un poco de guata en el centro. Luego introduce el armazón de alambre dentro de la pieza (A) y frunce el hilván hasta lograr que la cabeza quede sujeta al armazón. Cierra la abertura con unas puntadas.

Materiales

- Tijera, aguja e hilo violeta y verde
- Pegamento instantáneo
- 1 m de alambre fino
- Tenazas
- Algodón blanco o beis
- Guata o lana para rellenar
- Rotulador indeleble de color negro
- Pintura blanca y beis
- 1 pincel
- Terciopelo o pana violeta
- Tela elástica verde
- Masilla epoxi de dos componentes de secado rápido u otra similar
- Cinta adhesiva
- Hilo blanco y azul

Nariz:
Extiende sobre la mesa una pequeña porción de masilla y amásala con el dedo hasta formar un cilindro de 3 cm de largo, aproximadamente. Luego, guiándote por el (gráfico 2), moldea la forma de la nariz. Déjala secar y pégala a la cara.

Facciones:
Cubre toda la cara con pintura beis. Cuando esté seca, pinta con el rotulador indeleble las líneas de la boca y los ojos.

Pantalón:
Corta las piezas (D) con tela doble. Pégalas con cuidado alrededor de piernas y pies.

Camisa:
Une los derechos de las piezas (B). Cose las mangas y los lados de la camisa. Dale luego la vuelta a la pieza y colócala en el cuerpo del duende.

Importante

Para rellenar el cuerpo y evitar que el alambre rompa la tela, coloca guata en el torso y las piernas. Fíjala con unas vueltas de cinta adhesiva.

Gráfico 2

Manos:
Guiándote por el (gráfico 3), haz las manos utilizando la masilla e insértalas en los alambres de los brazos antes de que se sequen.

Gorro:
Cose o pega los lados de la pieza (E) y dale la vuelta.

Por último, coloca el gorro sobre la cabeza del duende y ciérralo por delante con pegamento (gráfico 2).

Gráfico 3

Moldes

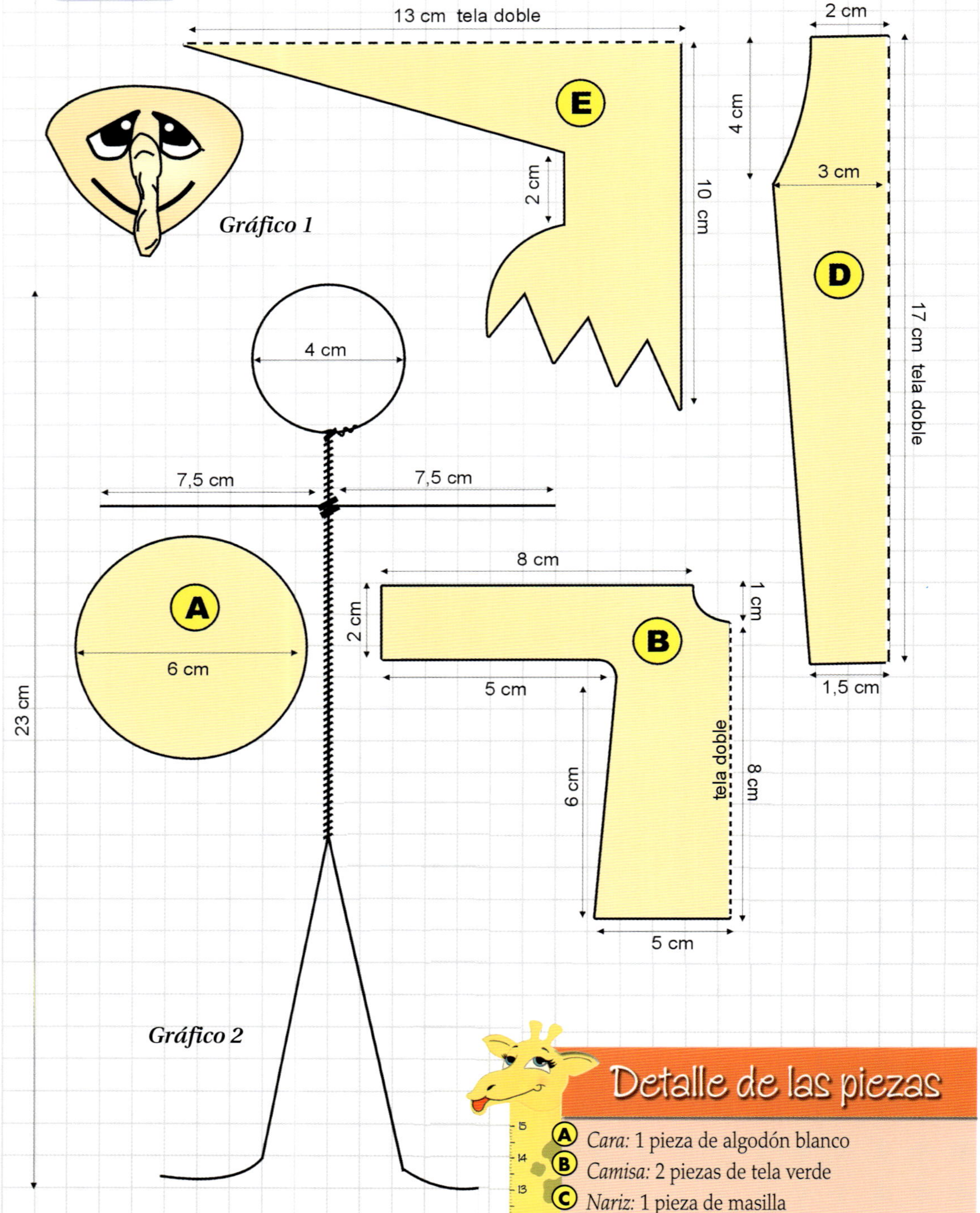

Traslada a un papel los moldes y córtalos en las telas indicadas, dejando 1 cm para la costura.

Detalle de las piezas

- (A) *Cara:* 1 pieza de algodón blanco
- (B) *Camisa:* 2 piezas de tela verde
- (C) *Nariz:* 1 pieza de masilla
- (D) *Pantalón:* 2 piezas de terciopelo o pana violeta
- (E) *Gorro:* 1 pieza de terciopelo o pana violeta
- (F) *Manos:* 2 piezas de masilla

Nicolás

El gnomo travieso

Realización

Cuerpo:
Une los derechos de las piezas (A) y cóselos, salvo la parte superior de la cabeza. Dale la vuelta, rellena con guata y cierra la abertura con unas puntadas.

Pelo y cara:
Haz un hilván alrededor de la pieza (B) y frunce hasta lograr la medida del contorno de la cabeza.

Pega el pelo y los ojos, dibuja las facciones con los rotuladores y colorea las mejillas con el colorete según el modelo terminado.

Materiales

- Tijera, aguja e hilo verde y rojo
- Pegamento instantáneo
- Peluche gris
- Tela de algodón blanco
- Fieltro rojo
- Cinta de terciopelo rojo
- Tela verde
- Rotuladores indelebles negro y rojo
- Colorete
- Perlas doradas
- Cordón rojo

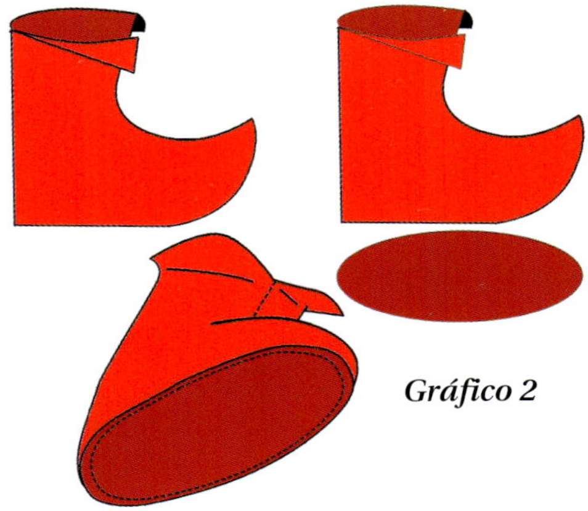

Gráfico 2

Gráfico 1

Pantalón:
Une los derechos de las piezas (C). Cose los lados de cada pierna y únelas por el tiro. Dale la vuelta a la costura y realiza los dobladillos de la cintura y las piernas.

Camisa:
Une los derechos de las piezas (D). Luego cose los lados y las mangas. Realiza los dobladillos, dale la vuelta a la costura y plancha la prenda. Por último, cose o pega una perla dorada en cada pico.

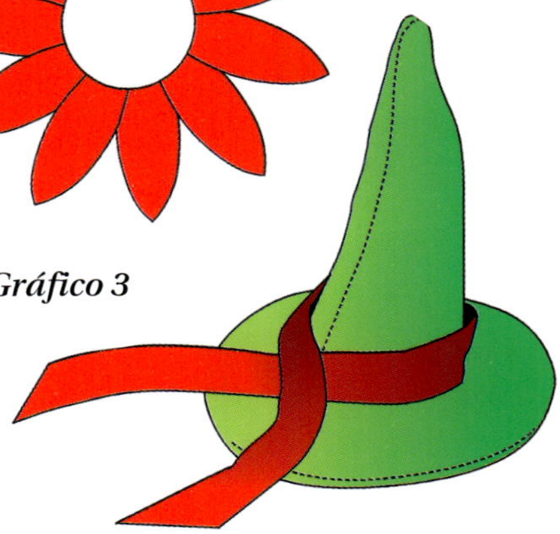

Gráfico 3

Detalle de las piezas

- Ⓐ *Cuerpo:* 2 piezas de algodón blanco
- Ⓑ *Pelo:* 1 pieza de peluche gris
- Ⓒ *Pantalón:* 2 piezas de tela verde
- Ⓓ *Camisa*: 2 piezas de tela verde
- Ⓔ *Cuello:* 11 piezas de cinta de terciopelo rojo
- Ⓕ *Botas:* 4 piezas de fieltro rojo
- Ⓖ *Botas (suelas):* 2 piezas de fieltro rojo
- Ⓗ *Sombrero (copa):* 2 piezas de fieltro rojo
- Ⓘ *Sombrero (ala):* 1 pieza de fieltro rojo

Cuello:
Guiándote por el gráfico 1, superpón las 11 piezas (E) formando un círculo y adhiérelas con pegamento.
Deberás colocar el cuello en el muñeco antes de cerrar definitivamente el círculo con la última pieza.

Botas:
Guiándote por el gráfico 2, superpón dos de las piezas (F) y cose los lados. Incorpora la suela y vuelve a coser alrededor de ella. Luego dale la vuelta a la costura. Arma la otra bota de la misma manera.

Moldes

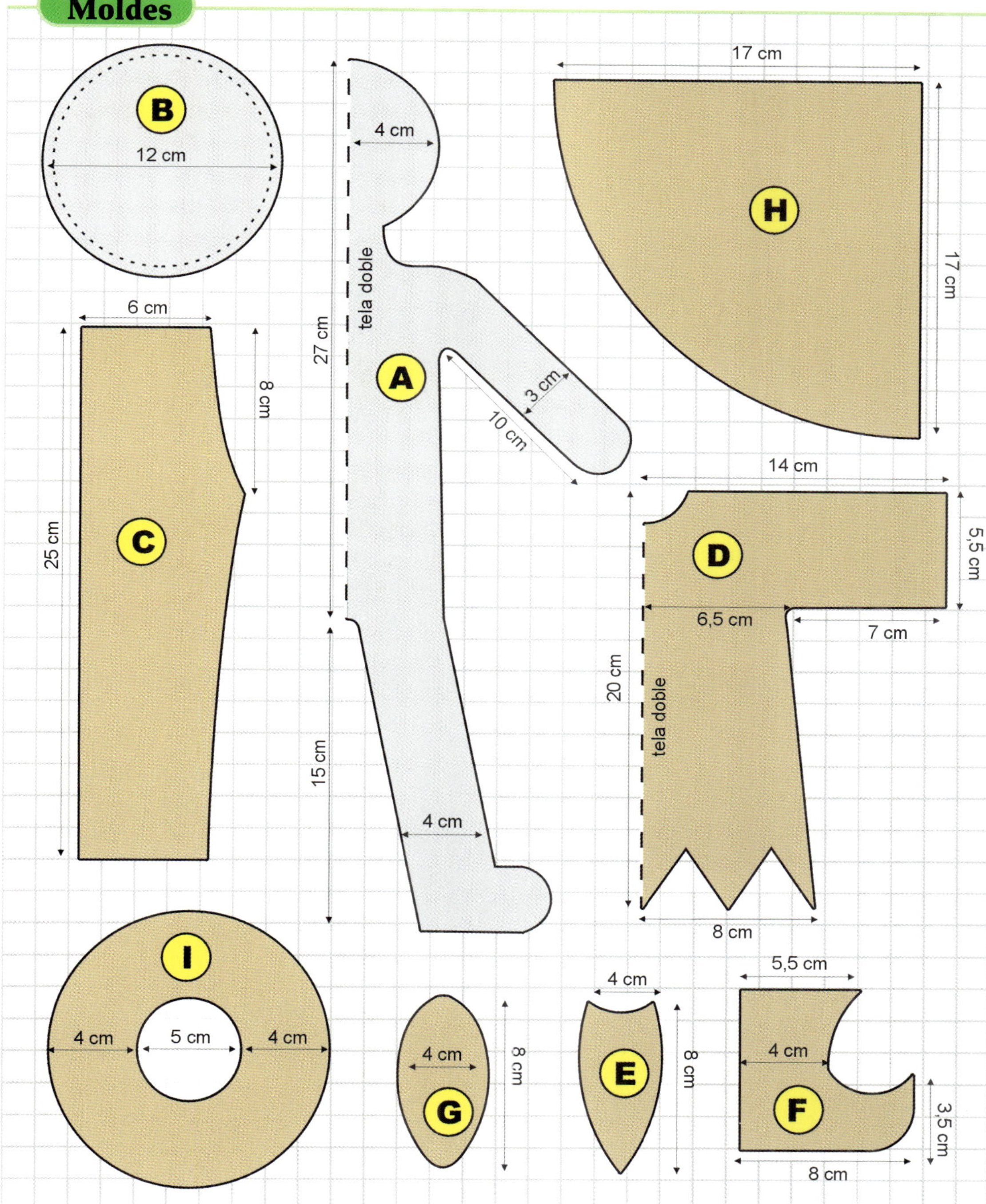

Sombrero:
Une con una costura los lados de la copa del sombrero (H) y luego cósela al ala (I). Dale la vuelta y coloca la cinta alrededor de la copa, cruzando ambos extremos en la parte trasera (gráfico 3).
Por último, coloca el sombrero en la cabeza del gnomo.

Astrid y Santina

Las hadas gemelas, muy elegantes y distinguidas

Realización

Cabeza:
Prepara la cabeza colocando un poco de lana o guata dentro del círculo de tela (A). Pasa un hilván y frunce el contorno de manera que la lana quede dentro del trozo de media (ver pág. 234). Introduce un palillo en la base de la cabeza y pégalo. Pega el pelo y los ojos. Dibuja las facciones con los rotuladores y colorea las mejillas con colorete (gráfico 2).

Cuerpo:
Prepara un cono de cartón (C) que servirá de base al cuerpo del hada. Luego adhiere la base (B) con pegamento instantáneo (ver pág. 236).

Vestido:
Pasa una bastilla por el contorno del círculo de raso rosa o lila (D). Coloca en el centro el cono de base y frunce totalmente la tela. Pega la cabeza al cono.

Puntilla del cuello:
Pasa un hilván por la puntilla (E) y frúncela hasta que se ajuste a la medida del cuello. Pégalo encima del cuerpo.

Haz un lazo con la cinta (J) y sujétalo sobre la puntilla dando unas puntadas o con pegamento (gráfico 1).

Sombrero:
Une con una costura los laterales de la pieza (G) para formar la copa del sombrero.
Une los derechos de las piezas (F), cose el contorno y dale la vuelta. Cose la base de la copa (G) al círculo interior del ala (F).
Junta un ramillete de flores (K) y sujétalo al sombrero con unas puntadas o con pegamento.
Coloca una cinta de raso (H) en el extremo del sombrero y pégala para evitar que se deslice. Luego coloca el sombrero en la cabeza del hada.

Varita mágica:
Corta las puntas del palillo y pega una estrella de papel metalizado en uno de los extremos (gráfico 1).

Montaje final:
Por último, sujeta la varita mágica en la puntilla y coloca sobre ella un ramillete de flores (K).

Importante

Para hacer la cabeza y el cuerpo de las hadas puedes seguir las indicaciones y los gráficos de las páginas 236-237.

Materiales

- Tijera, aguja e hilos del tono de cada pieza
- Tela de algodón blanco
- 2 perlitas negras
- Lana blanca
- Rotuladores negro y rojo
- 2 palillos
- Colorete
- Pegamento instantáneo
- Seda o raso de color rosa o lila
- Cinta estrecha rosa o lila
- Cartón
- Puntilla blanca
- 1 ramillete de flores secas
- 1 pegatina en forma de estrella dorada

Gráfico 1

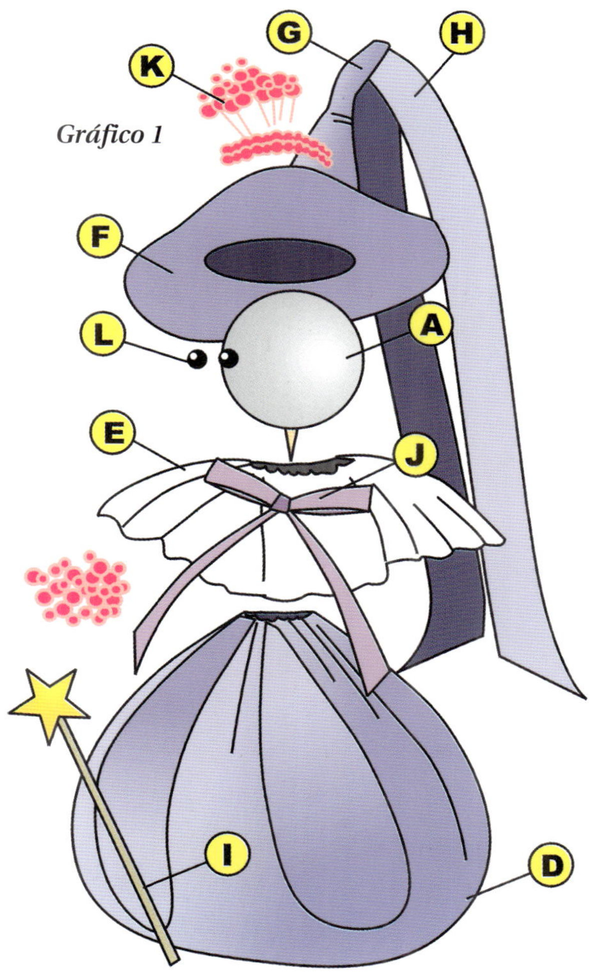

Moldes

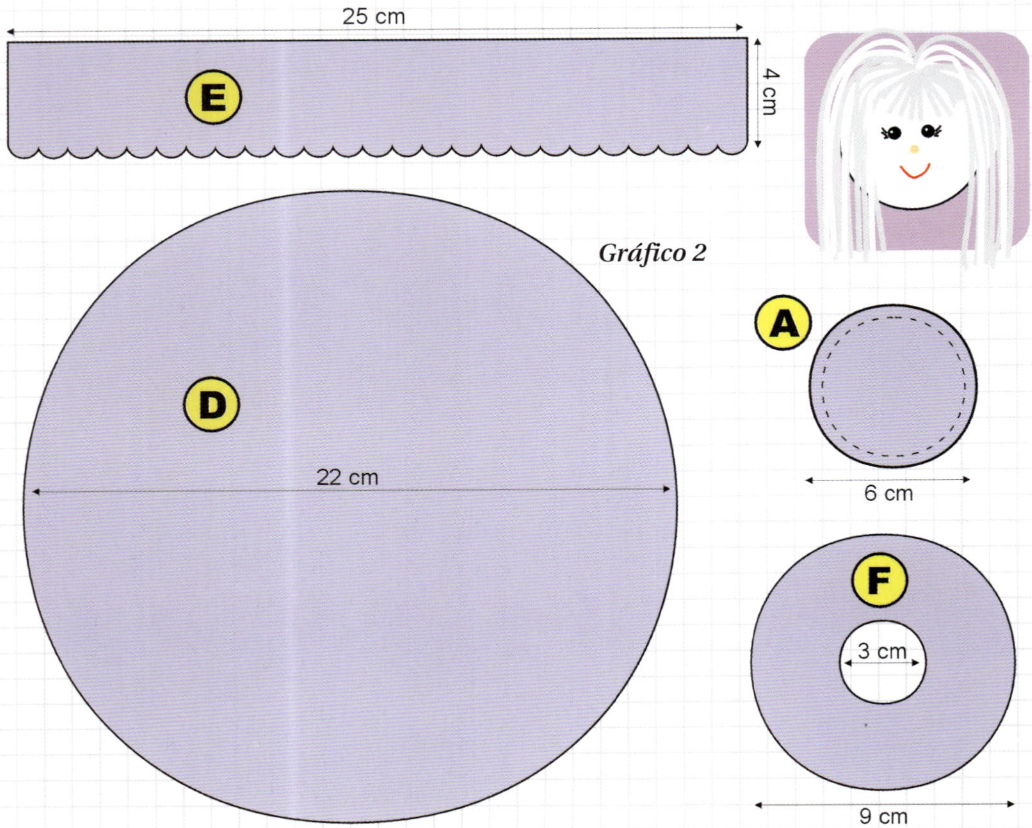

Gráfico 2

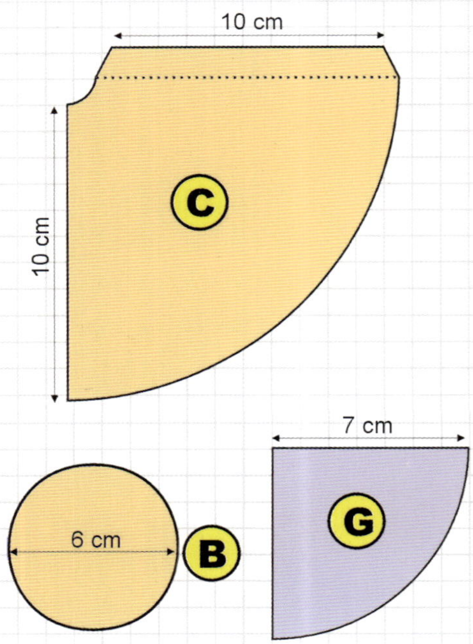

Detalle de las piezas

- Ⓐ *Cabeza:* 1 círculo de algodón blanco
- Ⓑ *Base del cono:* 1 pieza de cartón
- Ⓒ *Cono:* 1 pieza de cartón
- Ⓓ *Vestido:* 1 pieza de raso o seda rosa o lila
- Ⓔ *Cuello:* 1 pieza de puntilla blanca
- Ⓕ *Sombrero (ala):* 2 piezas de seda o raso
- Ⓖ *Sombrero (copa):* 1 pieza de seda o raso
- Ⓗ 20 cm de cinta rosa o lila de 3 cm de ancho
- Ⓘ *Varita mágica:* palillo
- Ⓙ *Lazo del cuello:* 15 cm de cinta rosa o lila de 2 cm de ancho.
- Ⓚ 2 ramilletes de flores secas (uno para el sombrero y otro para el cuello)
- Ⓛ *Ojos:* 2 perlitas negras

Ludmila

El hada bondadosa

REALIZACIÓN

Cuerpo:

Une los derechos de las piezas (A) y cose el contorno menos unos centímetros en la parte superior de la cabeza. Dale la vuelta a la costura, rellena el cuerpo con guata y cierra la abertura con unas puntadas.

Cara:

Dibuja las facciones con los rotuladores y pega las perlitas negras, que serán los ojos (gráfico 2).

Materiales

- Tijera, aguja e hilo blanco y azul
- Seda blanca y azul
- Cinta estrecha azul
- Fieltro azul
- Puntilla blanca
- 2 perlitas negras
- Lana blanca
- Rotuladores negro y rojo
- Colorete
- 1 palillo y 2 estrellas de papel plateado
- Pegamento instantáneo

Cabello:
Anuda varias hebras de lana por la mitad. Pégalas a la cabeza y recórtalas para dar forma a la cabellera.

Vestido:
Une los derechos de la pieza (B) y cóselos dejando un agujero para la cabeza.
Haz los dobladillos y cose la puntilla, que rematará el vestido. Dale la vuelta, plánchalo y pónselo a la muñeca.

Frunce la puntilla (G) y cósela al cuello y a los puños. Haz un lazo con la cinta azul (H) y pégalo en el cuello, sobre la puntilla.

Pantalón:
Cose cada pierna (C) por los bordes y únelas con una costura por el tiro. Dale la vuelta al pantalón y cose las puntillas (G) en los extremos.
Viste la muñeca con el pantalón y sujétaselo en la cintura con unas puntadas para evitar que se deslice.

Botas:
Une con una costura el contorno de cada bota (D) dejando sin coser la parte superior. Dales la vuelta y colócalas en los pies de la brujita.

Sombrero:
Junta las piezas (F) y cose el contorno; dale la vuelta. Une con una costura la copa (E) y luego cose el ala a ésta. Dale la vuelta.

Varita mágica:
Pega una estrella en un extremo del palillo; pega la otra estrella sobre la anterior de forma que coincidan las puntas perfectamente.

Montaje final:
Por último, une las mangas pegando los puños y sujeta la varita entre ellos. Guíate por el modelo terminado.

Gráfico 1

Moldes

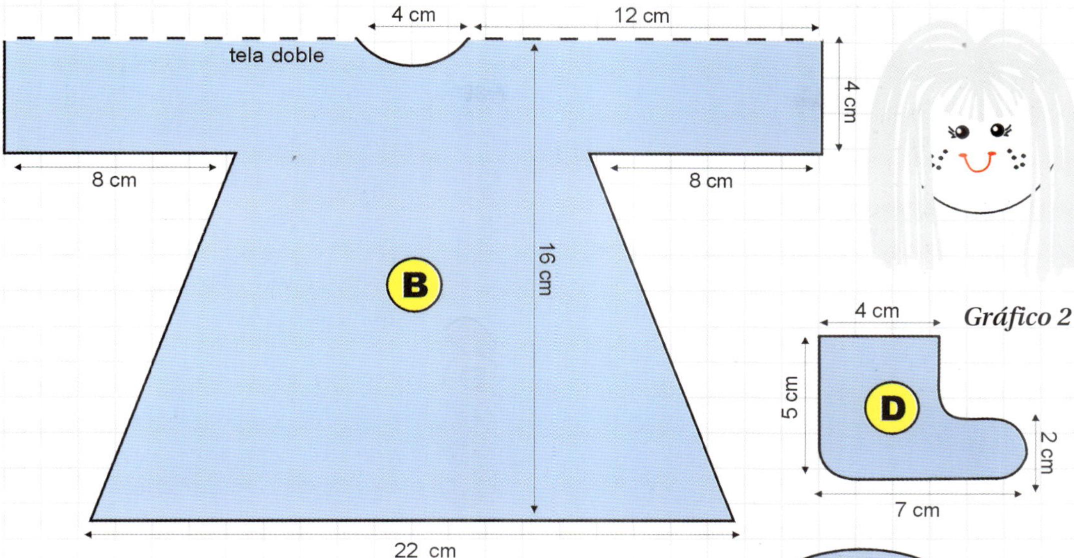

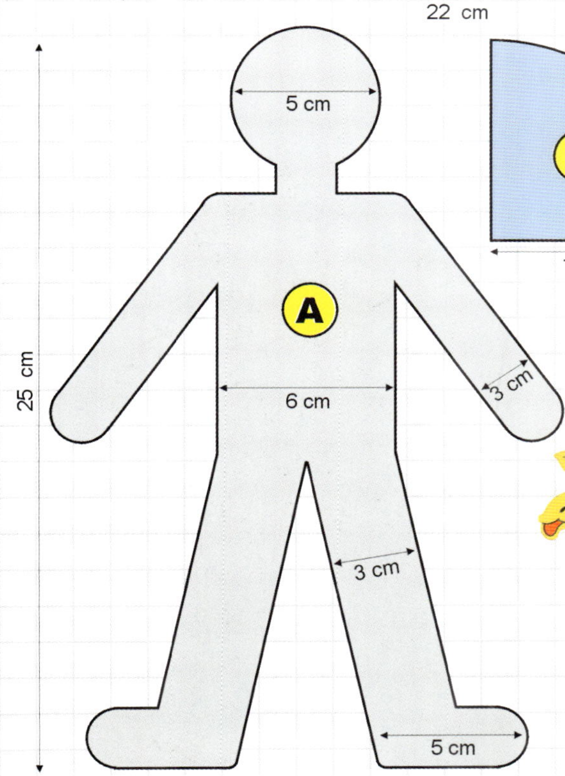

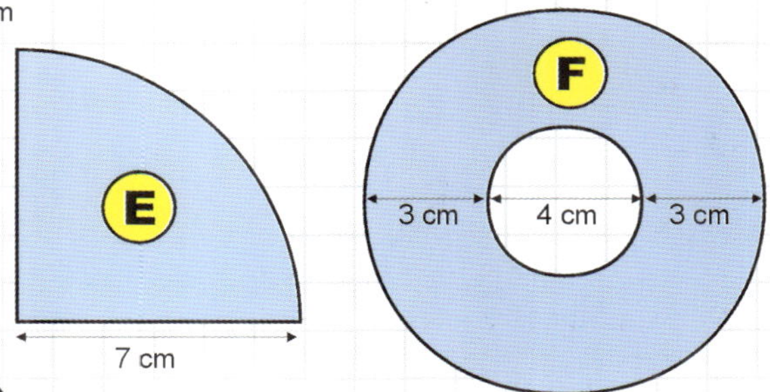

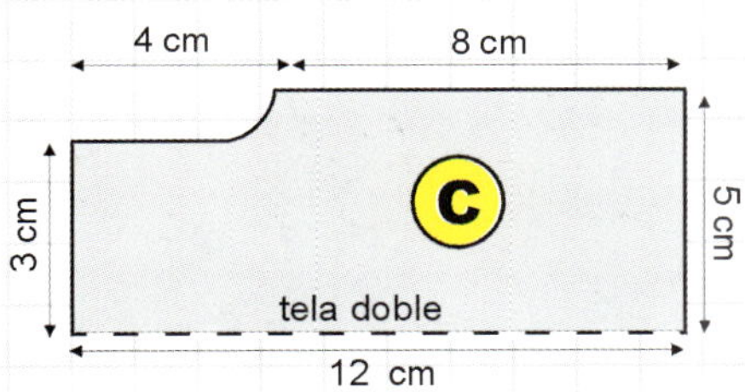

Detalle de las piezas

- **A** *Cuerpo:* 2 piezas de seda blanca
- **B** *Vestido:* 1 pieza de seda azul
- **C** *Pantalón:* 2 piezas de seda blanca
- **D** *Botas:* 4 piezas de fieltro azul
- **E** *Sombrero (copa):* 1 pieza de seda azul
- **F** *Sombrero (ala):* 2 piezas de seda azul
- **G** *Cuello, puños y piernas:* puntilla blanca (1,3 cm)
- **H** *Lazo:* 10 cm de cinta azul

Traslada a un papel los moldes y córtalos en las telas indicadas, dejando 1 cm para la costura.

Agnes

Hada blanca

Realización

Cuerpo:
Une los derechos de las piezas (A) y cose el contorno, excepto unos centímetros en la cabeza. Dale la vuelta

por la abertura, rellénalo con guata y cierra la abertura con unas puntadas.

Cabello:
Ata varias hebras de lana blanca por el medio y sujétalas en el centro de la cabeza. Después peina las hebras y recorta lo que sobre.

Cara:
Pinta los ojos, dibuja los rasgos de la cara y colorea las mejillas con el colorete (gráfico 2).

Vestido:
Une los derechos de la pieza (B), cose los bordes, salvo el cuello, y dale la vuelta. Realiza los dobladillos de las mangas y del bajo.

Plancha la prenda y viste a la muñeca.

Frunce la puntilla (E) y sujétala alrededor del cuello. Con la cinta rosa (F) haz un lazo y pégalo encima de la puntilla. Coloca otro trozo de cinta alrededor de cada tobillo y haz un lazo (gráfico 1).

Sombrero:
Une con una costura los laterales de la pieza (C) para formar la copa del sombrero.
Une los derechos de las piezas (D) y cose el contorno; dale la vuelta por el interior y cose la base de la copa al círculo interior del ala (D). Luego dale la vuelta a la pieza y plánchala para que la costura quede disimulada. Sujeta un ramillete de flores al sombrero con unas puntadas o con pegamento. Pega el sombrero a la cabeza.

Varita mágica:
Adhiere una estrella plateada a un extremo del palillo.
Para terminar, pega las mangas entre sí por los puños y sujeta la varita mágica entre ellas.

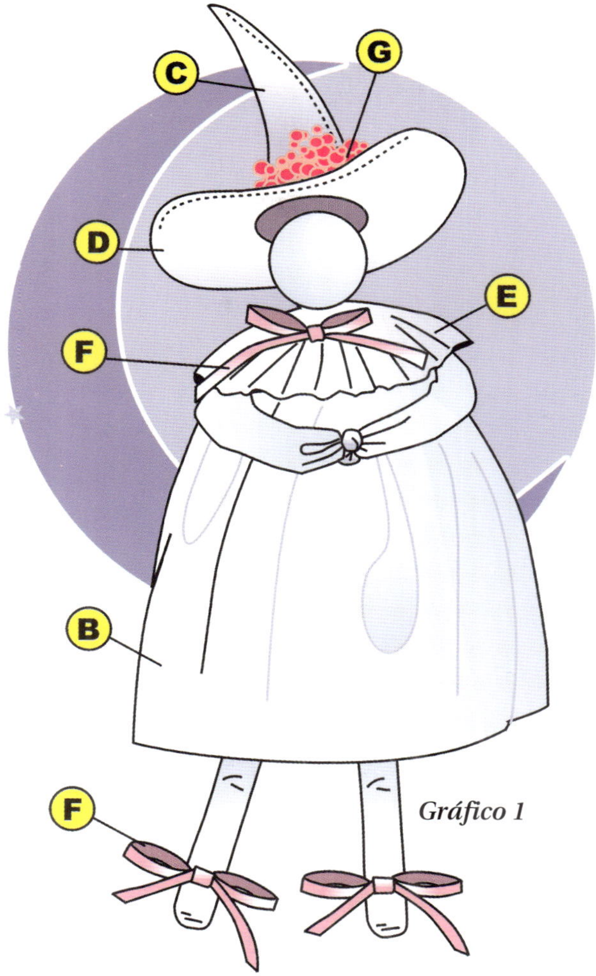

Gráfico 1

Materiales

- Tijera, aguja e hilo blanco
- Seda blanca
- Guata
- Puntilla blanca de 4 cm de ancho
- 50 cm de cinta estrecha rosa
- 1 ramillete de flores secas rosas
- Lana blanca
- Rotuladores indelebles negro y rojo
- Colorete
- 1 palillo
- 2 estrellas plateadas adhesivas
- Pegamento instantáneo

Moldes

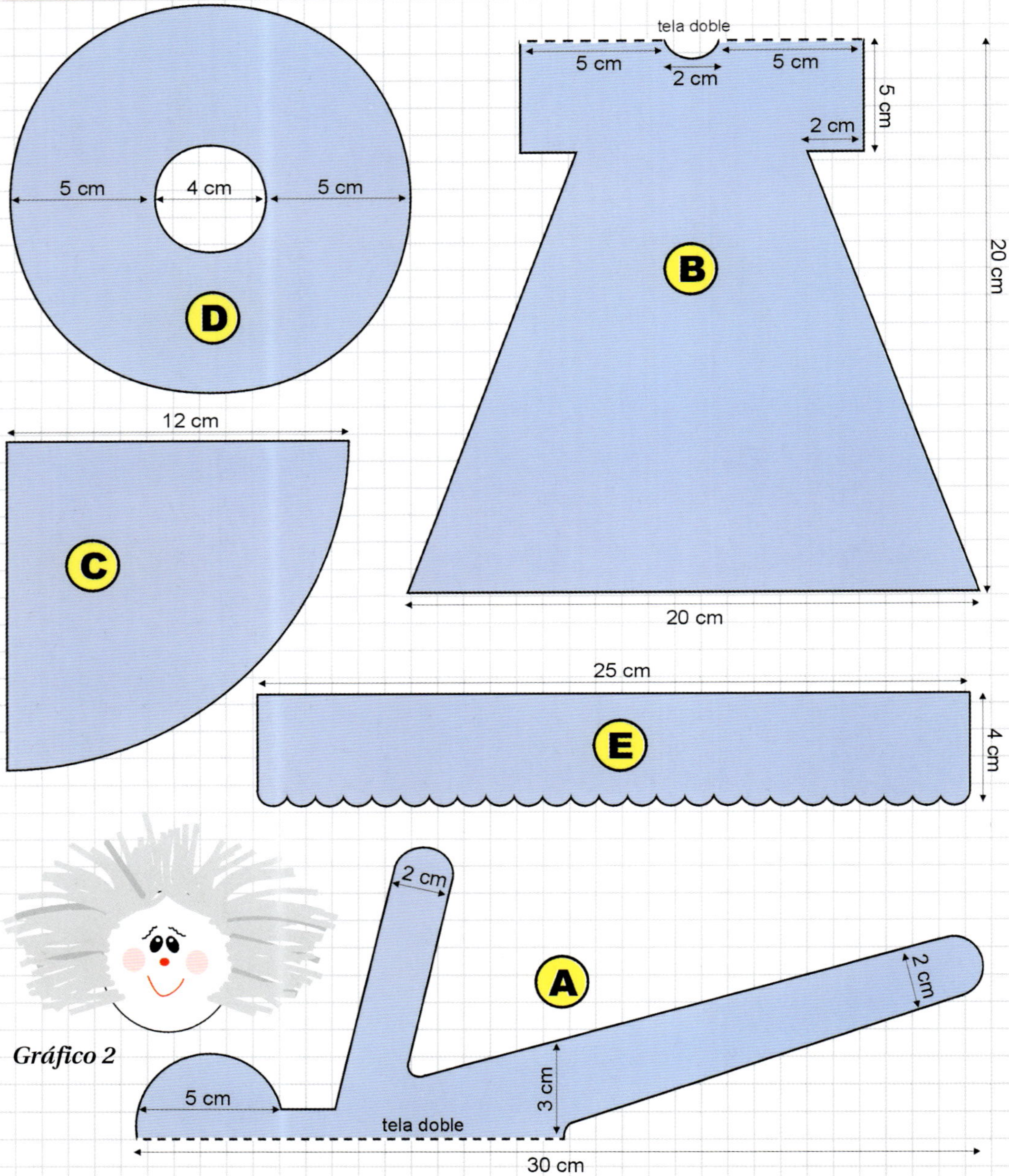

Gráfico 2

Detalle de las piezas

Traslada a un papel los moldes y córtalos en las telas indicadas, dejando 1 cm para la costura.

- Ⓐ *Cuerpo:* 2 piezas de seda blanca
- Ⓑ Vestido: 1 pieza de seda blanca
- Ⓒ *Sombrero (copa):* 1 pieza de seda blanca
- Ⓓ *Sombrero (ala):* 2 piezas de seda blanca
- Ⓔ *Cuello:* 25 cm de puntilla blanca
- Ⓕ *Lazos:* 3 trozos de cinta rosa
- Ⓖ Ramillete de flores secas

Jeremías

El astuto hechicero

Materiales

- Tijera, aguja e hilo negro
- Pincel
- Acrílicos o témperas: negro, blanco y beis
- Tela de algodón negro
- Guata, algodón o lana para rellenar
- Gomaespuma beis
- Hebras de lana de color beis tostado
- Pegamento universal
- Peine
- 1 palito o ramita
- 1 cuenta de collar o similar
- Hebras de hilo de sisal

Gráfico 1

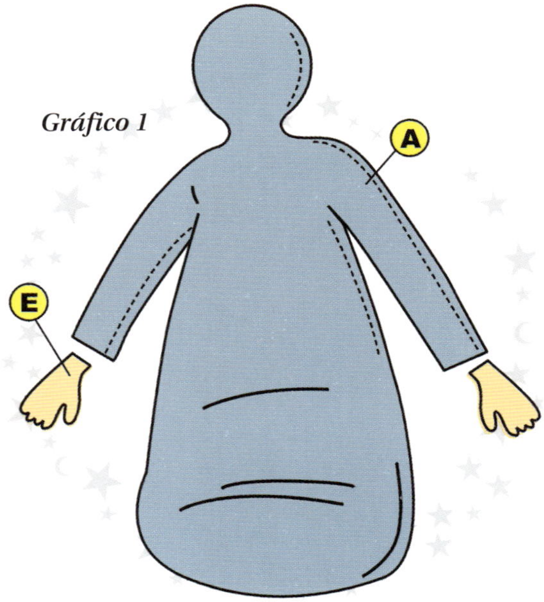

Realización

Cuerpo:
Superpón las piezas (A) y cose el contorno del cuerpo. Une la base (B) al cuerpo (A), dejando sin coser unos centímetros.
Esa pequeña abertura te permitirá introducir la guata con mayor facilidad. Rellena el muñeco y, cuando quede firme, cierra la abertura con unas puntadas.

Cara:
Cubre la superficie de la cara con pintura beis y déjala secar. Luego pinta los rasgos de la cara como el modelo terminado.

Cabello y barba:
Corta un manojo abundante de hebras de lana de aproximadamente 26 cm de largo.

Coloca una capa de pegamento en la cabeza desde la frente hacia atrás.
Pega cuidadosamente las hebras de lana comenzando por la línea de la frente.
Luego recorta el cabello para darle forma.
Haz la barba de la misma manera.
Por último, coloca unas hebras como bigote y otras hacia arriba como cejas.

Túnica:
Corta las piezas (C) y (D) utilizando la tela doble. En la pieza (C) deberás realizar el corte indicado como (1-2) en el molde, que luego será la abertura de la capucha por donde asomará la cara del hechicero.
Une los derechos de las piezas (C) y (D).
Cose el contorno dejando abierto el bajo y los puños.
Realiza el dobladillo del bajo y de ambas mangas. Plancha la túnica y colócala en el cuerpo del muñeco, sujetándola con pegamento o unas puntadas escondidas.
Dobla el extremo superior de la capucha hacia un lado.

Manos:
Pega ambas manos (E) a los extremos de los brazos (gráfico 1).

Bastón:
Haz una muesca en el extremo del palito y luego pega la cuenta o perla en ella. Rodea este extremo varias veces con una hebra de hilo de sisal para lograr un mejor acabado (gráfico 2). Para finalizar, pega el bastón a una de las manos.

Gráfico 2

Moldes

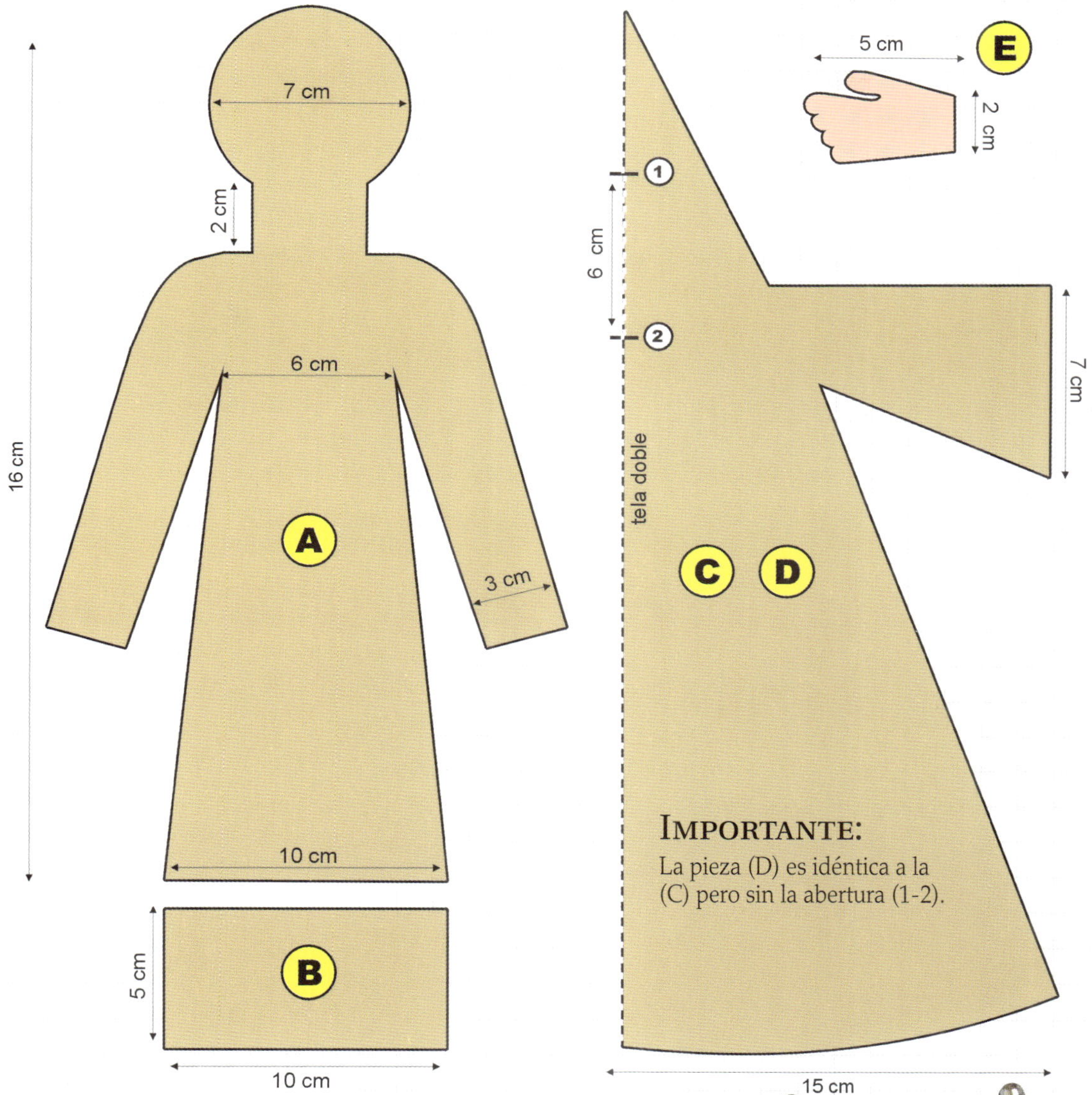

IMPORTANTE:
La pieza (D) es idéntica a la (C) pero sin la abertura (1-2).

Detalle de las piezas

- Ⓐ *Cuerpo:* 2 piezas de tela negra
- Ⓑ *Cuerpo (base):* 1 pieza de tela negra
- Ⓒ *Túnica (frente):* 1 pieza de tela negra
- Ⓓ *Túnica (espalda):* 1 pieza de tela negra
- Ⓔ *Manos:* 2 piezas de gomaespuma beis

Traslada a un papel los moldes y córtalos en las telas indicadas, dejando 1 cm para la costura.

Humberto

Duende con técnica soft

Realización

Esqueleto de alambre:
Para realizarlo, sigue las indicaciones dadas en la página 272.

Camisa:
Une los derechos de las piezas (B). Cose los hombros y los lados de la camisa. Dale la vuelta a la costura y colócala en el cuerpo del duende. Rellena la camisa con un poco de guata y asegura la cintura con unas puntadas.

Pantalón:
Corta las piezas (C) con tela doble. Pégalas con cuidado a las piernas y los pies.

Botas:
Cose el contorno de las botas (F), dale la vuelta a la costura y colócalas en los pies.

Cara: (Ver la pág. siguiente).

Manos:
Realízalas igual que la cara (ver pág. siguiente) y pégalas en los brazos.

Materiales

- Tijera, aguja e hilo naranja
- 1 m de alambre fino
- Tenazas
- Media de color tostado
- 2 perlas negras
- Guata o lana para rellenar
- Tejido de lana marrón y naranja
- Pegamento instantáneo

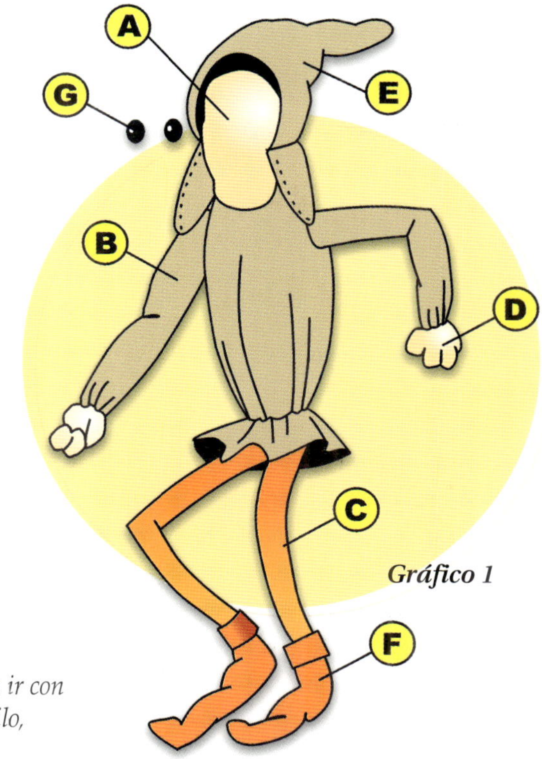

Gráfico 1

Gorro:

Une los derechos de la pieza (E). Dale la vuelta, coloca el gorro sobre la cabeza del duende y pégalo.

Técnica soft:

Esta técnica, muy utilizada en juguetería, consiste en ir con la aguja hacia adelante y hacia atrás, sin cortar el hilo, para lograr diferentes formas.

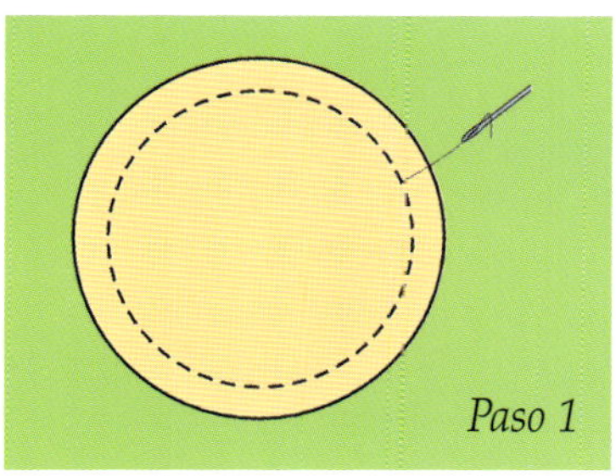

Cose un hilván a 1 cm del borde de la pieza (A).

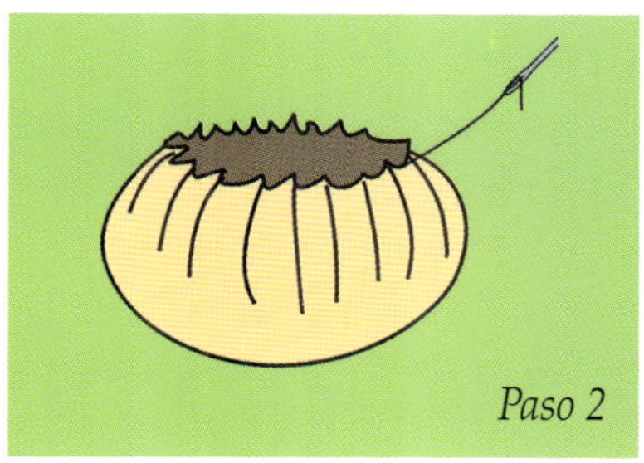

Coloca en el centro un poco de guata y tira del hilo hasta cerrar el círculo totalmente.

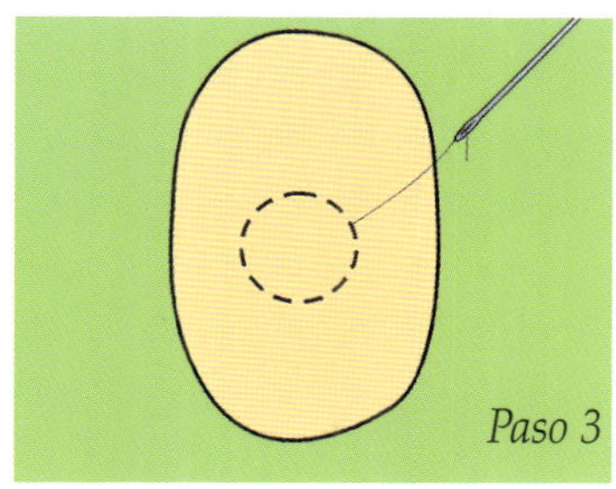

Haz un hilván en el centro de la cara, tira del hilo y frunce para obtener la nariz.

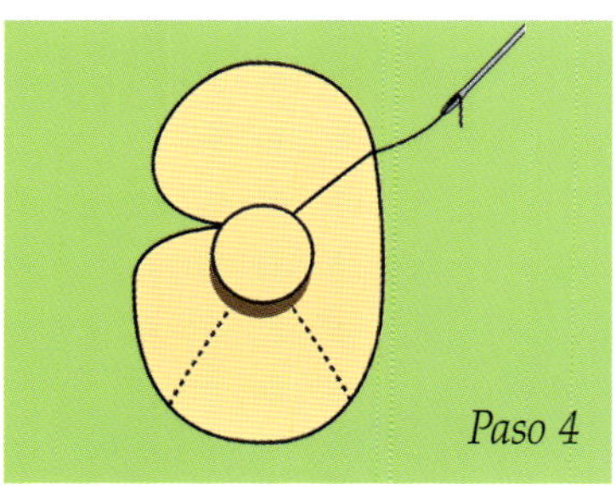

Sin cortar el hilo, pasa la aguja a través de la cara hacia atrás y vuelve al centro por fuera. Repítelo para formar así el resto de los pliegues.

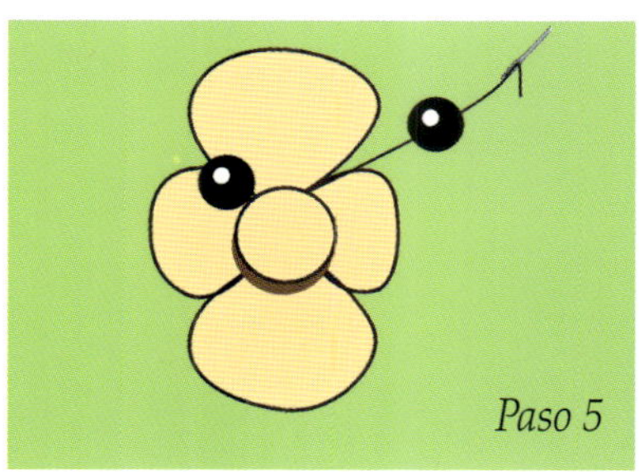

Sin cortar el hilo, enhebra una perla, lleva la aguja hacia atrás y vuelve para colocar la otra. Asegúrala volviendo hacia atrás con la aguja.

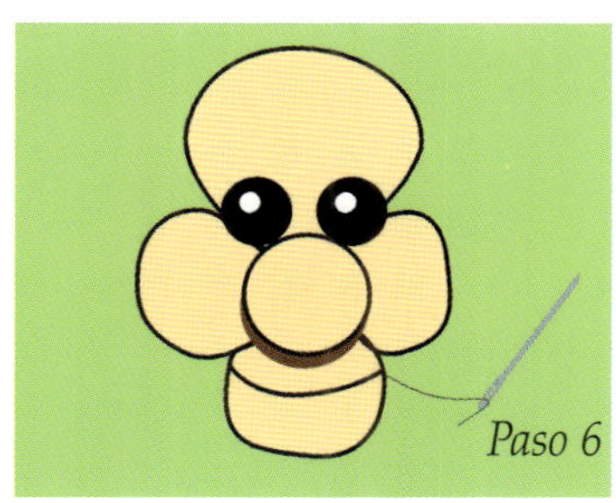

Por última vez, vuelve hacia delante y da forma a la boca. Pasa hacia atrás y anuda. Pega la cabeza sobre el aro de alambre.

Moldes

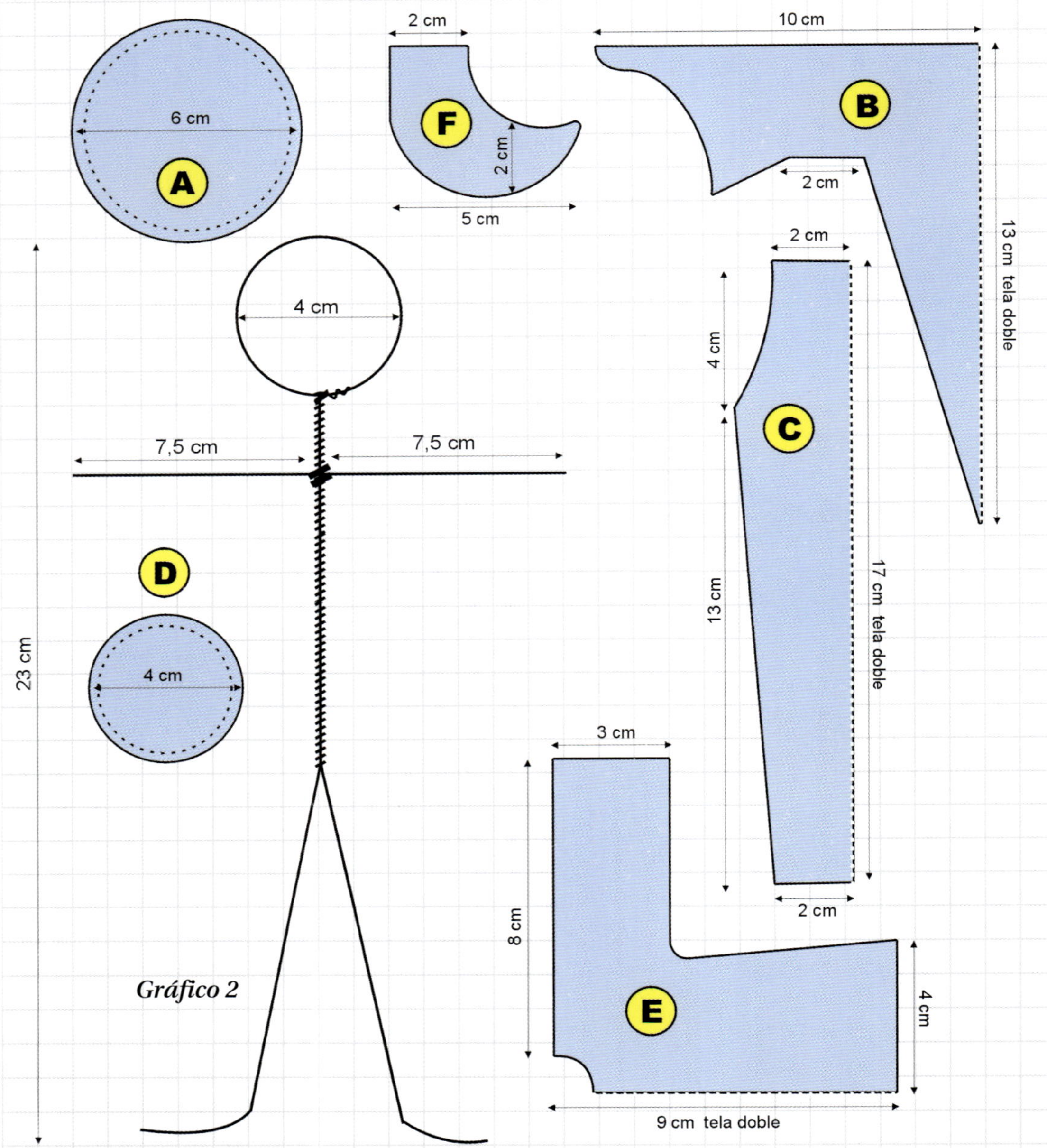

Gráfico 2

Detalle de las piezas

Traslada a un papel los moldes y córtalos en las telas indicadas, dejando 1 cm para la costura.

- Ⓐ *Cara:* trozo de media de 6 cm de diámetro
- Ⓑ *Camisa:* 2 trozos de tejido de lana marrón (puedes utilizar un jersey viejo)
- Ⓒ *Pantalón:* 2 trozos de lana naranja
- Ⓓ *Manos:* 2 piezas de media
- Ⓔ *Gorro:* 1 trozo de lana marrón
- Ⓕ *Botas:* 4 piezas de lana naranja
- Ⓖ *Ojos:* 2 perlas negras

Marvin

El mago azul

Materiales

- Tijera, aguja e hilos blanco y azul
- Pegamento universal
- Tela de algodón blanca
- Guata
- Lana blanca
- Colorete
- 2 perlas negras
- Fieltro u otra tela azul
- 1 estrella plateada de papel autoadhesivo

Realización

Cuerpo:

Superpón las piezas (A) y cose el contorno del cuerpo. Une la base (B) al cuerpo, dejando sin coser unos centímetros: esta pequeña abertura te permitirá introducir la guata.

Rellénalo y, una vez que el muñeco quede firme, cierra la abertura con unas puntadas.

Realiza la misma operación con los brazos (C) y luego cóselos al cuerpo.

Cara:

Nariz: pasa un hilván por el contorno de la pieza (D) y coloca en el centro un trozo de guata. Frunce y pega la nariz en la cara. Cose las dos perlas, que representarán los ojos.

Cabello y barba:

Corta un manojo abundante de hebras de lana blanca de aproximadamente 35 cm de largo.

Coloca una capa de pegamento en la cabeza desde la frente hacia atrás. Pega cuidadosamente las hebras de lana comenzando por la línea de la frente. Luego recorta el cabello para darle forma. Haz la barba de la misma manera. Por último, aplica unas hebras como bigote.

Túnica:

Corta la pieza (E) utilizando la tela doble. Une con una costura los costados del vestido desde el bajo hasta el puño, haz los dobladillos y dale la vuelta. Viste el muñeco con la túnica.

Sombrero:

Une con una costura los laterales de la pieza (F) para formar la copa del sombrero.

Une los derechos de las piezas (G), cose el contorno y dale la vuelta.
Une con una costura la base de la copa (F) al círculo interior del ala (G). Dale la vuelta a la pieza y plánchala para que la costura se disimule.
Pega la estrella en el sombrero y adhiérelo a la cabeza.

Montaje final:

Por último, coloca en una de las manos el bastón, que sostendrá al mago.

Moldes

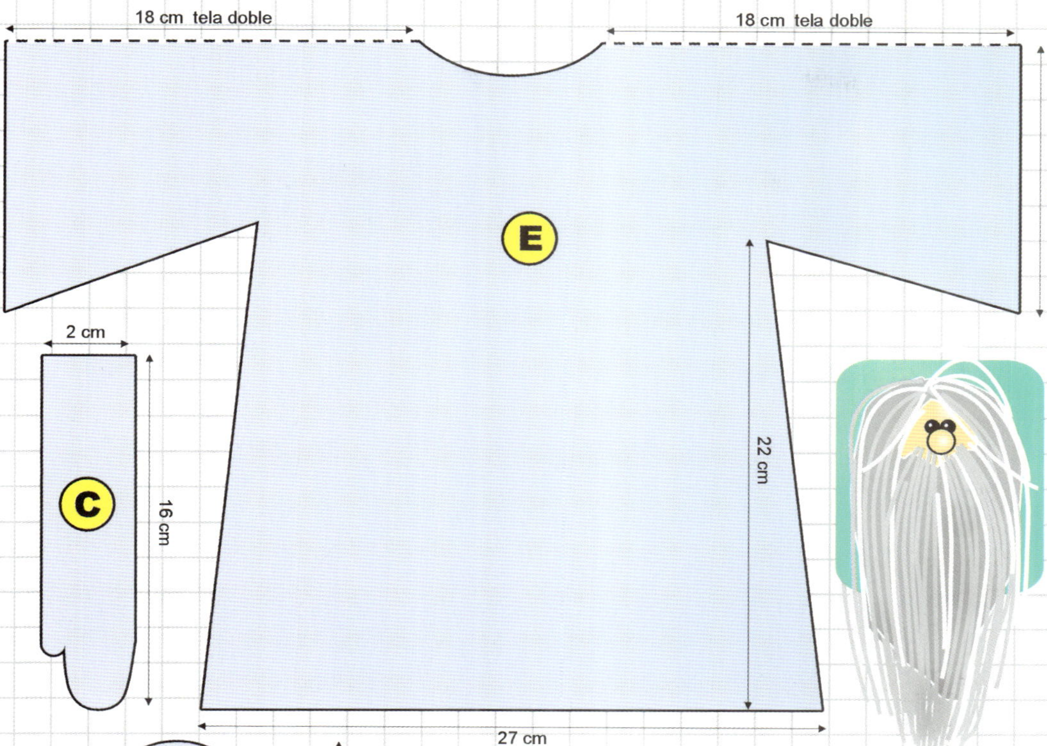

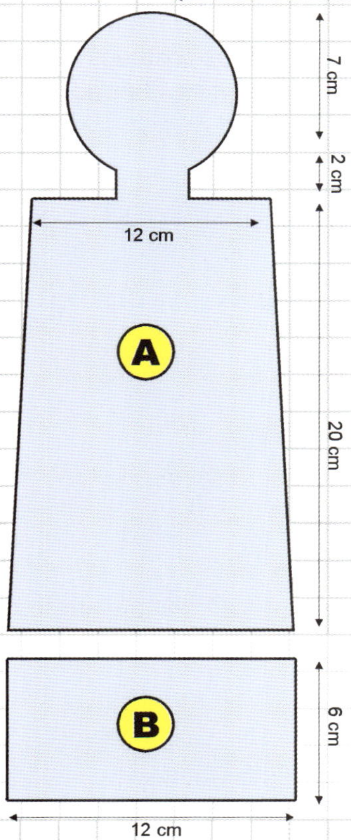

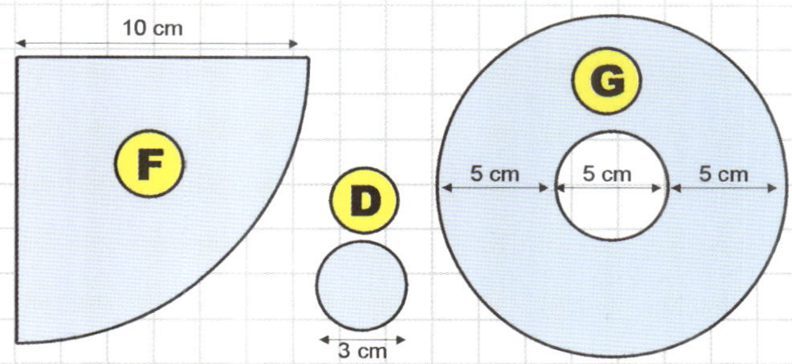

Detalle de las piezas

- (A) *Cuerpo:* 2 piezas de algodón blanco
- (B) *Cuerpo (base):* 1 pieza de algodón blanco
- (C) *Brazos:* 4 piezas de algodón blanco
- (D) *Nariz:* 1 pieza de algodón blanco
- (E) *Vestido:* 1 pieza de fieltro azul
- (F) *Sombrero (copa):* 1 pieza de fieltro azul
- (G) *Sombrero (ala):* 2 piezas de fieltro azul
- (H) *Bastón:* 1 palito
- (I) *Ojos:* 2 perlas negras

Seres fantásticos

El Yeti: el abominable hombre de peluche

Agostina: la sirena elegante

Diablito: con tridente y capa

Platillo volante: llegan los invasores

Extraterrestre: seres de otros planetas

El Yeti

El abominable hombre de peluche

Realización

Cuerpo:
Junta las piezas (A) por el derecho y cose el contorno, dejando libres 15 cm en la base.

Dale la vuelta a la costura por esta abertura y rellena con guata la cabeza y el pecho. Coloca la pelota de poliespán y termina de rellenar con guata. Cierra la abertura cosiéndola.

Pinta la cara de negro con un algodón empapado en pintura según el modelo terminado.

Materiales

- Tijera
- Aguja de lana e hilo grueso gris
- Peluche gris
- Fieltro marrón
- Guata
- 4 esferas de poliespán: 1 de 20 cm de diámetro; 1 de 3 cm de diámetro y 2 de 4 cm de diámetro
- Media de nailon beis
- Pincel y pintura blanca y negra
- Pegamento universal

Importante

Para que te resulte fácil coser el peluche te sugerimos proceder de la siguiente manera: Marca con lápiz los moldes por el revés del peluche. Enfrenta luego los derechos de las dos partes, acomodando hacia abajo los pelos del peluche. Por último une las costuras con una aguja gruesa e hilo de bordar.

Gráfico 2

Si lo prefieres, puedes reemplazar la esfera de poliespán por guata.

Gráfico 3

Ojos y nariz:
Forra con media las esferas que corresponden a ojos (C) y nariz (D). Píntalas de blanco, déjalas secar y dibuja los detalles en negro. Pégalas a la cara.

Barba, cejas y bigote:
Corta trozos de peluche y pégalos en la cara para hacer la barba, las cejas y el bigote. Guíate por el gráfico 1 y por el modelo terminado.

Brazos:
Cose los lados de la pieza (E) por el revés dejando la parte superior abierta. Dale la vuelta por la abertura y rellénala con guata. Repite la operación con el otro brazo y cierra las aberturas.

Luego cose o pega los brazos al cuerpo (gráfico 3).

Piernas:
Cose los lados largos de la pieza (B). Une con una costura la pierna (B) al empeine (G), y luego éste a la planta del pie (F).

Dale la vuelta al conjunto por la abertura y rellénalo con guata. Repite la misma operación con la otra pierna. Por último, cóselas o pégalas al cuerpo.

Moldes

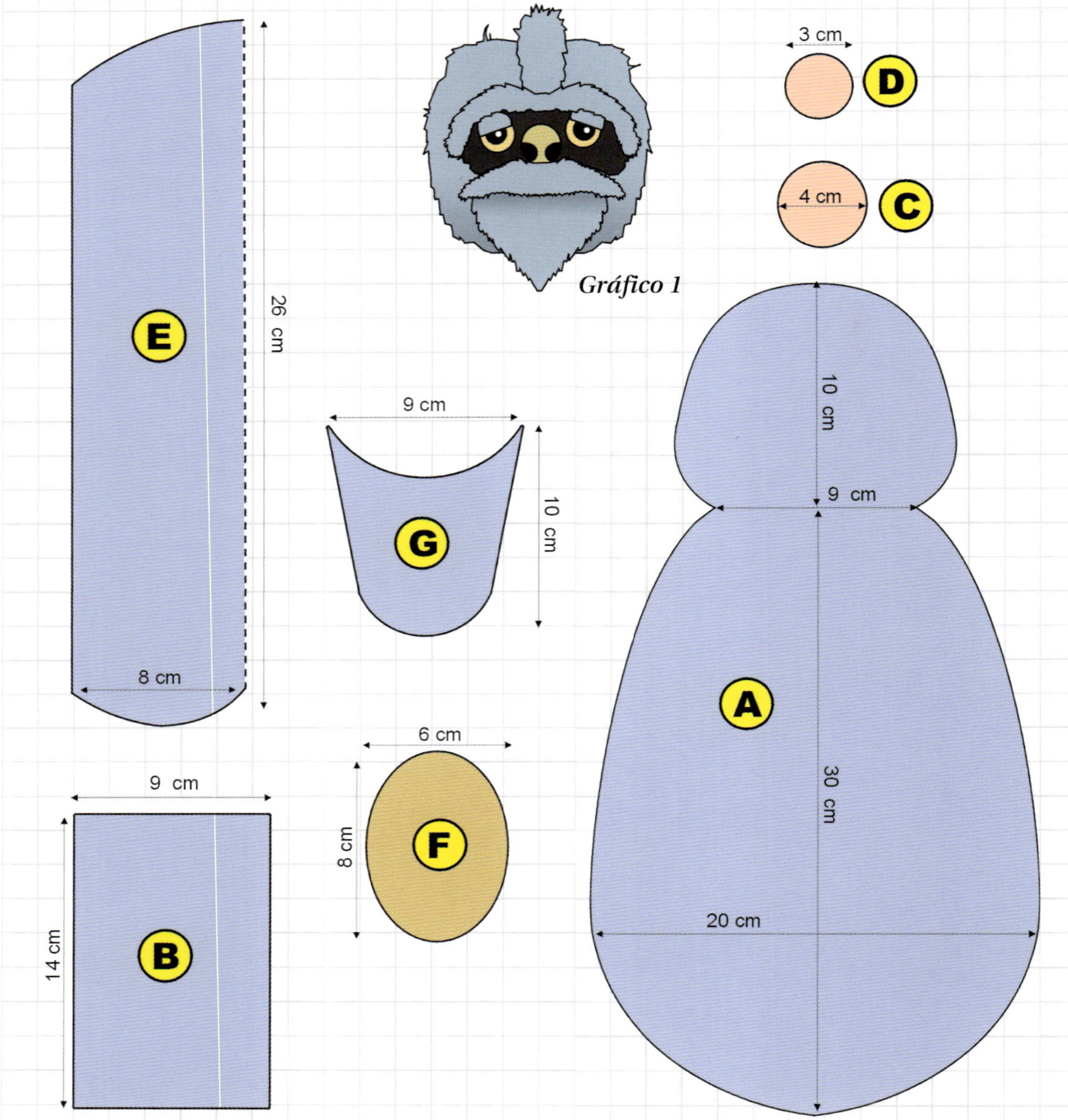

Detalle de las piezas

Traslada a un papel los moldes y córtalos en las telas indicadas, dejando 1 cm para la costura.

- **A** *Cuerpo:* 2 piezas de peluche.
- **B** *Piernas:* 2 piezas de peluche.
- **C** *Ojos:* 2 esferas de poliespán de 3 cm de diámetro forradas con media
- **D** *Nariz*: 1 esfera de poliespán de 2 cm de diámetro forrada con media
- **E** *Brazos:* 2 piezas de peluche
- **F** *Plantas de los pies*: 2 piezas de fieltro marrón
- **G** *Empeines:* 2 piezas de peluche
- **H** 1 esfera de poliespán de 20 cm de diámetro

Agostina

La sirena elegante

Realización

Cuerpo:
Superpón las piezas (A) y cose el contorno dejando libres unos centímetros en la parte superior de la cabeza. Dale la vuelta y rellénalo con guata.
Dibuja la boca con rotulador y cose las cuentas (K), que simularán los ojos (gráfico 3). Haz un hilván en el contorno de la pieza (C), frúncela para obtener así la pequeña nariz y a continuación pégala en la cara.

Cabello:
Reúne un manojo de hebras de lana naranja de 30 cm de largo. Átalas por la mitad y pégalas a la cabeza. Péinalas y recorta el excedente de lana. Si lo deseas, puedes sujetar por detrás de la cabeza las hebras que caen sobre la cara, como en el modelo terminado.

Materiales

- Lápiz, regla y tijera
- Aguja e hilos beis y verde
- Pegamento universal
- Fieltro beis y verde
- 2 perlas verdes
- Rotulador indeleble rojo
- Guata
- Tul verde
- Cinta negra de 1 cm de ancho
- 18 lentejuelas plateadas
- 2 caracoles o conchas pequeñas
- 18 perlas pequeñas
- 10 cm de alambre fino
- Lana naranja

Para lograr la misma postura del modelo, la cola debe pegarse en uno de los costados del cuerpo.

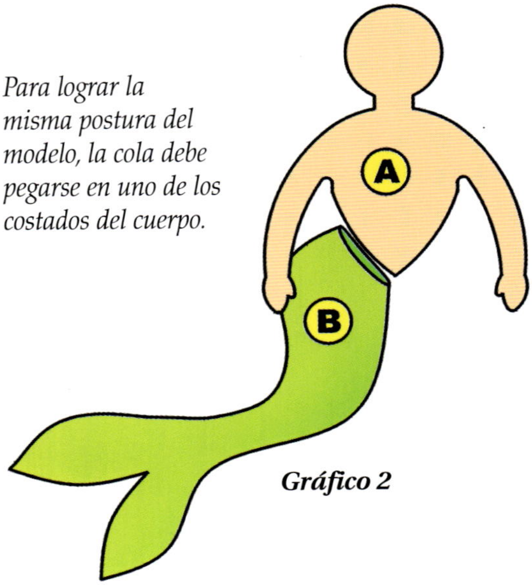

Gráfico 2

Detalle de las piezas

- (A) *Cuerpo:* 2 piezas de fieltro beis
- (B) *Cola:* 2 piezas de fieltro verde
- (C) *Nariz:* 1 pieza de fieltro beis
- (D) *Volante:* 1 pieza de tul verde
- (E) *Sostén:* 1 pieza de fieltro verde
- (F) *Sostén (adorno):* 2 caracoles o conchas marinas de 1 cm de ancho
- (G) *Sostén (adorno):* 2 lentejuelas plateadas
- (H) *Cintura (adorno):* cinta negra de 1 cm de ancho
- (I) *Cintura (adorno):* 16 lentejuelas plateadas
- (J) *Collar:* 18 perlas blancas pequeñas
- (K) *Ojos:* 2 cuentas verdes

Traslada a un papel los moldes y córtalos en las telas indicadas, dejando 1 cm para la costura.

Gráfico 1

Cola:
Superpón las piezas (B) y cose el contorno dejando abierta la cintura. Dale la vuelta y rellénala con guata. Pega la cola a un costado del cuerpo para lograr la postura de sirena (gráfico 2).

Volante:
Dobla la pieza (D) por la mitad. Pásale un hilván por el doblez y frúncela a la medida de la cintura. Coloca luego el volante alrededor de la cintura y pégalo por la parte de atrás.

Moldes

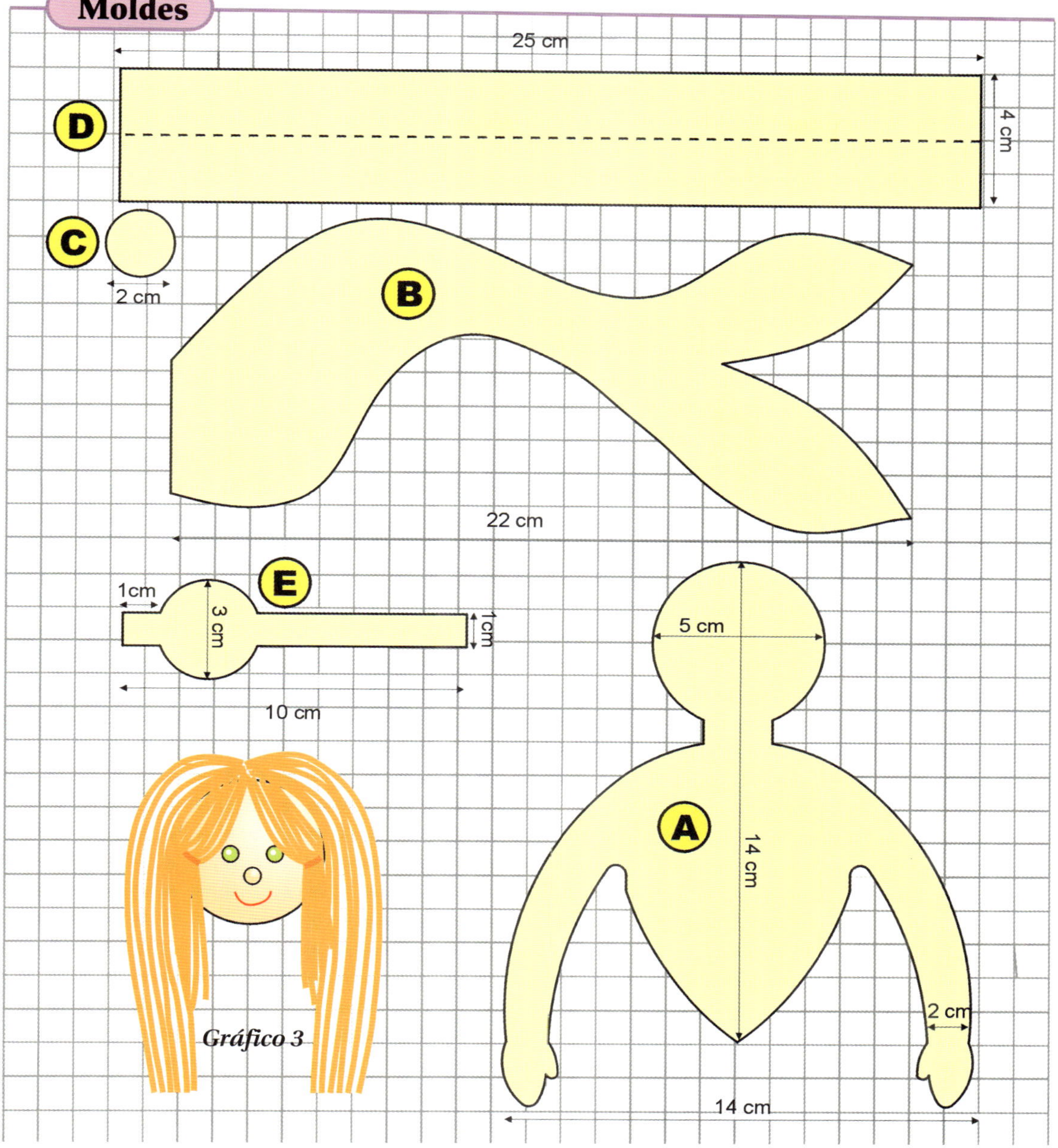

Gráfico 3

Cinturón:

Pega las lentejuelas (I) sobre la cinta negra (H) y a continuación, guiándote por el modelo terminado, adhiérela al volante de manera que uno de los extremos quede más largo.

Sostén:

Sobre la pieza (E), que corresponde al sostén, adhiere los caracoles o conchas marinas (F) y sobre ellos pega las lentejuelas (G). Coloca el sostén en el cuerpo, sujetándolo con un nudo en la espalda.

Collar:

Por último, enhebra las perlas en el alambre y ata el collar (J) al cuello de la sirena (gráfico 1).

Diablito

Con tridente y capa,
ahuyentará a las visitas no deseadas

Realización

Cuerpo:
Corta la pieza (A) utilizando la tela doble. Une los derechos y cose los lados dejando abiertos los puños, las piernas y el cuello. Dale la vuelta y rellénalo con guata, introduciéndola por los brazos y las piernas.

Botas:
Corta la pieza (B) utilizando la tela doble. Cósela alrededor dejando abierta la parte de arriba. Cose también la suela (C). Luego, dale la vuelta a la bota y rellénala con guata.

Técnica soft:

Consiste en ir y volver con la aguja hacia adelante y hacia atrás, sin cortar el hilo, para lograr diferentes formas.

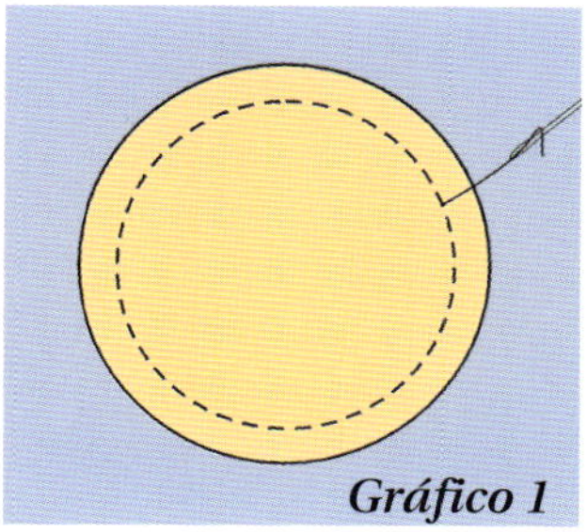

Gráfico 1

Haz un hilván a 1 cm del borde de la pieza (I).

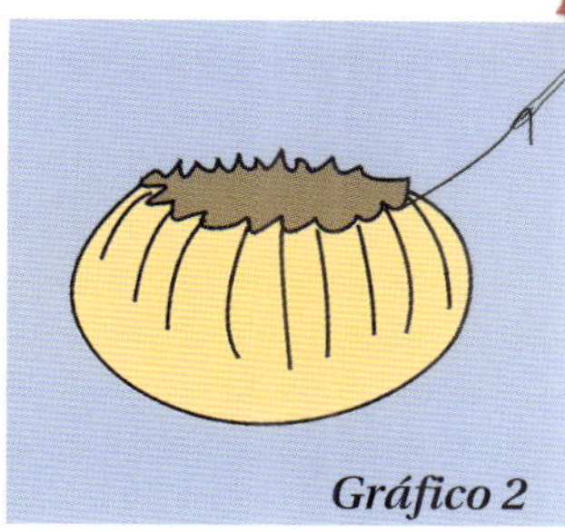

Gráfico 2

Coloca en el centro un poco de guata y tira del hilo hasta cerrarlo totalmente.

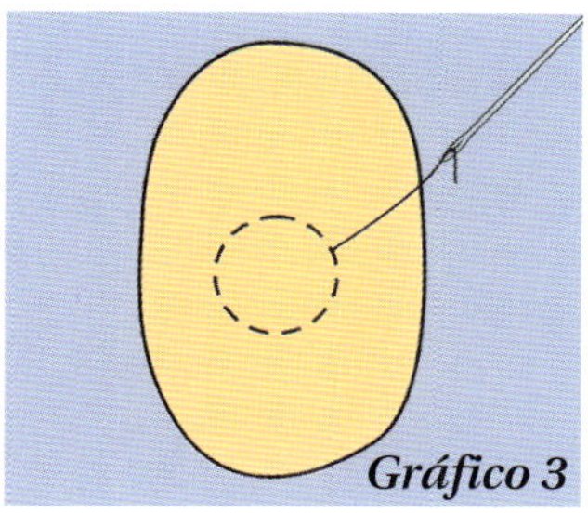

Gráfico 3

Pasa un hilván en el centro de la cara, tira del hilo y frunce para obtener la nariz.

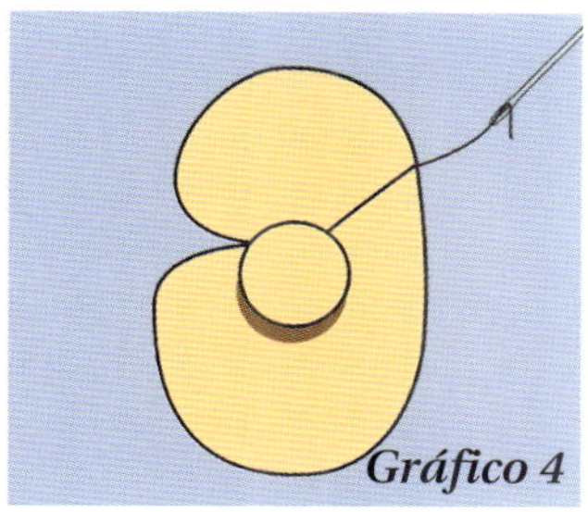

Gráfico 4

Sin cortar el hilo, pasa la aguja a través de la cara hacia atrás y vuelve al centro por fuera.
Repite para formar así los pliegues del modelo.

Gráfico 5

Sin cortar el hilo, enhebra una cuenta, lleva la aguja hacia atrás y vuelve para colocarla otra. Asegúrala volviendo hacia atrás con la aguja.

Gráfico 6

Haz el mentón de la misma forma que la nariz; luego, sin cortar el hilo, marca el hoyuelo dividiendo el mentón por la mitad y anuda el hilo por detrás de la cabeza.

Forma la otra bota de la misma manera. Luego introduce ambas piernas en las botas; frunce levemente la unión para lograr el aspecto del modelo terminado.

Cabeza:

Prepara la cabeza siguiendo las explicaciones de los gráficos 1-6. Introdúcela en el cuerpo y adhiérela con pegamento instantáneo.

Cuernos:

Cose el contorno de los cuernos (F). Dales la vuelta y rellénalos con guata. Luego pégalos a la cabeza.

Barba:

Corta un triángulo de peluche, o de lana negra, y pégalo a la barbilla. Luego recorta la barba para darle forma.

Manos:

Rellena los dos círculos de media con guata y cóselos. Sujeta con unas puntadas las manos a los puños, frunciendo estos un poco para lograr que queden firmes.

Camisa:

Junta los derechos de las piezas (D) y cose los hombros y los

Materiales

- Tijera
- Aguja e hilo rojo y beis
- Guata o lana
- Media de color beis
- 2 cuentas negras
- Pegamento instantáneo
- Un trozo de peluche negro o lana
- Cinta roja de 3 cm de ancho
- Guata
- Seda roja
- Alambre
- Gomaespuma negra
- 1 hebilla dorada de 3 cm

Pintura negra en aerosol

costados. Haz un dobladillo en puños y cintura.

Dale la vuelta a la prenda y colócala sobre el cuerpo del diablo.

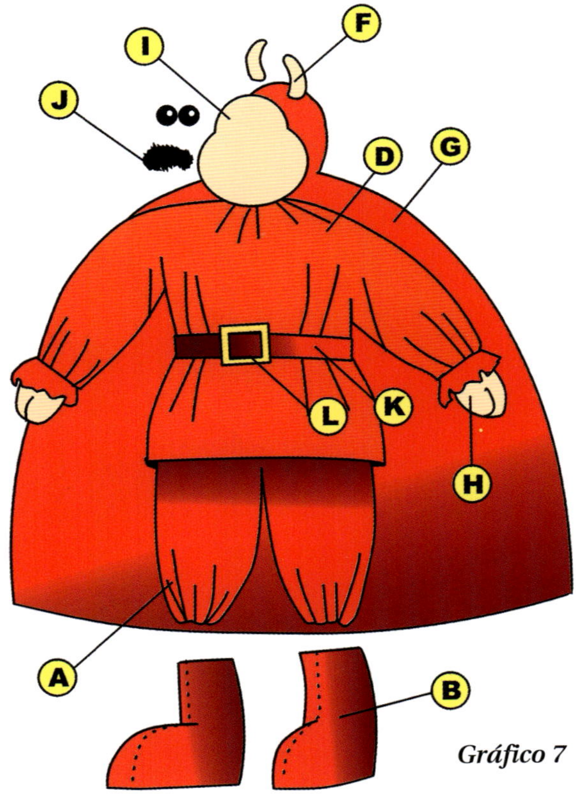

Gráfico 7

Cinturón:
Pasa la hebilla (L) hasta la mitad de la cinta (K). Coloca la cinta ajustándola alrededor del cuerpo. Luego pega ambos extremos por detrás.

Detalle de las piezas

- Ⓐ *Cuerpo:* 1 pieza de seda roja
- Ⓑ *Botas:* 2 piezas de seda roja
- Ⓒ *Botas (suela):* 2 piezas de seda roja
- Ⓓ *Camisa:* 2 piezas de seda roja
- Ⓔ *Cola:* 1 pieza de seda roja
- Ⓕ *Cuernos:* 2 piezas de media
- Ⓖ *Capa:* 1 pieza de seda roja
- Ⓗ *Manos:* 2 círculos de media
- Ⓘ *Cara:* 1 círculo de media
- Ⓙ *Barba:* 1 pieza de peluche negro, o lana
- Ⓚ *Cinturón:* cinta roja de 3 cm de ancho
- Ⓛ Hebilla del cinturón
- Ⓜ *Tridente:* 1 pieza de alambre.
- Ⓝ *Tridente:* 1 pieza de alambre.
- Ⓝ̃ *Tridente:* 3 triángulos de gomaespuma negra

Cola:
Dobla la pieza (E) a lo largo, cósela dejando abierto un extremo para dar la vuelta a la costura. Rellénala con guata y colócala en la parte trasera del pantalón.

Si quieres, puedes pegar en la punta de la cola un pequeño triángulo de gomaespuma roja.

Capa:
Utilizando la tela doble, cose el contorno de la pieza (G) dejando unos centímetros abiertos. Dale la vuelta a la prenda por la abertura y plánchala.
Colócala centrada sobre la cabeza del diablo y da dos pequeños cortes en la capa para introducir los cuernos. Mételos y asegura la capa al cuello del diablo con unas puntadas.

Moldes

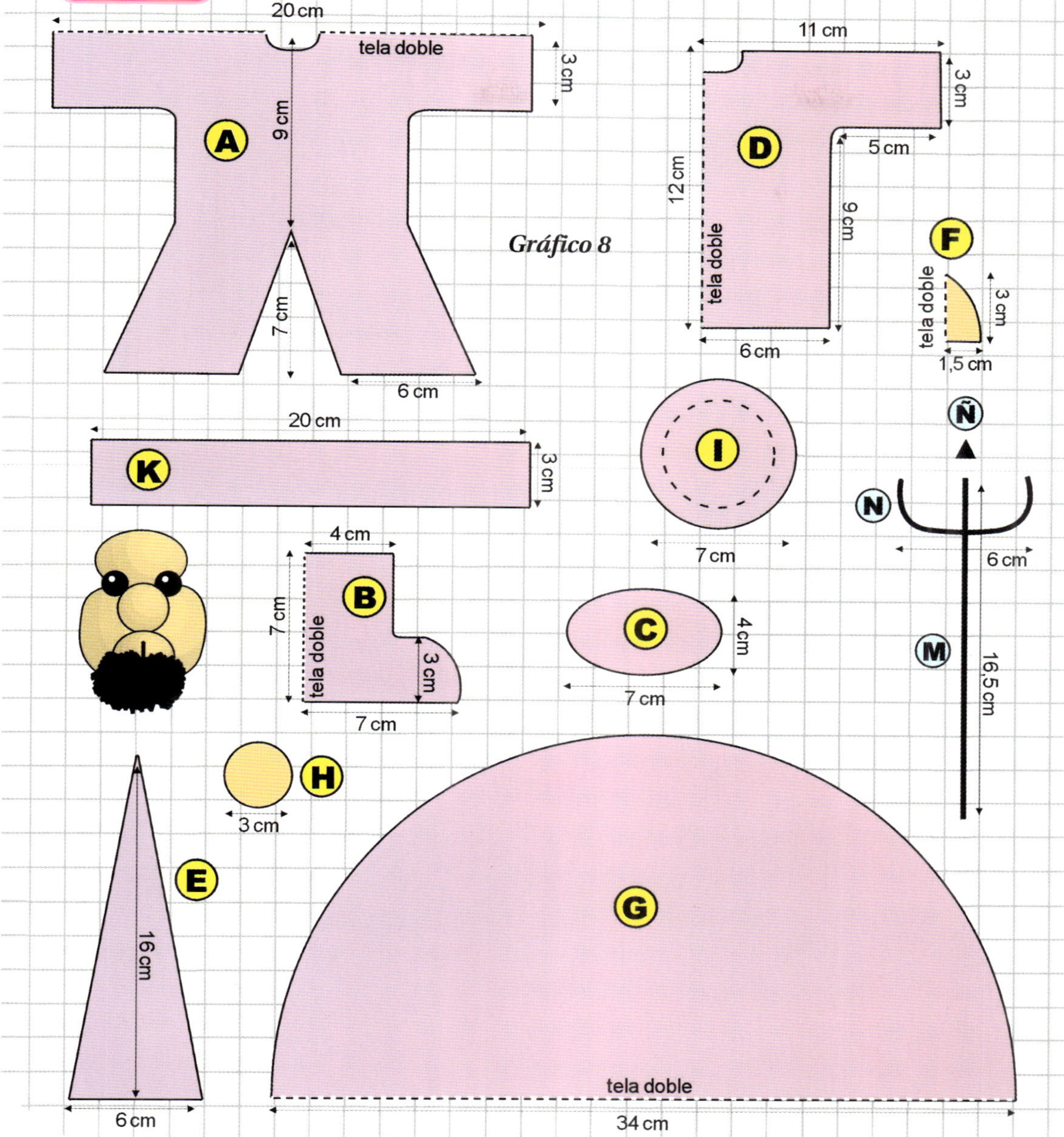

Luego ata una cinta alrededor del cuello cogiendo la capa para lograr el frunce de la espalda, como el modelo terminado.

Tridente:
Dobla con unas tenazas la pieza (N), que formará la parte superior del tridente. Luego fíjala con un poco de alambre fino a la pieza (M) y asegura la unión con unas gotas de pegamento instantáneo (gráfico 8).

Pega en cada punta las piezas de gomaespuma (Ñ). Pinta con el aerosol negro el conjunto y déjalo secar.

Por último, coloca el tridente en el cinturón del diablo o pégalo a una de sus manos.

Platillo volante

Llegan los invasores

Un juguete muy divertido y a la vez, una práctica bombonera

Materiales

- 1 cuenco de plástico
- 2 cuencos de acero inoxidable
- 1 círculo de madera de 3 cm de diámetro y 0,5 cm de grosor
- 1 botón de madera de 3 cm de diámetro
- 3 esferas de madera de 1,5 cm de diámetro, perforadas en el centro
- 3 aros de madera de 2 cm de diámetro
- 3 botones de madera de 4 cm de diámetro
- 3 varillas de madera de 9 cm de largo y 0,3 cm de diámetro
- Pintura plateada en aerosol
- Papel autoadhesivo plateado y negro
- Tijera
- Cola de contacto en gel

Realización

Para realizar el platillo volante necesitarás 1 cuenco transparente, que será la cabina, y 2 cuencos de acero inoxidable que tengan el mismo diámetro.

Es conveniente que uno de ellos tenga una superficie de apoyo más grande que el otro. Aquél se utilizará en la parte superior, ya que sobre la superficie plana deberá adherirse el panel de control.

Tren de aterrizaje:
Para confeccionarlo fácilmente es conveniente que te guíes por los (gráficos 1-3).

Comienza haciendo 3 agujeros en ángulo ascendente en la pieza (D) como indica el (gráfico 2). Luego coloca, dentro de esas perforaciones, las 3 varillas (I) y adhiérelas con la cola de contacto.

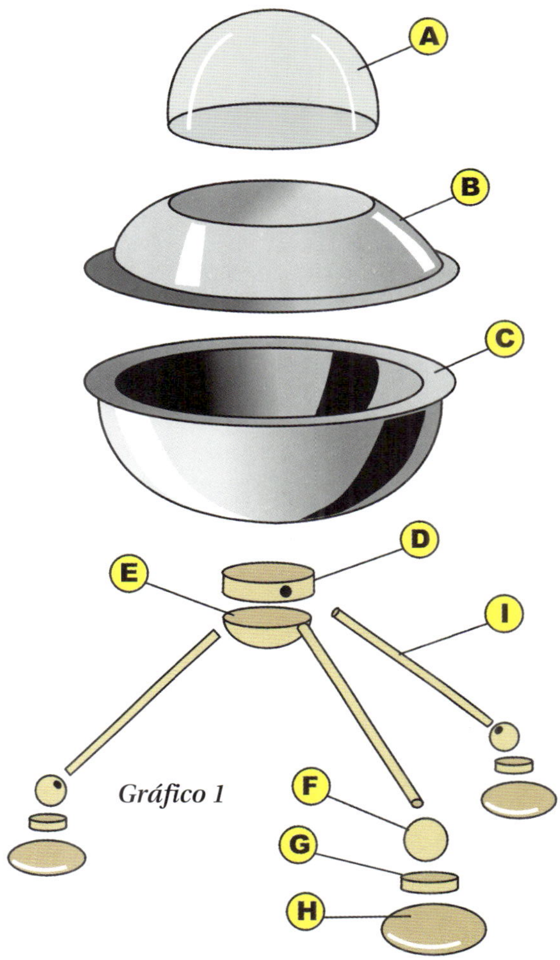

Gráfico 1

Introduce el otro extremo de la varilla (I) en la perforación de la pieza (F). Pega la esfera (F) al aro (G) y luego ambos a la pieza (H). Repite el mismo procedimiento con las otras patas como muestra el gráfico 1.

Detalle de las piezas

- **(A)** 1 cuenco de plástico de 13 cm de diámetro y 6 cm de altura
- **(B)** 1 cuenco de acero inoxidable de 20 cm de diámetro y 4,5 cm de altura
- **(C)** 1 cuenco de acero inoxidable de 20 cm de diámetro y 6 cm de altura
- **(D)** 1 círculo de madera de 3 cm de diámetro y 0,5 cm de grosor
- **(E)** 1 botón de madera de 3 cm de diámetro
- **(F)** 3 esferas de madera de 1,5 cm de diámetro, perforadas en el centro
- **(G)** 3 aros de madera de 2 cm de diámetro
- **(H)** 3 botones de madera de 4 cm de diámetro
- **(I)** 3 varillas de madera de 9 cm de largo y 0,3 cm de diámetro

Si no deseas utilizar el platillo volante como bombonera, puedes pegar las piezas (B) y (C) entre sí.

Pinta el conjunto con pintura plateada en aerosol y déjalo secar. Después, deberás pegarlo debajo del cuenco (C).

Decoración:
Guiándote por el modelo terminado, corta trozos de papel autoadhesivo negro y plateado para decorar los cuencos (B) y (C).

Saca una fotocopia en color y en papel brillante del panel de control y de la cabeza del extraterrestre (gráfico 5), ampliándolos de acuerdo a la medida del cuenco que hayas elegido. Recórtalos cuidadosamente.

Importante

Debido a la escasa adherencia del acero inoxidable, es conveniente utilizar pegamento instantáneo en gel.

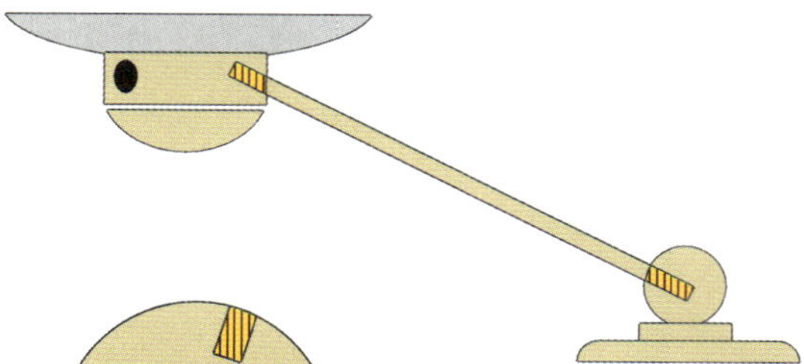

Gráfico 2

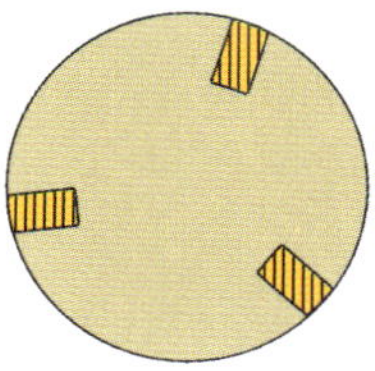

Gráfico 3

Gráfico 4

Una vez finalizada la decoración exterior, deberás pegar el panel de control sobre la parte superior de la pieza (B). El (gráfico 4) te indica la forma de plegar la cabeza del extraterrestre.

Dóblala y colócala en el centro del panel de control.

Por último, adhiere la cabina (A) a la pieza (B) (gráfico 1).

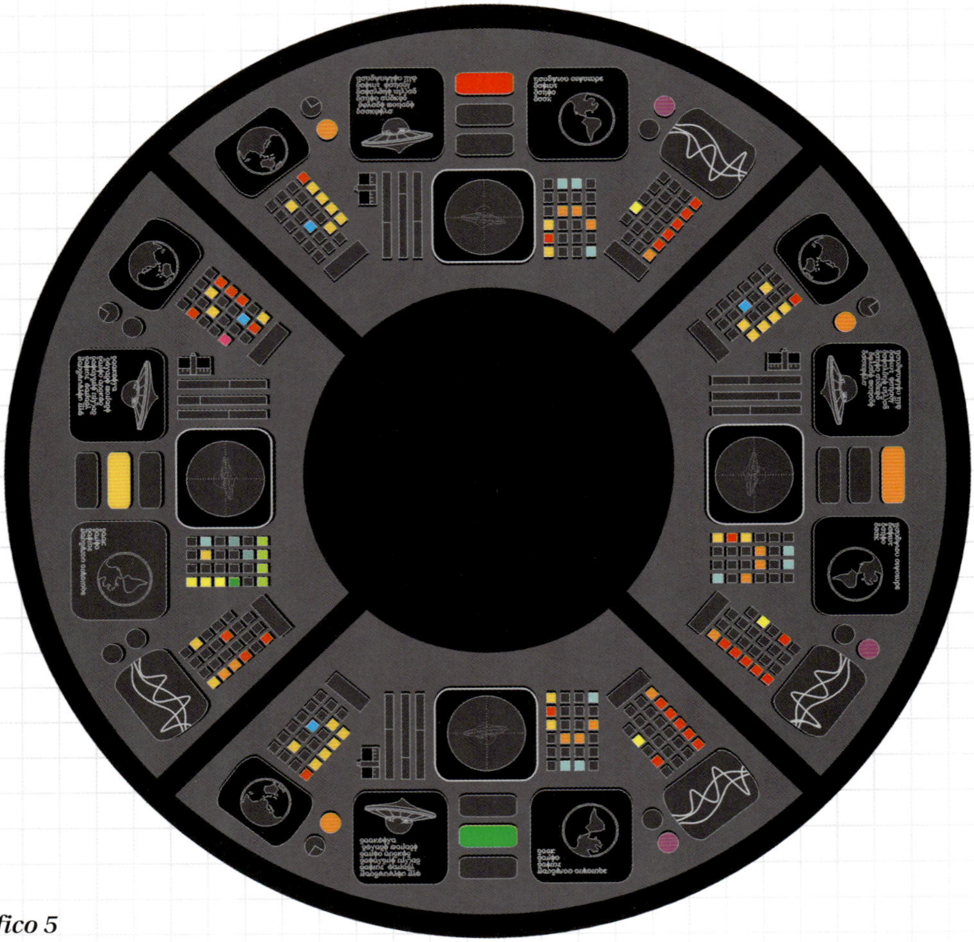

Gráfico 5

Importante

Para que el trabajo sea más fácil y quede mejor rematado, puedes fotocopiar el panel de control en papel autoadhesivo.

Extraterrestres

Seres de otros planetas

Realización

Cabeza y cuello:

Perfora el huevo de madera (F) por la base, introduce la brocheta (H) y pégala. Pinta el conjunto de verde y déjalo secar. Pega los ojos (G) a ambos lados de la cara (gráfico 1).

Cuerpo:

Une los derechos de las piezas (A) y cose los lados dejando abierto el cuello. Cose también la base (B) al cuerpo dejando unos centímetros abiertos. Dale la vuelta a la costura, rellena con guata y cose la abertura.

Introduce la brocheta (H) que sostendrá la cabeza por la abertura del cuello. Sella con pegamento la abertura para evitar que la cabeza se mueva (gráfico 1).

Brazos:

Une los derechos de las piezas (C) y cose el contorno dejando una abertura. Dale la vuelta a la costura e introduce un alambre, doblado en las puntas, en cada uno de los brazos. Luego rellénalos con guata y cierra con unas puntadas las aberturas. Cose o pega los brazos a ambos lados del cuerpo (gráfico 1).

Túnica:

Corta la pieza (D) con tela doble, agregando 3 cm al largo de las mangas y al bajo para poder hacer los dobladillos. Coloca una pieza de fieltro de 5 cm de ancho por el revés de la tela y sujétala con alfileres en los lugares indicados para hacer los pespuntes de las mangas y del frente (ver moldes).

Cose los dobladillos de las mangas y el bajo. Haz una costura por las líneas punteadas, prendiendo tela y el fieltro para lograr el acolchado. Luego une los derechos de la pieza (D) y cose desde la manga hasta el bajo. Vuelve a la prenda.

Materiales

- Lápiz y tijera
- Aguja e hilo blanco, gris y verde
- 1 huevo de madera
- 1 brocheta
- Pintura verde en aerosol
- 2 óvalos negros de plástico
- Pegamento instantáneo
- Tela de algodón verde manzana
- Guata
- Fieltro
- Tela plateada
- Optativo: 40 cm de alambre fino para armar los brazos

Importante

El alambre cumple la función de dar movimiento a los brazos, pero puedes prescindir de él y rellenarlos solo con guata.

Cuello:

Cose la pieza (E) dejando libre la parte de abajo. Dale la vuelta a la costura e introduce una pieza de fieltro; pespuntea el contorno. Después, cose el cuello al vestido.

Montaje final:

Por último, viste al extraterrestre con la túnica guiándote por el modelo terminado.

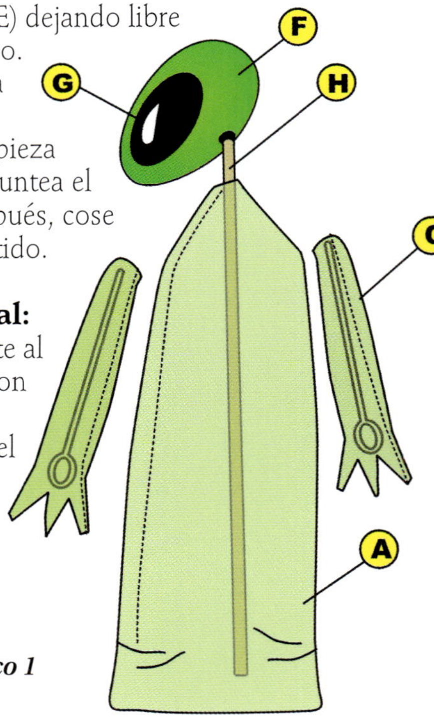

Gráfico 1

Moldes

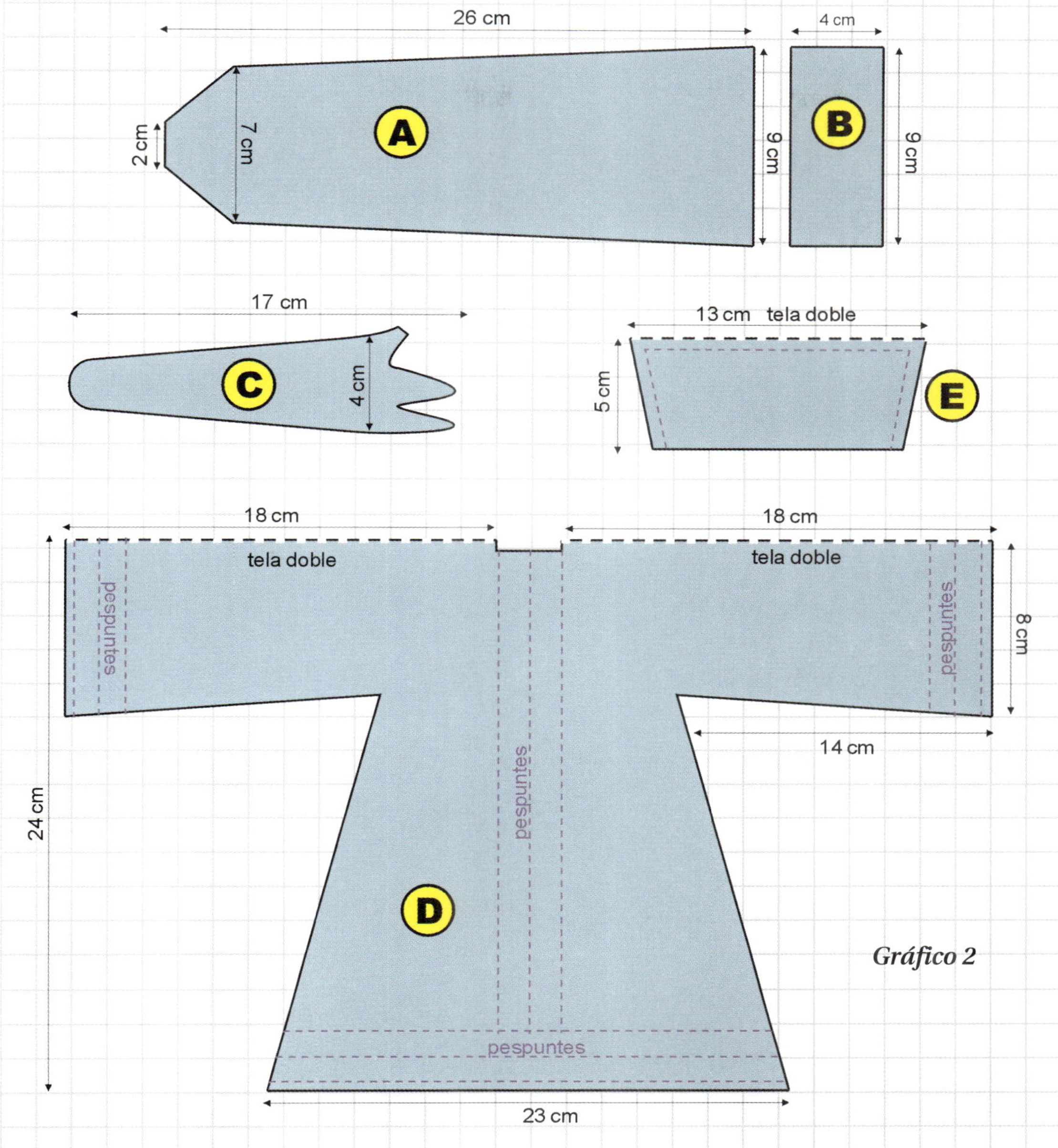

Gráfico 2

Detalle de las piezas

Traslada a un papel los moldes y córtalos en las telas indicadas, dejando 1 cm para la costura.

- Ⓐ *Cuerpo:* 2 piezas de tela verde
- Ⓑ *Base del cuerpo:* 1 pieza de tela verde
- Ⓒ *Brazos:* 4 piezas de tela verde
- Ⓓ *Vestido:* 1 pieza de tela plateada
- Ⓔ *Cuello:* 1 pieza de tela plateada
- Ⓕ *Cabeza:* 1 huevo de madera
- Ⓖ *Ojos:* 2 óvalos negros de plástico
- Ⓗ *Sostén de la cabeza:* 1 brocheta

Criaturas de la noche

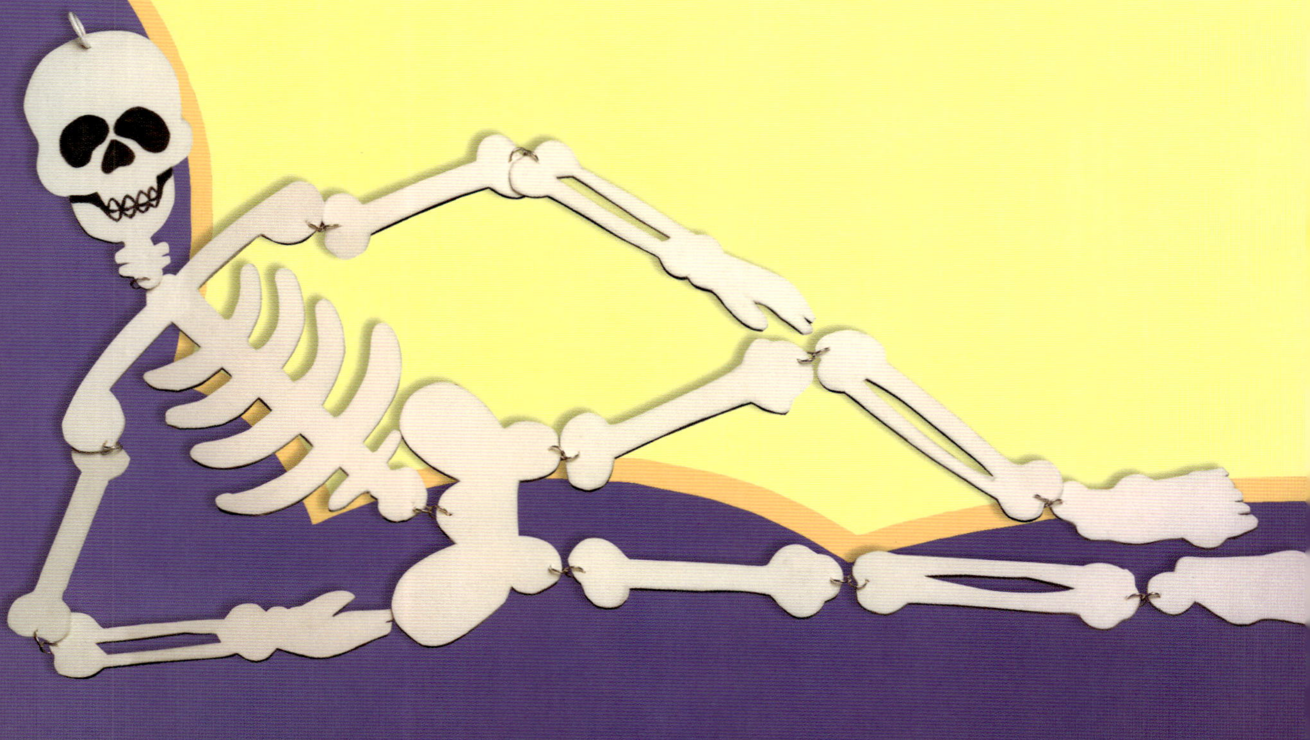

Vampiritos: dispuestos a volar

Esqueleto: móvil de gomaespuma

Drácula: vestido de gala

Móvil fantasmal

Vampi: vampiro
portalápices

Fantasmitas: móvil terrorífico

La Parca: la más temida

El Conde: primo de Drácula

Vampiritos

Dispuestos a volar

Realización

Vampiros:
Recorta las alas (F), las orejas (H) y los colmillos (K) en los materiales indicados. Con el rotulador negro, pinta las 10 pelotas de poliespán. Guiándote por el modelo (gráfico 1), pega las alas, los ojos, los colmillos y las orejas.

A continuación, coloca dos alfileres negros a modo de hocico en cada vampiro. Pega las argollas (M) en la parte superior de cada uno.

Materiales

- 1 aro de madera de 20 cm de diámetro y 3 cm de ancho
- 1 argolla de madera de 5 cm de diámetro
- 1 esfera de madera de 3, 5 cm de diámetro perforada en el centro
- 10 remates de madera de 2,5 cm de largo
- 4 esferas de madera de 0, 8 cm de diámetro perforadas en el centro
- Gomaespuma negra
- 10 esferas de poliespán de 2,5 cm de diámetro
- 20 ojos de plástico
- Tijera
- 20 alfileres de cabeza negra
- 2 m de cinta roja estrecha
- 1 rotulador indeleble negro
- Hilo de nailon (hilo de pescar)
- 1 pincel
- Pintura roja en aerosol
- Pegamento instantáneo

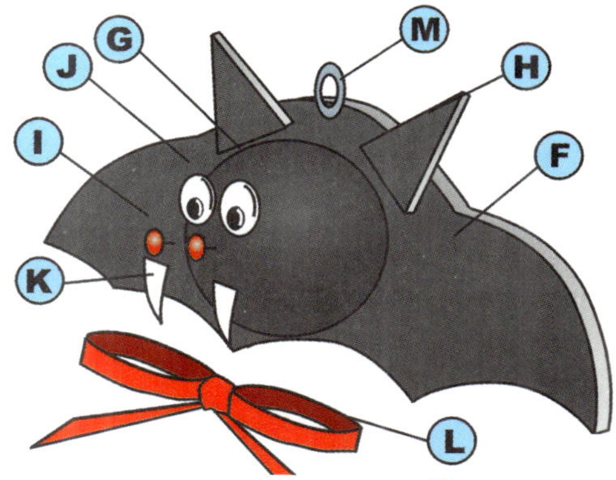

Gráfico 1

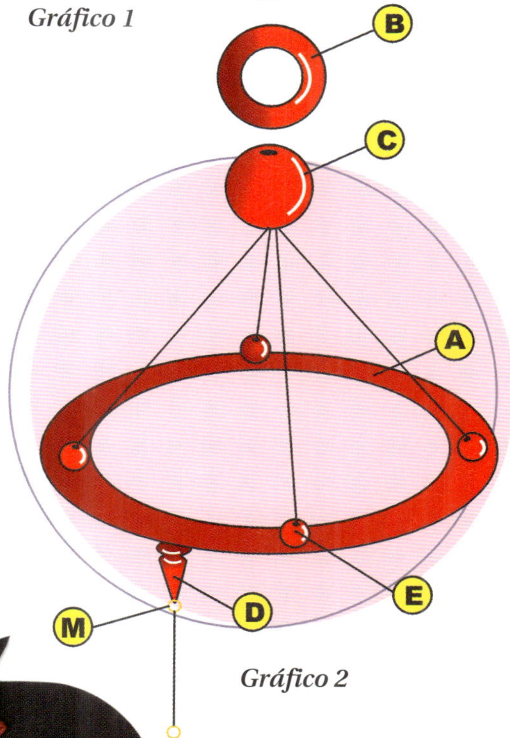

Gráfico 2

Corta 10 trozos de hilo de pescar de diferentes medidas. Pásalos por la argolla de la cabeza de cada vampiro, asegurándolos con un nudo.

Colgante:

Pintura: pinta de rojo las piezas de madera y déjalas secar.

Armado:

Guiándote por los gráficos 3 y 4, pega a la misma distancia las 10 piezas (D) en la parte inferior de la pieza de madera (A); y, sobre la parte superior, las 4 esferas (E).

Siguiendo el gráfico 2, corta 4 trozos de hilo de pescar de 15 cm de largo. Introduce cada uno en los agujeros de las piezas (E) y fíjalos con pegamento instantáneo.

Pega el otro extremo de los hilos de a la perforación de la pieza (C). Luego adhiere la pieza (B) a la parte superior de la esfera (C).

Pega una argolla (M) en la punta de cada pieza (D). Ata en cada una de ellas el hilo de pescar de los vampiros.

Decoración:

Haz 10 lazos con trozos de cinta roja y pégalos bajo la cabeza de los vampiros.

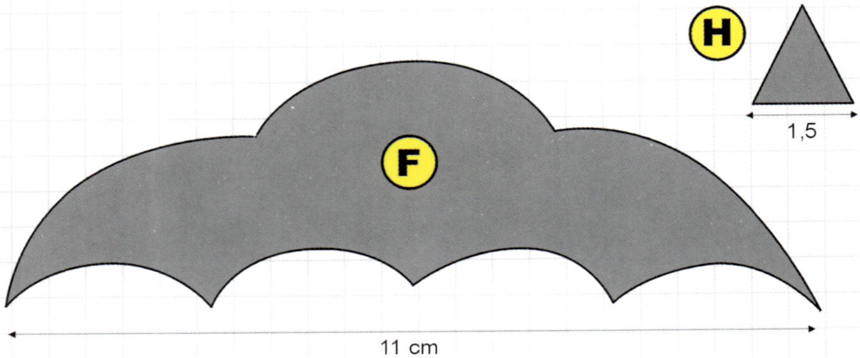

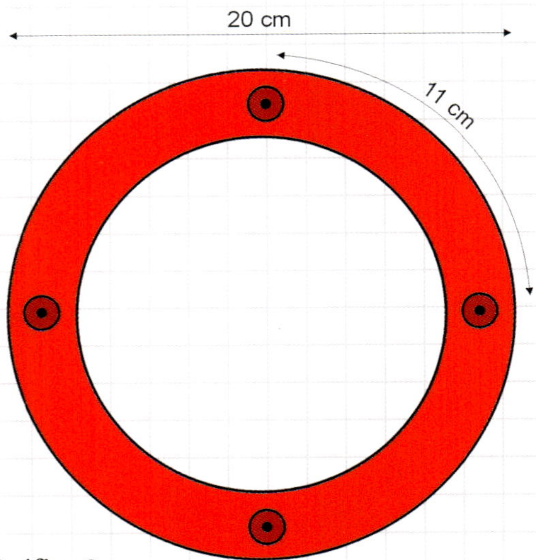

Gráfico 3

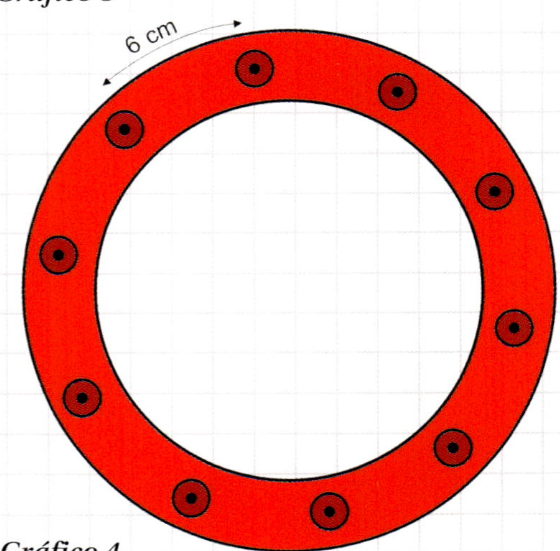

Gráfico 4

Importante

Como los hilos tienen distintas longitudes, los vampiros quedarán separados entre sí a diferentes alturas.

Detalle de las piezas

- (A) 1 aro de madera de 20 cm de diámetro y 3 cm de ancho
- (B) 1 argolla de madera de 5 cm de diámetro
- (C) 1 esfera de madera de 3,5 cm de diámetro perforada en el centro
- (D) 10 remates de madera de 2,5 cm
- (E) 4 esferas de madera de 0,8 cm de diámetro perforadas en el centro
- (F) 10 alas de gomaespuma negra
- (G) *Cabeza:* 10 pelotas de poliespán de 2,5 cm de diámetro
- (H) *Orejas:* 20 triángulos de gomaespuma de 1,5 cm de lado
- (I) *Hocico:* 20 alfileres de cabeza negra
- (J) *Ojos:* 20 ojos de plástico de 0,8 cm de diámetro
- (K) Colmillos: 20 triángulos de papel blanco de 0,6 cm de lado
- (L) Lazos: 10 trozos de cinta roja de 18 cm
- (M) 20 argollas de 0,5 cm de diámetro

Esqueleto

Móvil de gomaespuma

Realización

Para obtener los moldes de las piezas que componen el esqueleto, saca una fotocopia ampliada al tamaño que desees. Luego cálcalos en la plancha de gomaespuma blanca utilizando el papel de calco.

Debes tener en cuenta que cuanto más grande hagas el modelo, más fácil te resultará recortar las piezas.
Recorta cuidadosamente cada pieza, haciendo con un cúter las aberturas internas.

Utilizando un alfiler, haz agujeros en los lugares indicados con un punto en los moldes. Coloca una argolla en cada agujero. Luego une las argollas que corresponden a cada pieza guiándote por los gráficos 1 y 2.

Con el rotulador indeleble dibuja el cráneo, teniendo en cuenta que debes pintar los detalles en ambos lados de la gomaespuma.

Por último, guiándote por el gráfico 2, pasa el cordón por la argolla que corresponde a la cabeza. Después introdúcelo por la otra argolla grande y haz un nudo.

Materiales

- Gomaespuma blanca
- Tijera
- Lápiz
- 1 hoja de papel de calco negro o azul
- Rotulador indeleble negro
- 24 argollas metálicas abiertas de 0,5 cm de diámetro
- 2 argollas abiertas de 1 cm
- 32 cm de cordón rojo
- Cúter

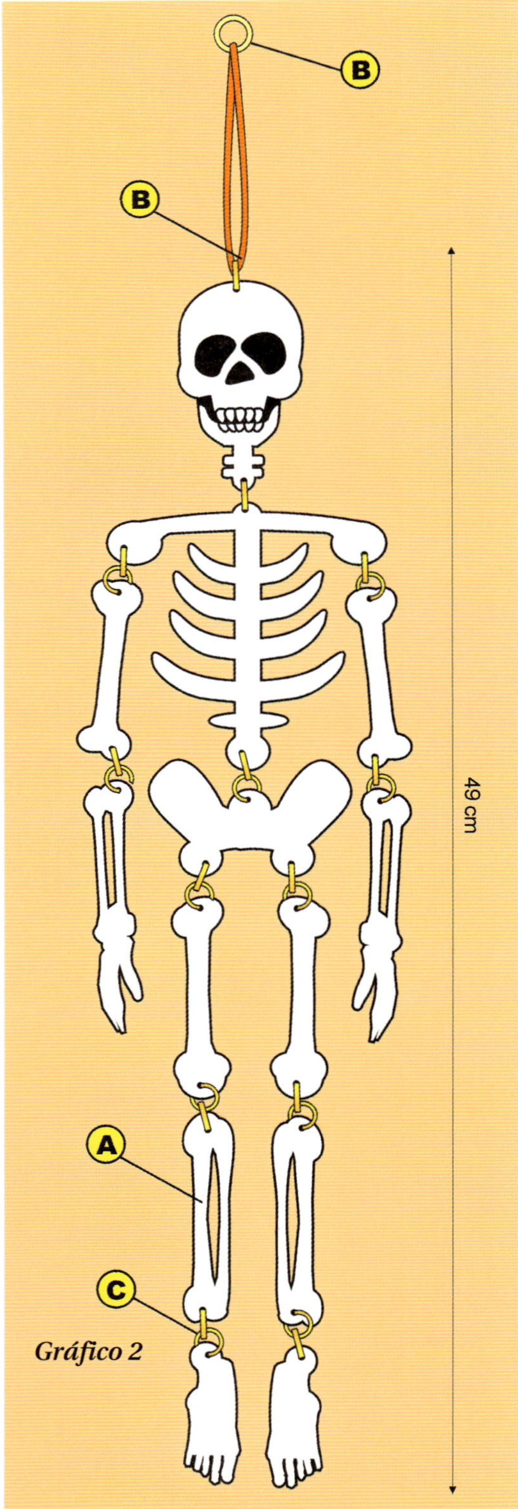

Gráfico 2

Moldes

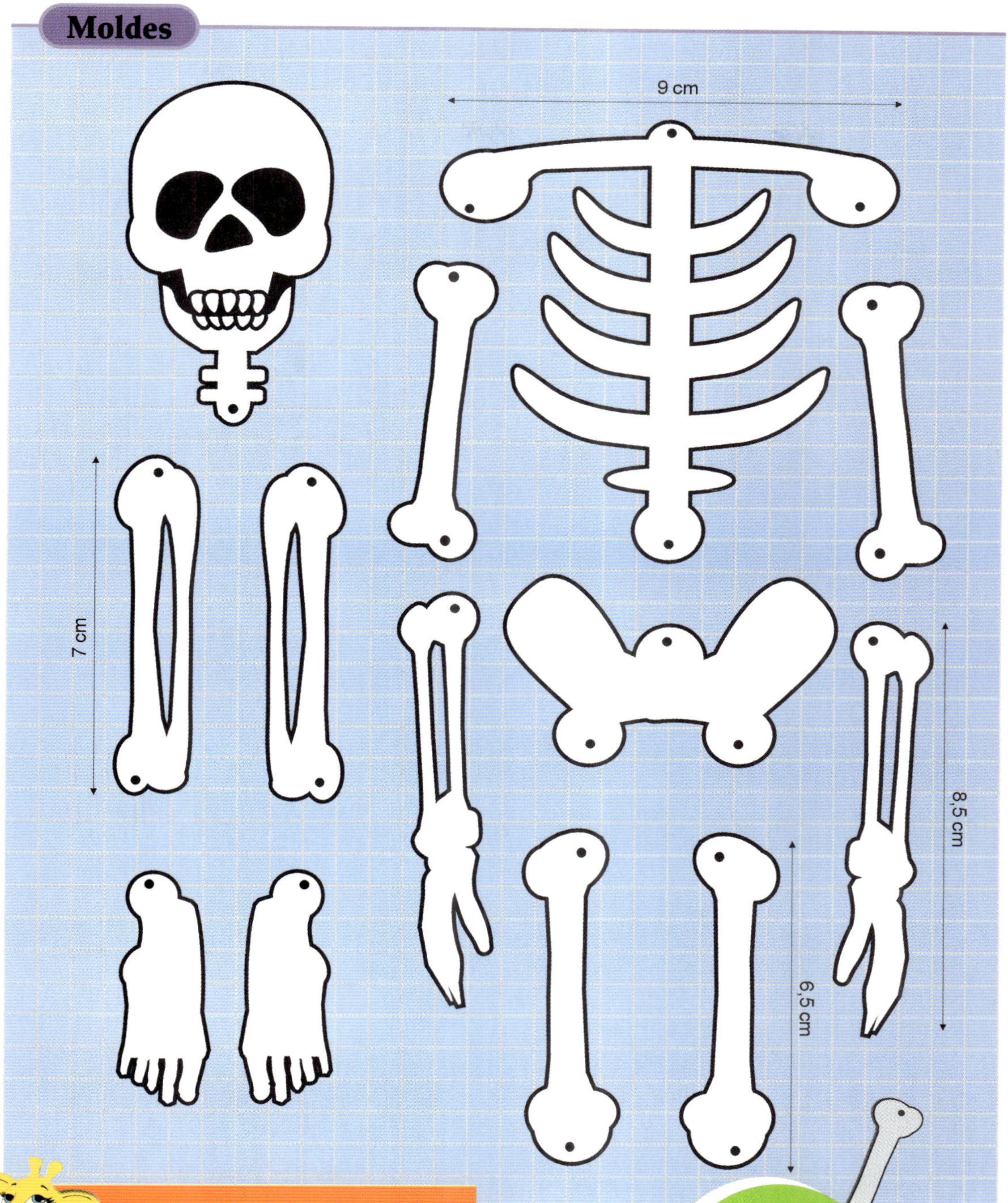

Detalle de las piezas

- **A** Piezas que componen el esqueleto
- **B** *2 argollas:* 1 en la parte superior de la cabeza y la otra en el extremo del hilo
- **C** 24 argollas metálicas abiertas

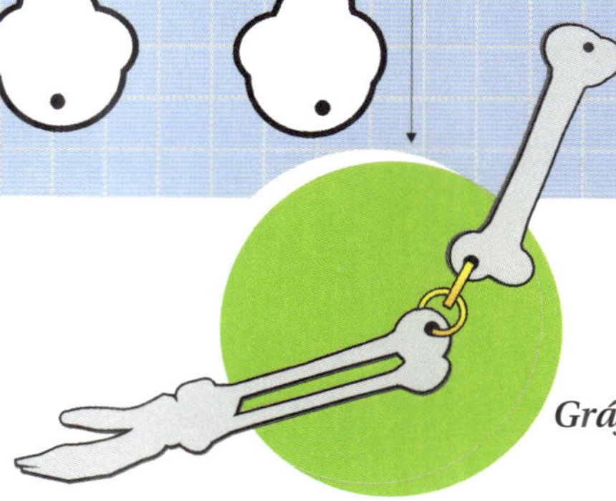

Gráfico 1

Drácula

Vestido de gala

Realización

Cuerpo:
Une los derechos de las piezas (A), cose el contorno y la base (B) dejando unos centímetros libres. Dale la vuelta por la abertura y coloca el alambre a través de los brazos (gráfico 2). Luego rellena el cuerpo con guata comenzando por los brazos. Cierra la abertura con unas puntadas.

Cara:
Guiándote por el modelo (gráfico 1), dibuja las facciones y el cabello; también por detrás. Déjalo secar.

Camisa:
Cose el contorno de la pieza (C). Haz el dobladillo en puños y cintura.

Pechera:
Guiándote por el modelo terminado, corta la puntilla por la mitad, frunce y cósela en el frente de la camisa.

Materiales

- Tijera, aguja e hilo negro, blanco y rojo
- Regla y lápiz
- 25 cm de seda negra
- 25 cm de seda roja
- 40 cm de liencillo blanco
- 15 cm de puntilla blanca
- 6 cm de fieltro negro
- Hebras de hilo sisal
- Guata
- Pincel y pintura negra
- Colorete
- 20 cm de cinta de raso roja de 2 cm de ancho
- 40 cm de alambre
- Pegamento universal

Pantalón:
Une con una costura los lados cortos de la pieza (H) y haz los dobladillos de los extremos. Luego colócalo en la base del cuerpo. Da unas puntadas en el centro para simular las piernas. Guíate por el modelo terminado.

Faja:
Coloca una capa de guata entre las piezas (D) y cose el contorno. Luego

Gráfico 2

cose tres pespuntes a lo largo (ver modelo terminado). Colócala en la cintura sobre la camisa y el pantalón. Sujétala por detrás.

Zapatos:
Pega dos de las piezas (G). Enhebra una aguja con hilo de sisal; pásala por el zapato imitando los cordones y átalos. Realiza el otro zapato de la misma manera y pégalos a la base del modelo.

Capa:
Cuello: une los derechos de las piezas (F). Cose el contorno dejando libres unos centímetros. Dale la vuelta por esta abertura.

Capa: une los derechos de las piezas (E) y cose el contorno dejando libre la parte que corresponde al cuello (ver moldes, pieza (E), indicación 1-2). Dale la vuelta a la capa por la abertura. Luego, une con una costura el cuello a la capa y plánchala.

Guiándote por el modelo terminado, coloca la capa en el muñeco y asegúrala en las manos con unas puntadas.

Por último, haz un lazo con la cinta roja y pégalo en el cuello.

Moldes

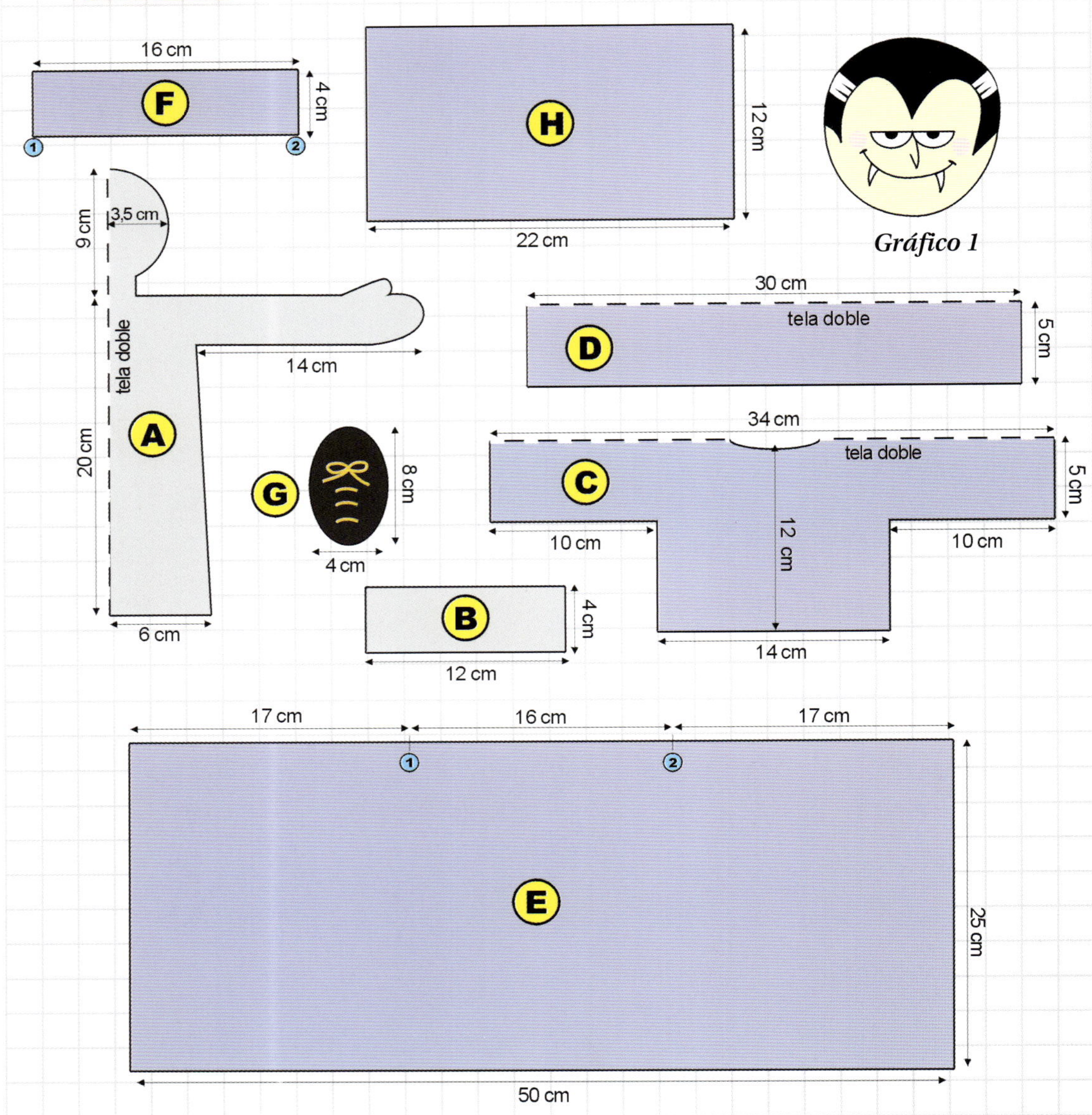

Gráfico 1

Detalle de las piezas

Traslada a un papel los moldes y córtalos en las telas indicadas, dejando 1 cm para la costura.

- **A** *Cuerpo:* 2 piezas de algodón blanco
- **B** *Base del cuerpo:* 1 pieza de algodón blanco
- **C** *Camisa:* 1 pieza de tela blanca
- **D** *Faja:* 1 pieza de seda roja
- **E** *Capa:* 1 pieza de seda negra y 1 de seda roja
- **F** *Cuello:* 1 pieza de seda negra y 1 de seda roja
- **G** *Zapatos:* 4 piezas de fieltro negro
- **H** *Pantalón:* 1 pieza de seda negra
- **I** *Pechera:* 15 cm de puntilla blanca
- **J** 15 cm de cinta de raso de 3 cm de ancho de color rojo
- **K** 30 cm de hilo de sisal

Móvil fantasmal

¡Uhhhhhh!

Realización

Fantasmas:
Amplía los moldes de los fantasmas y cálcalos en la plancha de gomaespuma utilizando el papel de calco.

Materiales

- Gomaespuma blanca
- Tijera y aguja de lana
- Lápiz
- 1 hoja de papel de calco negro o azul
- Rotulador indeleble negro
- 3 argollas de plástico, abiertas, de 1,5 cm de diámetro
- 1 argolla de plástico de 3 cm de diámetro
- Cordón rojo
- Pegamento instantáneo
- 2 ramitas

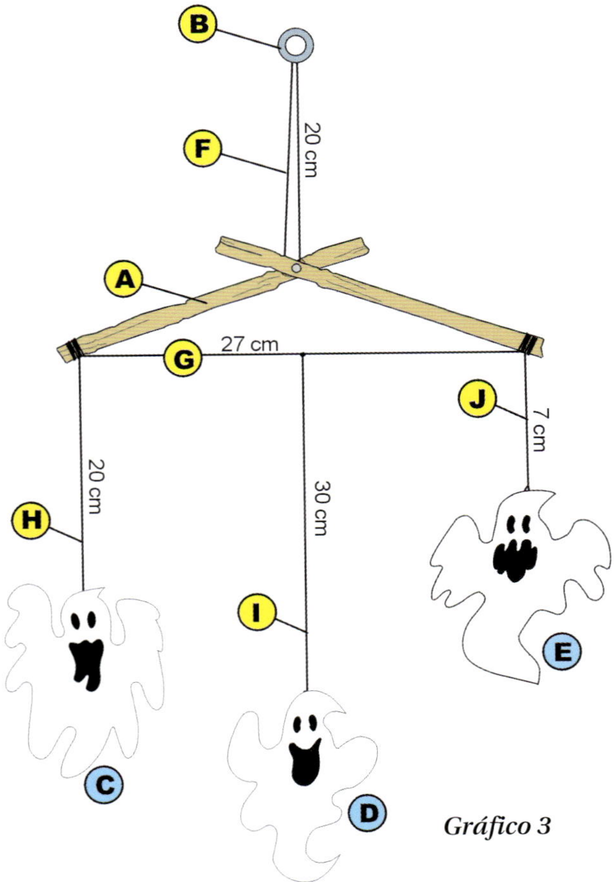

Gráfico 3

Recórtalos. Haz con un alfiler un agujero en la cabeza de cada fantasma y coloca en ellos las argollas.

Con el rotulador indeleble dibuja los detalles de las facciones, teniendo en cuenta que debes pintarlos en ambos lados de la gomaespuma.

Colgante:
Con un cúter, haz dos muescas a unos 3 cm del borde de cada palo (gráfico 1).

Cruza los palos por las muescas y adhiérelos entre sí con pegamento instantáneo. Coloca un clavo pequeño para unirlos (gráfico 2).
Guiándote por el gráfico 3, anuda el cordón de 40 cm (F) en el cruce de los palos, pásalo por la argolla (B) y vuelve a atarlo al palo.

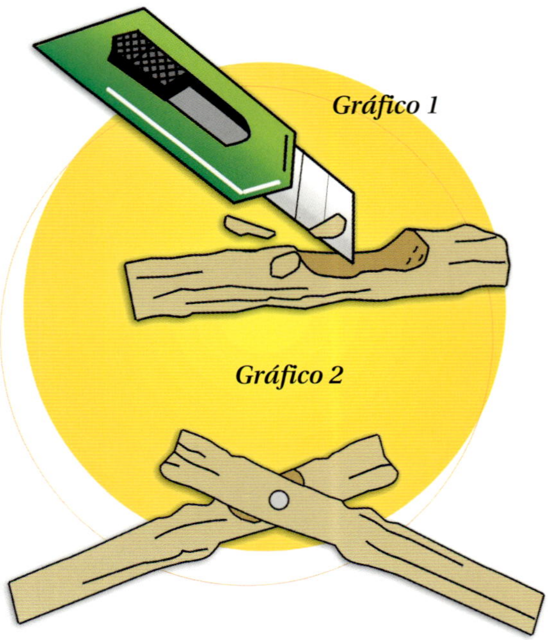
Gráfico 1

Gráfico 2

Detalle de las piezas

- (A) 2 ramitas de 21 cm
- (B) 4 argollas de plástico abiertas de 1,5 cm
- (C) (D) (E) Fantasmas
- (F) Cordón de 40 cm
- (G) Cordón de 27 cm de largo
- (H) Cordón de 20 cm
- (I) Cordón de 30 cm
- (J) Cordón de 7 cm

Moldes

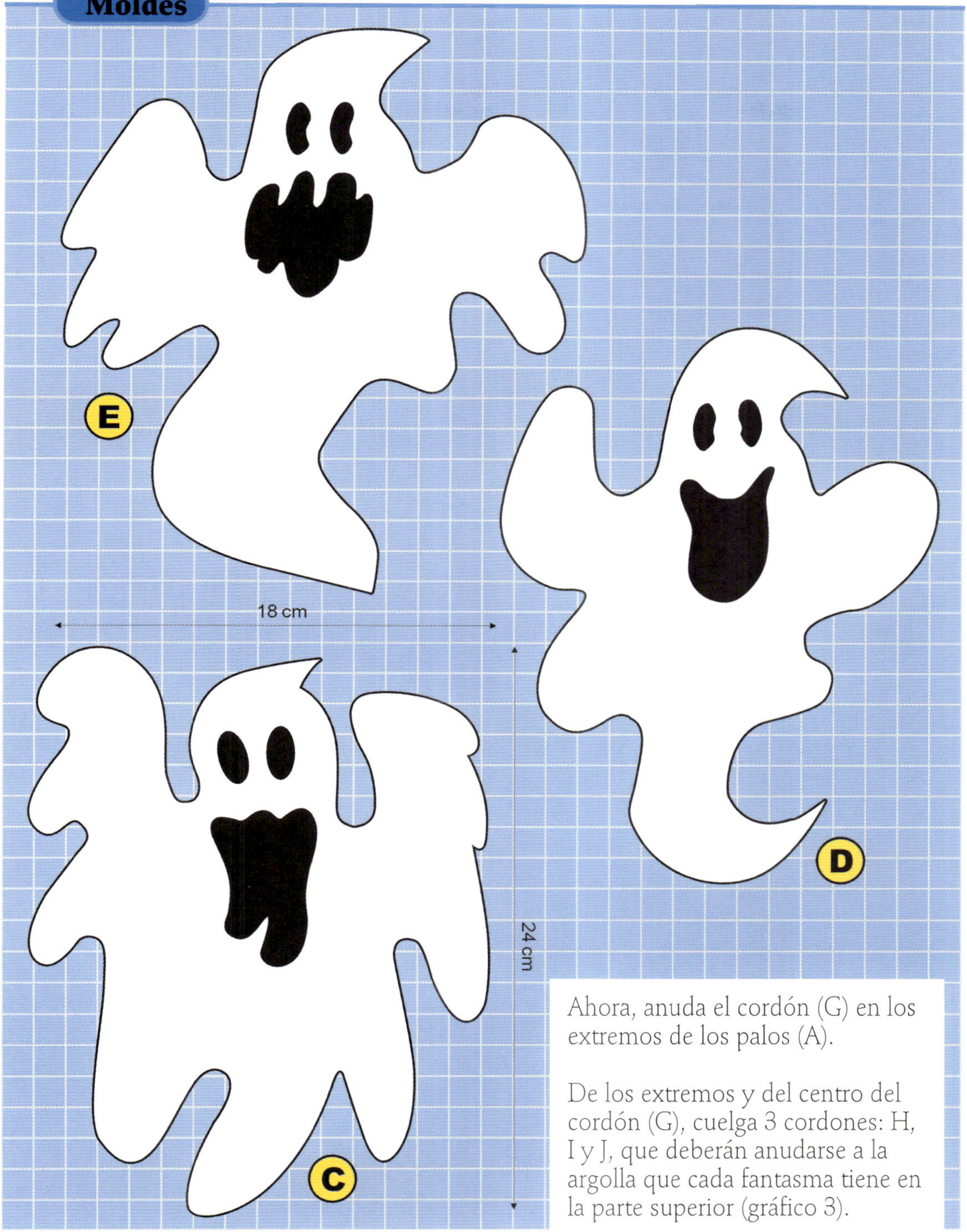

Ahora, anuda el cordón (G) en los extremos de los palos (A).

De los extremos y del centro del cordón (G), cuelga 3 cordones: H, I y J, que deberán anudarse a la argolla que cada fantasma tiene en la parte superior (gráfico 3).

Y ahora sí, el colgante está a punto para asustar a tus amigos.

Vampi

Vampiro portalápices

REALIZACIÓN

Forro de peluche:
Aplica una capa abundante de cola de contacto en el exterior de la lata. Espera unos minutos para que se seque.

Luego forra la lata con la pieza de peluche (B) presionando por todos lados hasta que quede bien ajustado y no sobresalga por el borde inferior del recipiente. Déjalo secar.

Una vez que el forro esté seco y bien sujeto, aplica cola en el interior de la lata y dobla hacia adentro el excedente de peluche fijándolo bien.

Vampiro:
Sobre la pieza (A) y guiándote por el modelo terminado, pega los elementos que forman la cara del vampiro: ojos, morro, boca y colmillos.

Montaje final:
Guiándote por el (gráfico 1) pega el vampiro terminado en el frente de la lata forrada. Ten en cuenta que la unión de los bordes del forro de la lata deben quedar en la parte trasera.

Aplica cola solamente por detrás de la cara del vampiro. De esa manera las alas quedarán sueltas, móviles y muy graciosas.

Ahora ya está listo para ser utilizado.

Materiales

- Regla
- Lápiz
- Tijera
- Cola de contacto
- 1 lata
- Peluche naranja
- Gomaespuma negra, roja y blanca
- 1 par de ojos de plástico
- 1 morro de plástico
- Alfileres

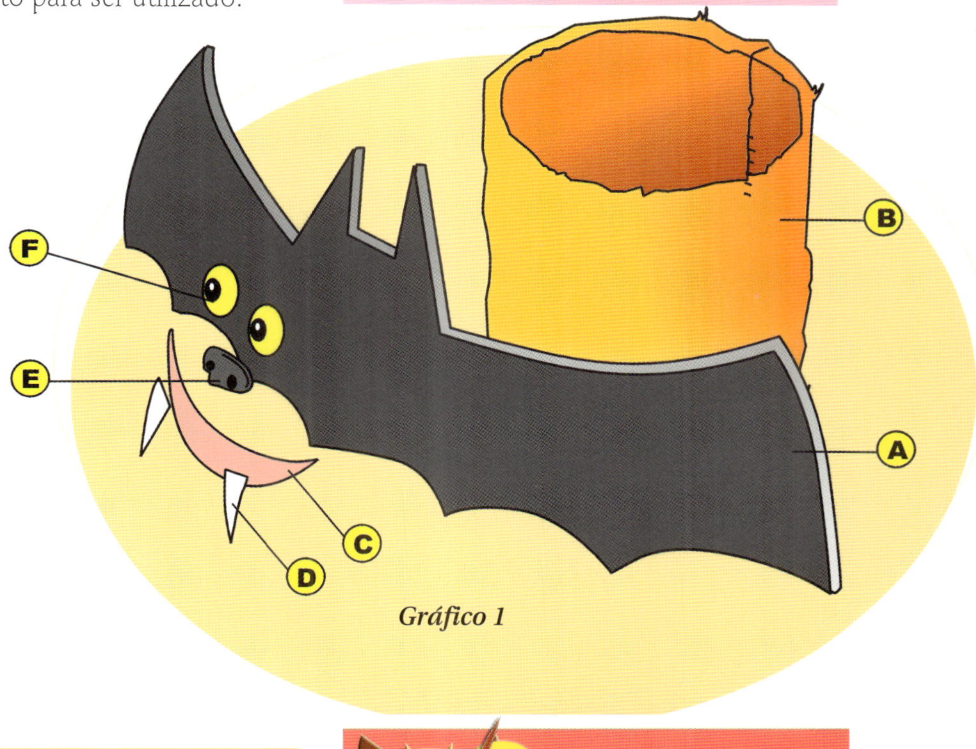

Gráfico 1

Detalle de las piezas

- **A** *Alas del vampiro:* 1 pieza de gomaespuma negra
- **B** *Forro de la lata:* 1 pieza de peluche naranja
- **C** *Boca:* 1 pieza en gomaespuma roja
- **D** *Colmillos:* 2 piezas de gomaespuma blanca
- **E** 1 morro de plástico
- **F** 2 ojos de plástico
- **G** Lata o recipiente de cartón

Importante

Antes de cortar la pieza (B), que corresponde al forro de la lata, deberás tomar las medidas del recipiente que hayas elegido. Haz un molde en papel y pruébalo para verificar que las medidas sean las correctas. Luego agrega 2 cm en el contorno y duplica la medida de la altura. Este detalle te permitirá forrar también el interior de la lata para lograr un acabado más cuidado.

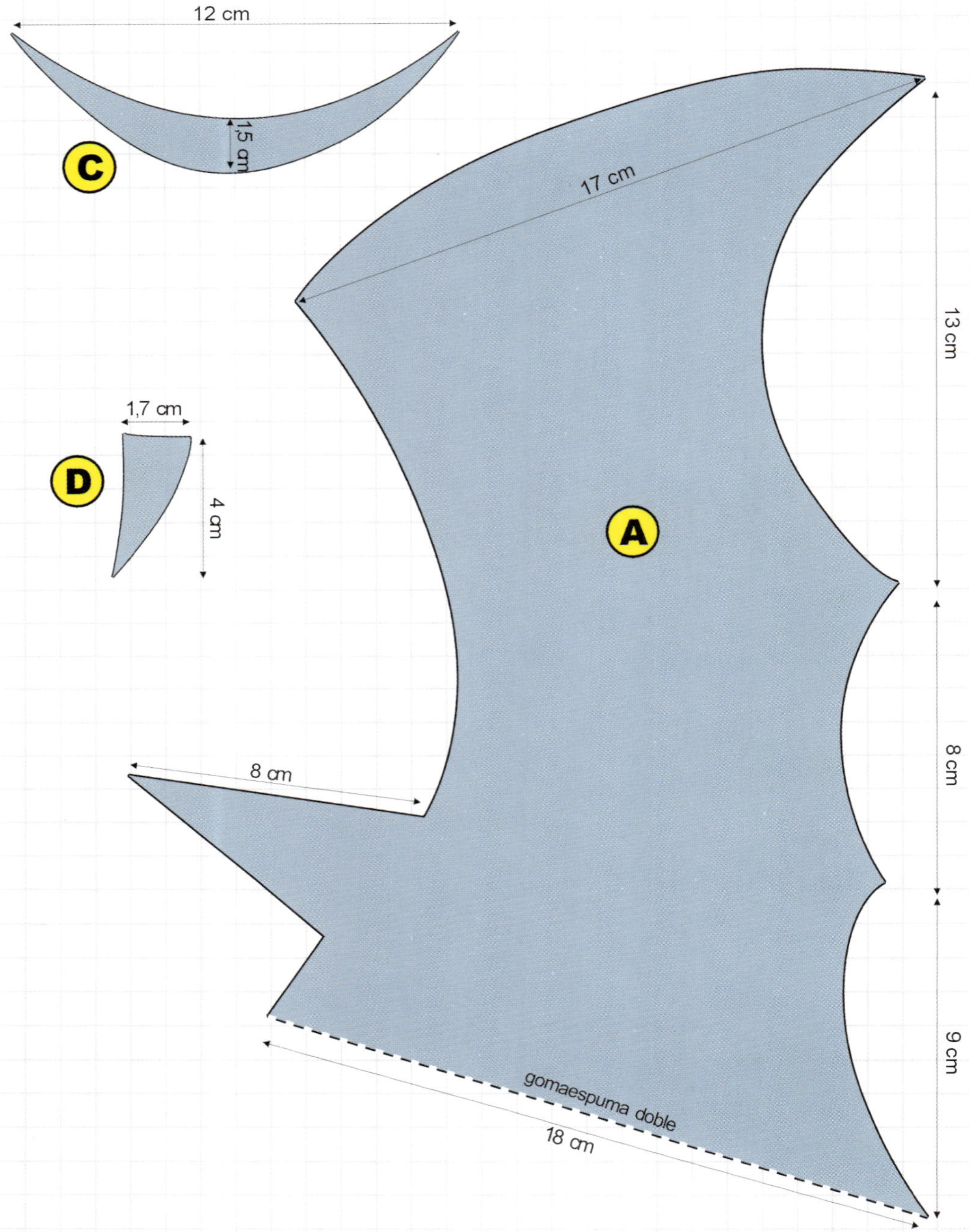
12 cm
1,5 cm
C
17 cm
13 cm
1,7 cm
D
4 cm
A
8 cm
8 cm
gomaespuma doble
18 cm
9 cm

Fantasmitas

Móvil terrorífico

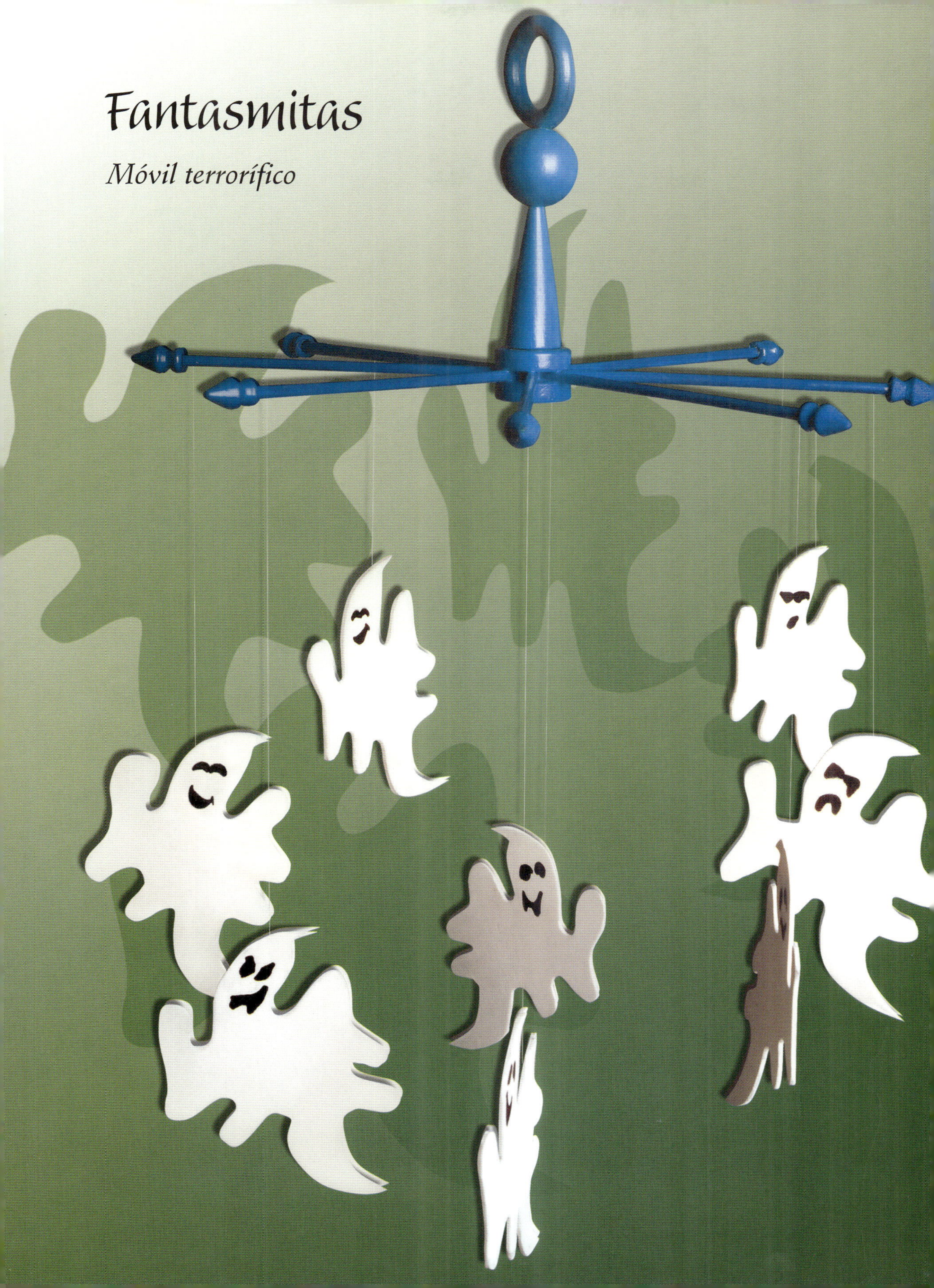

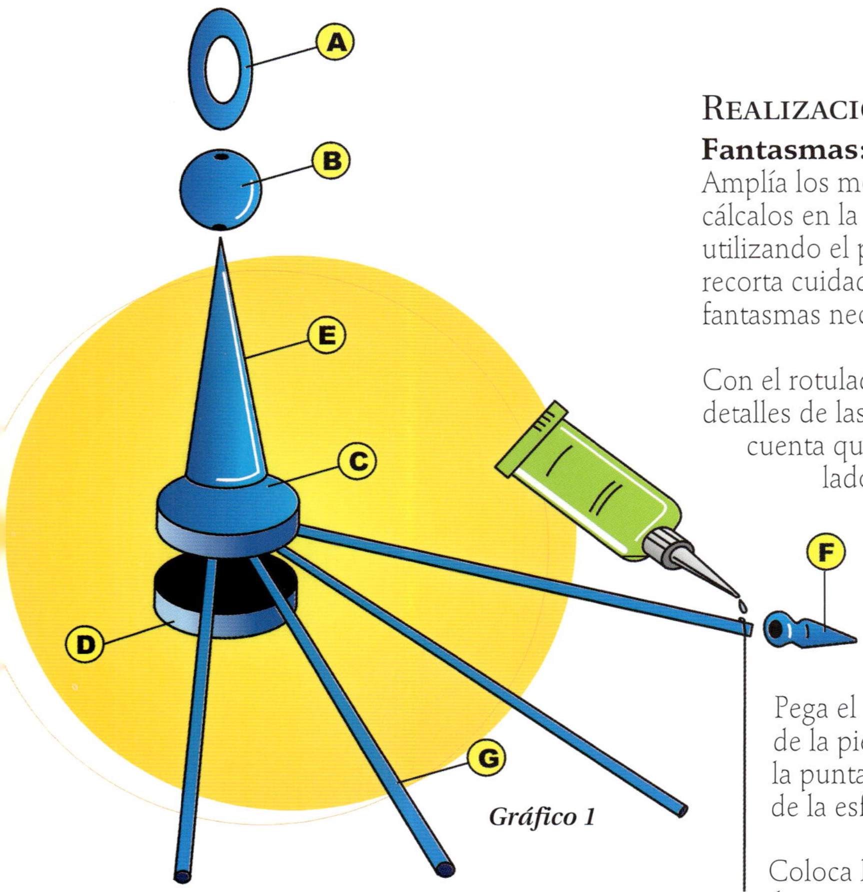

Gráfico 1

REALIZACIÓN

Fantasmas:
Amplía los moldes de los fantasmas y cálcalos en la plancha de gomaespuma utilizando el papel de calco. Luego recorta cuidadosamente los ocho fantasmas necesarios.

Con el rotulador indeleble dibuja los detalles de las facciones, teniendo en cuenta que deberás hacerlo en ambos lados de la gomaespuma.

Colgante:
Guiándote por el gráfico 1, pega las piezas (A) y (B).

Pega el cono (E) a la parte superior de la pieza (C) e introduce y pega la punta del cono en la perforación de la esfera (B), (gráfico 1).

Coloca las varillas (G) a la misma distancia entre las piezas (C) y (D), uniendo todo el conjunto con pegamento instantáneo.
Sitúa los remates (F) en los extremos de las varillas (G). Pinta el móvil con pintura en aerosol y déjalo secar.

Anuda y pega en la unión de las piezas (F-G) hilos de pescar de diferentes medidas.

Por último, haz con un alfiler un agujero en la parte superior de cada fantasma e introduce y pega los hilos de pescar.

Materiales

- Gomaespuma blanca
- Tijera, lápiz y cúter
- 1 hoja de papel de calco negro o azul
- Rotulador indeleble negro
- Pegamento instantáneo
- 8 argollas pequeñas abiertas de 1,3 cm de diámetro
- 1 argolla de madera de 4 cm
- 1 esfera de madera de 3 cm perforada en el centro
- Varillas de madera 0,3 cm de diámetro
- 8 remates de madera
- 2 discos de madera de 3 cm
- 1 cono de madera de 7 cm
- Hilo de nailon (hilo de pescar)
- Pintura azul en aerosol

Importante

Como los trozos de hilo tienen distintas medidas, los fantasmas quedarán colocados a diferentes alturas.

Moldes

Detalle de las piezas

- **A** Argolla de madera de 4 cm de diámetro
- **B** 1 esfera de madera de 3 cm de diámetro
- **C** 2 discos de madera de 3 cm de diámetro por 0,5 de espesor
- **D** 1 cono de madera de 7 cm de altura y 2,5 cm de diámetro en la base
- **E** 8 remates de madera de 2,5 cm de altura
- **F** 8 varillas de 13,5 cm de largo por 0,3 cm de diámetro
- **G** 8 siluetas de fantasmas realizadas en gomaespuma

La Parca

La más temida

Realización

Cuerpo:

Une los derechos de las piezas (A). Cose el contorno dejando unos centímetros libres. Dale la vuelta, rellena la figura con guata y cierra con unas puntadas la abertura. Cose el cuerpo a la base (B).

Cara:

Pinta de blanco los rasgos de la cara (gráfico 2) y déjala secar.

Capa:

Haz un dobladillo en el contorno de la capa (C). Pasa un hilván a 15 cm del borde superior tal y como aparece indicado (1-2) en el apartado de moldes, pieza (C). Frunce el hilván para formar la capucha. Coloca la capa en el muñeco y sujétala pasando un cordón negro por el cuello (E).

Guadaña:

Realiza en cartón la pieza (D), que corresponde a la guadaña. Píntala de color plateado y déjala secar. Pégala al extremo de un palillo (gráfico 2). Decora la unión con unas vueltas de hilo de sisal.

Por último, introduce la guadaña dentro de la capa de La Parca.

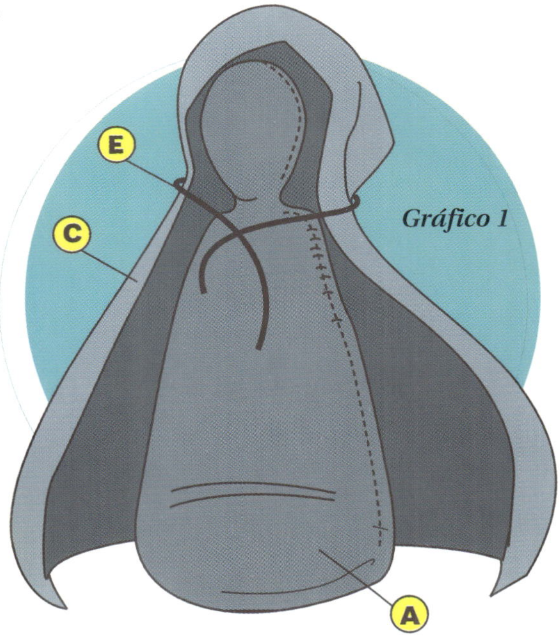

Gráfico 1

Materiales

- Regla y lápiz
- Tijera, aguja e hilo negro
- Pegamento instantáneo
- Liencillo negro
- Guata
- Pincel
- Pintura plateada, blanca y negra
- Cartón
- 1 palillo
- Hebras de hilo de sisal
- Cordón negro

Importante

Si deseas que la capucha de la capa quede más armada, puedes pasar un alambre fino por el dobladillo que corresponde a la cabeza.

Moldes

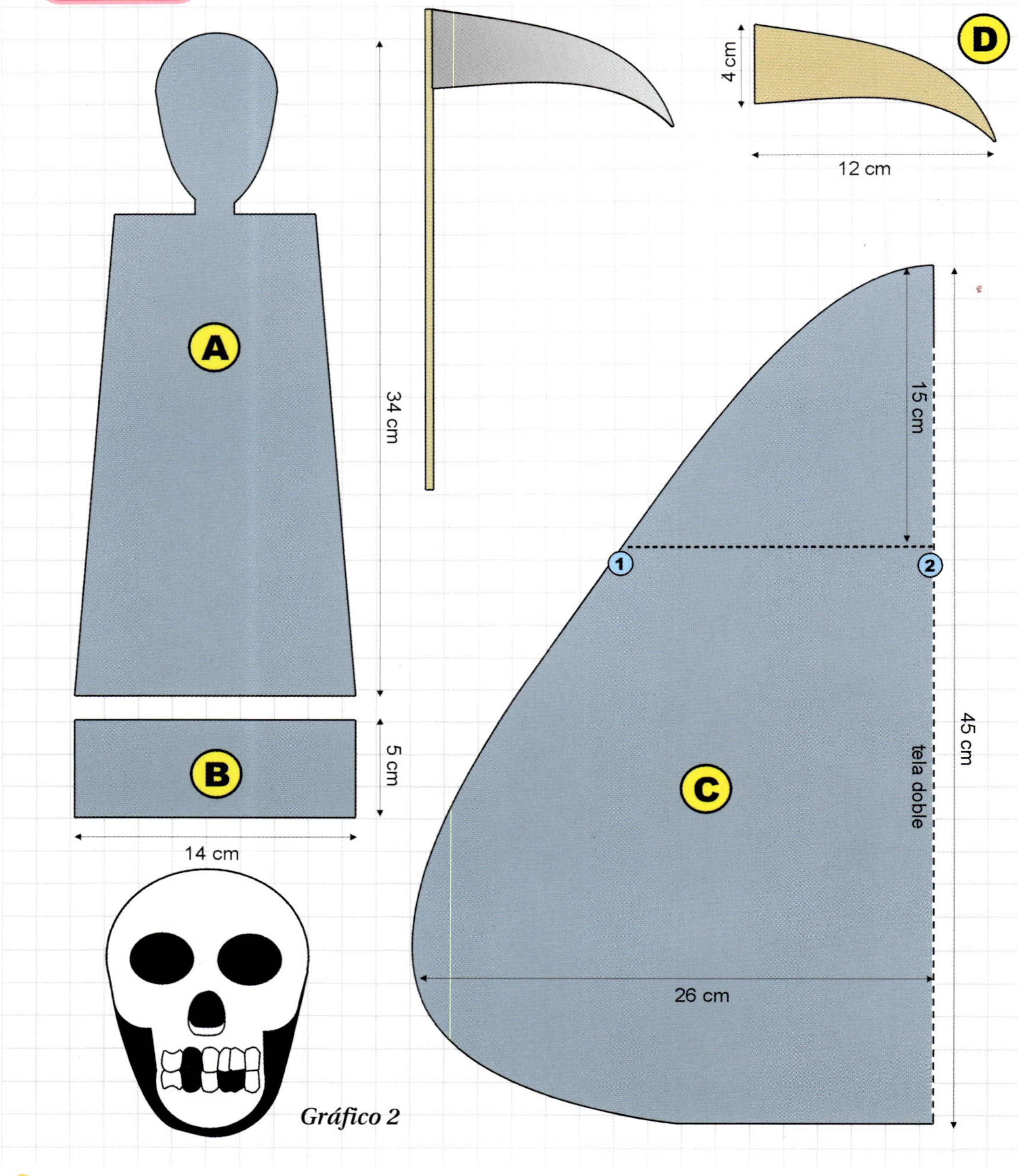

Gráfico 2

Detalle de las piezas

Traslada a un papel los moldes y córtalos en las telas indicadas, dejando 1 cm para la costura.

- Ⓐ *Cuerpo:* 2 piezas de liencillo negro
- Ⓑ *Base del cuerpo:* 1 pieza de liencillo negro
- Ⓒ *Capa:* 1 pieza de liencillo negro
- Ⓓ *Guadaña:* 1 pieza de cartón
- Ⓔ 1 Cordón negro de 20 cm
- Ⓕ 1 palillo de 25 cm

El Conde

Primo de Drácula

Materiales

- Tijera, aguja e hilo negro
- Liencillo de color negro
- Guata
- Pincel
- Pintura acrílica beis y blanca
- Rotulador indeleble negro
- Lápiz
- Cinta de raso de color rojo

Realización

Cuerpo:

Une los derechos de las piezas (A). Cose los lados y luego la base (B), dejando unos centímetros sin coser. Dale la vuelta por la abertura y rellena con guata.

Cara:

Cubre la superficie de la cara con pintura beis y déjala secar. Luego pinta los rasgos de la cara (gráfico 1).

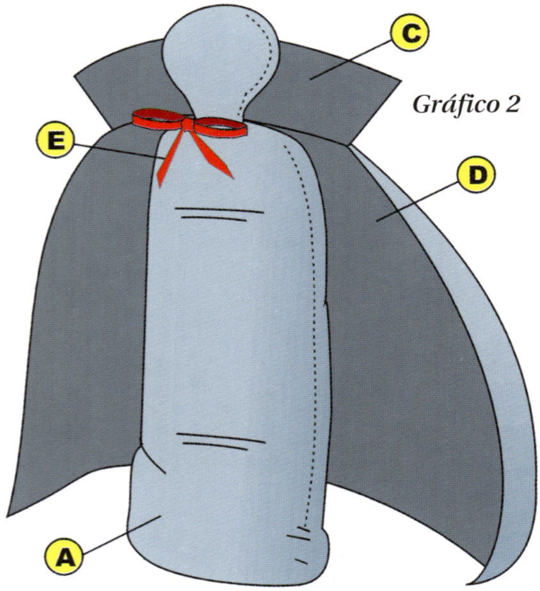

Gráfico 2

Capa:

Cuello: une los derechos de la pieza (C), cose los laterales dejando una abertura y dale la vuelta a la costura por ahí.
Si deseas dotar de mayor rigidez al cuello, puedes colocar un trozo de alambre fino bordeándolo por dentro.

Une con una costura el cuello a la capa. Luego cose el dobladillo de la capa (D) y plánchalo.

Colócala sobre el muñeco y sujétala con pegamento o con unas puntadas para terminar de vestirlo y evitar que la capa se deslice.

Por último, coloca la cinta roja (E) alrededor del cuello y anuda un lazo en el frente.

Importante

Si quieres lograr que el muñeco sea más estable, puedes rellenarlo con mijo o arroz, pero en ese caso deberás tostar los granos previamente en el horno para evitar que cualquiera de ellos se pudra dentro del muñeco.

Moldes

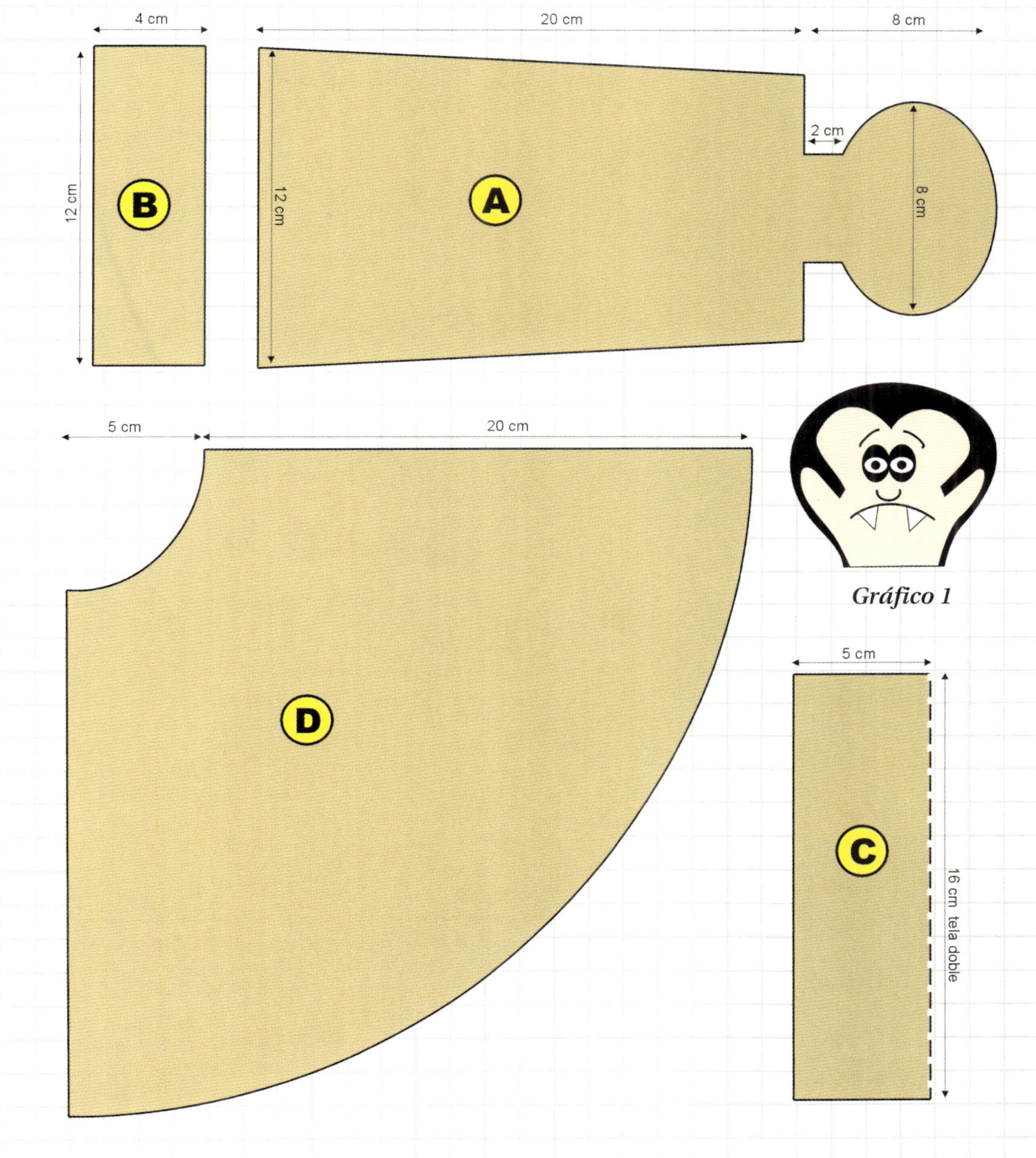

Gráfico 1

Detalle de las piezas

Traslada a un papel los moldes y córtalos en las telas indicadas, dejando 1 cm para la costura.

- **A** *Cuerpo:* 2 piezas de liencillo negro
- **B** *Base del cuerpo:* 1 pieza de liencillo negro
- **C** *Capa* (cuello): 1 pieza de liencillo negro
- **D** *Capa:* 1 pieza de liencillo negro
- **E** *Cinta:* 20 cm de cinta de raso roja